Poppy J. Anderson

Taste of Love –
Zart verführt

Weitere Titel der Autorin:

Taste of Love – Geheimzutat Liebe
Taste of Love – Küsse zum Nachtisch

Titel auch als Hörbuch erhältlich

POPPY J. ANDERSON

Zart verführt

TASTE OF LOVE

Roman

LÜBBE

BASTEI LÜBBE TASCHENBUCH
Band 17 533

Dieser Titel ist auch als Hörbuch und E-Book erschienen

MIX
Papier aus verantwortungsvollen Quellen
FSC® C019821
FSC
www.fsc.org

Originalausgabe

Lektorat: Bettina Steinhage
Textredaktion: Steffi Korda, Hamburg
Umschlaggestaltung: ZERO Werbeagentur,
München unter Verwendung von Motiven von © FinePic®,
München
Satz: Urban SatzKonzept, Düsseldorf
Gesetzt aus der Scala
Druck und Einband: C. H. Beck, Nördlingen

Printed in Germany
ISBN 978-3-404-17533-8

2 4 5 3 1

Sie finden uns im Internet unter www.luebbe.de
Bitte beachten Sie auch www.lesejury.de

Für Catharina, die beste Kuchenbäckerin,
die ich kenne

1

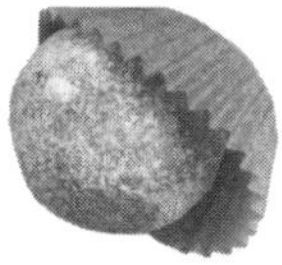

»Für Ihre Haut würde ich morden.«

Mit rasendem Herzklopfen und dem panischen Gefühl, die trockene Scheibe Brot herauswürgen zu müssen, an der sie vor etwa einer Stunde geknabbert hatte, sah Liz Miller in den Spiegel vor sich. Dabei begegnete sie dem Blick der Visagistin, die sich gerade als Heather vorgestellt hatte. Heather hielt eine Rundbürste in der Hand, kaute Kaugummi und wirkte erstaunlich fröhlich, wenn man bedachte, dass es nicht einmal acht Uhr morgens war. Außerdem war sie für diese frühe Morgenstunde noch auffälliger geschminkt als ein Victoria-Secret-Model.

Liz dagegen war alles andere als fröhlich, und wie ein Model sah sie schon mal gar nicht aus. Die dunklen Augenringe mochten vielleicht zu ihrer fahlen Blässe passen, wenn sie für einen Horrorfilm vorgesprochen hätte, aber auf dem Laufsteg hätte sie sicherlich nichts zu suchen gehabt.

Und wenn es nach ihr gegangen wäre, hatte sie auch hier nichts zu suchen! Himmel, sie war eine Patissière und kreierte kalorienhaltige Köstlichkeiten! Im Frühstücksfernsehen der Stadt aufzutreten, gehörte nicht zu ihrer Stellenbeschreibung.

Allein der Gedanke daran, gleich vor der Kamera stehen und über ihr Geschäft reden zu müssen, verursachte in ihr das Bedürfnis, sich aus diesem Schminkstuhl zu schwingen und schreiend das Weite zu suchen. Sie war nicht dafür geschaffen, vor Dutzenden von Zuschauern zu stehen.

Ganz sicher würde sie sich schrecklich blamieren. Vielleicht würde sie ohnmächtig werden. Oder aber sie musste sich vor laufender Kamera übergeben. Anschließend bliebe ihr nichts anderes übrig, als ihre süße kleine Patisserie zu schließen und die Stadt zu verlassen. Eventuell sogar den Bundesstaat. Und niemand Geringeres als ihre eigene Schwester wäre dann daran schuld.

Liz fuhr sich mit der Zunge über die trockenen Lippen und unterdrückte den Impuls, vor lauter Nervosität ihre Fingerknöchel knacken zu lassen.

Es war Vickys haarsträubende Idee gewesen, dass Liz unbedingt im Fernsehen auftreten musste, um ihren Laden zu bewerben. Eine Idee, deretwegen Liz nun hier saß und vor lauter Aufregung noch einen Schlaganfall bekam! Und Vicky wäre nicht Vicky gewesen, wenn sie von ihrem Vorschlag nicht regelrecht besessen gewesen wäre. Das Ergebnis war, dass ihre Freundin und Arbeitskollegin Claire mit Andrew Knight höchstpersönlich gequatscht hatte, der wiederum beim lokalen Frühstücksfernsehen ein gutes Wort für sie eingelegt hatte.

Nun saß Liz hier, ließ sich schminken und kämpfte gegen ihre zitternden Knie an.

Ungute Erinnerungen an ihre Highschool-Zeit kamen in ihr hoch. Schließlich hatte sie solches Lampenfieber gehabt, dass jedes Referat eine wahre Tortur gewesen war. Außerdem war ihre Nervosität der Grund dafür gewesen, in der Theatergruppe für die Beleuchtung zuständig zu sein, anstatt selbst auf der Bühne zu stehen.

»Ihre Poren sind so fein, dass ich sie nicht einmal sehe. Was nehmen Sie zur Reinigung? Nicht einen einzigen Mitesser kann ich entdecken.«

Schweigend starrte Liz die Visagistin an. Sie wusste, dass Heather eine Antwort von ihr erwartete, aber Liz bekam beim besten Willen keinen einzigen Ton heraus. Wenn sie nicht einmal eine Frage nach einem Pflegeprodukt beantworten konnte, wie sollte sie dann gleich in einem TV-Studio sitzen und über ihre Patisserie plaudern? Ihre Existenzgrundlage stand auf dem Spiel – und sie würde sich bis auf die Knochen blamieren. Vor lauter Panik begann sie fast zu hyperventilieren.

»Gibt es hier einen Fluchtweg?«

Die Visagistin lachte herzlich und legte ihr freundschaftlich eine Hand auf die Schulter. »Keine Sorge! Ich verpasse Ihnen ein richtig hübsches Make-up. Und Ihr Haar toupiere ich nur ein wenig. Sie werden reizend aussehen.«

Während sich in ihrem Magen ein Knoten bildete, konnte Liz verfolgen, wie die andere Frau mit ihrer freien Hand in Liz' blonde Haare fasste und diese geradezu zerzauste. Heather mochte zuversichtlich sein, dass Liz nett aussehen würde – aber diese Euphorie teilte sie selbst nicht.

Mit einem Hauch von Selbstironie betrachtete sie ihre weiße Bluse sowie das Paar Blue Jeans, in das sie sich heute Morgen hineingezwängt hatte. Frisch gewaschene Jeans nach einer Dusche anzuziehen, war wirklich kein Zuckerschlecken.

Eigentlich hatte sie das schwarze Kleid mit den Flügelärmeln anziehen wollen, dass sie vor vier Jahren im Schlussverkauf ergattert und anschließend auf der goldenen Hochzeit ihrer Großeltern getragen hatte. Das Kleid von Diane von Fürstenberg hatte ihrer Figur damals sehr geschmeichelt und ihren Großonkel Paddy dazu verleitet, ihr in den Po zu kneifen. Leider hatte besagter Po seitdem ein wenig an Umfang zugenommen, was Liz jedoch erst in dem Moment realisiert hatte, als sie sich nicht einmal unter Mühen in das Kleid hatte quetschen können. Zwar hatte sie gewusst, dass sie ein wenig zugenommen hatte, doch die Tatsache, dass sie nicht mehr in das Kleid hineinpasste, war ziemlich frustrierend gewesen. Im Grunde war Liz nicht der Typ, der sich Gedanken um seine Figur machte, es konnte sie jedoch verunsichern, wenn sie im Fernsehen auftreten sollte.

Das schlichte Paar Jeans und die hübsche weiße Bluse, für die sie sich entschieden hatte, sollten sagen: *Ich bin souverän, erfolgreich und lege Wert auf Qualität – bitte, bitte, kommen Sie in meine Patisserie und kaufen Sie meine Pralinen, damit ich nicht bald auf der Straße sitze!*

Ihr Outfit sollte nicht sagen: *Alles andere passte nicht mehr.*

Allein die Hoffnung, dass dieser Auftritt dafür sorgen könnte, dass das *Chez Liz* bekannter wurde und endlich genug Geld erwirtschaftete, um über die Runden zu kommen, veranlasste sie, hier sitzen zu bleiben. Auch wenn sie es nicht gerne zugab – vor allem nicht vor ihrer rechthaberischen Schwester und Wirtschaftsjournalistin, die ihr von vornherein abgeraten hatte, eine eigene Patisserie zu eröffnen –, wusste Liz, dass ihre Zahlen wenig beeindruckend waren. Das Geschäft lief. Aber es hätte besser laufen können. Sehr viel besser.

»Sie wären nicht die erste Frau, die hier sitzt und sich Gedanken darum macht, ob sie das richtige Outfit trägt.«

»Aber bestimmt bin ich die erste Frau, die gerade überlegt, ob sie nicht einen akuten Blinddarmdurchbruch vortäuschen soll, um aus dieser Nummer herauszukommen.« Vorsichtig schielte Liz zu der Visagistin, deren Mundwinkel zuckten.

»Haben Sie doch etwas Vertrauen in mein Können ...«

»Oh, das habe ich«, beeilte sich Liz zu versichern. »Ich habe nur leider kein Vertrauen in meine Fähigkeit, auch nur einen einzigen Ton herauszubekommen, sobald ich im Studio sitze und Fragen beantworten soll.«

»Sie schaffen das schon.« Heather legte die Rundbürste beiseite und benutzte nun beide Hände, um durch Liz' Haar zu fahren.

Liz beobachtete das Ganze im Spiegel und hatte keine Ahnung, was Heather mit ihrer Frisur vorhatte. Ein wenig Volumen war eventuell nicht schlecht, weil ihr Haar meistens platt auf ihrem Kopf lag – aber wenn Heather so weitermachte, würde Liz vermutlich nur aussehen, als hätte sie einen Bad Hair Day.

»Denken Sie nicht an die Kameras und seien Sie ganz natürlich«, plapperte die Visagistin fröhlich weiter, während sie das Haar zu einem Pferdeschwanz band.

Viel besser als heute früh nach ihrer Dusche sah sie nicht wirklich aus, fand Liz, hielt jedoch die Klappe. Vielleicht hatte Heather ja noch ein paar Tricks auf Lager, die Liz helfen würden, wenigstens hübsch zu sein, wenn sie sich schon vor ihrer Heimatstadt blamierte. Auch die Vorstellung, dass ihre letzten Dates sie im Fernsehen beobachten konnten, sollten sie zufällig den richtigen Sender einschalten, zerrte an ihren Nerven. Zwar hatte Liz sowieso nicht geplant, die drei Männer jemals wiederzusehen, die sie in den vergangenen Wochen getroffen hatte, aber nach den desaströsen Dates wollte sie sich im Nachhinein nicht auch noch vor diesen Vollidioten blamieren.

Zur Sicherheit würde sie lieber noch mal nachhaken. »Sieht man vor der Kamera tatsächlich zehn Pfund dicker aus?« Liz blickte Heather prüfend an und deutete auf ihre Bluse. »Seien Sie ehrlich: Trägt die Bluse auf?«

»Sie werden ganz toll aussehen. Versprochen.« Die Visagistin zupfte an Liz' Pferdeschwanz herum. »Und ihr Outfit ist absolut niedlich. Ich weiß, wovon ich rede. Vor zwei Wochen hatten wir eine Dame aus der Stadtverwaltung hier, die über die Restaurierung irgendeines alten Gebäudes sprach. Ich sage nur: Längsstreifen! Selbst mein Make-up hat es nicht geschafft, die arme Frau nicht wie eine Gefängnisinsassin aussehen zu lassen.«

Vermutlich wollte Heather ihr Mut machen, aber das genaue Gegenteil war der Fall. Liz schluckte schwer und fragte trocken nach: »Wollen Sie mir noch immer nicht verraten, wo es hier einen Fluchtweg gibt?«

»Nein, aber dafür verrate ich Ihnen, wer heute ...«

»Liz?« Die Produktionsassistentin steckte den Kopf zur Tür rein und suchte ihren Blick im Spiegel, während sie etwas in die Höhe hielt. »Uns kam gerade die Idee, Ihnen eine Schürze anzuziehen, wenn sie mit Chelsea in unserer Küche stehen und Ihre Pralinen zubereiten. Das ist doch okay für Sie, oder?«

Heiße Röte breitete sich von ihrem Haaransatz bis zur Knopfleiste ihrer Bluse aus, sobald Liz das rosafarbene Stück Stoff in Augenschein nahm. Sie würde lächerlich aussehen. »Natürlich ist das okay«, gab sie dennoch etwas schroff zurück und zwang sich zu einem falschen Lächeln. Innerlich verfluchte sie Vicky, verfluchte die Schürze, verfluchte die Bluse, die sie bald durchschwitzen würde, und verfluchte das erbarmungslose Licht in der Maske, das jeden hektischen roten Flecken auf ihrem Gesicht wunderbar ausleuchtete. Und sie verfluchte BostonGuy1982 alias Martin, der ihr am vergangenen Freitag in einem Café bei einer Tasse Kaffee erklärt hatte: »Nichts für ungut, Liz, aber auf dem Profilfoto deines Dating-Accounts sahst du viel schlanker aus.«

Männer wussten in der Tat, wie sie das Selbstbewusstsein einer Frau stärken konnten! Natürlich hätte sie ihm antworten können, dass er auf seinem Profilfoto mit voller Haarpracht zu sehen war, obwohl er in Wirklichkeit fast kahl war. Aber Liz hatte geschwiegen, gelächelt, ihren Kaffee ausgetrunken und war nach zwanzig Minuten verschwunden. Und obwohl sie sich bis vor Kurzem nie Gedanken um ihre Figur gemacht hatte, nagte der unbedachte Kommentar von BostonGuy1982 noch immer an ihr. Dazu kam das Desaster mit ihrem schönen schwarzen Kleid – und die Verunsicherung war perfekt. Hatte sie wirklich so viel zugenommen?

»Sie sind also für diese leckeren Pralinen verantwortlich! Ich habe mir schon zwei Stück gemopst und hoffe, dass ich eine dritte ergattern kann.«

Die Visagistin sah zwar nicht wie jemand aus, der übermäßig viel Schokolade aß, doch Liz hoffte, wenigstens *eine* Neukundin gefunden zu haben. Sie blinzelte nach oben und musste dabei die Augen zusammenkneifen, da das grelle Licht der beleuchteten Spiegel sie blendete. Gleichzeitig schob sie die Erinnerung an das fürchterliche Date schnell von sich. »Welche haben Sie probiert? Mandelkrokant, Pistazienfüllung oder die mit der Cremeschicht?«

»Es gab drei Sorten?! Ich habe nur die mit der Pistazienfüllung erwischt. Normalerweise mag ich Pistazien nicht sonderlich, aber diese Pralinen waren *köstlich*«, schwärmte Heather, während sie Liz' Kopf zurücklehnte und damit begann, Feuchtigkeitslotion auf ihrem Gesicht zu verreiben. »Hoffentlich kann ich die anderen Sorten auch noch probieren, bevor meine Kollegen über sie herfallen.«

Obwohl es schwierig war, ihr zu antworten – immerhin massierte Heather gerade ihr Gesicht –, murmelte Liz: »Wenn alle weg sein sollten, können Sie gern bei mir vorbeischauen. Ich habe noch viel mehr im Angebot als ein paar Pralinen. Zum Beispiel Eclairs, Macarons, Petit Fours, Tartelettes …«

»Was Sie hier treiben, ist pure Folter«, fiel ihr Heather ins Wort. »Ist die Mitgliedschaft bei den Weight Watchers inklusive?«

Darauf antwortete Liz nicht, denn Heather schien die letzte Frau auf Erden zu sein, die abnehmen musste. Außerdem hörte Liz diesen oder ähnliche Sprüche täglich von Kundinnen, die bei ihr schokoladenhaltige Desserts kauften und gleichzeitig darüber lamentierten, dass sie unbedingt eine Diät beginnen mussten. Wenn Liz ehrlich war, konnte sie es nicht mehr hören. Entweder man aß ein Stück Kuchen und genoss es. Oder man ließ es. Es gab genügend Frauen, die sich ein Stück Schokolade versagten oder stattdessen einen Reiscracker mümmelten, anstatt vom Geburtstagskuchen ihrer Kinder zu probieren. Und das alles nur, um in eine Hose zu passen, die eigentlich für Mädchen vor der Pubertät gedacht war. Wenn man zu Reiscrackern griff, hätte man genauso gut in Pappe beißen können. Nichts ging über einen Kuchen aus dunkler, vollwertiger Schokolade gepaart mit etwas Vanille und einer fruchtigen Cremefüllung. Wo blieb der Spaß am Leben, wenn man Essen stets mit einem schlechten Gewissen in Verbindung brachte? Wozu hatte der liebe Gott Geschmacksknospen erfunden? Sicherlich nicht, um jeden Tag nichtssagendes trockenes Zeug zu essen. Menschen waren keine Maschinen, die mit geschmacksneutralem Treibstoff gefüttert werden mussten. Der menschliche Gaumen sollte durch köstliche Aromen erfreut werden! Und ganz sicher sollte niemand ein schlechtes Gewissen bekommen, weil er sich ab und zu ein süßes Dessert gönnte.

Noch vor ein paar Jahren war sie dem Wunsch erlegen, dünn zu sein, und hatte mit einer strengen Diät ein paar Kilos verloren. Doch miese Laune, Müdigkeit und ein bohrendes Hungergefühl waren ihre ständigen Begleiter gewesen. Also hatte sie die Diät Diät sein lassen und wieder angefangen zu essen – und das Leben zu genießen. Das hatte gut funktioniert. Eigentlich war sie davon ausgegangen, dass mit ihrer Figur alles stimmte, und hatte sich niemals Gedanken darüber gemacht, ob sie einem Schönheitsideal entsprach. Aber das war vor dem kritischen Kommentar ihres Dates gewesen.

»Was für ein Make-up hätten Sie denn gern? Etwas Auffälliges, das Ihre Augen oder den Mund betont?«

Liz atmete tief durch und starrte in den Spiegel vor sich. Ein blasses Gesicht, das sie als ihr eigenes identifizierte, starrte zurück. Dank ihrer blauen Augen, einer Stupsnase sowie einem Mund mit vollen Lippen und blondem Haar behaupteten ihre Eltern noch heute, dass sie einer Puppe glich. Ihre Mom ging sogar so weit, dass sie gern erzählte, sie habe nach Liz' Geburt mit dem Gedanken gespielt, sie Dolly zu nennen, weil sie wie ein winziges Püppchen ausgesehen hatte. Liz konnte gar nicht sagen, wie froh sie darüber war, dass ihre Mom diesem damaligen Impuls nicht nachgegeben hatte.

»Solange man nicht sieht, dass ich in der letzten Nacht vor Aufregung nicht schlafen konnte, bin ich mit allem zufrieden.«

Heather schnalzte mit der Zunge und begann damit, mit einem Pinsel etwas auf Liz' Gesicht aufzutragen. Liz lehnte sich zurück und versuchte zu entspannen.

Doch das klappte nicht wirklich. Sie würde gleich im Fernsehen auftreten. Dieser Tag würde in einem Desaster enden.

Verzagt starrte sie sich wenige Minuten später im Spiegel an – und musste bekennen, dass Heather wirklich ein Wunder vollbracht hatte: Die Augenringe waren verschwunden. Und, okay, ihre Frisur war für einen frühen Morgen eventuell etwas zu sehr toupiert, aber sie hatte niemals besser ausgesehen. »Vielen Dank.« Mit einem Lächeln schaute sie zu Heather, die gerade dabei war, ihre Pinsel zu säubern. »Jetzt bin ich wenigstens hübsch anzusehen, wenn ich mich bis auf die Knochen blamiere.«

Die Visagistin stemmte eine Hand in die beneidenswert schmale Taille. »Sie haben ein Puppengesicht, stellen köstliche Pralinen her und tragen keine Längsstreifen. Wie wollen Sie sich blamieren?«

Liz lachte amüsiert auf und erhob sich aus dem Stuhl. Dabei sah sie aus dem Augenwinkel, dass jemand in der Tür zur Maske stand. Neugierig drehte sie den Kopf ein Stück nach hinten und ging davon aus, dass ein Regieassistent sie abholen würde, um sie verkabeln zu lassen.

Dort stand jedoch kein Regieassistent. Der Mann, der die Arme vor der Brust verschränkt hatte und sie nicht minder neugierig betrachtete, besaß eine frappierende Ähnlichkeit mit …

Adam Stone.

Liz blinzelte, doch der dunkelhaarige Mann verschwand nicht.

Nein, das konnte nicht sein. Ganz sicher stand nicht Adam Stone nur ein paar Meter von ihr entfernt und musterte sie. Der Mann, der sich jetzt gerade in Bewegung setzte und auf sie zukam, konnte unmöglich das berühmte Unterwäschemodel sein, das Berichten zufolge vor einigen Jahren für zahlreiche Auffahrunfälle am Times Square in New York verantwortlich gewesen war, als ein Plakat von ihm in schwarzer Unterwäsche dort enthüllt worden war. Ein Foto, das Liz damals als Bildschirmschoner benutzt hatte.

Mit großen Augen verfolgte sie, wie Adam Stones Ebenbild auf sie zukam und ihr die Hand entgegenstreckte. »Hi, ich bin Adam.«

»Ich … ich weiß.«

Belustigung blitzte in seinen grünen Augen auf. »Echt?«

Ruckartig hob Liz den Kopf. »Ich ... ich meine, ich weiß, dass Sie Adam Stone sind. Ich bin ... bin Liz. Liz Miller«, stammelte sie.

»Ich weiß«, erwiderte er mit einem Lachen in der Stimme, das komische Dinge in ihrer Magengegend anstellte. »Sie sind das Pralinenmädchen.«

Wenig geistreich entgegnete Liz: »Ja.«

Weil er ihr immer noch die Hand hinhielt und Liz sich nicht noch mehr blamieren wollte, als sie es ohnehin schon getan hatte, erwiderte sie die Begrüßung und bekam sogleich weiche Knie.

Oh mein Gott! Du fasst gerade Adam Stone an – the sexiest man alive!

Ihr Kopf war wie leer gefegt. Hastig zog sie die Hand wieder zurück, bevor sie der Versuchung erliegen konnte, sich an ihn zu ketten. Sie bemühte sich, cool zu bleiben. Aber wie um Himmels willen sollte man cool bleiben, wenn man von einem ehemaligen Unterwäschemodel, für das man mit Anfang zwanzig geschwärmt hatte, mit einem gewinnenden Lächeln bedacht wurde?

»Chelsea hat mir gerade erzählt, dass wir beide heute zusammen mit ihr vor der Kamera stehen.«

»Ach.« In hilfloser Faszination starrte sie ihn an. Gerade eben war sie noch verrückt vor Aufregung gewesen, überhaupt im Fernsehen aufzutreten, aber dabei auch noch neben Adam Stone zu stehen ... Sie würde jeden Augenblick in Ohnmacht fallen, so viel war sicher.

Beim Lachen entblößte er – natürlich – zwei Reihen strahlend weiße Zähne, bei deren Anblick jeder Zahnarzt begeistert gewesen wäre. »Ich bin ziemlich erleichtert, nicht der einzige Gast zu sein. Mein Lampenfieber bringt mich noch um.«

Der Mann, von dem sie wusste, dass er mittlerweile den Beruf als Model an den Nagel gehängt hatte und zu einem Fitness-Guru geworden war, fuhr sich mit einer Hand durchs Haar und schob die andere in die Hosentasche. Obwohl er ein lässiges T-Shirt, ausgeblichene Jeans und Sneakers trug, wäre er auch heute noch problemlos als Model durchgegangen. Dass er Lampenfieber hatte, kaufte Liz ihm keine Sekunde lang ab. Dafür stand er viel zu gelassen in der Maske.

»Sie sehen nicht aus, als wären Sie aufgeregt.«

Er schenkte ihr ein geradezu schamloses Grinsen. »Das täuscht. Innerlich zittere ich vor Nervosität, Liz.« Fragend legte er den Kopf zur Seite. »Ich darf doch Liz sagen, oder?«

Weil ihr die Stimme versagte, nickte sie lediglich.

Mit einem Augenzwinkern wandte er sich an Heather und stellte sich ihr ebenfalls mit einem hinreißenden Lächeln vor, während er ihr die Hand reichte. Unverfänglich begann er mit der Visagistin zu plaudern, die ebenfalls nicht immun gegen seinen Charme zu sein schien. Sicherlich gab es kaum eine Frau, die nicht angetan gewesen wäre.

Eine Stimme in ihrem Kopf befahl ihr, sich selbst zu kneifen. Liz konnte sich jedoch nicht von der Stelle rühren. Viel lieber betrachtete sie ihn wie hypnotisiert und verfolgte mit angehaltenem Atem, wie er in der Maske saß. Dabei wirkte er so selbstverständlich, als hockte er jeden Tag hier und ließe sein Gesicht abpudern. Seine Selbstsicherheit war geradezu beneidenswert.

Zu ihrem Verdruss musste Liz feststellen, dass Adam Stone nicht nur ein heißer Typ war, sondern auch noch ziemlich sympathisch wirkte. Wie konnte ein Normalsterblicher nur so nett sein und gleichzeitig so gut aussehen? Wenn sie an BostonGuy1982 oder ihre Blind Dates dachte, kam sie zu der Einsicht, dass das Leben verdammt unfair war. Da stand ein Mann vor ihr, der einmal sein Geld damit verdient hatte, seine trainierten Bauchmuskeln in die Kamera zu halten, und dessen Haut die Farbe von köstlichem Karamell hatte. Und nun stellte sich auch noch heraus, dass er nett war. Normalsterbliche Frauen, wie sie eine war, mussten sich dagegen mit Männern begnügen, die einem beim ersten Date an den Kopf warfen, dass man sie mit falschen Profilfotos betrog, die sich im Restaurant die Rechnung teilen wollten und die sich nach ihren sexuellen Vorlieben erkundigten, während man mit ihnen an der Kinokasse stand.

Liz beobachtete, wie sich Adam Stone nun aus seinem Stuhl erhob und der Produktionsassistentin gut gelaunt zunickte, die gerade die Maske betrat.

»Liz, wir haben zwei Schürzen für Sie zur Auswahl. Welche gefällt Ihnen am besten?«

Überrascht blickte Liz zu der jungen Frau, die ein Headset auf dem Kopf und zwei rosafarbene Schürzen in den Händen trug. Angesichts der Beschriftung der Schürzen zuckte sie zusammen. Das war wie die Wahl zwischen Pest und Cholera! Niemals würde sie im Frühstücksfernsehen eine rosafarbene Schürze tragen, auf der geschrieben war …

»Liz sollte die rechte nehmen, dann kann ich die linke haben«, gab Adam von sich.

Die Produktionsassistentin zwinkerte verwirrt. »Aber, Adam, Sie müssen nicht …«

»Ach was!« Er nahm ihr die beiden rosafarbenen Schürzen ab. »Wenn Liz eine tragen darf, dann will ich das auch.«

»Wie sehr unterscheidet sich dein jetziges Leben von deinem früheren, Adam? Ich schätze, ich bin nicht die einzige Frau hier im Studio oder daheim vor dem Fernseher, die dich noch aus deiner Zeit als Model kennt.«

Liz kam sich vor wie ein Statist. Anscheinend hatte die Moderatorin Chelsea völlig vergessen, dass sie zwei Gäste hatte. Stattdessen himmelte sie Adam an. Es war ein Wunder, dass sie ihn noch nicht besprungen hatte.

Mit einem Hauch Belustigung und aus nächster Nähe konnte Liz verfolgen, wie die dunkelhaarige Moderatorin Adam schöne Augen machte und mit den Wimpern klimperte. Hoffentlich hatte Liz ihn nicht ebenfalls mit einem dermaßen schmachtenden Blick angestarrt, als sie noch vor wenigen Minuten in der Maske miteinander gesprochen hatten!

Zu dritt standen sie in der TV-Küche. Im Halbkreis vor ihnen befanden sich vier Kameras und gleich dahinter saßen Zuschauer, die das ganze Spektakel verfolgen konnten. Zwar konnte Liz sie nur undeutlich erkennen, da alle Scheinwerfer auf die Küche gerichtet waren, aber sie war sich die ganze Zeit über bewusst, dass sie beobachtet wurde. Es war ein komisches Gefühl, auf dem Präsentierteller zu sitzen und zu wissen, dass die Kameras jede Mimik und jede Bewegung von ihr einfingen. Da die Sendung live war, durfte sie sich keinen Patzer erlauben. Und sie durfte nicht daran denken, dass völlig fremde Zuschauer daheim sehen konnte, wie sie in dieser Küche stand und mit zitternden Händen Pralinen zubereitete, während sie eine rosafarbene Schürze trug, auf der *Zuckerschnute* stand. Liz kam sich wie der letzte Trottel vor, zumal sie alle paar Sekunden das Stoffstück zurechtzog und -zupfte.

Adam trug seine Schürze im Gegensatz zu ihr voller Selbstsicherheit und schien sich sogar darüber zu amüsieren, dass er als *Sahneschnitte* bezeichnet wurde. Der Mann war ein Medienprofi durch und durch. Lässig und charmant stand er da und bereitete seinen Fitnessdrink zu. Dabei flirtete er schamlos mit dem Publikum. Im Vergleich zu ihm kam sich Liz absolut zurückgeblieben vor.

Auch jetzt scherzte er: »Heute bin ich bei der Arbeit angezogen. Früher war das nicht immer so.«

Das Publikum kicherte und Chelsea setzte einen geradezu anbetungsvollen Blick auf. »Vermisst du das Modeln nicht? Du warst schließlich unglaublich erfolgreich.«

»Nun, ich hoffe natürlich, dass ich mit meinem jetzigen Beruf ebenfalls erfolgreich sein werde.« Adam legte den Kopf schief.

»Daran zweifeln wir nicht, Adam.« Wieder schmachtete die Moderatorin ihren Gast an. Es hätte Liz nicht gewundert, wenn Chelsea sie beiseitegestoßen hätte, um allein mit Adam zu sein. »Wann hast du dich dazu entschieden, deine Modelkarriere zu beenden?«

Verstohlen musterte Liz das frühere Unterwäschemodel. Hatte sein Lächeln plötzlich etwas Gezwungenes? Vielleicht täuschte sie sich auch, aber Adam Stones Fröhlichkeit wirkte auf einmal aufgesetzt.

»Wenn man älter wird, sucht man nach neuen Herausforderungen. Leider kann man nicht ewig modeln, und ich wollte aufhören, als es am schönsten war.«

Chelsea seufzte. »Das klingt so reif.«

Beinahe hätte Liz die Augen verdreht, konnte sich jedoch angesichts der vielen Kameras gerade noch zurückhalten. Eigentlich war Chelsea ihr ziemlich sympathisch und intelligent vorgekommen, doch jetzt spielte sie den dümmlichen Groupie so überzeugend, dass sich Liz beinahe fremdschämte. Außerdem fragte Liz sich, warum Chelsea Adam ständig zu seiner Modelkarriere befragte, die schließlich schon ein paar Jahre zurücklag.

»Ich würde sagen, es klingt realistisch.« Er zwinkerte der Moderatorin zu. »Man wird älter und weiß, dass man einen Plan B braucht.«

»Und wie bist du auf deinen Plan B gekommen?«

»Ich habe mein Hobby, meine Leidenschaft, zum Beruf gemacht«, erwiderte er schlicht. »Irgendwann kristallisierte sich heraus, dass Sport genau das war, womit ich meine Brötchen verdienen wollte.«

»Also wusstest du nicht direkt nach der Highschool, dass du einmal Model und anschließend Fitnesstrainer werden wolltest?«

Liz beobachtete, wie Adam eine runde Box öffnete, in der sich Pulver für den Drink befand, den er gerade zubereitete. Sie selbst schmolz gerade noch Schokolade, auch wenn sie – zugegebenermaßen – diesem Geplänkel viel lieber weiter gelauscht hätte. Sich auf ihre Arbeit zu konzentrieren, stellte sich als ziemliche Herausforderung dar.

»Eigentlich wollte ich Mathelehrer werden. Ich war ein ziemlicher Nerd und hätte nicht im Traum daran gedacht, jemals zu modeln oder später Fitnesstrainer zu werden. Aber dann wurde ich auf dem College entdeckt. Das Modeln machte zwar Spaß, aber ich wusste von Anfang an, dass ich es nur eine bestimmte Zeit würde machen können. Also habe ich parallel ein Sportstudium absolviert und Betriebswirtschaft studiert. Immerhin bin ich vor ein paar Monaten schon dreißig geworden.«

»Also ich bin mir sicher, dass du noch immer für Modelaufträge gebucht werden würdest. Auch mit dreißig.« Chelsea klang schwärmerisch.

Adam dagegen schien nur noch schwer verbergen zu können, dass er genervt war. Liz war es auf jeden Fall: Der Mann schnibbelte seit Minuten Obst klein und wollte etwas von seinem Job erzählen, aber die Moderatorin löcherte ihn mit Fragen zu seiner früheren Arbeit.

»Das mag schon stimmen, aber ich brauchte eine neue

Herausforderung und entschied mich dazu, zu neuen Ufern aufzubrechen.« Er räusperte sich und fuhr forsch fort: »Mir war es wichtig, etwas völlig Neues auszuprobieren. In meinem Fitnessclub wollen wir unseren Kunden eine Rundumbetreuung anbieten. Neben Personaltraining, Fitnesskursen und Wellness kümmern wir uns auch um das leibliche Wohl in Form von verschiedenen Drinks und gesunden Aftertraining-Snacks. Liz und du kommt jetzt gleich in den Genuss eines Smoothies, den ich meinen Kunden empfehle, um fit und vital zu bleiben.«

Als Liz ihren Namen hörte, sah sie auf und warf einen Blick auf die unterschiedlichen Obstsorten, die Adam gerade klein schnitt. Sie liebte Obst – aber was das Blattgrün dort zu suchen hatte, verstand sie überhaupt nicht.

»Oh, ich fühle mich geehrt, Adam«, säuselte Chelsea und rückte einen weiteren Schritt an ihn heran, um ihm betont unauffällig über die Schulter zu schauen. Dabei schmiegte sie sich an ihn, wie nicht nur Liz sehen konnte, sondern vermutlich jeder Zuschauer im Studio und vor dem Fernseher. »Woraus besteht dieser Drink?«

Adam nahm eine Handvoll Spinat, warf diese in den Mixer und gab das geschnittene Obst hinzu. »Äpfel, Bananen, Beeren und Blattgrün sowie Cashewkerne und etwas Mandelmilch. Die muss natürlich ungesüßt sein. Wichtig ist auch der Teelöffel Leinsamen.«

Chelseas Reaktion ließ nicht lange auf sich warten. »Das klingt ja lecker.«

Lecker war in Liz' Augen etwas anderes, aber es würde sie schon nicht umbringen, Adams gesunden Smoothie zu trinken. Das war nur fair, schließlich würde er mit Sicherheit auch ihre Pralinen probieren.

»Ich hoffe doch, dass es schmeckt, schließlich trinke ich es täglich.« Wieder umspielte ein umwerfendes Lächeln seine Lippen. Liz schnaubte innerlich. Normalerweise sollte ein Mann, der eine alberne rosafarbene Schürze trug, nicht so heiß aussehen! Geradezu heimlich schielte sie nach rechts. Adam schob sich gerade eine Himbeere in den Mund und zwinkerte dabei lausbubenhaft in die Kamera. Dass sich dabei die Muskeln seiner Oberarme anspannten, ließ sicherlich mehr als nur ein Dutzend Frauenherzen höher schlagen. Wenn Liz nicht aufpasste, würde sie sich mindestens einen Daumen an dem Wasserbad vor ihr verbrennen.

Unweigerlich musste Liz an das Plakat von ihm in Unterwäsche denken, während er nun von seinem vor wenigen Monaten eröffneten Fitnessclub berichtete.

Sie sah es förmlich vor sich. Auf dem Foto räkelte er sich auf einem Bett. Das Laken unter ihm war zerwühlt – ebenso wie sein schwarzes Haar. Eine Hand hatte er hinter seinem Kopf verschränkt. Mit den Fingern der anderen Hand berührte er seine geöffneten Lippen. Dazu ein Schlafzimmerblick und ein unverschämt toller Körper, der in einem Paar knapper Boxerbriefs steckte. Vermutlich hatte es keine Frau im Alter von vierzehn bis vierundneunzig Jahren gegeben, die angesichts seines verdammt sexy Lächelns keine Hitzewallungen bekommen hatte.

Wie hypnotisiert verfolgte sie, wie er den Mixer anstellte. Ihre Augen saugten sich an seinen kräftigen Unterarmen fest und glitten zu den langen Fingern, als er den Inhalt des Mixers in drei Gläser goss und ihr sowie Chelsea jeweils eines reichte.

Liz drehte die Platte für das Wasserbad hinunter und nahm ihr Glas entgegen. Sie bedankte sich und wartete darauf, dass ihr jemand das Startsignal gab.

Anders als sie war Adam Herr der Lage. Er nahm das übrig

gebliebene Glas in seine Hand und prostete ihnen zu. »Zum Wohl, die Damen!«

Sie murmelte ebenfalls ein Prost und nahm einen Schluck. Schmeckte gar nicht so schlecht. Zwar glaubte sie nicht, dass Coca Cola dadurch besonders hohe Umsatzeinbußen verzeichnen würde, aber man konnte es trinken – wenn man auf Smoothies stand.

»Das schmeckt sehr viel besser, als ich es mir vorgestellt hatte, Adam«, schwärmte Chelsea und nickte in Richtung Kamera. »Schade, dass unsere Zuschauer nicht davon probieren können. Es ist nämlich wirklich sehr köstlich, meine Damen und Herren.«

Nachdem Adam das Glas mit einem großen Schluck geleert hatte, klebte ihm ein kleiner Smoothiebart über der Oberlippe. Der Mann, um dessen grüne Augen sich winzige Lachfältchen bildeten, fuhr fort: »Ich trinke den Drink am liebsten, wenn er mit Roter Bete, Karotten und Kohl gemixt wird. Das hat einen wunderbar erdigen Geschmack. Obst benutze ich nur selten. Ehrlich gesagt bin ich nicht so sehr der süße Typ.«

Überwiegend weibliches Gelächter erscholl aus dem Publikum.

»Das scheint unser Publikum anders zu sehen.« Chelsea schien sich an Liz' Existenz zu erinnern und drehte sich halb zu ihr. »Liz, du bist unsere Expertin in Sachen Süßes. Was könnte man tun, um Adam zu einem süßen Typen zu machen?«

Erschrocken sah Liz auf und begegnete Adams Blick. So lässig wie möglich erwiderte sie: »Hm, ich schätze, er ist süß genug.« Leider würde ihr niemand diese Lässigkeit abkaufen, weil sie spürte, wie ihre Wangen zu glühen begannen.

Adams Lächeln hätte schalkhafter nicht sein können. »Ha! Soll das heißen, dass du mir keine deiner Pralinen zum Probieren gibst, Liz?«

Nachdrücklich schüttelte sie den Kopf. »Da ich deinen Drink probieren durfte, wäre es nur fair, wenn du von meinen Pralinen kostest.«

Endlich leckte er sich den Smoothiebart von der Oberlippe. »Das nenne ich einen guten Handel.« Er flüsterte ihr überlaut zu: »Eigentlich sind Pralinen für mich tabu – nur deinetwegen mache ich eine Ausnahme. Die Dinger sehen einfach zu köstlich aus.«

Auch wenn Liz der Meinung war, dass er etwas dick auftrug, war sie gegen sein Lob nicht gefeit und verkniff sich ein Lächeln, als sie ein paar der bereits fertigen Pralinen auf einen Teller legte.

Währenddessen wollte Chelsea von ihm wissen: »Hattest du als Model eigentlich einen Ernährungsplan?«

Unterschwellig konnte man seinem Tonfall die Ungeduld anhören. »Wenn man mit dem Aussehen seines Körpers Geld verdient, achtet man automatisch auf seine Ernährung. Ich konnte aber vieles durch den Sport ausgleichen und musste nicht so sehr aufs Essen achten. Mit meinen Kundinnen und Kunden stelle ich zwar Ernährungspläne zusammen, aber mir ist es wichtig, dass sie sich ab und zu etwas gönnen dürfen, was bei Diäten normalerweise verboten ist – ob es nun eine Pizza oder ein Stück Kuchen ist. In Maßen ist dagegen nichts zu sagen, wenn man gleichzeitig sein Workout nicht vernachlässigt und sich ansonsten an seinen Ernährungsplan hält.«

Beinahe hätte Liz gegrinst, weil Adam sehr elegant das Thema gewechselt hatte.

»Du würdest einer Kundin also nicht verbieten, von Liz' Pralinen zu essen?«

Sehr diplomatisch erwiderte er: »Verbieten würde ich meinen Kundinnen grundsätzlich nichts. Manche halten sich strikt an ihren Plan und sind sehr fokussiert. Andere dagegen müssen ab und zu über die Stränge schlagen, um nicht die Lust am Abnehmen zu verlieren. Das ist okay. Sie brauchen dann zwar etwas länger, um ihr Ziel zu erreichen, machen das jedoch mit Genuss.« Adam deutete auf die Pralinen. »Liz' Pralinen würde ich überhaupt nicht verbieten, wenn man es nicht übertreibt. Sie verarbeitet anscheinend sehr gute Zutaten wie dunkle Schokolade, die in Maßen sogar gesundheitsfördernd ist.« Er räusperte sich und sprach sie freundlich an: »Aber das kannst du sicherlich besser erklären als ich, Liz.«

Sie ließ sich ihre Aufregung nicht anmerken und überzog mit relativ ruhiger Hand das Mandelkrokant mit der dunklen Schokolade, zu der sie gerade noch etwas Ingweraroma hinzugegeben hatte. »Tatsächlich lege ich großen Wert auf qualitativ hochwertige Produkte. Ich vermeide industriell hergestellte Zuckerkonzentrate wie Maissirup und greife lieber zu biologisch angebauten Waren. Natürlich sind meine Pralinen kalorienhaltig, aber im Gegensatz zu den meisten Süßigkeiten, die man in einem Supermarkt kaufen kann, oder zu Torten aus der Tiefkühltruhe stelle ich alles selbst her und kann meinen Kunden versichern, dass man guten Gewissens zugreifen kann.« Sie sah auf und lächelte die Moderatorin sowie Adam an, weil ihr die Stimme ihrer Mom in den Ohren klang, die sie noch gestern wiederholt ermahnt hatte, viel zu lächeln, um möglichst sympathisch zu wirken.

»Und all deine Produkte verkaufst du in deiner eigenen Patisserie, richtig?«

»Genau«, antwortete Liz auf Chelseas Frage und betrieb gleich darauf etwas Eigenwerbung. »Im *Chez Liz*.«

Adam Stone zog eine Augenbraue in die Höhe und nickte anerkennend. »Hast du dich auf Pralinen spezialisiert?«

»Nicht nur. Ich fertige auch Torten für spezielle Anlässe an, bereite Eclairs, Tartelettes und Petit Fours zu. Außerdem kann man im *Chez Liz* um die zwanzig Macaronsorten probieren.« Sie konnte ihren dröhnenden Herzschlag bis in die Ohren hören.

»Ich liebe Macarons«, schwärmte Chelsea.

Liz hob den Teller hoch und bot den beiden ihre Kreationen an. Sie wich Adams Blick aus und glaubte zu spüren, dass jeder einzelne Zuschauer wissen musste, dass sie nur daran denken konnte, wie verdammt gut dieser Mann in Unterwäsche aussah. Etwas atemlos führte sie aus: »Das hier sind drei verschiedene Sorten Pralinen. Mandelkrokant mit einem Schokoladenüberzug und einem Hauch Ingwer, dann Pralinen mit einer leicht gesalzenen Pistazienfüllung und Pralinen mit einer Cremeschicht aus Nougat und Karamell.«

»Allein vom Zuhören nehme ich ein Pfund zu.« Chelsea pickte sich eine Praline heraus und knabberte geradezu damenhaft daran herum.

Adam griff beherzt zu und schob sich die ganze Praline auf einmal in den Mund.

»Oh Gott, die schmecken wirklich fabelhaft.« Das kam von Chelsea, die genießerisch das Gesicht verzog.

»Ja, nicht schlecht«, urteilte Adam.

»Nicht schlecht?« Automatisch fühlte sich Liz in ihrer Ehre gekränkt.

Der Mann, der noch immer kaute, nickte und ließ ein vergnügtes Augenzwinkern erkennen. »Ja, nicht schlecht, wenn ich bedenke, dass ich eigentlich kein süßer Typ bin.«

Chelsea kicherte. »Hat Liz nicht noch vor ein paar Minuten zugegeben, dass du bereits sehr süß bist?«

Wunderbar! Musste die Moderatorin ausgerechnet *das* wiederholen?

Adam war jedoch so höflich, nicht darauf einzugehen. Stattdessen gab er zu: »Normalerweise vermeide ich Zucker.«

»Dann weißt du nicht, was dir entgeht«, sagte Liz.

Gespielt theatralisch verdrehte er die Augen. »Fitnesstrainer haben es ziemlich schwer. Sie können für ihre Kunden schließlich keine Ernährungspläne erstellen und ihnen predigen, auf Zucker zu verzichten, nur um dann selbst tonnenweise Pralinen zu futtern.«

Liz griff nach einer Praline und hielt sie zwischen Daumen und Zeigefinger in die Höhe. »Hast du nicht gerade gesagt, dass man sich ab und zu etwas gönnen muss?«

»Och, ich gönne mir ab und zu etwas, auch wenn es nicht immer eine Praline ist.«

Liz war sich nicht sicher, worauf er anspielte. Forscher, als sie es normalerweise war, fragte sie nach: »Nichts für ungut, aber was ist schon besser als eine köstliche Praline?«

Sein Tonfall nahm einen vertraulichen Klang an. »Ach, da wüsste ich schon das eine oder andere.«

Erst das fröhliche Lachen des Publikums holte Liz in die Wirklichkeit zurück. Hatte er etwa gerade sexuelle Andeutungen gemacht? Hastig schob sie sich selbst eine Praline in den Mund und betete zu allen Mächten des Himmelreichs, dass diese TV-Show so schnell wie möglich ein Ende haben würde.

»Ich kann nur für mich sprechen, aber ich habe niemals zuvor solch köstliche Pralinen gegessen, Liz«, sagte die Moderatorin.

»Danke«, sagte Liz und bemerkte erst jetzt, dass sie den Mund noch immer mit Krokantsplittern voll hatte.

»Adam?« Chelsea wandte sich an den grinsenden Fitnesstrainer und wollte wissen, als wäre es das Natürlichste auf der Welt: »Kommen wir zu etwas Unerfreulicherem. Was müsste Liz tun, um diese Praline abzutrainieren?«

Liz blieb besagte Praline beinahe im Hals stecken. *Was?!*

Fassungslos sah sie zwischen Chelsea und Adam hin und her und spürte, dass ihre Wangen brannten.

»Frauen müssen nicht zwangsläufig einhundert Sit-ups machen, sobald sie eine Praline essen«, sagte Adam und lächelte sein umwerfendes Lächeln. »Außerdem hat Liz es nicht nötig, diese Praline abzutrainieren.«

Ein – zumeist – weibliches Seufzen kam aus dem Publikum.

Leider ruinierte er sofort wieder alles. »Bei weiblichen Models ist es tatsächlich etwas anderes, schließlich ist ihr Körper ihr Kapital, und jede noch so kleine Sünde macht sich sofort bemerkbar. Aber bei Frauen mit natürlichen Rundungen, die ihr Wohlfühlgewicht erreicht haben, sind kleine Gewichtsschwankungen völlig normal.«

Natürliche Rundungen? Wohlfühlgewicht? Kleine Gewichtsschwankungen? Obwohl Liz wusste, dass sie gerade beobachtet wurde, entglitten ihr die Gesichtszüge.

Chelsea setzte noch einen drauf. »Was würdest du also zu Liz sagen, wenn sie deine Kundin wäre?«

Adam runzelte die Stirn und wirkte nachdenklich, während er Liz betrachtete. Seine Augen schienen ihren Körper abzuscannen. »Wenn Liz meine Kundin wäre und sie beispielsweise ein bisschen abnehmen wollte, um in ein besonderes Kleid wie ein Hochzeitskleid zu passen oder um auf eine Bikinifigur für den Strand hinzuarbeiten, würden wir zusammen einen Fitnessplan entwerfen, der sich nach ihrer Kondition richtet. Dann würden wir Übungen zusammenstellen, um ihre Problemzonen anzugreifen. Wie bei den meisten Frauen sind das die Hüften und der Po. Mit Squads und Ausfallschritten könnten wir sehr erfolgreich an der Muskulatur ihres Pos arbeiten.«

Wieso hatte sie das Gefühl, dass halb Boston ihr gerade auf

den Hintern starrte?! Voller Entsetzen blieben ihr die letzten Krokantsplitter im Hals stecken. Er sprach nicht wirklich über ihre Problemzonen, oder? Vor laufender Kamera?!

Doch er war noch nicht fertig. »Essenstechnisch müssten wir den Verzehr von Kohlenhydraten einschränken und in Liz' Fall den Zucker streichen. Das sollte sehr schnell zum Erfolg führen. Die ersten fünf Kilos könnte sie auf diese Weise innerhalb eines Monats verlieren. Der Rest würde etwas länger dauern.«

Der Rest?

Sie konnte nichts entgegnen oder einwerfen, da sie vor lauter Schreck die schokoladigen Krokantsplitter immer noch nicht komplett heruntergeschluckt hatte. Im Scheinwerferlicht des Studios und mit vier Kameras aus unterschiedlichen Perspektiven auf sie gerichtet musste Liz feststellen, dass Schokolade tatsächlich wie Pappe schmecken konnte.

Hatte er ihr gerade etwa vor laufender Kamera zu einer Gewichtsabnahme geraten und über ihre Problemzonen gesprochen? Was für ein Idiot! Wenn sie ein Hochzeitskleid bräuchte, würde sie es in ihrer Konfektionsgröße kaufen und sich nicht schinden, um an ihrem großen Tag anorektisch auszusehen! Und einen Bikini konnte man auch dann tragen, wenn man nicht wie ein Supermodel aussah! Was glaubte er überhaupt, wie viel sie abnehmen sollte, wenn er von fünf Kilos und *dem Rest* sprach?

Innerlich schäumte sie. Vor fünf Minuten hatte sie Adam Stone noch für den nettesten Mann der ganzen Stadt gehalten. Doch er war ein ebensolcher Idiot wie die meisten Männer, die Frauen einreden wollten, dass sie abnehmen mussten, um schön zu sein. Im Grunde waren alle Männer gleich! Am liebsten hätte sie ihm seinen ach so gesunden Smoothie über den Kopf gegossen!

»Das klingt so einfach, wenn du davon sprichst. Liz wird mir sicherlich zustimmen, dass Diäten und Sportprogramme nur schwer durchzuhalten sind. Beispielsweise mangelt es mir erheblich an Disziplin.«

Wenn Chelsea nicht endlich die Klappe hielt, würde Liz ausflippen.

»Alles Einstellungssache.« Dieser arrogante Mistkerl zuckte mit den Schultern. »Mit ein wenig Unterstützung ist es gar nicht so schwer, fit zu werden und Gewicht zu verlieren.«

»Genau da kommen Personal Trainer wie du ins Spiel, richtig?«

»Richtig. Wir sind dafür da, das Beste aus unseren Kundinnen herauszuholen.«

Liz war so wütend, dass sie, bevor sie überhaupt nachdachte, spitz fragte: »Das Beste? Nichts für ungut, Adam, aber es gibt nicht das eine Schönheitsideal. Für mich ist jemand erst interessant, wenn er nicht perfekt ist.«

»Aha?« Er schien nicht beleidigt zu sein, sondern schaute sie neugierig an.

»Ja!« Auch wenn Liz' Nerven flatterten, erwiderte sie geradezu stürmisch: »Es wäre ziemlich langweilig, wenn alle Menschen auf der Welt *perfekt* wären und gleich aussähen. Ich lasse mir schließlich auch nicht die Nase operieren, weil sie nicht dem gängigen Schönheitsideal entspricht. Schönheit ist relativ.«

Schweigen breitete sich aus, was Liz nur am Rande mitbekam, weil ihr eigener Herzschlag viel zu laut in den Ohren dröhnte. Wieso hatte sie nicht einfach die Klappe gehalten? Sollte der Großkotz doch weiterhin über Fitness schwadronieren!

»Du hast recht«, entgegnete Adam zu ihrer Überraschung. »Schönheit ist relativ, und deine Nase solltest du auf keinen Fall operieren lassen. Ich finde sie nämlich sehr gelungen.«

Wieder lachte das Publikum, auch wenn Liz die Belustigung nicht teilen konnte.

Wie ein Showmaster erläuterte Adam gut gelaunt: »Mir persönlich geht es vor allem darum, dass sich meine Kundinnen und Kunden wieder wohlfühlen können. Manchmal braucht es nur eine kleine Veränderung. Und Sport ist eine wunderbare Möglichkeit, Körper und Geist herauszufordern.«

Liz hätte liebend gern laut gewürgt.

Chelsea dagegen war Feuer und Flamme. Sie schaute in die Richtung der Zuschauer. »Ich muss gestehen, ich bin sehr angetan von der Aussicht, mich von Adam trainieren zu lassen, dabei sündigen zu dürfen *und* eine Kleidergröße kleiner zu tragen. Wie denken Sie darüber, meine Damen und Herren?«

Das Publikum applaudierte.

Der Idiot mit dem umwerfenden Lächeln zwinkerte Liz zu. Er war anscheinend extrem dickfellig. Ansonsten hätte er nicht derart freundschaftlich erklärt: »Ich würde vorschlagen, mit Liz' Pralinen zu sündigen. Sie sind einfach zu köstlich.«

Liz knirschte mit den Zähnen. »Vielen Dank«, brachte sie hervor. »Ich würde jedoch vorschlagen, meine Pralinen einfach zu essen, ohne dabei ein schlechtes Gewissen zu haben. Falls sich jemand für Sünden interessiert, kann er den Film *Sieben* mit Brad Pitt anschauen.«

Adam schien ihren Spruch für einen Witz zu halten, weil er herzhaft lachte. »Bist du Filmkritikerin?«

Sie kniff die Augen zusammen. »Nein, ich bin Patissière und das sehr gerne.«

»Das merkt man.« Er griff nach einer weiteren Praline und hob sie an die Nase, bevor er anerkennend nickte. »Für die Dinger könnte ich sterben.« Lächelnd schob er sich Liz' schokoladenhaltige Kreation in den Mund. »Ernsthaft.«

Liz hoffte beinahe, er würde Wort halten.

»Mom hat mich schon angerufen! Anscheinend hat die ganze Familie deinen Auftritt verfolgt. Sogar Tante Sue aus Atlanta hat sich die Show in der Mediathek angeschaut.«

Liz blickte von der Couch auf, als die Tür zu ihrer Wohnung aufgerissen wurde und ihre Schwester Vicky einem Hurrikan gleich hereingestürmt kam. Das hatte ihr noch gefehlt! Nach dem nervenaufreibenden Tag hatte sie sich darauf gefreut, heute Abend in Ruhe ein Schaumbad zu nehmen und im Internet nach Vodoopuppen zu suchen, die Ähnlichkeit mit Adam Stone besaßen. Ihr Plan löste sich mit der Ankunft ihrer Schwester jedoch in Rauch auf.

Wie der Wirbelwind, der sie nun einmal war, schleuderte Vicky ihre Jacke über Liz' Lesesessel und hätte um ein Haar die hübsche Stehlampe erwischt, die Liz besonders am Herzen lag. Vicky schien ihre Zerstörungswut nicht einmal zu bemerken, als sie sich auf den kleinen Couchhocker fallen ließ, nach Liz' Weinglas griff und dieses an den Mund führte, wobei der Inhalt beinahe überschwappte. Sollte auch nur ein einziger Tropfen des Rotweins auf Liz' eierschalenfarbenem Teppich landen, würde sie ihre Schwester erdrosseln, schwor sie sich.

»Erzähl!«

Liz wusste, worauf Vicky hinauswollte, hatte jedoch keine Lust, den beschämenden Auftritt und Adam Stones unverschämte Kommentare durchzukauen. Den ganzen Tag lang hatte sie sich darüber geärgert und wollte jetzt einfach in Ruhe und Frieden eine Weinflasche leeren und aus lauter Trotz die Schokoladenmacarons in sich hineinstopfen, die sie aus ihrer Patisserie mitgenommen hatte. Von wegen Problemzone! Die Problemzone einer Frau war eindeutig ein Mann und nichts anderes.

Leider ließ sich ihr Quälgeist von Schwester nur schwer ignorieren, während sie direkt vor ihr saß, Liz' Wein trank und sich geradezu gedankenlos einen der köstlichen Macarons in den Mund warf.

»Möchtest du vielleicht dein eigenes Glas haben?«

Für ihren zynischen Kommentar war Vicky voll und ganz unempfänglich. Schmatzend schüttelte sie den Kopf. »Ne, lass mal. Erzähl lieber von heute!«

Obwohl Liz wusste, dass es das Thema nur ein wenig hinauszögern würde, spielte sie die Unwissende. »Erfreulicherweise habe ich eine Bestellung für eine Hochzeitstorte hineinbekommen, fünfstöckig. Außerdem verkaufen sich die neuen Eclairs besonders gut ...«

»Doch nicht das«, fiel ihre Schwester ihr rüde ins Wort und verdrehte dabei die Augen. »Wie war die Show? Du weißt doch: Frühstücksfernsehen, Adam Stone und so weiter!« Ihre Ungeduld war beinahe greifbar.

Liz strich imaginäre Krümel von ihrer Couch und zuckte mit den Schultern. »Es war ganz nett. Hoffentlich war der Auftritt ein wenig werbewirksam.«

Vicky klang fassungslos. »Hallo? Du hast direkt neben Adam Stone gestanden! Du hast dich mit ihm unterhalten. Mit Adam Stone! Mehr hast du nicht zu sagen? Dass es *ganz nett* war?«

Liz biss die Zähne zusammen, gab sich jedoch so lässig wie möglich. »Himmel, Vicky. Es waren doch nur ein paar Minuten, die wir zusammen vor der Kamera waren ...«

Ihre Schwester riss die Augen auf und keuchte ungläubig. »Jeder konnte sehen, dass da zwischen euch etwas lief. Hast du nicht bemerkt, wie er dich angeglotzt hat?«

Vermutlich stammte Vicky tatsächlich von einem anderen Planeten. Wie sollte Adam Stone sie angesehen haben? Liz wusste nur, dass er vor Tausenden von Zuschauern über ihre Problemzonen gesprochen und ihr Tipps gegeben hatte, wie sie Gewicht verlieren könnte!

»Können wir bitte das Thema wechseln?«

»Warum?« Vicky griff nach dem nächsten Macaron, obwohl sie so klang, als habe sie den ersten nicht einmal zur Hälfte gekaut. »Ich könnte schwören, dass er an dir interessiert war. Habt ihr Nummern ausgetauscht?«

Liz fiel fast die Kinnlade herunter. »Hast du den Verstand verloren? Wieso sollte ich ihm meine Telefonnummer geben?«

»Um dich mit ihm zu verabreden«, erwiderte ihre Schwester, als wäre es das Normalste von der Welt, mit ehemaligen Unterwäschemodels auszugehen.

»Vicky ...«

»So eine Chance hast du dir doch nicht entgehen lassen, oder? Du bist zwar etwas zurückhaltend, was heiße Dates betrifft, aber Adam Stone ...«

»Adam Stone hat vor laufender Kamera meinen Po als problematisch fett bewertet«, warf Liz ein und kniff die Lippen zusammen.

Wenn sie mit Empörung gerechnet hatte, war sie bei Vicky an der falschen Stelle. Vicky tat nämlich Folgendes: Sie lachte.

»Das ist nicht komisch!«

Kichernd schüttelte ihre Schwester den Kopf. »Und ob es komisch ist! Der Mann hat keinesfalls über deine Problemzonen geredet, sondern mit dir geflirtet. Anscheinend hast du es nicht einmal bemerkt.«

»Geflirtet?«

»Aber ja!«

»Hast du nicht gesehen, wie er mich lächerlich gemacht hat?«

»Wieso soll er dich lächerlich gemacht haben? Er hat von einem Wohlfühlgewicht gesprochen und dir ganz eindeutig auf den Hintern gestarrt. In welcher Welt bedeutet das, dass dich ein Mann lächerlich macht?«

Aufgebracht schwang Liz die Beine von der Couch und stand auf, um den Teller mit den Macarons in die Küche zu tragen. Wenn Vicky sie nicht verstand und nicht auf ihrer Seite stand, konnte sie sich auch die Macarons abschminken.

Anscheinend begriff Vicky Liz' Abgang als Aufforderung, ihr nachzukommen. Kaum war Liz in ihrer Küche angekommen und hatte damit begonnen, die Geschirrspülmaschine einzuräumen, lehnte sich Vicky gegen den Kühlschrank und stand im Weg herum.

»Ich finde, dass Adam Stone sehr sympathisch wirkte.«

»Er hat ja auch nicht deine nicht vorhandenen Problemzonen angesprochen!« Wieder presste Liz die Lippen aufeinander und kippte etwas Spülmittel in eine eingetrocknete Auflaufform.

»Es war eher so, dass diese Moderatorin mit dem Thema angefangen hat, nicht Adam.«

Liz schnaubte zur Antwort.

»Du bist vielleicht dünnhäutig!«

»Bin ich nicht!« Selbst in ihren eigenen Ohren klang Liz wie ein beleidigtes Kleinkind.

»Hey! Leg mal lieber das Messer weg, bevor du mich damit versehentlich erstichst.« Ihre Schwester deutete belustigt auf das Gemüsemesser, das Liz gerade abtrocknen wollte. »Was ist mit dir los? So kratzbürstig kenne ich dich gar nicht.«

Damit hatte Vicky tatsächlich recht. Von den beiden Schwestern war Liz immer die zurückhaltende gewesen, während Vicky schon in der Grundschule für ihr vorlautes Mundwerk bekannt gewesen war. Da ihre Schwester jedoch seit Jahren predigte, dass Liz damit anfangen müsste, selbstsicherer zu werden und sich nicht alles gefallen zu lassen, sollte sie sich nicht jetzt darüber beschweren, dass Liz *kratzbürstig* war.

»Ich bin nicht kratzbürstig«, widersprach sie also und hob sie Schultern. »Nur finde ich es im Gegensatz zu dir nicht besonders sympathisch, wenn mir ein Mann bei einer TV-Ausstrahlung Tipps gibt, wie ich abnehmen kann. Ich muss nicht abnehmen und ich will nicht abnehmen.« Zur Untermauerung ihres letzten Satzes schleuderte sie den Putzlappen ins Spülbecken.

Wie die Ruhe selbst entgegnete Vicky: »Meiner Meinung nach hat Adam Stone auch nicht gesagt, dass du das musst.«

»Könntest du bitte aufhören, über ihn zu reden?«

»Ich weiß gar nicht, was du willst, Schwesterherz.« Vicky öffnete den Kühlschrank und nahm den Milchkarton heraus. »Du warst im Fernsehen, sahst echt süß aus und wurdest für deine wunderbare Arbeit gelobt. Und zur Krönung des Ganzen hat ein heißes, ehemaliges Unterwäschemodel dich angesehen, als fände er dich sehr viel verlockender als die köstlichen Pralinen, die vermutlich jeder einzelne Zuschauer probieren wollte. Hast du nicht bemerkt, wie intensiv er dich angestarrt hat?«

»Vermutlich hat er mich nur deshalb so intensiv angestarrt, weil er darüber nachgedacht hat, mit welchen Übungen ich meine Problemzonen bekämpfen kann.« Betont gelassen zuckte Liz mit den Achseln. »Vielleicht läuft sein Fitnessclub nicht besonders und nun sucht er händeringend Kundschaft.«

Die Liebe ihrer Schwester kannte keine Grenzen. »Du bist bescheuert.«

»Dito.«

»Als dieser Idiot, den du beim Online-Dating kennengelernt hast, zu dir gesagt hat, dass du auf deinem Profilfoto dünner ausgesehen hast, bist du nicht derart an die Decke gegangen.«

»Er hat es ja auch nicht *im Fernsehen* gesagt«, hob Liz hervor und machte eine hektische Handbewegung. »Und jetzt möchte ich wirklich nicht länger darüber reden. Adam Stone ist ein Idiot. Basta.«

»Basta?«

»Ja«, beharrte Liz. »Trink nicht aus dem Karton, sondern nimm dir ein Glas, Vicky!«

»Komm mal runter«, murrte ihre Schwester. »Auch wenn du deine Tage hast, musst du mich nicht gleich anfallen.«

Liz betete um Geduld und verkniff sich eine Antwort zu ihrem aktuellen Hormonstatus. Dann holte sie tief Luft. »Und wie war dein Tag?«

»Abgesehen von der Tatsache, dass meine Schwester sich wie eine Verrückte aufführt, war mein Tag eigentlich ganz nett. Viel Arbeit, wenig Vergnügen.«

»Wie schön für dich.« Liz seufzte und hörte sich selbst sagen: »Soll ich dir ein Sandwich machen?«

Zufrieden nickte Vicky und machte einen Schritt vom Kühlschrank weg. »Mit Käse und Bacon, bitte.«

Liz ließ die Schultern nach unten fallen und öffnete den Kühlschrank.

»Wenn du nicht mit Adam Stone ausgehen willst, könnte ich dir die Nummer eines Kollegen besorgen, Schwesterherz.«

Das hatte ihr gerade noch gefehlt! Vickys letzter Verkupplungsversuch hatte damit geendet, dass Liz ihrem Date zwanzig Dollar fürs Taxi *geliehen* hatte und selbst zu Fuß nach Hause gegangen war. Ihre Begeisterung hielt sich daher in Grenzen.

»Er heißt Peter und ist ganz nett. Wenn man auf den unterwürfigen Typ Mann steht, der sich nicht einmal über angebranntes Essen beschweren würde. Natürlich ist er kein Vergleich zu einem echt heißen Fitnesstrainer, aber ...«

»Vicky, wenn du willst, dass ich dir dieses Sandwich mache, solltest du jetzt lieber die Klappe halten.«

»Von mir aus.«

Doch das übermütige Funkeln in den Augen ihrer Schwester sagte Liz, dass Vicky nicht die Absicht hatte, Adam Stone nicht mehr zu erwähnen.

2

»Netter Auftritt, Adam.«

»Leck mich, Hank!«

»Lieber nicht! Meine Freundin ist verdammt eifersüchtig, Alter.«

Adam lachte auf und schnappte sich den Stapel Briefe, der sich auf seinem Schreibtisch seit gestern angesammelt zu haben schien. Aus dem Augenwinkel konnte er sehen, dass sein Kumpel weiterhin in der Tür zu seinem Büro stand und keine Anstalten machte, seinen Hintern in Richtung Trainingsfläche zu bewegen, wo er in drei Minuten eine Probestunde für eine potentielle Kundin geben würde. Manchmal war es Fluch und Segen zugleich, ein Kontrollfreak zu sein, der über alles und jeden in seinem Fitnessclub Bescheid wusste.

Adam blätterte durch die Post. »Hast du nicht in ungefähr zwei Minuten eine Probestunde, Hank?«, fragte er beiläufig.

»Ich habe die Dame schon begrüßt. Wie es aussah, war sie schrecklich enttäuscht, dass du ihr nicht zugeteilt warst.« Hanks Schadenfreude war nicht zu überhören. »Momentan zieht sie sich um. Als ich ihr erzählt habe, dass du dich mit großer Wahrscheinlichkeit sehen lässt, um Hallo zu sagen, sobald wir uns auf der Trainingsfläche einfinden, ging ein Strahlen über ihr Gesicht.«

Adam ließ die Schultern fallen und sah von dem Briefstapel in seinen Händen auf. Er lehnte sich mit der Hüfte gegen seinen Schreibtisch und fixierte Hank, der ganz unmöglich noch fröhlicher hätte wirken können. »Wieso habe ich plötzlich Lust, dich mal ordentlich zu vermöbeln?«

»Du kannst es ja probieren, Superstar.« Hank lachte dreckig. »Aber vorher solltest du die Dame begrüßen.«

Adam kniff die Augen zusammen. »Hank, ich bin heute nicht im Dienst.«

»Das weiß ich, Superstar, aber wenn du schon einmal da bist ...«

»Eigentlich bin ich schon wieder weg.« Adam hob demonstrativ den Stapel Briefe in die Höhe. »Ich wollte nur kurz nach dem Rechten sehen.«

»Tja, wie gut, dass ich dich erwischt habe.« Geradezu zufrieden rieb Hank sich die Hände. »Die Probestunde könntest du übernehmen, wo du schon einmal hier bist.«

Adam schnaubte. »Keine Chance.« Er schüttelte den Kopf. »Eigentlich habe ich heute frei.«

»Stella betonte, dass sie dein größter Fan sei.«

»Stella?«

»Meine Probekundin.« Für einen ehemaligen Judoka, der es bis in die Olympische Mannschaft geschafft hatte, konnte Hank ziemlich gut mit den Wimpern klimpern, während er einen schwermütigen Seufzer ausstieß. »Ich hatte den Eindruck, dass Stella die leise Hoffnung hegt, du würdest hier in schwarzen Boxerbriefs herumlaufen.«

»Und ich hege die leise Hoffnung, dass du endlich einen Abflug machst und mich in Ruhe die Rechnungen durchsehen lässt.« Adam wedelte mit den Umschlägen herum. »Wieso bin ich eigentlich hier der Vernünftige, der sich um den Bürokram kümmern muss? Als Partner könntest du dich zur Abwechslung mal damit abplagen.«

Leider ließ sich Hank nicht so schnell ablenken. »Weil du das so gut kannst. Apropos schwarze Boxerbriefs: Die vom Frühstücksfernsehen haben diverse Fotos von dir in Unterwäsche eingeblendet, während du von gesunder Ernährung geschwafelt hast.«

»Natürlich haben sie das.« Zwar hatte Adam das nicht gewusst, aber es wunderte ihn nicht. Schließlich war es nicht das erste und sicherlich nicht das letzte Mal, dass alte Modelfotos von ihm auftauchten, sobald über ihn oder seinen Fitnessclub berichtet wurde. Insbesondere die Fotos in Unterwäsche waren extrem beliebt, wenn es darum ging, seinen alten Job hervorzuheben. Schon lange hatte er damit aufgehört, sich darüber Gedanken zu machen. Er war kein Model mehr. Vielleicht würde die Öffentlichkeit das auch irgendwann begreifen. Bis dahin konnte er nur versuchen, das Ganze mit Humor zu nehmen. Mit einem Räuspern erklärte er: »Nur zur Info: Ich schwafele nicht.«

»Klang für mich aber so. Ich sehe die Schlagzeile schon vor mir: *Unterwäschemodel wird Tofu-Jünger!*«

»Ich hasse Tofu«, klärte Adam ihn lakonisch auf. »Und ein Unterwäschemodel bin ich schon lange nicht mehr.«

»Das schien die Moderatorin anders zu sehen. Ich habe nur darauf gewartet, dass sie dich auffrisst – und nicht die leckeren Pralinen, die diese Blondine da gezaubert hat.«

»Chelsea war ganz okay«, erwiderte Adam ruhig und verschwieg, dass sie ihm ihre Nummer nach dem Ende der Show zugesteckt hatte. Hank würde ihm diese Info noch monatelang aufs Brot schmieren. Dabei wusste er genau, dass überkandidelte Frauen mit hohen Stimmen und rot lackierten Krallen nicht sein Typ waren. Davon sah er in seinem Fitnessclub schon zu viele: Frauen, die vor dem Training noch eine Lage Make-up auftrugen, auf dem Laufband beinahe rückwärts schlichen, dabei eine Illustrierte lasen und die meiste Zeit quatschend mit einem Eiweiß-Shake in der Hand in der Gegend herumstanden. Schwitzen kam für sie nicht infrage, schließlich hätte es das Make-up verlaufen lassen.

Hanks frotzelnde Stimme unterbrach seine Gedanken. »Ich schätze, dass sich die männliche Bevölkerung Bostons fragt, ob sie dir ihr Höschen vermachen wollte.«

»Der Teil der männlichen Bevölkerung Bostons, der sich Gedanken um die Höschen von Moderatorinnen machen würde, guckt wohl eher Pornos und sitzt nicht um halb neun am Morgen vor der Glotze, um das Frühstücksfernsehen zu schauen«, erklärte er seinem Kumpel.

Hank schnalzte mit der Zunge. »Also ich habe mir durchaus Gedanken um ihr Höschen gemacht.«

»Dazu sage ich mal nichts.« Adam ließ seine Augen über die Rechnung des Elektroinstallateurs wandern und hörte seinem Freund nur mit einem Ohr zu, als dieser weiterhin über das Frühstücksfernsehen quasselte. Gedanklich machte er sich eine Notiz, dass er mit seinem Dad über eine Reduzierung seiner Steuervorauszahlungen sprechen musste, und dankte jeder Macht im Himmel, dass sein Vater Steuerberater war. Ohne ihn wäre er vermutlich im ersten Jahr bereits pleitegegangen. Und Hank als sein Partner war in dieser Hinsicht keine große Hilfe, denn vom Geschäftlichen hatte er kaum Ahnung. Als Fitnesstrainer und im Umgang mit den Kunden war er jedoch der Wahnsinn.

»Also eines sag ich dir: Diese Chelsea trägt sonst nicht dermaßen tief ausgeschnittene Oberteile im Fernsehen. Ich kenne die Sendung. Heute war es das erste Mal, dass man bis zu ihrem Bauchnabel sehen konnte. Für wen soll sie das denn getragen haben, wenn nicht für dich?«

»Muss ich mir Sorgen machen, dass du regelmäßig das Frühstücksfernsehen schaust?«

»Red keinen Scheiß«, grummelte Hank. »Ich bin enttäuscht, Superstar. Zwei wunderschöne Frauen verschlingen dich im Fernsehen mit den Augen und dich lässt es kalt. Muss *ich* mir etwa Sorgen machen?«

Adam blickte verwundert auf. Mit einem Hauch Neugier hakte er nach: »Wovon sprichst du?«

»Von der süßen Blonden mit den Pralinen.«

»Liz?« Verwirrt runzelte Adam die Stirn. »Was soll mit ihr sein?«

»Oh Mann.« Hank begann zu lachen. »Die Kleine hat dich angesehen, als wäre sie tierisch verschossen in dich. Bekommst du gar nichts mehr mit?«

Hank musste unter Halluzinationen leiden, entschied Adam. »Die *süße Blonde* hat mich nach der Sendung angesehen, als hätte ich ihre Katze überfahren.«

»Vielleicht hättest du ihr nicht Tipps geben sollen, wie sie ihre Problemzonen in den Griff bekommen kann. Nur zur Info, Superstar: Frauen reagieren manchmal etwas zickig, wenn es um ihre Figur geht.«

Er zeigte Hank einen Vogel. »Ich habe ihr nicht ...«

»Das Mädel ist hochrot angelaufen, als du ihr spezielle Übungen zum Arschtraining ans Herz gelegt hast. Vorher hing sie an deinen Lippen, aber dann ...« Hank machte eine Geste, als würde er sich die Kehle durchschneiden.

In seiner Erinnerung war das Ganze völlig anders abgelaufen. Sein Freund dramatisierte mal wieder und redete Unsinn.

»Dabei fand ich sie echt süß.«

»Liz?« Adam dachte an die blonde Bäckerin mit den riesigen blauen Augen und der Stupsnase. In ihrer rosafarbenen Schürze hatte sie tatsächlich ziemlich niedlich ausgesehen. Mit einem Schulterzucken nickte er. »Kann sein.«

»Kann sein?«

Genervt verdrehte Adam die Augen. »Hank, willst du irgendetwas?«

»Kann ich nicht einmal meinem Kumpel zu seinem gelungenen Auftritt im Fernsehen gratulieren?«

»Nein. Nicht, wenn du mir auf den Sack gehst.«

»Hey, etwas mehr Zurückhaltung.«

»Zurückhaltung?«

Hank nickte vehement. »Sicherlich rennen uns nach deinem heutigen Auftritt hoffnungsvolle Single-Frauen die Bude ein, weil sie von dir trainiert werden wollen. Du solltest dich gepflegter ausdrücken.«

Adam schenkte ihm einen langen Blick. »Trish weiß, dass hoffnungsvolle Single-Frauen auf meiner Spam-Liste landen.« Er öffnete einen weiteren Briefumschlag und überflog die Zeilen, mit denen ein Firmeninhaber seine neuesten Fitnessgeräte auf Basis von Elektrostimulation anpries. Der Brief landete postwendend im Müll. *Elektrostimulation,* dachte er abfällig. Warum auch Muskeln mit der guten, alten Methode trainieren, wenn man sich Elektroden an den Körper kleben konnte?

»Deine Spam-Liste wird länger und länger. Trish weiß schon gar nicht mehr, wem sie all deine liebestollen Groupies zuteilen soll.«

»Liebestolle Groupies?« Adam fuhr sich durchs Haar und legte die restlichen Briefe beiseite. »Kann es sein, dass du mich mit Chris Hemsworth verwechselst?«

»Frag ruhig Stella.«

»Bist du etwa neidisch?«

»Hey, es kann nur einer von uns mit liebestollen Groupies gesegnet sein, und großzügig, wie ich nun einmal bin, überlasse ich es dir, mit ihnen fertig zu werden.«

Adam lachte trocken und verdrehte ein weiteres Mal die Augen.

Hank übertrieb schamlos. Es gab eine relativ kurze Liste von Kundinnen, die Adam höflich an seine Mitarbeiter vermittelt hatte, weil es wenig sinnvoll gewesen wäre, wenn er sie trainiert hätte. Es waren in der Tat Groupies, die glaubten, sich an ihn heranschmeißen zu können, wenn sie bei ihm Stunden nahmen. Nachdem ein solcher Groupie vor einigen Monaten beim Krafttraining eine Hantel hatte fallen lassen, weil sie ihm schöne Augen machen wollte, und mit einem gebrochenen großen Zeh im Krankenhaus gelandet war, hielt es Adam für besser, ein wenig Abstand zu solchen Damen zu nehmen. Er trainierte gerne Frauen. Er liebte es, wenn sie sich beim Training verausgabten, motiviert waren und alles gaben, um ihre Ziele zu erreichen. Es gab keine größere Befriedigung, als mitzuerleben, wie eine Kundin mit seiner Unterstützung ihr Leben veränderte und über sich hinauswuchs. Das war der Grund dafür gewesen, weshalb er seinen eigentlichen Plan über Bord geworfen hatte und Fitnesstrainer geworden war. Adam wollte miterleben, wie Menschen ihr Leben zum Positiven änderten und aus alten Verhaltensmustern herausbrachen.

Worauf er keine Lust hatte, war, jemanden zu trainieren, der keinerlei Interesse an seinem Fachwissen und seiner Unterstützung hatte, sondern lediglich Woche für Woche bei ihm aufschlug, weil er für ihn schwärmte. Er war schließlich kein Popstar, sondern ein Fitnesstrainer.

»Die liebestollen Groupies halten sich sehr in Grenzen«, gab er also ruhig zu bedenken.

»Nicht nach deinem heutigen Auftritt. Sogar ich konnte meinen Blick nicht von deinem Foto reißen, auf dem du gerade aus einem Pool steigst. Haben sie dir damals ein Paar Socken in die Badehose gesteckt?«

»Es waren sogar zwei Paar«, erwiderte Adam trocken. »Nur kein Neid, Hank, beim nächsten Mal können wir gern tauschen, dann stehst du um fünf Uhr morgens auf und beantwortest im Frühstücksfernsehen Fragen. Schließlich ist das *LIONESS* auch dein Club.«

Sein Kumpel lachte laut auf. »Ich fürchte, ich gebe in Unterwäsche kein auch nur annähernd so gutes Bild ab wie du. Außerdem bist du doch nur um fünf Uhr aufgestanden, um noch eine Runde joggen zu gehen, bevor du ins Fernsehstudio gefahren bist.«

»Wer rastet, der rostet.« Grinsend zog Adam eine Augenbraue in die Höhe und nickte in Richtung von Hanks Leibesmitte, wo ein minimaler Bauchansatz zu erkennen war. »Du bist das beste Beispiel dafür.«

»Sag nichts gegen meinen Wohlfühlbody. Pam ist ganz verrückt nach ihm.«

»Du kannst von Glück reden, dass du so eine tolerante Freundin hast«, zog Adam ihn auf. »Mein Mitgefühl hat sie.«

»Apropos Pam.« Hank verzog das Gesicht. »Sie lässt fragen, ob du am Freitag Lust auf einen Scrabble-Abend hast.«

Adam seufzte, verschränkte die Arme vor der Brust und musterte seinen Freund. Schauspielerei war ganz sicher nicht Hanks Stärke. Der Vierzigjährige wollte anscheinend ganz beiläufig klingen, doch sein hin und her huschender Blick sowie das nervöse Reiben seiner Finger verrieten ihn sofort. Adam konnte sich denken, worauf die Frage hinauslief. Seine Stimme klang geradezu märtyrerhaft, als er nachhakte: »Wie heißt sie dieses Mal?«

Ganze fünf Sekunden erwiderte Hank den stechenden Blick, bevor er mit einem Achselzucken zugab: »Das musst du Pam fragen. Ich weiß nur, dass sie Kindergärtnerin und seit einem halben Jahr Single ist.«

Adams Schultern sackten hinab. »Danke, aber ich verzichte.«

»Pam meint, sie kann echt gut mit Kindern.«

»Schön für sie.«

»Und sie läuft Marathon. Pam sagt, sie ist sehr nett.«

»Was sagt Pam noch über sie?«

Hank schien für Adams Sarkasmus unempfänglich zu sein. »Lass mal nachdenken ...«

Adam hob sofort die Hände. »Schon gut, schon gut! Du hast mir den Mund zwar wässrig gemacht, aber ich glaube, ich verzichte trotzdem.«

»Willst du vielleicht ihre Nummer haben?«

Darauf ging Adam erst gar nicht ein. In den letzten Monaten war er diverse Male das Opfer von Pams Kuppelversuchen geworden.

Als er mit Hank den Superbowl hatte schauen wollen, war Pam mit einer brünetten Krankenschwester im Schlepptau aufgekreuzt. Er hatte sich kaum auf das Spiel konzentrieren können, weil er sich von ihr extrem beobachtet gefühlt hatte – wie ein Wellensittich, um den eine Katze herumschlich, die nur darauf wartete, sich auf den bedauernswerten Vogel zu stürzen. Damals hatte er sich geschworen, nie wieder einem Sportereignis in Hanks Wohnung beizuwohnen. Es war ein Wunder, dass er überhaupt mitbekommen hatte, wer gewonnen hatte.

Dann war da seine Geburtstagsparty gewesen, zu der Hank

mit Pam nebst ihrer Cousine Anna aufgetaucht war. Die achtundzwanzigjährige Tierärztin hatte ihm erzählt, dass sie durch ein hartes Sportprogramm und die Weight Watchers zwanzig Kilogramm abgenommen hatte und nun bereit für die große Liebe sowie für ein Hochzeitskleid von Vera Wang war. Dass sie ihn dazu auserkoren hatte, ihr ebendieses Hochzeitskleid in ihrer Hochzeitsnacht auszuziehen, hatte sie ihm ins Ohr geflüstert, nachdem sie nach zwei Bieren im Vollrausch gewesen war. Sein dreißigster Geburtstag hatte damit geendet, dass eine volltrunkene Frau sich in seinem Badezimmer verbarrikadiert hatte, während Hank und er versucht hatten, sie nach draußen zu locken, damit die übrigen Gäste nicht in die Verlegenheit kamen, die McDonald's Filiale zwei Häuserblöcke weiter zu besuchen, sobald sie auf die Toilette mussten.

Und nicht zu vergessen war jener Kinoabend, an dem Adam dazu gezwungen worden war, neben Pams Nachbarin Sandra zu sitzen, die nicht nur einen ganzen Kübel Popcorn allein verdrückt hatte, sondern sich an Adams Arm geklammert hatte, während auf der Leinwand eine wilde Schießerei stattgefunden hatte. Anschließend hatten Hank und er beide Frauen in eine Bar begleiten müssen, in der Sandra ihm in aller Ausführlichkeit von der Laktoseintoleranz ihrer Katzen berichtet hatte. Sie hatte fünf. Selbst jetzt erinnerte er sich noch an die Namen und hatte sogar eine vage Vorstellung davon, wie laktoseintolerante Stubentiger aussahen, da Sandra ihm Fotos auf ihrem Handy gezeigt hatte. So viel zu dem eigentlichen Männerabend, den er und Hank geplant hatten.

Pam war also nicht sonderlich subtil, was ihren Plan betraf, ihm eine Freundin zu beschaffen.

»Kannst du Pam bitte sagen, dass sie endlich damit aufhören soll?«

»Sie denkt, du brauchst eine Freundin.« Hank lächelte entschuldigend. »Vielleicht …«

»Nein, danke«, unterbrach Adam seinen Kumpel freundlich, aber bestimmt. »Ich betrete deine Wohnung nicht mehr, wenn Pam nicht endlich diese fixe Idee loswird, mir eine Freundin suchen zu müssen.«

Unentschlossen trat Hank aufs andere Bein und wich Adams Blick aus. »Da Kate bald heiratet … Na ja …«

»Lass mich raten.« Nur mühsam konnte Adam seine Belustigung unterdrücken, auch wenn er mittlerweile ziemlich genervt war. Niemand schien begreifen zu wollen, dass Kates Hochzeit ihn nicht juckte. Im Gegenteil, er war sogar erleichtert. »Weil Kate bald ihren Zahnarzt heiratet, findet Pam, ich sollte mir eine Freundin suchen, richtig?«

»So in etwa.«

Mit einem tiefen Seufzer wollte er wissen: »Hast du ihr nicht gesagt, dass *ich* mich von Kate getrennt habe und dass Kate und ich immer noch befreundet sind?«

»Pam denkt, du leidest darunter, dass Kate verlobt ist.«

»Da ist sie auf dem Holzweg.« Er schüttelte kurz den Kopf.

»Und das soll ich ihr sagen?«

Da Hank sein Freund war und Adam sowieso keine Energie damit verschwenden wollte, die Freundin seines Kumpels in sein Liebesleben einzuweihen, schob er freundlich nach: »Du könntest ihr sagen, dass es meine Sache ist, mit wem ich ausgehe und mit wem nicht.«

Hank schnaubte abfällig. »Wenn ich ihr das sage, muss ich bestimmt auf dem Sofa schlafen.«

Adam rümpfte die Nase. »Ich mag Pam echt gern, aber diese Verkupplungsversuche gehen mir gehörig auf den Keks.«

»Sie scheint zu glauben, dass alle Menschen so glücklich sein sollten wie wir.«

Angesichts des großspurigen Lächelns im Gesicht seines Kumpels und der Tatsache, dass Hank sich regelmäßig darüber beschwerte, dass Pam aus ihm einen Vegetarier machen wollte, konnte Adam nicht anders, als eine Augenbraue demonstrativ in die Höhe zu ziehen. Anstatt seinen Kumpel jedoch daran zu erinnern, dass seine Freundin ab und zu eine regelrechte Furie sein konnte, erwiderte er lässig: »Wer sagt denn, dass ich unglücklich bin?«

»Mir brauchst du das nicht zu sagen!« Hank hob beide Hände abwehrend in die Höhe. »Pam denkt nun einmal, dass du eine Freundin brauchst.«

»Mach deiner Freundin ein Kind, damit sie aufhört, mich zu bemuttern«, beschied Adam knapp.

Hank Simmons, ein Bär von einem Mann, der mit größter Leichtigkeit Truckreifen durch die Gegend schieben konnte und jahrelang erfolgreicher Kampfsportler gewesen war, errötete wie ein Schuljunge, der die Unterwäsche seiner älteren Schwester fand. »So weit sind wir noch nicht. Pam und ich lassen uns etwas Zeit.«

Fast hätte sich Adam verschluckt, denn Pam war nicht nur dann nicht subtil, wenn es darum ging, ihn verkuppeln zu wollen, sondern auch dann, wenn es darum ging, jedem im Umkreis von zehn Meilen ihren Kinderwunsch mitzuteilen. Der Einzige, der das nicht begriff, stand gerade vor Adam und schien nicht zu ahnen, dass er in nicht allzu ferner Zukunft Windeln wechseln sollte statt Truckreifen durch Matsch zu befördern.

»Sag mir nur rechtzeitig Bescheid, wenn bei euch Nachwuchs geplant ist, damit ich eine andere Nervensäge finden kann, die den Spinningkurs übernimmt«, feixte Adam.

Wie erwartet verzog Hank das Gesicht. »Ich dachte, wir hätten das mit dem Spinningkurs geklärt.«

Mit einer Unschuld, die vermutlich nicht einmal die Mutter Maria besessen hatte, beteuerte Adam: »Die Kundinnen lieben deinen Spinningkurs, Hank. Sie sind einhellig der Meinung, dass niemand so großartig motivieren kann wie du. Abgesehen davon machst du in Radlerhosen eine tolle Figur. Keine unserer Trainerinnen hat solche Beine wie du. Wie kann ich unter diesen Voraussetzungen den Kurs streichen?«

Hank drohte ihm mit der Faust und lief gleichzeitig rot an. »Dann kannst du mir ja auch gleich den Zumba-Kurs geben!«

»Ist schon notiert.«

»Ich glaube, ich gehe lieber zu meiner Kundin«, murrte Hank verdrossen.

Adam tippte sich an die Stirn. »Wir sehen uns.«

Wenn Hank nicht sein Kumpel gewesen wäre, hätte Adam tatsächlich Schiss bekommen können, als dieser ihn finster ansah.

»Pass lieber im Dunkeln auf, Stone. Superstar hin oder her, ich nehme dich in die Mangel, versprochen.«

»Versuch's nur, alter Mann.«

Hank zeigte ihm freundschaftlich den Mittelfinger und erwiderte mit einem Grinsen im Gesicht: »Nur zur Info: Pam wird der Kindergärtnerin mit Sicherheit deine Nummer geben. Viel Spaß.«

»Danke, Hank«, rief Adam ihm nach, als sein Freund sein Büro verließ.

Als er endlich allein war, legte er den Kopf zurück und stieß den Atem aus. Tage wie heute brauchte er ungefähr so sehr wie einen Zahnarztbesuch. Erst hatte er in aller Herrgottsfrühe aufstehen müssen, um nach einer kurzen Joggingrunde in ein TV-Studio zu fahren, und jetzt musste er sich mit einer Kindergärtnerin auseinandersetzen, die es dank der Freundin seines

Kumpels auf ihn abgesehen hatte. Wieso konnte er seinen freien Tag nicht einfach genießen wie jeder andere Mensch auf dieser Welt?

Adam stieß sich von seinem Schreibtisch ab und schloss die Tür, bevor er sich auf das zerschlissene Sofa fallen ließ, das er in sein Büro gestellt hatte, als er anfangs Tag für Tag bis tief in die Nacht hier gearbeitet hatte. Er schloss die Augen und verschränkte die Hände hinter dem Kopf. Blieb zu hoffen, dass Hank unrecht hatte, denn eine weitere von Pams Freundinnen abzuwimmeln, war das Letzte, worauf er Lust hatte. Dates im Freundeskreis waren meistens eine schlechte Idee, denn Frauen in seinem Alter wollten etwas Festes, etwas Ernstes. Kate war das beste Beispiel dafür. Sie beide hatten zusammen jede Menge Spaß gehabt – bis zu dem Zeitpunkt, an dem Kate der Meinung gewesen war, den nächsten Schritt gehen zu müssen. Dass Adam nicht weiter hatte gehen wollen als bis zu dem Punkt, an dem sie beide angelangt waren, hatte Kate nicht verstanden. Glücklicherweise gehörte seine Ex jedoch zu der pragmatischen Sorte Frau, die nicht versucht hatte, ihn dazu zu zwingen, aus ihrer Beziehung etwas Festes zu machen. Stattdessen hatten sie Schluss gemacht. Kate hatte wenige Wochen später einen neuen Freund gefunden und würde diesen bald heiraten. Die Erleichterung und das Gefühl, noch einmal davongekommen zu sein, hatte Adam noch immer nicht abgelegt. Nur schien ihm niemand glauben zu wollen, dass es ihm tatsächlich nichts ausmachte. Kate würde heiraten, und Adam hatte keine Lust, all seinen Freunden zu erklären, dass er froh über diese Heirat war. Woher sollten sie auch wissen, warum Adam feste Beziehungen mied wie der Teufel das Weihwasser? Er ging damit nicht hausieren. Sollten sie doch denken, dass er Kate hinterherheulte.

Bevor er es sich auf dem Sofa zu gemütlich machen konnte,

erhob er sich widerwillig und entschied sich dazu, doch eine kurze Runde durch den Club zu machen, bevor er wieder fuhr. Man konnte ihm vieles nachsagen, aber nicht, dass er sich für seinen Laden nicht den Allerwertesten aufriss.

»Sie sind doch Adam Stone. Ich habe Sie heute Morgen im Fernsehen gesehen.«

Adam konnte die forschenden Blicke der Mütter auf sich spüren, als er am Rande des Schulhofes stand und darauf wartete, dass der Unterricht in der Grundschule vorbei war. Noch vor einer Minute war er davon ausgegangen, dass er nur deshalb so intensiv beäugt wurde, weil er der einzige Mann inmitten von Frauen war, die hier standen und auf ihren Nachwuchs warteten. Jetzt wusste er, dass die heutige TV-Sendung daran schuld war.

Höflich lächelte er der Enddreißigerin zu, die vertraulich nahe an ihn heranrückte und neben dem obligatorischen Mercedesschlüssel einen obligatorischen Kaffeebecher von Starbucks in den Händen hielt. Ein kurzer Blick auf die übrigen Mütter sagte ihm, dass sie alle gerade bei Starbucks gewesen sein mussten. Und sie alle schienen das Frühstücksfernsehen zu kennen.

Da er Christopher und Lori eher selten von der Schule abholte, kam er nicht oft in den Genuss, sich mit den Eltern der anderen Grundschüler zu unterhalten. Die Lincoln Elementary School war eine sehr beliebte *und* teure Grundschule mitten in einer der besten Gegenden von Boston. Der Schulhof war groß, liebevoll angelegt und voller hübscher Klettergerüste. Außerdem war er von Bäumen und akkurat angelegten Wiesen gesäumt. Die Klassenräume waren hell und freundlich, und die Lehrerinnen und Lehrer legten großen Wert darauf, ihre

Schützlinge bestmöglich zu fördern. Das Schulgeld kostete ein kleines Vermögen, und wie es schien, waren alle Eltern hier bereit, dies zu zahlen. Anhand der Luxushandtaschen der anwesenden Mütter, der riesigen Autos direkt vor dem Schulgelände und der teuren Klamotten der Grundschüler wusste man auf den ersten Blick, um was für eine Schule es sich hier handelte – und man wusste auch auf den ersten Blick, um was für Frauen. Jetzt verstand Adam plötzlich, warum Mary nicht sonderlich erpicht darauf war, Christopher und Lori abzuholen.

»Ertappt.« Freundlich nickte er ihr zu und hob die Hand, um die anderen Mütter zu begrüßen, die ihn aus neugieriger Distanz beäugten. Sobald er in die Runde lächelte, begann das Kichern.

»Ich wusste es«, triumphierte die Frau, die nach Auskunft ihres Kaffeebechers Brenda hieß und gerade an einem Karamell Macchiato nippte. »Natürlich war mir Ihr Name von früher ein Begriff, aber ich wusste nicht, dass Sie mittlerweile ein Sportstudio haben und Fitnesstrainer sind.«

»Schon im zweiten Jahr.«

»Als Model haben Sie eine ziemlich gute Figur gemacht.«

»Danke.« Leichthin erwiderte er: »Den Job kann man leider nicht ewig machen.«

Geradezu süßlich lächelte sie ihn an. »Wie gut, dass ich heute Morgen das Frühstücksfernsehen eingeschaltet habe.«

Weil er immer auf der Suche nach neuen Kunden war, neigte Adam höflich den Kopf und gab sich charmant, auch wenn er eigentlich den Schulhof im Blick behalten wollte, auf dem bald Christopher und Lori erscheinen sollten. »Sie sind jederzeit herzlich willkommen, sich bei uns im *LIONESS* umzusehen.«

»Vielleicht komme ich darauf zurück«, entgegnete sie und

spitzte dabei die Lippen. »Sie scheinen ein sehr qualifizierter Trainer zu sein.«

Adam war ziemlich stolz auf sich, dass bei dieser plumpen Anmache nicht einmal sein Augenlid zuckte. Professionell entgegnete er: »Alle unsere Trainer sind äußerst qualifiziert.«

»Das glaube ich Ihnen aufs Wort.« Sie maß ihn von oben bis unten. »Wie kommt es, dass ich Sie hier niemals zuvor gesehen habe, Mr. Stone?«

»Nur Adam, bitte. Ich komme leider selten dazu vorbeizuschauen.«

Er registrierte, dass sie geradezu demonstrativ die linke Hand in die Höhe hielt, an der er das Fehlen eines Eheringes bemerkte, während sie an ihrem Karamell Macchiato nippte und ihm einen Blick schenkte, der vermutlich so einigen Pornodarstellerinnen alle Ehre gemacht hätte. Man konnte sagen, was man wollte, aber Grundschulmütter schienen keine Kinder von Traurigkeit zu sein. Wenn es Adam nicht so deplatziert und zudem billig gefunden hätte, vor einem Schulhof angemacht zu werden, hätte er Brenda vielleicht sogar einen zweiten Blick geschenkt. Auch wenn er nicht auf der Suche nach etwas Festem war, konnte es nicht schaden, sich umzusehen. Aber Brenda war dann doch einen Tick zu aufdringlich. Im *LIONESS* hätte er sie auf seine Spam-Liste setzen lassen und an Hank verwiesen.

»In welche Klasse geht Ihr Kind, Adam?«

Grinsend erwiderte er: »In die vierte, und es sind zwei Kinder, Christopher und Lori.«

Brenda machte große Augen und schnappte nach Luft. »In die vierte Klasse? Wie alt waren Sie denn bei ihrer Geburt?«

»Gerade mal zwanzig.« Adam hob den Kopf, als endlich das

Schultor geöffnet wurde und kreischende Grundschulkinder auf den Schulhof stürmten. Sobald er die beiden Blondschöpfe entdeckte, hob er den Arm, winkte ihnen und rief ihre Namen.

Nebenbei bemerkte er, dass sich Brenda noch immer nicht von ihrem Schock erholt hatte.

»Da ... Da haben Sie ja früh angefangen.«

»Kann man so sagen.« Er verkniff sich ein Lachen, nickte ihr knapp zu und lief auf die beiden Kinder zu, die ihn mit einem Strahlen auf den pausbäckigen Gesichtern ansahen.

»Hey, ihr beiden! Wie geht's euch?«

»Was machst du denn hier?«, polterte Christopher los. Er trug seinen Schulranzen nur auf einer Schulter. Dass er sich jedoch freute, ihn zu sehen, bewies Christopher, als er seine Arme um Adam Hüften schlang und ihn kurz umarmte.

»Ich wollte euch abholen.« Adam fuhr ihm kurz durchs Haar und fing Loris Blick ein, der ein wenig betroffen wirkte. »Alles gut, Süße?«

Sie schüttelte den Kopf und schmiegte sich ebenfalls an ihn. Ihre Stimme war nur ein Murmeln, als sie in Adams Jacke schniefte: »Ich habe eine schlechte Note in der Mathearbeit geschrieben.«

Tröstend legte er ihr eine Hand in den Nacken. »Was heißt *schlechte Note*, Sweetheart?«

»Eine Drei. *Minus.*«

Er gab einen mitfühlenden Laut von sich. »Oje. Und du, Kumpel? Was hast du?«

Im Gegensatz zu seiner ehrgeizigen Zwillingsschwester antwortete Christopher unbekümmert: »Eine Vier. Auch mit einem Minus.«

Adam musste ein Seufzen unterdrücken. »Da hat es sich ja ausgezahlt, dass wir vorher geübt haben.«

Der kleine Komiker legte den Kopf zurück und grinste ihn mit seiner Zahnlücke breit an. »Finde ich auch. Ich werde bestimmt noch Klassenbester!«

»Klassenbester darin, Witze zu reißen«, betonte Adam und streichelte der zehnjährigen Lori gleichzeitig über den Kopf, weil er wusste, dass es für das Mädchen eine furchtbare Tragödie war, nicht mindestens eine Zwei zu schreiben. »Kopf hoch. Es ist nur eine Mathearbeit. Die nächste wird besser. Außerdem ist eine Drei eine gute Note.«

Die Kleine seufzte bekümmert. »Das sagt Mrs. Potter auch.«

»Wenn deine Lehrerin das auch sagt, dann ...«

Lori unterbrach ihn mit einem Flüstern: »Aber es ist eine Drei *minus!*«

»Dann denk dir das Minus weg.« Er beugte sich hinab und küsste sie auf den Kopf. »Eigentlich wollte ich mit euch ein Eis essen gehen. Aber wenn ihr beide so traurig seid, dann ...« Er ließ den Satz unvollendet.

Mit all der Ernsthaftigkeit einer Zehnjährigen legte Lori den Kopf zurück und sah ihn nachdenklich an. »Ein Eisbecher würde uns bestimmt aufmuntern.«

Auch wenn ihr unverwüstlicher Bruder keine Aufmunterung zu brauchen schien, stimmte Christopher ihr mit einem Jubelruf zu.

Adam nahm den beiden die Schulranzen ab und lief mit ihnen zum Auto. Während Christopher mit ihm darum feilschte, vorn sitzen zu dürfen, dozierte Lori darüber, was bei einem Unfall alles passieren könnte, und schnallte sich auf dem Rücksitz an.

Christopher redete die gesamte Fahrt über, während Lori wortlos aus dem Fenster sah. Im Eis-Café ließ sie sich das Bananasplit jedoch schmecken, und auch Christopher verschlang seinen Schokoladenbecher und erzählte ausführlich von einem Klassenkameraden, der von seinen Eltern abgeholt werden musste, weil er mutwillig die Jungentoilette verstopft hatte. Irgendwie schien Chris glühende Bewunderung für seinen randalierenden Freund zu empfinden. Adam konnte nur hoffen, dass der Kleine nicht auf eine ähnliche Idee kam.

Mit den beiden Zeit zu verbringen, fiel Adam nie schwer, und auch jetzt bemerkte er, wie der Stress des Tages von ihm abfiel, als er zusammen mit ihnen in einem Eis-Café saß und ihren piepsigen Stimmen lauschte. Zwar hatte er nicht einmal ansatzweise sein Tagespensum geschafft und durch den Auftritt im Frühstücksfernsehen seinen kompletten Tagesrhythmus aus dem Takt gebracht, aber das machte ihm nicht sonderlich viel aus. Auch wenn heute sein freier Tag war, hätte er eigentlich eine Trainingseinheit absolvieren müssen. Seit ein paar Wochen hielt er sich nämlich strikt an einen eigens für ihn konzipierten Plan, der ihn auf eine Teilnahme am Ironman vorbereiten sollte. Nicht nur seine Trainingseinheiten waren detailliert aufgelistet, sondern auch seine Ernährung. Sein Ansporn und Ehrgeiz war es, den Ironman erfolgreich zu absolvieren. Das bedeutete, einen noch disziplinierteren Tagesablauf als gewöhnlich zu haben und nicht von ihm abzuweichen. Tage wie der heutige waren eine absolute Ausnahme.

Weil er heute also lediglich eine kurze Runde joggen gewesen war und zum Frühstück Schokopralinen gegessen sowie einen Smoothie getrunken hatte, hielt er sich jetzt zurück und trank lediglich einen ungesüßten Eistee. Dann würde er sich eben später am Tag für sein Ziel noch etwas schinden. Jetzt wollte er jedoch seine Zeit mit Chris und Lori genießen.

Als beide aufgegessen hatten, machte er sich mit ihnen auf den Weg nach South End.

Er parkte seinen Camaro direkt vor einem viktorianischen Haus aus rotem Backstein und mit einem schmiedeeisernen Treppengeländer. Christopher und Lori stürmten die Außentreppe hoch und überließen es ihm, die beiden Schulranzen hinterherzutragen. Sobald ihre Mom die Tür geöffnet hatte, überfielen die Zwillinge sie regelrecht mit der Neuigkeit, dass Adam mit ihnen Eis essen gegangen war, und rannten anschließend ins Haus, um ihren Hund zu suchen. Adam blieb zurück und stellte die Taschen neben der Tür ab.

»Haben sie dich den letzten Nerv gekostet?« Mary Stone verdrehte die Augen und schloss die Tür hinter ihm.

»Überhaupt nicht. Aber sei gewarnt, Lori hat eine Drei *minus* geschrieben und trägt deshalb Trauer.« Er küsste seine Stiefmutter zur Begrüßung auf die Wange. »Ist Dad schon da?«

»Nein, er kommt etwas später. Einer seiner Mandanten hat eine Steuerprüfung.« Sie drückte seinen Arm und schnitt eine Grimasse.

»Besser er als ich«, sagte Adam und lachte angesichts des Hundegebells und der fröhlichen Rufe seiner Geschwister.

Seine Stiefmutter dagegen zuckte merklich zusammen und seufzte. Geradezu beschwörend nickte sie nach rechts. »Komm, wir verstecken uns im Wintergarten und hoffen, dass sie uns nicht entdecken.«

Lachend legte er Mary einen Arm um die Schulter. »So spricht nur eine liebende Mutter.«

»Auch eine liebende Mutter hat einmal Pause. Deine Schwester treibt mich in den Wahnsinn, weil sie glaubt, mit einer Drei auf der Grundschule niemals auf ein College zu kommen, und dein Bruder hat nur Unsinn im Kopf.«

»Und leider kann man ihm nicht böse sein, weil er echt knuffig ist.«

»Du sagst es! Es ist ein Drama.« Sie lief in Richtung Wintergarten, entschlüpfte seinem Arm, stieß die Tür auf und betrat den gepflegten Wintergarten, von dem aus man eine schöne Sicht auf den Garten hatte.

Sein Dad und Mary hatten das Haus ein paar Monate vor ihrer Hochzeit gekauft. Damals hatte Adam noch mit seiner Mom in Arizona gewohnt und war ein Teenager gewesen. Er erinnerte sich zu gut an die Auseinandersetzung mit seiner Mutter, als er verkündet hatte, nach Boston zur Hochzeit seines Dads zu fliegen. Sie hatte ihn nicht einmal zum Flughafen gefahren, sondern ihm Geld fürs Taxi gegeben. Als unglücklicher Sechszehnjähriger hatte er in diesem Haus im ersten Stock in seinem Zimmer gelegen und daran gedacht, gar nicht mehr zu seiner Mom zurückzukehren. Nur seinem Dad war es zu verdanken gewesen, dass er sich mit seiner Mutter ausgesöhnt und zurück nach Tucson geflogen war. Verziehen hatte er ihr jedoch bis heute nicht, was sie ihm damals an den Kopf geworfen hatte. Und manchmal dachte er immer noch, dass es vielleicht besser gewesen wäre, wenn er gar nicht mehr zurückgeflogen wäre. Auf diese Weise hätte er sich einiges erspart.

»Danke, dass du sie abgeholt hast, Adam.«

Er riss seinen Blick von dem blühenden Garten los und verdrängte die unschönen Gedanken an seine Mom, als er sich in einen der Gartensessel aus Rattan fallen ließ und beobachtete, wie Mary sich zufrieden in ihrem eigenen Sessel zurücklehnte. »Nicht der Rede wert.«

»Oh doch! Ich ertrage das Getratsche der anderen Mütter nicht«, vertraute ihm seine Stiefmutter an. »Als ich in der letzten Woche dort stand, um die beiden abzuholen, wurde ich unfreiwillig Zeuge, wie darüber spekuliert wurde, dass eine Mutter mit dem Fußballtrainer geschlafen haben musste, weil ihr Sohn Mannschaftskapitän geworden ist, obwohl er zwei linke Füße hat. Dazu kam dann das Gelästere über eine alleinerziehende Mutter, die angeblich Depressionen hat, weil sie ständig schwarze Kleidung trägt. Und nicht zu vergessen das Drama um den Kuchenbasar. Stell dir vor, irgendeine Mutter wollte doch tatsächlich Erdnusskekse backen, dabei hat der kleine Billy Henderson eine Erdnussallergie!« Gespielt empört schüttelte sie den Kopf. »Die Furien schienen die Erdnuss-Mom kreuzigen zu wollen.«

»Tja, extreme Taten fordern extreme Reaktionen.«

»Ja, sehr extrem«, spottete seine Stiefmutter. »Erdnusskekse! Als gäbe es keine wirklichen Probleme auf der Welt! Sie sollten sich lieber darum Gedanken machen, wie viele Alligatoren für ihre Luxushandtaschen sterben müssen und welchen Anteil ihre protzigen Autos an der Erderwärmung haben.«

»Nicht zu vergessen die Ausbeutung der kolumbischen Kaffeebauern, damit sie bei Starbucks ihre Stempelkarten vollbekommen.«

»Mach dich nur lustig über mich.« Drohend kniff sie die Augen zusammen.

»Ich meine es völlig ernst.« Adam hob beide Hände. »Was hat das nur auf sich, dass sie alle dort mit einem Starbucksbecher stehen?«

»Wenn ich das wüsste.«

»Übrigens, man hielt mich schon wieder für Chris' und Loris Dad. Eine gewisse Brenda konnte nicht fassen, wie jung ich gewesen sein muss, als die Zwillinge geboren wurden. Dad macht es sicherlich nichts aus, dass ich die Verwechslung nicht aufgeklärt habe, oder?«

Mary winkte ab. Ihr Interesse schien nicht der Vaterschaft der Zwillinge zu gelten. »Sprichst du etwa von Brenda Malone?«

»Keine Ahnung. Etwa mittelgroß, Ende dreißig, dunkles Haar und ein ordentlicher Vorbau.«

»Adam.« Sie schnalzte mit der Zunge.

»Was denn?« Er zwinkerte ihr zu. »Der Vorbau war ja kaum zu übersehen. Außerdem scheint sie ihn gerne in den Vordergrund zu stellen.«

»Ja, das tut sie – und die Tatsache, dass sie leicht zu haben ist.« Die Worte seiner Stiefmutter troffen vor Abneigung.

Adam fuhr sich durchs Haar. »Sie schien sehr nett zu sein. Sehr sympathisch«, neckte er seine Stiefmutter.

»Sympathisch?!«

»Mh.« Er nickte eifrig. »Wir haben uns nett unterhalten, und ich habe gesehen, dass sie nicht verheiratet ist.«

»Nicht mehr«, betonte Mary scharf. »Sie war es schon zweimal.«

»Nun – vielleicht klappt es ja beim dritten Mal. Wie sagt man so schön? Aller guten Dinge sind drei.«

Das Stirnrunzeln seiner Stiefmutter vertiefte sich. »Ihren letzten Mann hat sie wie eine Weihnachtsgans ausgenommen und sich von den Alimenten den ordentlichen Vorbau sowie den neuen Mercedes finanziert.«

»Sieh an.« Amüsiert lehnte er sich zurück. »Ich dachte, du fändest diese Tratschmütter grauenvoll?«

»Tue ich auch«, verteidigte sich Mary, die als Anwältin naturgemäß sehr talentiert im Argumentieren war. »Wir sprechen hier über Fakten. Das ist etwas völlig anderes.«

»Fakten?«

»Es ist Fakt, dass sie ihren armen Mann ausgenommen hat. Fakt ist auch, dass es ihre zweite Ehe war. Und es ist Fakt, dass sie neue Brüste und ein neues Auto hat!«

»Jawohl, Euer Ehren!«

»Frauen wie sie sind der Grund, weshalb Eheverträge sinnvoll sind.«

Beinahe hätte er vor Lachen gewiehert. »Wenn Brenda und

ich den heiligen Bund fürs Leben schließen, verspreche ich dir, dass du den Ehevertrag aufsetzen darfst.«

»Adam«, warnte sie ihn.

Mit großen Augen schaute er seine Stiefmutter an. »Hast du mir nicht erst vor wenigen Tagen ans Herz gelegt, mich nach einer Freundin umzusehen?«

»Das ist nicht lustig, Adam. Brenda ist ...«

»Bestimmt äußerst entgegenkommend. Jedenfalls hatte ich den Eindruck, als wir uns unterhielten. Hast du ihre Telefonnummer?« Dann brach er in haltloses Lachen aus.

Seine sonst so zurückhaltende Stiefmutter griff nach einem mit Sonnenblumen bestickten Kissen und begann, damit auf ihn einzuschlagen. Bevor Adam sie davon abhalten konnte, seinen Kopf zu attackieren, ertönte ein Räuspern.

Eine ruhige Stimme hallte durch den Wintergarten. »Hallo zusammen. Du schlägst meinen Sohn, Liebling? Hat er es verdient?«

»Natürlich hat er das!«

Adam entzog Mary das Kissen und erblickte seinen Dad, der gerade aus seiner Kanzlei gekommen sein musste, da er noch immer seinen Anzug trug.

»Da siehst du endlich, wie mich deine Frau ständig behandelt«, feixte Adam und hob zur Begrüßung eine Hand. »Rufst du das Jugendamt an oder soll ich die Nummer wählen?«

»Fürs Jugendamt bist du mit dreißig ein wenig zu alt, mein Sohn.« Sein Dad lehnte sich gegen den Sessel seiner Frau und zwinkerte ihm zu.

Mit Mitte fünfzig war sein Vater vielleicht etwas ergraut, wirkte ansonsten jedoch kaum einen Tag älter als noch vor zehn Jahren. Er war ein hochgewachsener, sehr schlanker Mann, von dem Adam die Körpergröße und die grünen Augen hatte. Alles andere hatte Adam von seiner Mom geerbt. Im Gegensatz zu seinem Dad, der eher schlaksig war und als einzige Sportart Golf spielte, hatte Adam nach dem Ende der Highschool damit begonnen, Muskeln aufzubauen. Wenn sein Dad und er heute zusammen unterwegs waren, gingen sie kaum als Vater und Sohn durch.

»Was hat Adam denn getan, dass du zu körperlicher Züchtigung greifen musstest, Liebling?« Die Stimme seines Dads war an Freundlichkeit nicht zu überbieten.

Zufrieden konnte Adam beobachten, wie Mary nach der Hand seines Dads griff und sich vertraut gegen ihn lehnte. Bisher hatte er nie erlebt, dass sich die beiden gestritten hätten. In der zweiten Ehe seines Vaters herrschte tatsächlich ungetrübter Sonnenschein.

»Dein Sohn scheint die Absicht zu haben, mit Brenda Malone auszugehen, Gabe. Mit Brenda Malone!«

Nur mäßig interessiert legte sein Dad den Kopf schief und schaute ihn fragend an. »Wer ist Brenda Malone? Muss man sie kennen?«

»Nicht wirklich«, erwiderte Adam amüsiert und warf das Kissen auf einen freien Stuhl.

»Ist sie irgendeine Sängerin oder ein Model?«

»Brenda Malones Tochter geht auf die gleiche Schule wie Christopher und Lori. Und, nein, sie ist weder eine Sängerin noch ein Model«, entgegnete Mary verschnupft.

Sein Vater schien enttäuscht zu sein. »Eine Grundschulmutter? Und ich dachte, jetzt wird es spannend. Mit einer Sängerin oder einem Model wärst du mit Sicherheit in der Klatschpresse gelandet, Sohn.«

»Das fehlt mir gerade noch, Dad.«

»Was nicht ist, kann ja noch werden.« Gabe Stone zuckte mit der Schulter und wandte sich an seine Frau. »Was ist daran schlimm, dass Adam mit dieser Brenda ausgehen will?«

Er hatte niemals behauptet, mit Brenda Malone ausgehen zu wollen, korrigierte seinen Dad jedoch nicht. Dafür war es viel zu interessant, verfolgen zu können, wie Mary hochrot anlief.

»Die Frau ist intrigant und sucht nur nach einem zukünftigen Opfer, das ihre nächsten Alimente bezahlen kann. Adam darf nicht einmal im Traum daran denken, diese Frau zu daten.«

Adam zwinkerte seinem Dad bedeutungsvoll zu. »Dafür hat sie zwei ... äh ... beeindruckende *Talente,* Dad.«

»Talente, aha.« Sein Vater war so leicht nicht aus der Ruhe zu bringen.

»Adam Stone«, schimpfte Mary. »Möchtest du Hausarrest bekommen?«

»Nein, Ma'am.« Räuspernd fügte Adam hinzu: »Du weißt aber schon, dass ich hier nicht wohne, oder?«

»Dann soll dein Vater dir eine Tracht Prügel verpassen, damit du zur Besinnung kommst.«

Es sprach für seinen Dad, dass er belustigt gluckste. »Ernsthaft, Liebling? *Ich* soll Adam übers Knie legen? Verrätst du mir auch, wie ich das anstellen soll?« Tatsächlich war die Vorstellung ziemlich komisch.

»Keine Sorge, Dad. Dir zuliebe würde ich sogar kooperieren«, versicherte Adam ihm.

»Gut zu wissen, Sohn.«

Mary gab ein aus tiefstem Herzen kommendes Stöhnen von sich und stand aus dem Sessel auf. »Ihr beide treibt mich in den Wahnsinn.«

»Unsinn. Du liebst uns, gib es zu.« Adam zwinkerte seiner Stiefmutter zu.

»Nur manchmal.« Sie verdrehte kunstvoll die Augen und tätschelte die Schulter ihres Mannes. »Ich gehe in die Küche, während ihr euch weiterhin über Brenda Malones Talente unterhalten könnt. Adam, du bleibst zum Essen.«

»Eigentlich …«

»Das war keine Frage«, unterbrach sie ihn. »Schließlich musst du uns noch berichten, wie dein Auftritt heute Morgen war.«

Sobald Mary den Wintergarten verlassen hatte, setzte sich sein Dad auf den gerade frei gewordenen Sessel. »Meine Sekretärin hat mir bereits berichtet, dass du dich heute früh fabelhaft geschlagen hast.«

Adam schnitt eine Grimasse. »Hat sie dir auch berichtet, dass die vom Sender diverse Unterwäschefotos von mir eingeblendet haben?«

»Mrs. Fox könnte deine Großmutter sein. Es wäre ziemlich merkwürdig, wenn sie mir etwas von Fotos erzählt, auf denen mein Sohn halb nackt abgebildet ist.«

Angesichts des Grinsens seines Dads rümpfte Adam lediglich die Nase. »Die Moderatorin quasselte die ganze Zeit von meiner Arbeit als Model und schien völlig vergessen zu haben, dass ich nicht da gewesen bin, um meinen nackten Arsch in die Kamera zu halten.«

Sein alter Herr verschluckte sich an einem Lachen. »Das hoffe ich doch!«

»Als ob!«

»Nun, sieh es positiv.« Sein Vater war der pure Pragmatismus. »Deine Karriere als Model gibt dir die Möglichkeit, deinen Club im Fernsehen zu promoten. Ohne diese Aufnahmen würde sich kaum jemand für dich interessieren.«

»Danke, Dad.«

»Du weißt, dass ich stolz auf dich bin, Adam. Das war ich auch, als dieses zehn Meter große Plakat von dir im Slip am Times Square hing.«

»Es waren zwanzig Meter und ich habe Boxer Briefs getragen«, korrigierte Adam seinen Dad.

»Entschuldige.« Gabe Stone grinste verschlagen. »Es tröstet dich vielleicht, dass auch du älter wirst. Irgendwann kräht kein Hahn mehr nach einem früheren, männlichen Unterwäschemodel mit Geheimratsecken.«

Adam schnappte sich das Kissen und warf es seinem Dad ins Gesicht.

3

Liz behielt die drei Highschoolschülerinnen im Auge, die sich die Nasen an der Auslage platt drückten und gleichzeitig wie verrückt auf ihre Smartphones einhämmerten, während sie der enervierenden Stimme am anderen Ende der Telefonleitung lauschte. Ein Blick auf das ältere Ehepaar, das an einem der kleinen Tische am Fenster saß und Händchen hielt, sagte ihr, dass die beiden nicht so aussahen, als würden sie in den nächsten fünf Minuten bezahlen wollen. Das würde ihr vielleicht etwas Luft verschaffen, ihre Kundin am Telefon höflich abzuwimmeln und sich den anderen Kunden zu widmen, die gerade jetzt zur Mittagszeit ins *Chez Liz* kamen. Und die drei Mädchen, die kichernd Selfies von sich vor der Auslage mit den Macarons machten, könnte sie eventuell auch noch dazu bringen, etwas zu kaufen oder das Weite zu suchen.

Seit genau einer Woche konnte sie sich über fehlende Kundschaft wahrlich nicht beklagen. Der Auftritt im Frühstücksfernsehen hatte es geschafft, das *Chez Liz* bekannter zu machen. Seither war die Patisserie gut besucht, die Waren gingen weg wie warme Semmeln und Liz' Auftragsbüchlein füllte sich immer mehr. Mittlerweile musste sie sogar mehr backen als zuvor und stand jeden Tag zwei Stunden eher auf. Außerdem überlegte sie, eine Aushilfe einzustellen, wenn es so weiterging. Dass sie seit einer Woche kaum zum Durchatmen kam, störte Liz nicht, schließlich war sie viel zu glücklich darüber, dass ihr süßer kleiner Laden so beliebt war. Der Sendung im Fernsehen waren bereits diverse Blogeinträge gefolgt. Liz hätte niemals gedacht, dass diese Mund-zu-Mund-Propaganda im Internet funktionierte – doch das tat sie. Jetzt blieb nur zu hoffen, dass dieser Ansturm nicht so schnell abflachte. Vielleicht konnte sie neue Stammkunden gewinnen, die auch noch in einem Jahr vorbeikamen, um hier ihre Torten zu kaufen.

Nein, Liz konnte sich nicht beschweren. Auch dann nicht, wenn gewisse Kunden ihr den letzten Nerv raubten.

»Ich weiß, dass wir uns auf eine Buttercreme geeinigt hatten, aber ich habe erfahren, dass mein Schwiegervater seit Kurzem eine Laktoseintoleranz hat.«

Als die Kundin plötzlich schwieg, ahnte Liz, dass sie eine Antwort erwartete, doch sie wusste ehrlich gesagt nicht, was sie darauf hätte erwidern sollen. Mrs. Buchanan hatte die Tortenbestellung zum zehnjährigen Jubiläum des Familiengeschäfts innerhalb der letzten fünf Tage schon drei Mal geändert.

»Wissen Sie, wie viel Laktose in der Buttercreme steckt?«

Liz fasste sich an die Stirn und begrüßte eine Kundin mit einem Lächeln, die nun seit einer Woche fast täglich herkam. Die kleine Patisserie füllte sich zunehmend und sie stand allein hier, telefonierte mit ihrer Kundin und konnte nur hoffen, dass das Gespräch so schnell wie möglich beendet wurde.

»Äh … ich kann Ihnen das aus dem Stegreif nicht sagen, Mrs. Buchanan, aber ich kann es in Erfahrung bringen und rufe Sie dann zurück.«

Ein Moment der Stille folgte, der nur durch das pubertäre Gequietsche der Teenager gestört wurde, die sich gegenseitig ihre Selfies zeigten. Irritiert betrachtete Liz die drei und konnte nicht verstehen, warum man sich vor einer Auslage Macarons fotografierte. Betriebsspionage konnte es ja nun nicht sein.

»Ich glaube, diese Buttercreme wäre keine gute Idee mehr. Das Risiko ist mir zu hoch, dass mein Schwiegervater auf unserem Firmenjubiläum plötzlich unter Blähungen leidet. Was haben Sie denn für weitere Vorschläge?«

Weitere Vorschläge? Liz blieb der Mund offen stehen, denn sie erinnerte sich noch bildlich daran, wie sie vor wenigen Tagen mit Mrs. Buchanan eine ganze Stunde lang einen ungefähr einhundert Seiten dicken Ordner mit Tortenkreationen durchgegangen war.

Zuerst sollte es eine Schwarzwälder Kirschtorte werden, weil Mr. Buchanan die so gerne aß. Doch dann hatte sie zwei Tage später entschieden, dass diese Torte nicht exotisch genug war. Immerhin wollte sie ihre Gäste beeindrucken! Also hatte Liz ihr eine mehrstöckige Torte aus feinem Biskuit, weißer Schokoladenmousse und einer Füllung aus Maracuja vorgeschlagen. Mrs. Buchanan war begeistert gewesen – bis sie sich daran erinnert hatte, dass der Freund ihrer Schwägerin keine weiße Schokolade aß. Als Alternative hatte Liz eine Torte genannt, die aus einer Schicht Schokoladenbiskuit und einer Schicht Kokosbiskuit sowie einer lockeren Ganache aus Macadamianuss-Aroma bestand. Mrs. Buchanan hatte die Idee fantastisch gefunden – bis sie befürchtet hatte, dass die Torte zu trocken werden könnte. Zusammen hatten sie sich deshalb auf eine Torte aus mehreren Löffelbiskuitböden, Buttercreme mit feinstem Vanillearoma, Schokoladenganache und einer Schicht Kirschgelee entschieden.

Und hier waren sie nun.

Liz spürte, dass die Kopfweh bekam.

»Weitere Vorschläge? Äh ... natürlich kann ich Ihnen weitere Vorschläge nennen ...« Sie unterbrach sich, als die Glocke über der Tür erklang und ihre Schwester die Patisserie betrat – auf Krücken. Mit großen Augen verfolgte Liz, wie Vicky sich mühsam auf den Krücken fortbewegte und um ihren linken Fuß einen Verband trug. Vor Schreck wäre ihr beinahe das Telefon aus der Hand gefallen.

»Schokolade finde ich gut, aber vielleicht etwas langweilig. Meine Schwester liebt Crème brûlée. Könnte man daraus eine Torte machen?«

Während die Stimme ihrer Kundin unaufhörlich an ihr Ohr drang, beobachtete Liz ihre Schwester, die durch die Patisserie humpelte. Geistesgegenwärtig erwiderte sie: »Eine Torte aus Crème brûlée würde ich Ihnen wegen der Laktoseintoleranz Ihres Schwiegervaters nicht empfehlen. Vielleicht ...«

»Und was ist mit einer aus Karamell und Schokolade?«

Liz sah zu, wie Vicky mit einer Leidensmiene hinter die Theke humpelte und sich neben der Kasse postierte. Als sie sich mit einem Ächzen gegen die Wand lehnte, unterbrach Liz rasch den Redeschwall ihrer Kundin. »Mh. Ich sehe, was ich tun kann, Mrs. Buchanan. Kann ich Sie später zurückrufen?« Bevor Mrs. Buchanan etwas erwidern konnte, flötete Liz rasch einen Gruß und legte auf. Besorgt machte sie einen Schritt auf Vicky zu und verfolgte, wie ihre Schwester ihre Umhängetasche auf den Boden fallen ließ. »Was ist passiert?«

»Drei Stunden lang durfte ich im Krankenhaus warten, bis mir ein pickeliger Arzt, der sicherlich noch Jungfrau ist und nicht einmal Bier kaufen darf, die Krücken gegeben hat«, beschwerte sich Vicky mit ihrer unnachahmlich zurückhaltenden Art.

»Pst«, ermahnte Liz ihre Schwester in Hinblick auf die Anwesenden und zog einen Hocker unter der Theke hervor, auf den sie Vicky drückte. »Was hast du angestellt?«

»Ich?« Ihre Schwester klang empört. »Ich habe gar nichts angestellt!«

»Und warum trägst du dann Krücken?«

Anstatt einer Antwort jammerte ihre Schwester los: »Mach mir eine heiße Schokolade mit Marshmallows. Und gib etwas Likör mit rein. Das brauche ich jetzt.«

Stirnrunzelnd schaute Liz auf den Kopf ihrer Schwester hinab und ignorierte ihren flehenden Blick. Eigentlich war Vicky kein Tollpatsch. »Ich mache dir gleich eine heiße Schokolade. Erzähl mir nur vorher, ob es etwas Ernstes ist«, bat sie ihre Schwester und warf einen kritischen Blick auf den Fußverband.

»Einer Amputation bin ich gerade noch entronnen.«

»Vicky«, zischte Liz. Dann senkte sie die Stimme. »Ich verkaufe hier Lebensmittel. Könntest du bitte nicht über Fußamputationen oder ähnlich blutige Diagnosen reden?«

»Wenn es unbedingt sein muss«, nörgelte Vicky und schaute bedeutungsvoll in Richtung Kaffeeautomaten. »Wo bleibt meine heiße Schokolade?«

Mit einem tiefen Seufzer zupfte Liz an ihrer Schürze herum. »Es würde mich nicht wundern, wenn du deine Verletzung deiner herrlich zurückhaltenden Art zuzuschreiben hast. Hat dich jemand vor einen Bus gestoßen, weil du denjenigen zu seinem Mut in Sachen Frisuren beglückwünscht hast?«

Lebhaft erinnerte sich Liz an eine Begebenheit, als sie ungefähr fünfzehn gewesen war und mit Vicky an einem Hotdog-Stand im Park gestanden hatte. Damals hatte ein älterer Herr eine verletzende Beleidigung über ein behindertes Kind gemacht, das in seinem Kinderwagen gesessen und ziemlichen

Krach gemacht hatte. Keiner hatte dem Mann etwas entgegnet – bis die siebzehnjährige Vicky ihn darauf hingewiesen hatte, dass jemand mit dem Gesicht einer Bulldogge und der Frisur einer Beutelratte kleine Brötchen backen sollte. Liz hatte bis heute die Angst nicht vergessen, von dem widerlichen Typen durch den Park gejagt zu werden. Gleichzeitig war sie verdammt stolz auf Vicky gewesen, denn sie selbst hatte nicht den Mumm gehabt, etwas zu sagen.

»Es war so etwas wie ein Unfall«, gab Vicky zu.

»Oha.« Liz rümpfte die Nase. »Kein erzürnter Sternekoch, der dich aus Wut wegen deines letzten Artikels die Rolltreppe hinuntergestoßen hat?«

Ihre Schwester schnaubte abfällig. »Das würde eher Claire passieren.«

Damit hatte sie sogar recht, schließlich war Vickys Freundin und Arbeitskollegin diejenige, die Restaurantkritiken schrieb und deshalb einer der meist gefürchteten Gäste der Bostoner Restaurantszene war. Vicky dagegen schrieb über Wirtschaftsthemen und verletzte keine Egos großspuriger Küchenchefs.

Bevor Liz etwas hätte entgegnen können, sah sie, dass die Kundin, die gerade noch in einem Flyer zu Hochzeitstorten geblättert hatte, an die Theke trat und einen schmachtenden Blick auf die heutige Auslage warf. »Benimm dich«, flüsterte sie ihrer Schwester zu und trat lächelnd an die Theke. »Guten Tag. Wie schön, Sie wiederzusehen. Haben die Eclairs Ihnen geschmeckt?«

»Sie waren köstlich. Mein Mann und ich haben uns beinahe darüber gestritten, wer das letzte essen durfte, bis wir uns dazu entschieden, es zu teilen, um unsere Ehe zu retten«, sagte Liz' neue Stammkundin und kramte in ihrer Tasche nach ihrem Portemonnaie. »Meiner Schwiegermutter habe ich von Ihren

Köstlichkeiten erzählt und wurde gleich darauf hergeschickt, um etwas zu kaufen, weil sie später ein paar Freundinnen erwartet. Was können Sie mir heute empfehlen?«

Ehrlich erfreut lächelte Liz und spürte, dass das Kompliment für die Wärme in ihrer Magengegend verantwortlich war. Es gab doch nichts Schöneres, als das Lob ihrer Kunden zu hören! »Ich habe heute Törtchen aus einem Schokoladenmürbeteig mit einer zarten Mokkacreme im Angebot. Außerdem sind die Törtchen aus Mandelteig mit karamellisierten Aprikosen und einer Buttercreme ganz frisch. Und natürlich die Eclairs, die Ihnen so gut geschmeckt haben.«

Ihre Kundin stieß einen Laut puren Entzückens aus. »Dann geben Sie mir doch bitte jeweils fünf Törtchen und zwei Eclairs.« Grinsend öffnete sie ihr Portemonnaie. »Mein Mann ist heute Abend nicht da. Ich glaube, ich werde mir ein Schaumbad einlassen und die Eclairs in der Wanne essen.«

»Das klingt fantastisch.« Liz begann damit, die Backwaren zu verpacken, und merkte, wie stolz sie darauf war, die liebevoll zubereiteten Törtchen in die hübschen, eigens produzierten Schachteln legen zu können, auf denen ihr Name stand. Einzig das nervige Gekicher der Teenager störte sie.

Während Liz den Preis des Gebäcks in die Kasse eingab, nahm sie sich vor, dass sie die Mädels höflich bitten würde, etwas weniger Krach zu machen, sobald die Kundin verschwunden war.

Doch noch bevor sie ihren Plan in die Tat umsetzen konnte, scheuchte Vicky mit ihrer nicht zu überhörenden Stimme die drei Teenager auf, nachdem die Kundin das Geschäft verlassen hatte. »Hey Mädels! Das hier ist kein Apple Store. Entweder ihr kauft etwas oder macht 'nen Abflug.«

Erschrocken beobachtete Liz, wie die drei Mädchen eine Schnute zogen und zu überlegen schienen, ob sie Vicky Widerworte geben sollten. Die musste jedoch trotz ihres bandagierten Fußes und der Krücken einen zu angriffslustigen Eindruck machen, da die drei wortlos den Rückzug antraten und erst beim Verlassen der Patisserie ein erneutes Kichern hören ließen.

Nachdem sich Liz versichert hatte, dass das ältere Paar noch immer versorgt war und sich weiterhin damit begnügte, Händchen zu halten, blickte sie Vicky tadelnd an. »Das waren potentielle Kundinnen, Vicky.«

»Kundinnen?« Ungläubig rundeten sich Vickys Augen. »Hast du die drei Grazien nicht gesehen? Ich verwette meinen linken Fuß darauf, dass sie niemals einen deiner Macarons essen würden. Die kleinen Biester sind in Mathe sicherlich Nieten, aber Kalorien zählen sie dennoch.«

Liz enthielt sich lieber einer Antwort und machte sich stattdessen daran, für ihre Schwester eine heiße Schokolade zuzubereiten. Sie wusste, dass Vicky quengelig wurde, wenn sie ihren Willen nicht bekam. Von daher drehte sie ihr den Rücken zu und erhitzte etwas Milch, um diese später über die Schokolade zu gießen, damit sie schmelzen konnte. Von Instantpulver war Liz noch nie ein Fan gewesen und bereitete die heiße Schokolade tatsächlich aus Schokolade zu. Sie selbst war total süchtig nach dem cremigen Geschmack der flüssigen Schokolade und versüßte sich das Getränk gern mit einem Schuss Kahlua oder etwas Kokoslikör.

Sie wärmte eine der süßen Tassen an, die mit ihrem Logo versehen waren, und blickte kurz über die Schulter. Vicky saß noch immer auf dem Hocker, den bandagierten Fuß weit von sich gestreckt. »Du hast mir noch immer nicht erzählt, was passiert ist.«

Ihre Schwester stöhnte auf. »Ich sollte die Stadt verklagen, weil diese Vollidioten nicht in der Lage sind, ein läppisches Schild aufzustellen.«

»Was für ein Schild?«

»Ein Schild, das vor Bauarbeiten warnt!« Vicky klang entrüstet. »Ich wollte mir vor der Arbeit einen Bagel kaufen. Tja, ich laufe über die Straße, will den Bürgersteig betreten – und knicke mit dem Fuß um, weil die Asphaltplatten nicht befestigt waren. Dass mit dem Fuß etwas nicht stimmt, habe ich erst in der Redaktion bemerkt, als der Knöchel so anschwoll, dass mein Schuh fast geplatzt ist.«

Nun warf Liz ihrer Schwester doch noch einen besorgten Blick zu und nahm den bandagierten Fuß in Augenschein. »Ist etwas gebrochen?«

Lässig winkte Vicky ab und schüttelte den Kopf. »Nur eine üble Bänderdehnung. Vielleicht ist es auch angerissen.«

»Klingt schmerzhaft.«

»Klingt vor allem nervig«, korrigierte Vicky sie und deutete auf die Krücken. »In den nächsten Tagen soll ich auf Krücken laufen, um den Fuß zu entlasten. Damit bin ich ungefähr so beweglich wie Tante Mildred, als sie Arthrose hatte!«

Für Vicky, die ein unerschöpfliches Energiebündel war, das keine fünf Minuten still sitzen konnte, mussten die Krücken tatsächlich die Hölle sein.

Behutsam goss Liz die erhitzte Milch über die Schokosplitter, gab etwas Likör dazu, schäumte Milch auf und dekorierte die heiße Schokolade mit winzigen Marshmallows. Als sie Vicky die Tasse reichte, sah sie, wie das ältere Paar ihr ein Zeichen gab, und kassierte anschließend bei ihnen ab. Sobald sie verschwunden waren, machte sie sich daran, den kleinen Tisch abzuräumen, während sie überlegte, ob sie für den nächsten Tag kleine Tartelettes mit Kirschen backen sollte, da sie erst heute Morgen fantastische Kirschen in ihrem Lieblingsbioladen entdeckt hatte.

»Liz? Kannst du mal herkommen? Ich muss etwas mit dir besprechen.«

Da Liz mit ihrer Schwester allein war, rief sie durch die Patisserie: »Woher kommt diese Zurückhaltung? Brüll doch einfach durch den Laden wie sonst auch.«

»Haha!« Ein Murmeln folgte. »Jetzt mach schon.«

Mit zwei leeren Tassen und Tellern in den Händen umrundete Liz die Theke und stellte das dreckige Geschirr weg. »Wenn es um Moms und Dads Hochzeitstag geht, bist du in diesem Jahr dran ...«

»Es geht nicht um ihren Hochzeitstag. Du musst mir bitte einen Gefallen tun.«

»Was für einen Gefallen?«

Als Vicky tief durchatmete und ihr ein zögerliches Lächeln schenkte, verengte Liz misstrauisch die Augen. »Was?«

»Es geht um meinen Job, okay?«

»Aha.« Noch immer misstrauisch verschränkte Liz die Arme vor der Brust und trat einen Schritt zurück. »Wieso werde ich das Gefühl nicht los, dass mir nicht gefallen wird, was jetzt kommt?«

»Es ist keine große Sache.« Nachlässig wedelte Vicky mit ihrer rechten Hand in der Luft herum. »Es geht um eine Reportage, die ich schreiben wollte. Ein großes Ding, auf das mein Chefredakteur schon ganz heiß ist.«

»Und was hat das mit mir zu tun?«

»Nun.« Vicky legte den Kopf schief. »Es ist so ... Du müsstest mir bitte bei der Recherche helfen.«

»Das ist alles?« Was war an der Sache nur faul?

Wie ein Unschuldslamm, das Vicky nicht war, erwiderte sie: »In etwa. Ich wollte es selbst machen, aber mit meinem Fuß geht das jetzt nicht mehr.«

»Vicky«, setzte Liz streng an. »Von welcher Art Recherche sprechen wir hier?«

»Tja ... es ist nichts Weltbewegendes. Nur ein bisschen Training in einem Fitnessclub.«

Sie hörte wohl nicht recht. »Was?«

»Hör zu.« Vicky klang gelassen. »Ich schreibe eine groß angelegte Reportage über den Wirtschaftsfaktor *Körper.*«

Noch immer erschrocken und ein bisschen fassungslos stammelte Liz: »Willst du mich auf den Arm nehmen?«

»Überhaupt nicht! Das ist ein spannendes Thema. Wie viel gibt ein Durchschnittsbürger im Jahr für sein Äußeres aus? Welche Branchen profitieren von dem Boom? Wie sinnvoll ...?«

»Und deshalb soll ich in einen Fitnessclub gehen? Soll ich mir auch noch Botox spritzen lassen?« Liz merkte, dass ihr Gesicht vor lauter Empörung glühte. Sie und ein Fitnessclub – ihre Schwester hatte einen perversen Sinn für Humor.

»Natürlich sollst du dir kein Botox spritzen lassen. Und zum Training musst du nur gehen, weil ich schließlich aufzeigen will, ob es zu signifikanten Veränderungen des Körpergefühls kommt. Nur durch einen Erfolg oder Misserfolg kann ich eine Prognose für einen etwaigen wirtschaftlichen Auftrieb abgeben«, entgegnete ihre Schwester mit professioneller Ruhe. »Das ist wie bei einer Aktie. Wenn sie keinen Profit abwirft, wird sie uninteressant und ...«

»Jaja, du weißt, dass ich davon überhaupt nichts verstehe«, unterbrach Liz ihre Schwester unwirsch. »Was ich auch nicht verstehe, ist, warum ausgerechnet *ich* für dich zum Training gehen soll.«

Als wäre es das Normalste auf der Welt, antwortete ihre Schwester: »Weil ich mit meinem Fuß sicherlich nicht zum Sport gehen kann.«

»Dann schick eine Praktikantin«, flehte Liz.

Vicky verdrehte die Augen. »Eine Praktikantin? Bist du wahnsinnig geworden?«

»Wieso nicht?« In dem Bestreben, ihre Schwester von der wahnwitzigen Idee abzubringen, gestikulierte Liz wie wild. »Eine Praktikantin wäre doch sicherlich entzückt, dir bei deiner Reportage helfen zu dürfen. Sieh es positiv: Du würdest den Nachwuchs fördern.«

»Sagt dir der Name Monica Lewinsky nichts?«

»Doch, und ich weiß nicht, ob mir gefällt, welche Richtung deine Gedanken gerade nehmen.«

Vicky runzelte grimmig die Stirn. »Wenn du glaubst, dass sie intrigant und berechnend war, dann hast du keine Ahnung davon, was Praktikanten heute alles tun, um voranzukommen. Wenn ich eine Praktikantin zu diesen Trainingsstunden schicken würde, könnte ich gleich mein eigenes Grab schaufeln. Meine Reportage wäre in Nullkommanichts gestohlen und würde von einer Vierundzwanzigjährigen geschrieben werden, die gerade noch an der Uni war.«

Nun war es Liz, die die Stirn runzelte. »Kann es sein, dass du paranoid bist?«

»Ganz und gar nicht! Ich hätte das schließlich auch so gemacht, als ich noch frisch dabei war.«

»Oh Gott, Vicky.« Liz fasste sich an die Stirn. »Mir gefällt nicht, was ich da gerade höre.«

»Lenk nicht vom Thema ab«, beschied ihre Schwester. »Bitte, übernimm das für mich. Es ist wichtig.«

Wichtig für Liz war jedoch, nicht in einen Fitnessclub zu gehen, in dem sie sich blamieren würde, weil sie vom Laufband fiel. »Du weißt, wie unsportlich ich bin!«

»Unsinn!«

»Doch! Ich habe zwei linke Füße und zwei linke Hände.«

»Du kannst gar keine zwei linken Hände haben, wenn

du gleichzeitig diese filigranen Zuckerdekorationen zauberst.«

»Was soll ich denn dort tun?« Der Horror stand Liz sichtlich ins Gesicht geschrieben.

»Ein bisschen Ausdauertraining, ein bisschen Yoga ... Vielleicht macht es dir sogar Spaß, Liz.«

»Spaß? In der Schule beim Sport bin ich immer als Letzte gewählt worden und wäre jedes Jahr beinahe durchgefallen, weil ich eine solche Niete war. Erinnerst du dich nicht?«

»Du wärst fast durchgefallen, weil du die alte Worthington hattest, die dich nicht leiden konnte.«

»Weil ich ihr einen Basketball ins Gesicht geworfen habe!«

»Du wirst bestimmt kein Basketball spielen müssen.«

Liz schluckte schwer und hatte das Gefühl, in einer Falle zu sitzen. »Tu mir das nicht an.«

»Bitte, Liz, ich weiß nicht, wen ich sonst fragen soll.«

Liz sog scharf die Luft ein.

»Komm schon, Liz. Es wäre doch nur zweimal in der Woche für jeweils eine Stunde.«

»*Zweimal?*« Ihre Stimme überschlug sich fast.

»Ja.«

Geradezu panisch dachte sie nach, was sie sonst noch vorbringen konnte, um Vicky davon abzuhalten, sie zum Sport zu schicken. Ha! Das war es!

»Das wird nicht funktionieren, schließlich bin ich keine Journalistin und weiß überhaupt nicht, worauf ich achten muss.«

Vicky rümpfte die Nase. »Es geht um einen Erfahrungsbericht, dafür brauchst du kein Journalismusstudium. Abgesehen davon schreibe ich die Reportage. Du musst mir nur erzählen, wie es war.«

»Aber ...«

Grinsend erinnerte Vicky sie: »In der Highschool hast du schließlich auch für die Schülerzeitung gearbeitet.«

Sie hörte wohl nicht recht. »Da war ich fünfzehn!«

»Es ist wie Radfahren«, beschwichtigte Vicky sie.

»Wie Radfahren?« Liz kniff die Augen zusammen. »Du hast zwar bereits diverse Tiefkühltorten aufgetaut, aber das würde mich nicht davon überzeugen, dir mein Geschäft anzuvertrauen.«

»Da siehst du einmal mehr, wie sehr ich dich schätze.«

»Vicky ...«

»Komm schon, Liz! Tu mir den Gefallen.«

Sie starrte in die Luft und fühlte sich hilflos. Wie konnte sie ihrer Schwester diese Bitte abschlagen, während diese mit einem bandagierten Fuß in ihrer Patisserie saß? Ihrer eigenen Schwester, die es geschafft hatte, sie in eine Sendung des Frühstücksfernsehens zu bekommen, das die ultimative Werbung für ihr Geschäft gewesen war.

»Aber ich habe nicht einmal Sportschuhe«, warf sie kleinlaut ein – sozusagen als letzte Hoffnung.

»Dann sollten wir dir schnell ein Paar kaufen, Schwesterherz.«

Adam machte einen Rundgang, um zu kontrollieren, dass im Club alles seine Richtigkeit hatte. Zwar lief der Betrieb dank seiner engagierten Mitarbeiter wie eine gut geölte Maschine, dennoch ließ er es sich nicht nehmen, mindestens einmal am Tag alles zu inspizieren. Außerdem war eine der Krafttrainingsstationen gestern durch eine Firma ausgetauscht worden, sodass Adam diese besonders im Auge behielt.

Auf der Trainingsfläche lag kein Handtuch, die Desinfektionsmittelspender und Papiertuchbehälter waren gefüllt, die beiden Kurse ausgebucht, und in der Sauna saß kein Kunde, der sich einen runterholte.

Wie man es drehte und wendete, alles lief perfekt.

Er selbst hatte heute nur noch einen Termin im Club und würde anschließend endlich dazu kommen, zu Hause für Ordnung zu sorgen. Seine Spülmaschine musste unbedingt ausgeräumt werden, die Wäsche stapelte sich und im Kühlschrank herrschte Ebbe. Zudem musste er dringend seinen Versicherungsagenten anrufen. Wenn er seine Liste abgearbeitet hatte, wollte er den Abend ganz entspannt auf seinem Sofa verbringen und im Netz nach Erlebnisurlauben recherchieren. Er hatte schon lange keinen Urlaub mehr gemacht und war der Meinung, dass er mit dem Gedanken spielen konnte, etwas für das nächste Jahr zu buchen, sobald der Ironman hinter ihm lag. Der Club lief schließlich gut, warf Profit ab und war ordentlich aufgestellt. Er durfte sich ruhig einmal belohnen.

»Adam, dein Termin ist schon da.« Trish steckte ihren Kopf in den Spa-Bereich, in dem Adam gerade dabei war, die Zeitschriften der letzten Woche auszusortieren.

»Vicky Miller?«

»Genau.«

Ein kurzer Blick auf seine Armbanduhr sagte ihm, dass sein Termin ziemlich früh dran war. Motivierte Kunden trainierte er besonders gerne.

»Soll ich ihr sagen, dass sie noch ein paar Minuten auf dich warten muss?«

»Nein, ich komme sofort«, erwiderte er seiner Mitarbeiterin, die aussah, als würde sie jeden Tag selbst diverse Kurse leiten, obwohl sie im *LIONESS* für die Administration verantwortlich war. Als er sie eingestellt hatte, hatte er das getan, weil sie ausgebildete Diplomkauffrau war und erstklassige Referenzen vorweisen konnte. Erst ein paar Wochen später war ihm aufgegangen, dass Trish das perfekte Aushängeschild fürs *LIONESS* war: Sie war jung, hübsch, sportlich und stets gut gelaunt. Die männlichen Kunden waren allesamt in sie verknallt, und die weiblichen Kundinnen mochten sie, weil Trish nie zickig war, sondern ihnen ehrlich gratulierte, wenn sie erfolgreich abnahmen, oder sie aufmunterte, wenn es nicht so klappte wie gewünscht. Und sie war ein wahres Organisationstalent.

»Ich habe die neuen Kundenverträge abgeheftet. Gestern gab es fünf neue Anmeldungen und heute bereits eine.«

»Klingt super«, sagte er und klemmte sich die ausrangierten Zeitschriften unter den Arm.

»Dein Auftritt war Gold wert.« Sie hielt ihm die Tür auf. »Bevor ich es vergesse: Wir müssen ein Inkassounternehmen beauftragen. An ein paar Kunden habe ich schon eine zweite Mahnung geschickt, aber sie rühren sich nicht.«

»Wie viele sind es?«

»Fünf. Zwei Stammkunden und drei relativ neue Kunden, die erst vor drei beziehungsweise vier Monaten unterschrieben haben.«

Adam lief mit Trish an seiner Seite an den drei verglasten Kursräumen vorbei, von denen zum frühen Nachmittag zwei besetzt waren. In einem trainierte Hank ausschließlich Frauen in der israelischen Selbstverteidigungstaktik Krav Maga, im anderen heizte eine Trainerin ihren Schützlingen beim Spinning ein.

»Kannst du mir die Telefonnummern raussuchen? Ich rufe die Kunden lieber erst einmal an, bevor wir den nächsten Schritt gehen.«

»Schon erledigt.« Trish zwinkerte ihm zu und nahm ihm die Zeitschriften ab. »Sie liegen bereits auf deinem Tisch.«

»Danke.«

»Nichts zu danken. Mit dem Einteilungsplan für nächste Woche habe ich schon angefangen. Du hast noch ein paar freie Slots fürs Personal Training. Außerdem hat deine Mom schon wieder angerufen und lässt ausrichten …«

»Ich weiß.« Adam unterbrach Trish, bevor sie weiterreden und ihm die gute Laune verderben konnte. Möglichst gelassen erklärte er: »Schick mir die Datei einfach zu. Ich kümmere mich um die restlichen Termine.« Ihren skeptischen Blick ignorierte er dabei so gut wie möglich.

Zum Glück akzeptierte Trish den Themenwechsel und bohrte nicht weiter nach.

Kaum hatten sie den Eingangsbereich des *LIONESS* erreicht, fiel sein Blick auf einen Blondschopf, der mit dem Rücken zu ihm stand, eine Sporttasche in der Hand hielt und sich umsah. Da vor der Anmeldung sonst niemand stand, ging Adam davon aus, dass es sich bei der Frau mit dem blonden Pferdeschwanz um Vicky Miller handeln musste. Aus den Augenwinkeln bemerkte er, wie Trish hinter dem Tresen verschwand, und ging auf seine neue Kundin zu, die er mit einem Räuspern begrüßte.

»Vicky? Hi, ich bin Adam.«

Abrupt drehte sich die Blondine um und starrte ihm erschrocken ins Gesicht.

Adam stockte einen Moment, bis ihm klar wurde, dass er seine neue Kundin bereits kannte: Sein nächster Termin fürs Personal Training war niemand Geringeres als Liz, die hübsche Pralinenbäckerin, mit der er vor der Kamera gestanden hatte. Er konnte nicht leugnen, dass er überrascht war. Positiv überrascht.

»Liz? Hi, das ist eine Überraschung.«

Sie starrte ihn aus großen Augen an und stand wie paralysiert vor ihm. War sie etwa entsetzt, ihn hier zu sehen?

»Hi ... hi. Was machst *du* denn hier?«

Lachend legte er den Kopf schief. »Ich arbeite hier. Das ist mein Club.«

Adam konnte sehen, dass sie schluckte. »Das ist nicht dein Ernst«, flüsterte sie.

»Doch, ist es.« Amüsiert wollte er wissen: »Hast du dich als Vicky Miller angemeldet, weil du mich überraschen wolltest?«

Es war absolut entzückend, wie sie schlagartig rot wurde. »Nein, das ... das habe ich nicht.«

»Und Vicky ist dann?«

»Vicky ... Vicky ist meine Schwester.« Sie schüttelte hastig den Kopf und stotterte: »Sie ... sie ist mit dem Fuß umgeknickt und läuft auf Krücken. Deshalb hat sie mich gebeten, für sie einzuspringen.«

»Aha.« Wenn er ehrlich war, verstand er nicht, was sie ihm sagen wollte, denn ihre Schwester hätte das Personal Training bei einer Verletzung problemlos verschieben können. Und warum sollte sich jemand bei seinem ganz persönlichen Training vertreten lassen? Das ergab ja so gar keinen Sinn! Da Liz aber bereits verlegen genug wirkte, wollte er sie nicht völlig aus der Fassung bringen.

Während er beobachtete, wie sie nervös die Hände rang und seinem Blick auswich, keimte in ihm der Verdacht auf, dass sie die Geschichte mit der Schwester erfunden haben könnte, um ihn wiederzusehen. Er selbst hatte sich ein paar Tage nach der Show dabei erwischt, wie er kurzzeitig an sie gedacht hatte. Ein hübsches Puppengesicht mit blauen Augen und vollen Lippen vergaß er nun einmal nicht so schnell. Ja, irgendwie gefiel Adam die Vorstellung, dass Liz Miller hier in seinem Club auftauchte, weil sie ihn hatte wiedersehen wollen. Spontan entschied er, das Spiel mitzuspielen. Liz Miller würde unter keinen Umständen auf seiner Spam-Liste landen.

Er lächelte sie an. »Dann hoffe ich, dass es deiner Schwester bald wieder besser geht, und freue mich, dass du stattdessen hergekommen bist.«

Ihre Antwort verlor sich in einem Murmeln. »Um ehrlich zu sein, freue ich mich nicht sonderlich.«

Adam lachte hustend auf. »Oh, das nenne ich mal ehrlich.«

»Ich hasse Sport«, platzte es aus ihr heraus.

»Ist das so?«

Auf sein Schmunzeln reagierte sie mit einem starren Nicken. »Schulsport war eine Qual. Ich wurde ständig als Letzte ins Team gewählt und habe diverse Krankheiten erfunden, um nicht am Sportunterricht teilnehmen zu müssen.«

Adam hob beschwörend eine Hand in die Höhe. »Vor dir siehst du den König der Schulschwänzer, wenn es um Schulsport ging. Einmal wollte ich meinen Eltern sogar einreden, dass ich meine Periode hätte, nur, um nicht mit zum Schwimmen gehen zu müssen.«

Ihre dunkelblauen Augen verengten sich misstrauisch. »Hast du heute Morgen Drogen genommen?«

»Ganz und gar nicht.« Er konnte nicht anders und grinste sie an. »Ich war damals neun und wusste nicht, dass Jungen davon verschont bleiben.«

Liz legte ihren Kopf zurück und maß ihn kritisch. »Willst du mich auf den Arm nehmen? Alles an dir schreit förmlich Sport.«

Mit einem lässigen Schulterzucken erklärte er geradeheraus: »Das war nicht immer so. Aber mehr verrate ich dir bei unserem Training.«

Augenblicklich sackten ihre Mundwinkel hinunter und sie fragte schicksalsergeben: »Wo soll ich mich umziehen?«

»Erst einmal gar nicht. Heute brauchst du dein Sportzeug noch nicht. Wir besprechen ein paar Dinge und machen einen ersten Plan.«

»Einen *ersten* Plan?«

»Mh«, entgegnete er leicht abgelenkt, da ihm zum ersten Mal der hellgraue Fleck in ihrer linken Iris auffiel. »Für die erste Woche. Leichte Sportübungen, Ernährungsvorschläge und so weiter.«

Was auch immer sie gerade murmelte, Adam glaubte nicht, dass es sonderlich positiv war.

Bevor Liz flüchten konnte – denn sie sah tatsächlich aus, als würde sie am liebsten die Flucht ergreifen –, führte Adam sie in sein Büro und schloss die Tür. Vermutlich hatte er noch nie eine Kundin gehabt, die dermaßen angespannt gewirkt hatte. Und er hatte schon so einiges erlebt, von Frauen, die wegen ihrer Gewichtszunahme in Tränen ausbrachen, bis hin zu Profisportlern mit schlimmsten Depressionen, weil sie dem Druck nicht mehr standhielten. Doch die hübsche Pralinenmacherin toppte sie alle, wie sie sich zögernd auf einen Stuhl setzte und ihre Sporttasche auf ihren Schoß hob, als befände sich in ihr ein aktiver Sprengstoffzünder.

Anstatt sich hinter seinem Schreibtisch zu verbarrikadieren, zog er seinen Stuhl so heran, dass er schräg vor ihr saß. Adam griff sich einen der Fragebögen, die er immer mit den Kunden ausfüllte, die er persönlich betreute, und nahm einen Kugelschreiber in die Hand. »Okay. Fangen wir einfach an. Den Fragebogen brauche ich, um mir ein erstes Bild von dir zu machen, wie ist dein aktueller Stand, wohin wollen wir, wie können wir das erreichen und so weiter. Falls du Fragen hast, immer raus damit.«

Zweifelnd musterte sie den Fragebogen. »Nur zur Info: Meine Kondition ist nicht existent.«

»Das bekommen wir hin«, versicherte er ihr und trug ihren Namen in den Fragebogen ein.

Die Fragen nach ihrem Geburtsdatum, ihrer Adresse und der Telefonnummer beantwortete sie geradezu stoisch. Als Adam von ihr wissen wollte, wann sie zum letzten Mal bei ihrem Hausarzt war, sah sie ihn misstrauisch an, beantwortete die Frage jedoch.

»Gut, dann machen wir weiter.«

»Vom Sternzeichen bin ich Wassermann«, sagte Liz und entrang ihm ein Lächeln. »Und meine Lieblingsfarbe ist Grün.«

»Schon notiert.«

»Das waren sicherlich wichtige Fragen, richtig?«

»Sehr wichtig«, stimmte er ihr zu. »Irgendwelche Krankheiten? Beschwerden?«

»Zählen plötzlich eintretende Kopfschmerzen beim Betreten eines Fitnessclubs?«

»Nein.«

»Dann nichts.«

»Nimmst du Medikamente?«

»Nicht, dass ich wüsste.«

»Trinkst du?«

»Ja«, erwiderte sie trocken. »Kaffee, Wasser und gerne einen Orangensaft.«

Adam schnitt eine Grimasse. »Alkohol?«

»Ab und zu ein Glas Rotwein. Und gerne einen Schuss Likör in heißer Schokolade.«

»Was heißt ab und zu?«

Sie starrte ihn an, und Adam hatte das Gefühl, dass ihm etwas Entscheidendes entging. »Ich trinke abends ein Glas, wenn ich mich nach einem Tag entspannen will, an dem ich genervt wurde.«

»Soll ich also täglich ankreuzen?«, witzelte er.

Ihre Antwort bestand aus einem Schnauben.

»Rauchst du?«

»Ich habe in der Grundschule aufgehört.«

»Liz«, ermahnte er sie und versuchte, streng zu klingen, auch wenn sich seine Mundwinkel gleichzeitig kräuselten. »Leidest du unter Stress?«

»Soll das ein Scherz sein?«

Er blickte von seinem Fragebogen auf. »Nein.«

Liz verdrehte ihre Augen. »Ich bin selbstständig.«

Adam lehnte sich zurück. Das Ganze fing an, ihm Spaß zu machen. »Und?«

»Und?« Sie riss ihre blauen Augen auf. »Ich stehe um sechs Uhr morgens auf, um Torten zu backen, von denen ich hoffe, dass sie gekauft werden, damit ich nicht irgendwann aus meiner Wohnung fliege und auf der Straße lande.«

»Aha.« Er räusperte sich. »Kreuzen wir als ja an.«

»Sind wir gleich fertig?«

»Wir haben doch gerade erst angefangen. Hast du irgendwelche Allergien?«

»Nein.«

»Nicht einmal gegen Fitnesstrainer?«

»Sehr komisch«, murmelte Liz und rückte die Sporttasche auf ihrem Schoß zurecht.

»Bist du zurzeit schwanger?«

Für einen Moment starrte sie ihn sprachlos an, als sei sie unsicher, was sie antworten sollte, bis sie den Kopf schüttelte. »Nein, bin ich nicht.«

»Wie groß bist du?«

»Eins siebzig.«

Er schätzte sie zwar auf eins fünfundsechzig, sagte jedoch nichts. Die Beantwortung der nächsten Frage würde sicherlich problematisch werden. Möglichst lässig fragte er daher nach: »Wie viel wiegst du?«

Die Stimmung kippte augenblicklich. »Das sag ich dir bestimmt nicht!«

»Liz …«

»Vergiss es.«

Ihr Gesicht wurde knallrot, was Adam irgendwie süß fand. Insgesamt kam er nicht umhin, die Situation erheiternd zu finden: Schließlich saß Liz stocksteif auf ihrem Stuhl, umklammerte mit den Fingern die Tasche, die auf ihrem Schoß lag, und wich seinem Blick aus. Es war allzu offensichtlich, dass sie nicht hier sein wollte. Komischerweise war Adam froh, *dass* sie hier war.

Möglichst professionell erwiderte er: »Wir sind unter uns. Das ist keine große Sache, außerdem …«

»Dann sag du mir doch, wie viel du wiegst«, sagte sie aufgebracht.

»Einundneunzig Kilo«, antwortete er prompt. »Sonst noch etwas, das du wissen willst?«

Sie schnappte nach Luft. »Nein! Außerdem bist du derjenige, der mir ständig Fragen stellt.«

»Es geht doch nur darum, den Fragebogen auszufüllen, damit wir deinen Plan zusammenstellen können.«

Anscheinend glaubte sie ihm nicht, da sie die Augen misstrauisch zusammenkniff. »Ich habe keine Ahnung, wie schwer ich bin. Ich wiege mich nur selten.«

Adam musterte sie. »Dann werde ich raten müssen …«

Vehement schüttelte sie den Kopf. »Bloß nicht! Lass das Feld einfach leer.«

Er spielte den verständnisvollen Fitnesstrainer und legte den Fragebogen beiseite. »Du bist nicht die erste Kundin, die ich betreue und die sich wegen ihres Gewichts geniert.«

Anscheinend hatte er das Falsche gesagt. »Ich geniere mich nicht wegen meines Gewichts.«

Ahnungslos sah er sie an. »Wenn du dich nicht genierst, dann können wir dich auch eben messen und wiegen. Das tut nicht weh und ist in einer Minute vorbei.«

Adam konnte sich täuschen – aber hätte sie ein Messer dabeigehabt, wäre ihm nun angst und bange geworden.

»Ich stelle mich nicht auf eine Waage.«

»Wenn wir dein Ausgangsgewicht nicht kennen, können wir deine Erfolge nicht nachprüfen.«

»Fein. Ist mir recht.«

Für so stur hätte er sie nicht gehalten. »Es gibt nichts an dir auszusetzen, Liz. Vor mir muss dir wirklich nichts peinlich sein.«

»Als ob!«

Er seufzte schwer und zuckte schließlich mit der Schulter. »Meinetwegen. Lassen wir das Feld also frei.«

»Danke.« Ihr Tonfall war absolut spröde.

»Okay. Wie ernährst du dich durchschnittlich?«

»Was?«

»Wie ernährst du dich? Ausgewogen? Isst du zu festen Zeiten oder auch zwischendurch? Basiert deine Ernährung vor allem auf Kohlenhydraten?«

»Wozu sind diese Fragen gut?«

»Wir sollten dein Ernährungsverhalten klären, bevor wir daran arbeiten können, es so zu verändern, dass wir deine Ziele erreichen können«, führte er geduldig aus.

»Meine Ziele?« Liz wirkte ahnungslos.

»Ja, deine Ziele. Du bist doch aus einem speziellen Grund hergekommen, Liz.«

»Ja, weil meine Schwester ein Tollpatsch ist, der momentan auf Krücken durch die Gegend humpelt.«

Auch wenn Adam ihr diese Ausrede nicht abkaufte und das alles nach wie vor für Quatsch hielt, schwieg er. Stattdessen hakte er unverfänglich nach: »Möchtest du etwas abnehmen oder einfach nur fit werden?«

»Nein, ich möchte nicht abnehmen.«

Angesichts ihrer vibrierenden Stimme schaute Adam ihr ins Gesicht und konnte nicht sagen, ob sie wütend oder verletzt war.

»Hör mal, Liz«, murmelte er. »Du scheinst in allen Fragen einen Angriff zu sehen, aber dem ist nicht so.«

Sie schob das Kinn nach vorn. »Das bildest du dir nur ein.«

Ihre blauen Augen sprühten vor Zorn. Adam konnte sich nicht erklären, weshalb Liz derart wütend war. Er fand eigentlich, dass er ziemlich charmant zu ihr war. Und natürlich gab es immer wieder Kundinnen, die er mit Samthandschuhen anfassen musste, aber Liz gehörte seiner Meinung nach nicht zu dieser Kategorie. Schließlich war sie eine hübsche Frau mit wahnsinnig blauen Augen und einem Körper, den die meisten Männer gerne nackt gesehen hätten. Insbesondere Liz' hübsches Hinterteil war ihm bereits in der Maske aufgefallen, bevor er einen Blick in das Puppengesicht geworfen hatte. Vielleicht stünde ihr etwas mehr Selbstvertrauen gut zu Gesicht, aber er würde sich hüten, ihr das zu sagen.

Er legte den Fragebogen beiseite. »Vergessen wir doch den Fragebogen, und du sagst mir einfach, was du dir von unseren Trainingseinheiten versprichst.«

»Ganz ehrlich?« Sie holte tief Luft. »Mein dringendster Wunsch ist es, an meinen Problemzonen zu arbeiten, damit ich irgendwann einmal in ein Hochzeitskleid passe.«

Stirnrunzelnd musterte er sie. Er stand auf dem Schlauch. »Ein Hochzeitskleid?«

»Meine Gedanken drehen sich kaum um etwas anderes.«

»Aha.« Sehr trocken wollte er wissen: »Hast du dir schon ein Kleid ausgesucht?«

»Nein, aber es ist nur eine Frage der Zeit, bis ein Mann meine Problemzonen großzügig ignoriert und mir einen Antrag macht.«

Das war schlagfertig! Er grinste. »Deine Problemzonen?«

»Ja.« Ihre Augen blitzten auf. »Wie bei den meisten Frauen sind das bei mir vor allem der Hintern und die Hüften.«

Ihm kam es so vor, als wolle sie ihm irgendetwas sagen, immerhin klangen ihre Worte ziemlich sarkastisch, aber er hatte nach wie vor keine Ahnung, worauf sie anspielte. »Für diese Bereiche gibt es großartige figurformende Übungen, die wir zusammen machen können.«

Liz schnalzte mit der Zunge. »Da bin ich aber erleichtert!«

Adam verschränkte die Arme vor der Brust. Mit milder Neugierde fragte er: »Nimmst du mich gerade auf den Arm?«

»Überhaupt nicht.« Sie schüttelte den Kopf. »Ich versuche nur, mich auf unser Training einzulassen.«

»Meinem Selbstbewusstsein als Trainer tust du gerade nicht sehr gut.«

»Oh, dein Selbstbewusstsein hätte ich gerne, Adam.«

»Daran können wir arbeiten.«

»Und ich dachte, dein Spezialgebiet wären Problemzonen.«

Schon wieder dieser ironische Tonfall! »Sport bringt viel mehr zustande als nur eine hübsche Figur, Gesundheit oder Kondition.«

»Selbstbewusstsein?«

»Aber ja. Sport ist ein tolles Mittel, um selbstbewusst zu werden.« Vielleicht würde er ihr irgendwann erzählen, welch traurige Gestalt er früher abgegeben hatte, bevor er angefangen hatte, Sport zu treiben.

Liz holte Luft. Dann erklärte sie mit sachlicher Stimme: »Okay. Lass uns diesen Plan erstellen.«

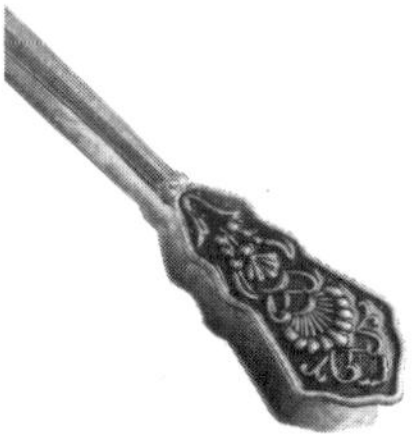

4

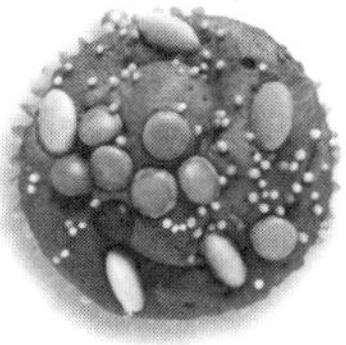

Der Grund, weshalb ihre Schwester sich seit drei Tagen weder hatte blicken lassen noch ans Telefon ging, war ungefähr eins neunzig groß, hörte auf den Namen Adam Stone und stand neben einem mittelalterlich wirkenden Folterinstrument namens Beinpresse, auf das sich Liz setzen sollte. Sie schwor sich, Vicky umzubringen, sobald diese damit aufhörte, sich ständig verleugnen zu lassen, wenn Liz in der Redaktion anrief.

»An der Beinpresse trainiert man hervorragend verschiedene Oberschenkelmuskel sowie die Gesäßmuskulatur.«

Gesäßmuskulatur?

Liz betrachtete zweifelnd das Trainingsgerät vor sich und warf Adam einen Blick zu, von dem sie hoffte, dass ihr dadurch erspart bliebe, vor seinen Augen auf den Sitz zu klettern und ihre kaum existenten Muskeln zu beanspruchen. Bisher war sie dem erfolgreich aus dem Weg gegangen. Doch irgendetwas sagte ihr, dass ihr die Ausreden ausgingen, weshalb sie dieses oder jenes nicht machen konnte. Wie es aussah, würde Adam von ihr verlangen, ihre Gesäßmuskulatur zu trainieren. Ein trainierter Hintern stand auf ihrer Prioritätenliste ziemlich weit unten. Für so etwas hatte sie schlicht und ergreifend keine Zeit.

»Zur Kräftigung der Beine ist dieses Gerät optimal. Man trainiert sowohl mit dem eigenen Körpergewicht als auch mit zusätzlichen Gewichten. Außerdem stärkt man die Rückenmuskulatur.«

»War nicht schon das letzte Gerät dafür da, den Rücken zu trainieren?«

Adam schien ihr Stirnrunzeln amüsant zu finden. »Der Rückenbereich besteht aus diversen Muskeln. Diese Partien sind teilweise miteinander verwoben, teilweise autonom. Um sie alle zu aktivieren, sind mehrere Übungen nötig. Man darf nicht nur die einen Muskeln trainieren und die anderen verkümmern lassen.«

Wie konnte man derart begeistert von Muskelpartien sein? Sie verstand ja, wenn jemand stundenlang über Törtchen und Pralinen sprach, aber über Sport? Man schwitzte und musste anschließend duschen – es war wie Sex, nur ohne den Spaß. Oder hatte schon mal jemand einen Orgasmus bekommen, wenn er über ein Laufband rannte?

»Ehrlich gesagt dachte ich immer, dass Übungen für stramme Oberarme und für einen flachen Bauch besonders beliebt wären«, murmelte sie und verschränkte die Arme vor der Brust. »Aber der Rücken?«

»Rückenübungen sind heutzutage besonders wichtig. Die meisten Menschen arbeiten im Sitzen und haben durch Fehlhaltungen das Rückgrat eines Siebzigjährigen, sobald sie vierzig sind.«

Sie starrte ihn verwirrt an und fragte sich, ob er ihr damit durch die Blume sagen wollte, dass sie einen Buckel bekam. Bisher hielt sich Adam zwar zurück, ihr gegenüber diverse Problemzonen anzusprechen, aber Liz hatte noch nicht vergessen, was er vor laufenden Kameras gesagt hatte. Und seine Frage nach ihrem Gewicht hatte sie auch noch nicht erfolgreich verdrängen können. Eigentlich konnte sie sehr gut darauf verzichten, sich von Männern sagen zu lassen, dass ihr Hintern fett geworden war. Wenn es hier nicht darum ginge, Vicky einen Gefallen zu tun, hätte sie einen Teufel getan und Adam niemals wiedergesehen.

»Mir ist ein ganzheitlicher Trainingsansatz wichtig. Wir kümmern uns um deinen ganzen Körper.«

Mit einem Murmeln gab Liz zurück: »Du meinst meine Problemzonen.«

»Wenn du es so nennen willst.« Etwas ungeduldig deutete er auf das Gerät, an dem Liz ihren Allerwertesten trainieren sollte.

Als ob sie vor seinen Augen auf den ledernen Sitz klettern würde! Die bisherigen Übungen hatte sie ihn an diversen Maschinen vormachen lassen. Was sollte sie sagen? Arschloch hin oder her, aber Adam Stone war ein erfreulicher Anblick, insbesondere dann, wenn er in dunkelblauer Trainingshose und einem weißen T-Shirt vor ihr stand. Dass die Trainingshose kurz über den Knien endete und somit äußerst stramme Waden zum Vorschein kamen, und dass das T-Shirt so eng war, dass Liz die darunter liegenden Muskelpartien betrachten konnte, war mit Sicherheit das Highlight ihres Tages.

Auch jetzt ließ er sich nicht lange bitten und schwang sich auf das Folterinstrument. Im Gegensatz zu ihr schien sich Adam keine Gedanken darüber zu machen, wie er aussehen mochte, wenn er auf diversen Geräten Verrenkungen machte. Stattdessen war er die Selbstsicherheit in Person. Die Tatsache, dass ein Mann in einer Position auf dieser Beinpresse saß, die frappierende Ähnlichkeit zu der hatte, die eine Frau einnahm, wenn sie gynäkologisch untersucht wurde, sagte Liz, dass Adam mit sich und seiner Sexualität im Reinen war.

Sie dagegen würde einen Teufel tun und ihm diese Übung nachmachen. Dafür fühlte sie sich in ihren Sportklamotten viel zu unwohl. Dank ihrer Schwester hatte Liz über einhundert Dollar für einen Sport-BH und Sportschuhe ausgegeben. Zwar hatte Vicky das Geld springen lassen, aber Liz hatte es dennoch die Tränen in die Augen getrieben. Sie würde die beiden Sachen eh nie wieder gebrauchen. Und dank der Tatsache, dass Vicky zu allem Überfluss die Trainingsstunden bei Adam Stone gebucht hatte, war Liz gleich nach ihrem ersten Termin noch einmal losgegangen, um eine neue Sporthose zu kaufen. Die Jogginghose, die sie eigentlich hatte anziehen wollen und die sonst nur beim Putzen getragen wurde, hatte einer schwarzen engen Laufhose weichen müssen, für die Liz weitere sechzig Dollar geblecht hatte. Ganz sicher würde sie nämlich keine ausgeblichene sowie ausgebeulte Wohlfühlhose tragen, wenn sie Adam Stone gegenüberstand.

Im Geschäft hatte sie gedacht, dass das schwarze Material der neuen Hose ziemlich schmeichelhaft wirkte und schlank machte. Jetzt aber befand Liz, dass das Licht in der Umkleidekabine sie ausgetrickst hatte. Überall um sie herum trainierten athletische Frauen, verausgabten sich auf diversen Crosstrainern oder rannten über Laufbänder. Sie alle sahen in ihren Sportklamotten schlank aus. Liz dagegen ahnte, weshalb Adam ihr ein Gerät für die Gesäßmuskulatur empfahl. Leider war das schlichte graue T-Shirt, das sie trug, nicht lang genug, um ihre *Problemzonen* zu kaschieren. Und genau diese Problemzonen schien er sie trainieren lassen zu wollen. Bis vor Kurzem war ihr nicht einmal bewusst gewesen, dass mit diesen Körperpartien etwas nicht stimmte.

»Für den Anfang würde ich dir auch hier empfehlen, drei Sätze zu machen. Jedes Mal mit dem gleichen Gewicht. Im ersten Satz zwanzig, im zweiten fünfzehn und im dritten zehn.«

Hoch konzentriert hob Adam die Beine und stemmte sie gegen eine vertikale Platte. Dass dabei seine Trainingshose hochrutschte und nicht nur seine Waden, sondern auch die Hälfte seiner Oberschenkel entblößte, schien ihm nichts auszumachen. Normalerweise fand Liz wenig Gefallen an Männerbeinen, aber Adams waren eine Ausnahme. Und was für eine! Sie hoffte, keine Stielaugen zu machen, und schluckte schwer.

Auch wenn sie Vicky in den vergangenen Tagen gerne geköpft hätte, weil sie ihr diese Situation zumutete, kam Liz nicht umhin, ein Quäntchen Dankbarkeit zu empfinden. Adam Stone mochte ab und an ein arroganter Holzkopf sein, aber er war auch ein schöner Mann.

»Wichtig ist, dass du mit dem Po tief nach unten rutschst und den Rücken gegen den Sitz lehnst, um kein Hohlkreuz zu machen.« Er klopfte sich selbst gegen das Knie. »Waden und Oberschenkel sollten einen Neunzig-Grad-Winkel haben. Waden parallel zum Boden.«

Liz verfolgte, wie Adam die Muskeln spielen ließ und sich mit den Füßen von der Platte abstieß. Während sich seine Beine streckten, fuhr der Sitz zurück. Anschließend beugte er die Knie und der Sitz fuhr wieder nach unten. Die Bewegungen hatten etwas Hypnotisches an sich.

»Damit alle Muskelpartien optimal trainiert werden, müssen die Fersen auf der Platte fest stehen bleiben«, erklärte Adam und ließ den Sitz in seine Ausgangsposition einrasten. Dann griff er nach einem Hebel und ließ den Sitz ein Stück zurückfahren, bevor er sich mit einer geschmeidigen Bewegung erhob und wieder auf beiden Füßen stand.

Liz kam sich wie ein Groupie vor, weil sie Mühe hatte, nicht auf seine Beine zu starren. Trainingshosen wie diese sollten verboten werden. Schlagartig erinnerte sie sich an Paul, einen netten Typen, den sie vor zwei Jahren bei der Arbeit im *Belle Epoque* kennengelernt hatte. Im Hotel war er für die Gästebetreuung zuständig gewesen und hatte mit ihr geflirtet, was Liz gefallen hatte – immerhin war Paul nett anzusehen, charmant und lustig gewesen. Und der Sex mit ihm war ebenfalls ganz nett gewesen. Als er nach San Francisco versetzt wurde, war Liz jedoch nicht allzu enttäuscht gewesen. Für sie war seine Versetzung sogar ein Glücksfall gewesen, weil es sie davon befreit hatte, mit Paul Schluss machen zu müssen. Auch nette Typen konnten nämlich regelrechte Nervensägen sein, die sich wie quengelnde Kleinkinder benahmen, sobald sie ihren Willen nicht bekamen.

»Liz?«

Aus ihren Gedanken gerissen starrte sie Adam an. »Was?«

Der klopfte auffordernd auf den Sitz des Trainingsgerätes. »Du bist dran.«

Automatisch biss sie sich auf die Innenseite ihrer Wange. »Muss ich?«

»Es frisst dich schon nicht.«

Sie hätte ihm sagen können, dass sie nicht der Typ war, der Spaß daran hatte, Gesäßmuskeln zu trainieren, aber genauso wenig war sie der Typ, der schlecht darin war, Nein zu sagen. Außerdem hatte sie gewusst, dass sie Sport machen würde, wenn sie dieses Personal Training in Anspruch nahm *und* eine hübsche Summe für Sportkleidung ausgab.

Daher kletterte sie schweigend auf den Sitz und hob die Beine, um die Füße gegen die eiserne Platte zu stemmen. Als Adam dann über sie griff, um ein geringeres Gewicht einzustellen, und mit seinem Unterarm ihren Bauch streifte, sagte sich Liz, dass sich ihre Schwester lieber einen neuen Job suchen sollte, als dass sie diese Farce ein weiteres Mal mitmachte.

»Nicht erschrecken, ich betätige jetzt den Hebel, damit der

Sitz noch ein Stück nach unten fährt«, erläuterte Adam, die Ruhe in Person, bevor der Sitz mit einem Klack weiter nach unten rutschte. So ähnlich musste sich ein Käfer fühlen, der auf dem Rücken landete und mit seinen Beinen in der Luft strampelte. »Jetzt einfach abstoßen und das Gewicht auf die Füße verteilen.«

Um sich keine Blöße zu geben, gehorchte Liz und spürte wenige Sekunden später, dass Adam seine Hand auf ihren Fuß legte und diesen nach unten drückte. »Lass die Fersen unbedingt auf der Platte. Nur so trainierst du die hinteren Oberschenkelmuskeln.«

Hintere Oberschenkelmuskeln? Ungebeten stieg das Bild eines eingeölten Bodybuilders in einem winzigen Slip vor ihrem inneren Auge auf und sie sah Arnold Schwarzenegger in seinen besten Jahren vor sich – nicht den harmlosen Arnold Schwarzenegger aus *Der Kindergarten-Cop* oder *Twins*, sondern den Arnold Schwarzenegger aus *Conan – der Barbar*. Einen goldgelockten Berserker mit Pelzüberwurf und Fellstiefeln sowie einem Lendenschurz.

»Wenn ich das hier öfter mache«, gab Liz von sich und spannte dabei ihre eigentlich nicht existenten Muskeln an, »nehme ich dann irgendwann an einem Bodybuilding-Contest teil?«

»Also, wenn das dein Ziel ist, sollten wir jedes einzelne Kohlenhydrat von deinem Ernährungsplan streichen.«

Liz schielte nach oben, wo Adam stand und seltsam zufrieden wirkte. »Abgesehen davon, dass es mein Job ist, mich den lieben langen Tag mit Kohlenhydraten in Reinform zu beschäftigen, will ich gar nicht an einem Bodybuilding-Contest teilnehmen«, informierte sie ihn. »Sehe ich aus wie Arnold Schwarzenegger?«

»Dafür fehlt dir mit Sicherheit der deutsche Akzent.«

Liz schnaubte. »Wenn, dann wäre es ein *österreichischer* Akzent.«

»Auch wieder wahr.«

Sie spürte, wie ihre Muskeln zu zittern begannen, und fühlte sich in seiner Gegenwart ziemlich unzulänglich. Da hing sie sprichwörtlich wie ein nasser Sack auf einem Trainingsgerät, kam bereits nach einer halben Minute ins Schwitzen und wurde dabei von ihm beobachtet.

»Noch zehn Wiederholungen und du hast den ersten Satz geschafft.«

Sollte das sie etwa aufmuntern?

»Morgen wirst du vermutlich etwas Muskelkater haben. Wann hast du zum letzten Mal Sport getrieben?«

Liz beugte die Knie, drückte gegen die Platte und stieß sich dann davon ab. Keuchend gab sie zu: »In meinem letzten Highschooljahr. Beim Volleyballspielen hab ich von Melissa O'Brien beim Aufschlag einen Ball gegen die Nase bekommen und durfte anschließend aussetzen.«

»Bei mir war es ein Football. Vorletztes Highschooljahr. Mitten in die ... du weißt schon.« Er verzog das Gesicht, als könnte er die Verletzung noch immer spüren. »Zwei Wochen durfte ich pausieren, bevor ich wieder mitmachen musste.«

Langsam fuhr sie mit dem Sitz zurück in die Ausgangsposition und war froh, ihre Wiederholungen hinter sich zu haben. Mehr hätte sie nämlich nicht geschafft. Zwar hing sie keuchend und mit gebeugten Beinen auf dem Sitz, fragte jedoch trotzdem nach: »Wie kann man zwei Wochen lang beim Sportunterricht blaumachen, wenn man einen Ball in die ... du weißt schon ... bekommt?«

Grinsend zuckte er mit den Schultern. »Ich würde es ja verraten, wenn ich nicht befürchten müsste, dass du dann beim nächsten Mal die gleiche Ausrede benutzt.«

»Ich habe keine … *du weißt schon*, Adam.«

»Ich weiß, Liz.« Das Grinsen wich keinen Zentimeter von seinem Gesicht.

»Du willst mir doch nicht tatsächlich erzählen, dass du den Sportunterricht mutwillig geschwänzt hast?«

Wieder griff er über sie und betätigte einen Hebel. Der Sitz rutschte mühelos zurück. »Jetzt sollten wir dein Cardio-Training besprechen.«

»Keine Geschichten über deine Schulzeit?« Mit wackeligen Knien kletterte sie von dem Folterinstrument und hoffte, nicht auf ihrem gerade trainierten Allerwertesten zu landen.

»Vielleicht beim nächsten Mal – wenn du eine ganze Runde Zirkeltraining geschafft hast.«

»Na wunderbar«, murrte Liz. »Also nie.«

»Wir kriegen dich schon in Form.«

Am liebsten hätte sie ihm geantwortet, dass er an seinem Charme unbedingt noch arbeiten musste, aber Liz sagte nichts. Stattdessen schnappte sie sich ihr Handtuch sowie ihre Wasserflasche und folgte ihm zu den Laufbändern. Auch das noch! Liz verzog das Gesicht.

Sie heuchelte Interesse vor, um Zeit zu schinden. »Was ist wichtiger? Krafttraining oder Kondition?«

»Beides geht Hand in Hand. Ohne Muskeln kannst du keine Kondition aufbauen und ohne eine vernünftige Kondition kannst du zwar Muskeln aufbauen und wie Arnold Schwarzenegger aussehen, aber die Gesundheit bleibt auf der Strecke.«

Fragend schaute sie ihn an. »Was meinst du?«

Nun verzog er das Gesicht und blickte mit einem Funkeln in den Augen in ihr Gesicht. »Du ahnst nicht, wie viele Typen es gibt, die mit den beeindruckendsten Muskeln aufwarten können, aber asthmatisch zu keuchen beginnen, sobald sie eine ganze Etage nach oben gehen sollen, weil die Rolltreppe ausfällt.« Er nickte in Richtung eines Kerls, der gerade an den Laufbändern vorbeischlenderte und den Gang einer kampfbereiten Bulldogge nachahmte. Tatsächlich hatte er dermaßen breite Schultern und muskelbepackte Arme, dass sich Liz fragte, wie der arme Mann ein Hemd in seiner Größe fand.

Ungläubig starrte sie ihm hinterher. »Wow.«

»Ich persönlich würde dir ja empfehlen, das Krafttraining nicht zu übertreiben und gleichzeitig Cardio zu machen«, erwiderte Adam leichthin. »Das ist die gesündeste Methode, um Sport zu machen. Ausgewogenheit.«

Sie sah ihn mit hochgezogenen Augenbrauen an. »Du bestehst doch selbst nur aus Muskeln.«

Er schnaubte. »Von einem Bodybuilder bin ich meilenweit entfernt. Außerdem trainiere ich zurzeit für den Ironman – da ist eine hervorragende Kondition das A und O.«

Oha! Klang er etwa beleidigt?

Weil Liz zudem keine Ahnung hatte, wovon er sprach, fragte sie nach: »Was ist der Ironman? Eine Art Fan-Veranstaltung für Comicbücher und Filme?«

Sein Lachen war ansteckend. »Nicht wirklich.«

»Sondern?«

Das Grinsen blieb auf seinem Gesicht haften, als er mit einem Lachen in der Stimme verriet: »Eine Art Triathlon. Fast vier Kilometer Schwimmen, einhundertachtzig Kilometer Radfahren und anschließend ein Marathon. Er findet mehrmals im Jahr überall auf der Welt statt. Ich will im Oktober in Maryland dabei sein.«

Liz spürte, wie ihr der Mund offenstand.

Obwohl er sich räusperte, war seine Belustigung zum Greifen nahe. »Interesse?«

Abrupt schüttelte sie den Kopf. »Niemals! Ich bin doch nicht selbstmordgefährdet.«

Seine Mundwinkel zuckten. »Es gibt Siebzigjährige, die am Ironman teilnehmen. Sogar eine über achtzig Jahre alte Nonne bestreitet den Ironman. Über fünfundvierzig Stück hat sie schon absolviert.«

»Willst du mich auf den Arm nehmen?« Liz kniff die Augen zusammen.

»Keinesfalls. Du kannst sie googlen. Es gibt sie wirklich – *die eiserne Nonne.*«

Fassungslos starrte sie ihn an. »Warum macht man so etwas?«

»Den Ironman?«

»Ja!«

Adam zuckte mit den Achseln. »Es ist eine Herausforderung, nicht nur für den Körper. Solche Wettkämpfe werden im Kopf bestritten. Sport ist meiner Meinung nach die beste Methode, um Selbstsicherheit und Durchhaltevermögen zu erlangen. Wer einen Ironman schafft, der wächst über sich hinaus und schreckt auch nicht vor alltäglichen Problemen zurück.«

Das klang zwar nett, aber Liz würde sich niemals derart schinden, nur um alltägliche Probleme besser lösen zu können.

»Muskelaufbau und gleichzeitig Cardio, das ist der Schlüssel zum Erfolg.« Adam deutete auf das Laufband. »Neben dem Krafttraining darf man das Konditionstraining nicht vernachlässigen. Und andersherum. Der Grundumsatz eines Menschen mit trainierter Muskulatur ist sehr viel höher als bei einem mit nicht beanspruchten Muskeln. Außerdem greift der Körper zuerst auf das Muskelgewebe zurück, sobald es zu einer Gewichtsabnahme kommt. Wenn die Muskeln jedoch trainiert werden, verringern sich die Fettdepots.«

So genau wollte sie es zwar nicht wissen, aber da sie nicht

besonders scharf darauf war, sich vor ihm auf dem Laufband zu blamieren, hakte sie nach: »Und das bedeutet?«

»Das bedeutet, dass man zwei bis drei Mal in der Woche Krafttraining betreiben sollte. Neben dem Konditionstraining.«

Wie man bei so viel Sport zum Schlafen kommen sollte, fragte sie ihn lieber nicht.

Adam Stone ließ sich leider nicht weiter ablenken, da er sie nun auf das vermaledeite Laufband scheuchte und gleich darauf ein paar Knöpfe drückte, worauf sich das Band in Bewegung setzte. Gezwungenermaßen begann Liz zu laufen. Glücklicherweise war es nicht so schnell, dass sie gleich rennen musste. Sie rannte nämlich nur, wenn sie einen Bus unbedingt erwischen musste.

Nach einer Weile spürte sie, dass das Laufband etwas schneller wurde und hörte gleichzeitig Adams Stimme. »Wir steigern die Geschwindigkeit gemächlich. Bei einem richtigen Training wären deine Muskeln nach den Kraftübungen zwar bereits warm, aber dennoch gehen wir nicht sofort auf volle Leistung, sondern starten das Konditionstraining langsam.«

Langsam klang gut, entschied Liz und spürte, dass ihr Puls in die Höhe stieg. Himmel! Sie stand gerade einmal drei Minuten lang auf dem Ding!

»Alles okay?«

Sie wollte ihm nicht antworten, weil er dann gemerkt hätte, dass sie schon jetzt kämpfen musste, und erwiderte seine Frage mit einem knappen Nicken.

»Hi Adam!«

»Hallo Adam!«

»Tiffany. Amber.«

Zwei durchtrainierte Frauen näherten sich dem Laufband und hatten nur Augen für Adam, der plötzlich hoch konzentriert auf das Display des Laufbandes starrte. Neben den zwei Grazien, die beide bauchfrei trugen und die Blicke diverser muskelbepackter Männer auf sich zogen, kam sich Liz etwas deplatziert vor. Keuchend stand sie auf diesem Mörderinstrument und merkte bei jedem Schritt, dass sie die Unsportlichkeit in Person war. Schweiß stand ihr auf der Stirn, und ihr Gesicht musste vermutlich vor Anstrengung knallrot sein. Gerade einmal drei Minuten und fünfundvierzig Sekunden stand sie auf dem Sportgerät und fühlte sich bereits, als stünde sie kurz vor einem Herzinfarkt. Und beim Blick auf das Display verzweifelte sie beinahe. Bisher hatte sie dreiunddreißig Kalorien verbrannt. Das reichte für einen halben Macaron!

Die beiden Frauen, die neben Adam stehen geblieben waren und ihr nicht einen einzigen Blick schenkten, sahen nicht aus, als würden sie sich Gedanken darum machen, wie viele Kalorien ein Macaron hatte. Ehrlich gesagt sahen sie nicht danach aus, als würden sie überhaupt Macarons essen. Beide waren schlank, groß und hübsch – die Art von hübsch, die eine Frau auf ein Magazincover brachte. Und die Art von hübsch, die Männer gemeinhin am meisten anzogen. Verstohlen blickte Liz nach links, um Adams Reaktion zu beobachten, während es sich anfühlte, als würde ihre Lunge gleich platzen. Er blickte noch immer auf das Display.

Die Blondine mit den dick getuschten Wimpern fackelte nicht lang. »Trish hat gesagt, dass ihr bald einen Box-Kurs nur für Frauen anbietet. Wie hoch ist die Wahrscheinlichkeit, dass du den Kurs leitest, Adam?«

Sein bedauernder Seufzer war hollywoodreif. »Ihr wisst doch, dass ich keine Kurse mehr leite, sondern nur noch Einzelstunden anbiete. So leid es mir tut.«

»Aber Trish hat uns gesagt, dass deine Stunden bereits ausgebucht sind und deine Warteliste ellenlang ist.« Die Dunkelhaarige warf Liz einen geradezu eifersüchtigen Blick zu – obwohl sie sicherlich gerade kein Bild abgab, auf das man in irgendeiner Weise eifersüchtig sein könnte – und verzog ihre Lippen anschließend wie ein beleidigtes Kleinkind. Der Schmollmund wirkte nicht, als wäre er auf natürlichem Wege entstanden.

»Da hat Trish leider recht.«

»Du wirst doch sicher noch die eine oder andere Stunde für uns freihaben, Adam. Wir sind schließlich Stammkundinnen.«

Der Mann setzte ein Lächeln auf, das vermutlich sogar die vorher erwähnte eiserne Nonne ins Schwärmen gebracht hätte. »Wozu wollt ihr bei mir Stunden nehmen? Ihr seid vermutlich in besserer Form als ich.«

»Eigentlich hatten wir gehofft, dass du dich selbst von unserer Fitness überzeugst.«

Wow! Auch wenn Liz aufgrund von akutem Sauerstoffmangel ziemlich aus der Puste war, erkannte sie offensives Flirten, wenn es so nah vor ihren Augen stattfand.

»Adam«, beschwerte sich nun die Dunkelhaarige. »Kannst du diesen Kurs nicht leiten?«

Es folgte ein weiterer bedauernder Seufzer. »Ich bin mir sicher, dass ihr Hanks Kurs großartig finden werdet. Er kann das sehr viel besser als ich, schließlich ist er Kampfsportler.«

»Hank ist nicht du«, betonte die Blondine und ließ keine Zweifel daran, dass sie stolz auf ihren Körper war und ihn Adam zu gerne nackt präsentiert hätte. Warum sonst sollte sie ihm ihre Brüste förmlich ins Gesicht strecken? »Du kannst uns gerne auch zusammen trainieren. Tiffany und ich hätten wirklich nichts dagegen, wenn du dich mit uns beiden gleichzeitig beschäftigst.«

Liz zwinkerte verblüfft.

Adam dagegen klang erstaunlich gelassen. »Lasst uns ein anderes Mal darüber reden. Liz ist gleich hier fertig und anschließend zeige ich ihr unser Hypoxi-Angebot.«

Während die Dunkelhaarige schon wieder eine Schnute zog, erwiderte die Blondine sehr direkt: »Du weißt ja, wo du uns findest.«

Kaum waren die beiden verschwunden, dehnte sich das Schweigen zwischen Liz und Adam aus. Lediglich das leise Summen des Laufbandes und Liz' Keuchen waren zu hören.

Plötzlich wollte Adam angelegentlich wissen: »Ist deine Patisserie eigentlich heute geschlossen?«

Liz schnappte nach Luft – sie wusste nicht, ob das vor Überraschung oder wegen ihrer Unsportlichkeit geschah. Echt? Er fragte sie nach der Patisserie? Viel lieber hätte sie mit ihm darüber geredet, warum er den beiden Mädels einen Korb gegeben hatte. Liz wusste zwar nicht, was Männer dachten, aber sie war immer davon ausgegangen, dass es der Traum eines jeden Kerls war, mit zwei heißen Modeltypen Sex zu haben. Stand nicht ein flotter Dreier auf der Bucket-List eines jeden Mannes?

»Nein«, brachte sie hervor. Das Keuchen war selbst in ihren Ohren nicht zu überhören. »Ich … ich habe eine Aushilfe.«

»Aha.« Er drückte einen Knopf neben dem Display, woraufhin das Laufband einen Tick langsamer wurde. Liz hätte ihn küssen können. »Läuft das Geschäft besser?«

»Viel … viel besser.«

»Schön für dich.«

»Ja. Sehr … sehr schön.«

»War der Auftritt im Frühstücksfernsehen der ausschlaggebende Grund dafür?«

Ihre Kehle war staubtrocken und ihr Herz schien noch immer jeden Moment zu explodieren. »Ich … ich weiß nicht.«

»Selbst mein Dad war ganz begeistert von deinen Pralinen, dabei ist er gar kein Fan von Süßem.«

»Mh.«

»Er wird sicherlich bald vorbeikommen.«

»Schön.«

»Also ...«

»Adam«, unterbrach Liz ihn und fragte flehentlich: »Können wir uns nicht endlich dieses Hypoxi-Ding ansehen?«

»Was?« Er sah sie verständnislos an.

»Hy...po...xi«, keuchte sie und klammerte sich an den Handläufen des Laufbandes fest. Mist! Sie sollte wirklich anfangen, Sport zu treiben. Nicht einmal zehn Minuten stand sie auf diesem Ding und *ging!* Und klang dabei wie eine achtzigjährige Raucherin, die kurz vor einem Kreislaufkollaps stand.

»Ach das!« Er machte eine unbedeutende Handbewegung. »Das war doch nur eine Ausrede, damit die beiden verschwinden. Du hast eine Hypoxi-Therapie nicht nötig.«

Sollte das etwa bedeuten, dass Liz noch länger auf diesem Gerät verbringen sollte? Ohne sie! Sie drückte verzweifelt auf den Knopf, auf dem *STOPP* stand – und wäre vom Band geflogen, wenn Adam nicht nach ihrem Arm gegriffen hätte. Mit einem Ausfallschritt landete sie beinahe auf dem Display des Laufbandes und wäre am liebsten vor Scham im Boden versunken, denn Ambers und Tiffanys Kichern waren nicht zu überhören.

»Alles okay?«

Sie murmelte eine Entgegnung und kletterte mit wackeligen Knien vom Laufband.

Adam hielt noch immer ihren Arm umklammert. »Ich hätte dich warnen sollen. Das ist der Notfall-Knopf.«

Liz rieb sich die Hüfte, die gegen den unteren Rand des Displays geknallt war. Verlegen entgegnete sie: »Jetzt verstehe ich auch, was Winston Churchill meinte, als er sagte *Sport ist Mord.*«

»Du hast dich ziemlich gut geschlagen.«

Sie hatte sich die Hüfte angeschlagen, nicht den Kopf. Daher schnaubte sie abfällig. »Ich bin ein Wrack.«

»Unsinn, du machst das gut«, beruhigte er sie und ließ endlich ihren Arm los. So dicht vor ihm zu stehen, hatte etwas Beunruhigendes an sich. Neben all dem Geruch nach Leder, Desinfektionsmittel und Schweiß war sein Geruch nämlich überwältigend. Duschgel mit einer herben Note und dazu pures Testosteron. In Liz' Magen machte sich seine unmittelbare Wirkung auf sie bemerkbar. Und plötzlich dachte sie schon wieder an seine Unterwäschewerbung. Und daran, wie winzig sie sich neben ihm vorkam.

»Das Laufband muss der Teufel erfunden haben.«

Anscheinend fand er alles lustig, was aus ihrem Mund kam. »Dann werden wir beim nächsten Mal den Crosstrainer versuchen.«

Liz schielte in Richtung der monströsen Crosstrainer und befürchtete Schlimmes.

Ausgerechnet in diesem Moment schenkte er ihr ein Lächeln, das sie glatt umwarf. Liz wollte jedoch nicht schwach werden. Sie wollte nicht zu den Frauen gehören, die einen Mann nach dem Äußeren bewerteten und es ihm verziehen, dass er ein arroganter Idiot war, nur weil er gut aussah und in Unterwäsche eine tolle Figur machte. Er mochte noch so nett zu ihr sein – Liz wusste genau, von welchem Kaliber er war.

»Irgendwann wird dir Sport sogar Spaß machen.«

»Das glaubst du doch selbst nicht.« Misstrauisch verzog sie das Gesicht. »Keine Sorge, ich werde die gebuchten Stunden in Anspruch nehmen, auch ohne dass du mir Honig ums Maul schmierst.«

»Ho!« Seine Miene drückte pure Verblüffung aus. »Sport setzt normalerweise Glückshormone frei. Du wirkst jedoch nicht sonderlich happy.«

Sie zwang sich zu einem Lächeln, das vermutlich leicht psychopathisch wirkte. »Bei mir wirkt Schokolade. Davon werde ich glücklich. Auf Sport kann ich gut verzichten.«

»Und was ist mit Sex?«

»*Was?!*«

»Sex«, entgegnete er völlig ruhig und sah sie gleichzeitig forschend an. »Du magst doch Sex, oder?«

Liz öffnete den Mund, schloss ihn wieder und kniff die Augen zusammen. »Natürlich mag ich Sex! Was soll diese Frage? Ich finde sie recht, äh, persönlich.«

Als wäre es das Normalste auf der Welt, zuckte Adam mit den Achseln. »Zwar verbraucht man beim Sex nicht mehr Kalorien als bei einem strammen Spaziergang, aber trotzdem braucht man eine gute Kondition, wenn man es richtig machen will. Von daher sollte man wenigstens ab und zu etwas Sport treiben, um beim Sex alles geben zu können.«

Was für ein Idiot! »Vielen Dank für deinen Ratschlag, aber bisher habe ich keine Klagen gehört. Auch ohne Sport.«

Sein Grinsen machte sie rasend. »Gut zu wissen.«

Vermutlich war ihr Gesicht feuerrot, und sie hoffte, dass Adam sie nicht durchschaute. Schließlich lag ihr Sexualleben seit einiger Zeit brach, was jedoch nicht am fehlenden Sport lag. Leider gab es zu viele Vollidioten in der Stadt. Und eins dieser Exemplare stand direkt vor ihr.

»Sind wir fertig? Oder möchtest du mir noch weitere brisante Geheimnisse und übergriffige Tipps und Tricks verraten, bevor ich duschen gehen kann?«

»Für heute war das alles. Bleibt es bei unserem nächsten Termin?«

Liz nickte und griff nach ihrem Handtuch, als sie merkte, dass ihr der Schweiß von der Stirn troff.

Beim nächsten Mal würde sie sich mehr Mühe geben, ihm nicht sofort auf den Leim zu gehen und ihn oder sein Aussehen erfolgreicher zu ignorieren, schwor sie sich, als Adam sie entließ und sie in die Umkleide lief. Zum Glück gab es dort einzelne Duschkabinen, denn vor Amber und Tiffany hätte sie ungern blankgezogen. Es reichte, dass die beiden sie heute in ihrer Sportkleidung gesehen hatten.

Glücklicherweise sah sie Adam nicht mehr, als sie dreißig Minuten später frisch geduscht das *LIONESS* verließ und in Richtung Bushaltestelle marschierte. Eigentlich hätte die heutige Stunde ganz nett sein können – wenn sie nicht ständig im Kopf gehabt hätte, wie Adam über sie und ihre Problemzonen dachte.

Das Klingeln ihres Handys riss sie aus ihren Gedanken.

Vicky.

»Na? Wie war dein erstes Training?«

Liz schulterte ihre Sporttasche und holte tief Luft. Sie hätte ihrer Schwester so einiges sagen können – angefangen damit, dass sie gerne im Vorfeld gewusst hätte, dass sie ausgerechnet von Adam Stone betreut wurde, bis zu der Tatsache, dass sie sich auf dem Laufband beinahe den Hals gebrochen hätte. Doch alles, was sie rausbrachte, war: »Woher weißt du, dass ich heute das erste Training hatte?«

»Ich habe in der Patisserie angerufen und mit deiner Jenny gesprochen. Wie schlägt sie sich?«

»Gut«, erwiderte Liz einsilbig. »Was macht der Fuß?«

»Äh ... immer noch etwas empfindlich.«

»Was sagt der Arzt?«

»Ich soll mich schonen. Zum Glück habe ich momentan kaum Außentermine.«

»Aber ...«

»Jetzt erzähl schon! Wie war das Training?«

Irgendetwas war faul, aber Liz konnte beim besten Willen nicht sagen, was es war. Anstatt die Frage ihrer Schwester zu beantworten, konfrontierte sie sie mit dem Offensichtlichen. »Warum hast du mir nicht gesagt, dass du das Training mit Adam Stone vereinbart hast?«

»Habe ich das nicht erwähnt?«

Liz kaufte ihr die gespielte Unschuld nicht einen Moment lang ab. »Nein, hast du nicht! Du weißt genau, wie ätzend ich seine Bemerkung zu meinen Problemzonen fand und dass ich ihn für einen arroganten Idioten halte. Warum also vereinbarst du Stunden bei ihm?«

»Zum Glück hat es geklappt. Es wäre ganz schön blöd gewesen, wenn dich ein anderer Trainer betreuen würde.«

Warum klang Vicky nur so fröhlich? Stirnrunzelnd starrte Liz in das Schaufenster einer Zoohandlung und verfolgte, wie ein Kaninchen den Kopf eines anderen Kaninchens rammelte. Ihr kam ein Gedanke. »Vicky, wenn du diese ganze Farce nur deshalb eingefädelt hast, um mir ein Date zu verschaffen, dann ...«

»Hey! Mein Fuß ist so geschwollen, dass man bei einem Zirkus einen Dollar Eintritt verlangen und mich als Kuriosität ausstellen könnte. Denkst du, ich hätte meinen Chefredakteur wegen dieses Artikels bestochen und mir absichtlich meinen Fuß ramponieren lassen, nur damit du ein paar Trainingsstunden mit Adam Stone haben kannst?«

Liz biss sich auf die Lippe und betrachtete weiterhin das liebestolle Verhalten des Kaninchens. Sie klang tatsächlich, als habe sie Verfolgungswahn. Vicky war zwar exzentrisch, aber solch ein Kalkül passte nicht zu ihr. »Es tut mir leid«, seufzte Liz. »Ich bin ziemlich fertig. Warum haben Mom und Dad uns nie dazu gezwungen, Sport zu machen? Dann hätte ich mich heute vielleicht nicht dermaßen blamiert!«

»Inwiefern hast du dich denn blamiert?«

Liz schnaubte. »Ich bin nach ein paar Minuten beinahe vom Laufband gestürzt. Außerdem musste ich menschenverachtende Übungen an einem Gerät namens Beinpresse machen. Und das alles unter Adams Aufsicht. Entwürdigender ging es kaum!«

»Vergiss nicht, dir Notizen zu machen«, krakeelte ihre ach so sensible Schwester in den Hörer. »Ich brauche guten Stoff für meinen Artikel.«

»Du spinnst doch!« Liz drehte der Szenerie vor ihr den Rücken zu. Jetzt hatte sie die Hauptstraße im Blick. Hupende Lastwagen waren um einiges besser als ein wilder Rammler mit flauschigem Fell. »Wehe, du beschreibst in deinem Artikel all die peinlichen Dinge, die mir beim Sport passieren.«

»Schon vergessen? Ich bin eine seriöse Journalistin, die über die ökonomischen Auswirkungen der Fitnessindustrie schreibt. Meine Leser interessiert es nicht, ob du dich blamierst. Das hebe ich mir für das nächste Familienfest auf. Dad wird sich vor Lachen in die Hosen machen, wenn er erfährt, dass du beinahe von einem Laufband gefallen wärst. Und Tante Beth auch.«

»Bitte nicht, Vicky«, stöhnte Liz auf.

Vicky begann zu lachen. »Du hast einen bei mir gut, Schwesterherz.«

Und dann legte das Biest einfach auf.

»Dass du Zeit für deinen alten Herrn hast ...«

»Was soll das denn heißen, Dad?«

»Das soll heißen, dass ich dich kaum zu Gesicht bekommen habe in letzter Zeit.«

Adam hob sein Bierglas an die Lippen und nahm einen Schluck. Aus dem Augenwinkel sah er, dass sein Dad die Gunst der Stunde ergriff und ebenfalls einen Schluck trank. Zwar lebte sein Vater nicht in Askese, aber ein Bierchen gönnte er sich eigentlich nur dann, wenn sie gemeinsam loszogen und ihrer Stammkneipe einen Besuch abstatteten. Dabei aßen sie meistens Shepherd's Pie, sahen sich die Baseballübertragung an und bequatschten alles, was anfiel. Das war in letzter Zeit nicht besonders häufig vorgekommen, weil sie beide selbstständig waren und sein Dad Frau und Kinder daheim hatte, die ebenfalls etwas Zeit mit ihm verbringen wollten. Adam hatte ebenfalls momentan einiges um die Ohren und das Training für den Ironman nahm immer mehr Zeit in Anspruch.

»Ich würde eher sagen, dass ich dich in letzter Zeit kaum zu Gesicht bekommen habe«, hob Adam an und setzte das Glas wieder auf der Theke ab. Ein Blick in den Fernseher, der über dem hölzernen Regal voller Whiskeyflaschen befestigt war, sagte ihm, dass die Red Sox sich bisher nicht besonders mit Ruhm bekleckerten, was das Spiel gegen Baltimore betraf. Vermutlich war das auch Grund für die gedrückte Stimmung hier bei *Fitzgerald's*, einer irischstämmigen Kneipe, in der ansonsten der Bär brummte. Im Thekenraum saßen die größtenteils männlichen Besucher, tranken Guinness und sehnten sich nach den Zeiten eines Carl Yastrzemski zurück, während im Gastraum nebenan Familien saßen und sich das fabelhafte Essen schmecken ließen. Adam hatte Lori und Christopher auch schon das eine oder andere Mal mitgenommen, wenn er auf seine Geschwister aufgepasst hatte. Chris war ganz verrückt nach dem Shepherd's Pie. Lori dagegen liebte den Kartoffelbrei und den hausgemachten Coleslaw, der warm serviert wurde. Mary wusste natürlich nicht, dass Adam mit seinen Geschwistern zu *Fitzgerald's* ging oder den beiden erlaubte, Pizza zu essen, wenn sie in der Stadt unterwegs waren. Schließlich hielt sie ihn für einen Gesundheitsfanatiker. Na ja, mit seinen eigenen Kindern wäre er vermutlich strenger und rigoroser gewesen, was die Nahrungsaufnahme betraf – aber als großer Bruder durfte er seine Geschwister ruhig verwöhnen.

»Ein paar der Mandanten sind harte Fälle. Deren Steuererklärungen bringen mich um meinen Schlaf.«

»Hast du es bald geschafft?« Adam hob die Hand, um eine weitere Runde Bier zu bestellen.

»Ich hoffe es. Sag mal, bist du nicht im Training?« Sein Dad blickte verwundert auf Adams leeres Glas. Sein eigenes war mindestens noch halb voll.

Adam fuhr sich durchs Haar und schnitt eine Grimasse. »Heute brauche ich ein zweites Bier.«

»Viel zu tun im Club?«

»Mh.« Wie sollte man seinem Dad erzählen, dass es zwei seiner Kundinnen darauf abgesehen hatten, mit ihm einen Dreier zu schieben, und dass er den beiden kaum entwischen konnte, weil sie ständig im *LIONESS* waren, um ihm den letzten Nerv zu rauben. Verdammt, er war nicht prüde und er mochte Sex. Tatsächlich war es ein paar Wochen her, dass er zum letzten Mal welchen gehabt hatte, und er vermisste den Körperkontakt zu einem anderen menschlichen Wesen. Aber er war kein solcher Idiot, mit Amber und Tiffany ins Bett zu gehen. So nötig hatte er es auch wieder nicht. Frauen mit Silikonmöpsen und Schlauchbootlippen waren nicht sein Fall. Das eine Mal während seiner Modelkarriere hatte ihm gereicht, als er mit einem Nacktmodel aus dem *Playboy* ins Bett gegangen war. Nach jener Nacht war er zu der Erkenntnis gekommen, dass magere Frauen mit operierten Brüsten nicht sein Fall waren. Wenn er Plastik bumsen wollte, konnte er sich auch gleich eine aufblasbare Puppe besorgen.

Adam mochte Frauen – richtige Frauen aus Fleisch und Blut, die sich unter ihm weich anfühlten und sich keine Spachtelmasse ins Gesicht spritzen ließen. Er liebte es, seine Hände über samtige Frauenhaut wandern zu lassen und seine Finger in festes Fleisch zu graben, während er sich auf einen warmen Frauenkörper sinken ließ, ohne von spitzen Hüftknochen erstochen zu werden. Ja, er mochte es prall, aber nicht plastisch.

Mit Hank hätte er darüber reden können, aber nicht mit seinem Dad.

Völlig unvermittelt dachte er an Liz und ihren Anblick in dieser engen schwarzen Sporthose, als sie auf die Beinpresse geklettert war. Einen hübscheren Po hatte er seit langer Zeit nicht in Augenschein nehmen können – und er sah berufsbedingt ständig nette Frauenhintern. Ihr Po war wirklich bezaubernd anzusehen. Rund und wohl proportioniert. Als sie auf dem Laufband trainiert hatte, war ihr Hinterteil die ganze Zeit hin und her geschwungen. Beinahe hätte sich Adam nicht darauf konzentrieren können, Amber und Tiffany sowie ihre mageren Ärsche loszuwerden. Die ganze Zeit hatte er überlegt, wie peinlich es wäre, wenn man ihn dabei erwischt hätte, sabbernd auf den Po seiner Kundin zu starren, während die sich auf dem Laufband verausgabte.

Und als sie beinahe von ebendiesem Laufband gefallen wäre und er sie am Arm festgehalten hatte, hatte er unter seinen Fingern die zarteste Haut gespürt, die er jemals berührt hatte. Zusammen mit dem unterschwelligen Duft nach Zimt und Aprikose, den sie verströmt hatte, war etwas genau in seine Eingeweide gefahren. Mitten in seinem eigenen Club hatte er Lust auf Sex bekommen – Sex mit einer Kundin, die nach Zimtschnecken roch und ständig errötete, weil sie verlegen war, anscheinend Probleme mit ihrer Figur hatte und nicht sonderlich sportlich zu sein schien. Sex mit einer Kundin, deren Po ihn dazu reizte, seine Hände auf Wanderschaft gehen zu lassen, und die ihn nicht sonderlich leiden mochte, auch wenn er keine Ahnung hatte, was er ihr getan hatte.

Adam hätte ihr gerne gesagt, dass sie toll aussah und dass er womöglich eine eiskalte Dusche brauchte, nur weil er sie am Arm angefasst hatte, während Amber und Tiffany selbst im nackten Zustand keine derartige Reaktion bei ihm provozieren könnten. Doch er hatte es gelassen. Er sollte sich nicht Gedanken darum machen, wie es wohl wäre, mit Liz Miller auf Tuchfühlung zu gehen. Sie war seine Kundin und was noch viel wichtiger war: Sie wirkte nicht wie eine Frau, die auf der Suche nach etwas Unverbindlichem war. Frauen wie sie wollten mehr. Eine gemeinsame Wohnung, einen Ring am Finger und ein Baby. Schade.

»Lass uns das Thema wechseln«, schlug er vor und hoffte, dass sein Körper bei der Erinnerung an Liz' zarte Haut und ihren unwiderstehlichen Po nicht wieder verrückt spielte.

Sein Dad war jedoch von der besorgten Sorte und wollte mit einem Stirnrunzeln wissen: »Gibt es Probleme im *LIONESS*?«

»Nein, alles gut. Viel Arbeit, extrem viel Andrang und aufdringliche Kundinnen.« Er verdrehte die Augen. Ja, *aufdringliche Kundinnen* klang ziemlich gut – sein Dad würde auf diese Weise niemals auf einen Dreier schließen. Oder auf die Tatsache, dass Adam seine neuste Kundin extrem heiß fand.

»Hast du noch immer diese Liste, auf der die Groupies landen?«

Zur allgemeinen Belustigung seiner Familie hatte Hank auf Adams Geburtstag über die Liste gequatscht. Seither musste er sich dies ständig aufs Brot schmieren lassen.

»Ja, die Liste existiert noch immer.« Dankbar nahm Adam

das Bierglas entgegen, das der Barkeeper ihm reichte, und trank einen Schluck.

»Wie viele Frauen stehen drauf?«

»Ein paar, nicht der Rede wert«, tat er mit einem Schulterzucken ab und schaute nach oben zum Fernseher, wo gerade Heath Hembree aufs Spielfeld lief. Bevor der Pitcher der Red Sox jedoch Gelegenheit hatte, einen Curveball zu werfen, landete eine Hand auf Adams Schulter. »Wusste ich doch, dass ich dein Auto erkannt habe, Adam. Hi, Mr. Stone.«

»Hi Kate.«

Beinahe wären Adams Schultern hinuntergesackt. Nach dem heutigen Tag hatte es ihm tatsächlich noch gefehlt, ausgerechnet auf seine Ex zu treffen.

Mit einem gezwungenen Lächeln drehte er sich um und ließ sich von ihr einen Kuss auf die Wange geben. Kate war eine außerordentlich schöne Frau mit großen braunen Augen und dunkelbraunen Haaren, die sie wie immer offen trug. Als Fitnesstrainer sah er zudem mit einem einzigen Blick, dass sie ungefähr vier Kilogramm abgenommen hatte. Da sie sowieso ein Fliegengewicht war, verlieh ihr die zusätzliche Gewichtsabnahme einen leicht verhungerten Eindruck im Gesicht. Er hatte bereits Dutzende Kundinnen betreut, die für ihre Hochzeit abnehmen wollten und am großen Tag zwar in ein Kleid mit der Größe sechsunddreißig passten, aber mit fahlem Gesicht in die Kamera lächelten.

Bei Kate müsste es annähernd eine zweiunddreißig sein – ein Umstand, der ihren Hals noch länger und dünner wirken ließ.

»Gut siehst du aus«, gab er von sich, weil er wusste, dass sie genau das hören wollte. Wenn sein Dad nicht dabei gewesen wäre, hätte er Kate gerne gesagt, dass sie es mit der Diät nicht übertreiben sollte. Schließlich verstand er sich noch immer mit ihr und mochte sie. Doch die Anwesenheit seines alten Herrn hinderte ihn daran. Frauen waren zimperlich, wenn es darum ging, ihr Gewicht vor anderen Menschen zu thematisieren. Ein ähnliches Exemplar hatte er erst heute auf ein Laufband gescheucht.

»Danke. In ein paar Wochen ist es schon so weit. Das ist auch der Grund, weshalb ich hereingekommen bin, als ich deinen Wagen auf dem Parkplatz entdeckt habe.« Kate zog einen Umschlag aus ihrer Tasche und reichte ihn ihm. »Ich wollte dir die Einladung zu unserer Hochzeit unbedingt persönlich übergeben, Adam. Du kommst doch, oder?«

Aus dem Augenwinkel sah er, dass sich sein Dad plötzlich für den aktuellen Spielstand interessierte. »Danke, Kate.« Er nahm den Briefumschlag entgegen. »Ich sehe nach, ob ich an dem Tag …«

»Du musst kommen«, beharrte sie. »Du bist fest eingeplant, Adam. Ich würde mich freuen, wenn du dabei bist, und Henry natürlich auch.«

Das bezweifelte Adam stark. Kate mochte ihn dabeihaben wollen, weil sie noch immer Freunde waren und bereits Freunde gewesen waren, bevor sie etwas miteinander angefangen hatten, aber der Zahnarzt sah das sicherlich anders. Frauen mochten sich mit der Ex ihres Mannes anfreunden und Schuhe zusammen shoppen gehen – aber welcher Mann wollte schon den Kerl auf seiner Hochzeit sehen, der seine frisch angetraute Frau regelmäßig flachgelegt hatte?

»Ich sage dir Bescheid«, versprach er.

»Kneifen gilt nicht«, mahnte sie und drückte ihm einen Kuss auf die Wange. »Ich muss wieder los, stehe in zweiter Reihe. Tschüss, Mr. Stone.«

»Tschüss, Kate«, antwortete sein Dad wie aus der Pistole geschossen.

Und so kam es, dass Adam mit einer Hochzeitseinladung in den Händen an der Theke des *Fitzgerald's* saß und seiner Ex zusah, wie sie die Kneipe verließ.

»Gehst du hin?«

Adam schluckte und drehte sich auf seinem Barhocker wieder in Richtung Theke. Die Einladung legte er dort ab, öffnete sie jedoch nicht. »Wahrscheinlich nicht.«

»Kate scheint es viel zu bedeuten, wenn du kommst«, gab sein Vater freundlich zu bedenken.

»Kate scheint es auch viel zu bedeuten, in ein winziges Kleid zu passen. Hast du nicht gesehen, wie mager sie ist?«

»Ich habe nur gesehen, dass deine Exfreundin dir eine Einladung zu ihrer Hochzeit gegeben hat und ziemlich enttäuscht wäre, wenn du nicht dabei wärst.«

Adam trank einen Schluck seines Biers, das plötzlich schal schmeckte. »Auf der Hochzeit werden sicherlich einhundert Gäste sein. Ob ich komme oder nicht, wird ihr gar nicht auffallen.«

Sein Vater antwortete nicht sofort, sondern seufzte schwer. »Ich mag Kate.«

»Das weiß ich, Dad. Sie ist schließlich nett, hilfsbereit und freundlich.«

»Außerdem ist sie eine hübsche junge Frau.«

Oh Gott. Adam ahnte, worauf sein Dad hinauswollte. »Dad …«

»Ist es für dich nicht komisch, dass sie heiratet – einen anderen Mann?«

»Komischer wäre es, wenn sie eine andere Frau heiraten würde«, antwortete er trocken.

»Adam«, schalt sein Dad ruhig. »Sie ist ein nettes Mädchen und war sehr verliebt in dich.«

Für dieses Gespräch hatte er nicht annähernd genug getrunken, entschied Adam. Wann hatte sein Dad sich eigentlich dafür entschieden, sich in sein Liebesleben einzumischen?

»Ja, und jetzt ist sie immer noch ein nettes Mädchen, das sehr verliebt in ihren zukünftigen Mann ist und eine Hochzeit plant.«

»Sicherlich hätte sie sich auch vorstellen können, das mit dir zu planen.«

Er fuhr sich durchs Haar und lehnte sich zurück. »Das mag vielleicht stimmen, aber *ich* wollte keine Hochzeit mit ihr planen, Dad.«

»Wenn ihr noch gewartet hättet, vielleicht hättest du dich irgendwann anders entschieden.« Aus seinem Vater sprach der pure Pragmatismus. »Ihr beide kennt euch schließlich seit Jahren und wart schon vorher befreundet.«

Adam wollte seinen Vater nicht vor den Kopf stoßen, schließlich war sein Dad ein Traditionalist, der an die Ehe glaubte, auch wenn er selbst zum zweiten Mal verheiratet war. Er wusste nicht, dass sein Sohn mit dieser Institution nicht viel anfangen konnte. Außerdem wusste er nicht, weshalb Adam festen Beziehungen aus dem Weg ging. Schließlich wollte Adam nicht, dass sein Dad ein schlechtes Gewissen hatte. Was er ebenfalls nicht wollte, war, dass sein Vater auf die Idee käme, ihn zu einem Psychologen zu schicken, um seine Kindheit aufzuarbeiten. Da war der Zug eh schon abgefahren.

»Nur weil wir uns kennen, heißt das nicht, dass Kate und ich heiraten sollen. Unsere Beziehung war außerdem nicht so ernst.«

»Ernst genug, dass sie mit zu uns kam, wenn Mary Geburtstag hatte.«

»Bei Marys letztem Geburtstag habe ich Hank mitgebracht – und ihn heirate ich auch nicht, Dad.«

Sein Vater zog abschätzig die Mundwinkel nach unten.

»Willst du mich etwa darauf vorbereiten, dass ich irgendwann einen Schwiegersohn und keine Schwiegertochter bekomme?«

»Sehr komisch, Dad«, murmelte Adam.

»Ich dachte ehrlich, das mit dir und Kate wäre etwas Festes gewesen.«

»Wohl eher nicht.« Super – ein Gespräch über seine Beziehungen, mitten in einer Kneipe, in der alle Augen auf ein Baseballspiel gerichtet waren. Unangenehmer ging es wirklich nicht. Vielleicht sollte er seinen Dad nach seinem letzten Besuch beim Urologen befragen.

»Du bist schon dreißig, Adam. Als ich in deinem Alter war, kamst du gerade in die Grundschule.«

Als sein Dad in Adams Alter gewesen war, hatte er die meiste Zeit in der Garage verbracht oder war spät nach Hause gekommen, weil daheim die Wände gewackelt hatten. Adam konnte sich nicht daran erinnern, dass es auch nur ein Wochenende gegeben hatte, an dem sich seine Eltern *nicht* gestritten hatten. Vom dreckigen Geschirr über die Fahrgemeinschaft zu Adams Pfadfindertreffen bis zur Gehaltserhöhung seines Dads war alles ein Thema gewesen, über das sie sich streiten konnten. Wenn er seinen Dad heute sah – einen ruhigen und besonnenen Mann, der in einer harmonischen Ehe lebte, in der Auseinandersetzungen ohne Streitigkeiten gelöst wurden –, fiel es Adam schwer zu glauben, dass es der gleiche Mann so viele Jahre in einer Ehe ausgehalten hatte, in der Adams Mom regelmäßig ausgerastet war. Bestenfalls konnte Adam seine Mutter temperamentvoll nennen, im schlechtesten Fall jähzornig. Die chaotische Ehe seiner Eltern war stets der Grund für ihn gewesen, nicht früh heiraten zu wollen. Mittlerweile stellte er sich generell die Frage, warum er heiraten sollte. Das Drama, das er als kleiner Junge und Teenager hautnah miterlebt hatte, reichte ihm. Warum sollte er sich so etwas freiwillig antun? Da machte er lieber Schluss, bevor eine Frau etwas Ernsthaftes von ihm erwartete. Sein Leben gefiel ihm ziemlich gut – ohne ständige Vorwürfe oder Geschirr, das an der Wand landete.

»Mary hat erst gestern noch darüber geredet. Eine feste Partnerschaft ...«

»Dad, wollten wir nicht das Spiel sehen?«

Die grünen Augen seinen Dads verdunkelten sich. »Als du uns Kate vorgestellt hast, dachte ich, dass du ruhiger geworden wärst und eine nette Freundin gefunden hättest, mit der du dir etwas aufbauen könntest.«

»Ich habe sie euch nicht offiziell als meine Freundin vorgestellt, sondern sie mit zu Marys Geburtstag gebracht.« Und das auch nur, weil er an jenem Tag keine Lust auf Stress mit ihr gehabt hatte. Kate hätte nämlich wissen wollen, warum er sie zu der formlosen Geburtstagsfeier seiner Stiefmutter im heimischen Garten nicht mitnähme. Doch damit hatte er wohl eindeutig falsche Signale ausgesendet – jedenfalls an seinen alten Herrn.

»Ich möchte nicht miterleben, wie du irgendwann bereust, dass sie einen anderen Mann geheiratet hat.«

Am liebsten hätte Adam die Augen verdreht. »Das wird nicht passieren.«

Erst Hank und Pam, die sich darum sorgten, er könne über Kates Hochzeit verzweifeln, und nun auch noch sein Dad. Vielleicht hätte er ein Rundschreiben verfassen sollen, in dem stand, dass er sogar erleichtert war, dass Kate ihren Zahnarzt heiratete, weil es für ihn bedeutete, aus dem Schneider zu sein. Kate und er kamen mit der Situation klar, nur bauschten alle anderen ihre Trennung auf, als hätten Michelle und Barack Obama Schluss gemacht. Himmel, sie hatten nicht einmal zusammengewohnt und ernst war es zwischen ihnen sowieso nie gewesen. Hätte er Kate doch niemals mit zu Marys Geburtstag genommen! Weil sein Dad und seine Stiefmutter keine der Frauen jemals kennengelernt hatten, mit denen sich Adam verabredet hatte, waren sie automatisch davon ausgegangen, dass es sich bei Kate um die große Liebe handelte. Jetzt hatte er den Salat.

»Dad, es ist wirklich in Ordnung«, versicherte er seinem Vater ruhig, weil er dessen sorgenvollen Blick noch immer auf sich spürte. Ob Heath Hembree einen Strike provoziert hatte, hatte Adam nicht mitbekommen.

Sein Vater hob die Hände. »Schon gut. Du weißt, dass ich kein aufdringlicher Vater bin, der sich ins Liebesleben seines Sohnes einmischt.«

»Gott sei Dank«, erwiderte Adam inbrünstig und hob das Bier an die Lippen.

Nach dem zweiten Bier stieg Adam auf Wasser um, aß einen Salat mit Putenfleisch, weil er seinen Essensplan wenigstens halbwegs einhalten wollte, und verbrachte einen echt netten Abend mit seinem Dad, der glücklicherweise kein weiteres Mal auf Kates Hochzeit oder Adams Beziehungsstatus zu sprechen kam. Stattdessen verfolgten sie, wie die Red Sox Baltimore schlugen, und machten sich anschließend auf den Weg nach Hause.

Nachdem Adam seinen Dad abgesetzt hatte, fuhr er in seine Wohnung. Dort räumte er als Erstes seine Küche auf und kümmerte sich um die Wäsche. Gähnend fuhr er sich durchs Gesicht, während er anschließend am Küchentisch Kostenvoranschläge für eine neue Soundanlage miteinander verglich, und entschied sich, die Frage nach der Beschallung der Kursräume auf den nächsten Tag zu verschieben, wenn er ausgeschlafen hatte. Er könnte sich nach der morgendlichen Laufrunde damit beschäftigen, bevor er ins *LIONESS* fuhr. Oder er überließ es Hank, schließlich war der sein Partner.

Adam klappte den Aktenordner zu und bemerkte darunter den blütenweißen Briefumschlag, den Kate ihm erst vor wenigen Stunden in die Hand gedrückt hatte.

Ohne groß nachzudenken, öffnete er den Umschlag und zog die sorgfältig bedruckte Einladungskarte hervor, die er aufklappte und mit einem schwachen Lächeln las.

Wir heiraten!

Wenn man die Liebe seines Lebens gefunden hat, soll man sie festhalten und nicht mehr hergeben. Wir beide, Kate Mullins und Dr. Henry LeVander, gehen miteinander den Bund fürs Leben ein und möchten diesen Tag zu etwas Besonderem machen. Sei bitte dabei, wenn wir unseren Traum wahr werden lassen. Die Trauung und anschließende Hochzeitsfeier finden …

Adam überflog die Daten und war sich sicher, dass Dr. Henry LeVander eine ziemliche Stange Geld für die Hochzeit ausgab. Die Tatsache, dass die Hochzeitsfeier nicht in Boston, sondern in Cape Cod stattfinden würde, bedeutete nicht nur eine zweistündige Autofahrt dorthin, sondern sicherlich auch eine spektakuläre Location. Wenn Kate einen derartigen Trubel veranstaltete, würde sie keine halben Sachen machen.

Unentschlossen betrachtete er den Rückantwortschein und zückte einen Stift, um Nein anzukreuzen, als ihm Hanks Worte und auch die sorgenvollen Kommentare seines Dads einfielen.

Zwar hatte er nicht sonderlich viel Lust darauf, auf diese Hochzeit zu gehen, und Zeit hatte er eigentlich überhaupt keine, doch bevor er sich anhören musste, wie sein Umfeld sein Seelenleben ergründen wollte, würde er nach Cape Cod fahren und Kate und ihrem Zahnarzt gratulieren.

Schwungvoll kreuzte er also Ja an.

Und weil er schon dabei war, gab er ebenfalls an, dass er in Begleitung käme. Kates Single-Freundinnen waren nämlich furchtbare Nervensägen. Nur eine Begleitung konnte ihn vor einem wirklich unangenehmen Abend mit anhänglichen Frauen retten.

5

»Sogar Grandpa hat sich die Sendung angeschaut, Liebling. Er war total begeistert, wie souverän und sympathisch du im Fernsehen warst. Die gesamte Familie ist ganz aus dem Häuschen. Tante Hillary hat ihre Nachbarin angerufen, damit sie ihr die Show aufnimmt, weil sie doch noch im Urlaub ist. Und die Freunde der Darlingtons haben sogar aus Los Angeles angerufen, um sie zu bitten, ihnen beim nächsten Besuch ein paar deiner Pralinen mitzubringen.«

Liz schenkte ihrer Mutter ein verlegenes Lächeln und konzentrierte sich anschließend wieder darauf, den Teig für den Hefezopf zu kneten. Ihr Muskelkater war dabei keine allzu große Hilfe: Bei jeder Bewegung tat ihr der Rücken weh und ihre Arme fühlten sich wie weich gekochte Spaghetti an. Dabei war Liz eigentlich davon ausgegangen, dass sie Kraft in den Armen hatte. Wer jeden Tag Teig knetete, musste wenigstens ein paar Muskeln besitzen. Doch das gestrige Training bei Adam hatte sie eines Besseren belehrt. Heute wäre sie am liebsten nicht aufgestanden und hatte sogar darüber nachgedacht, ihrer Mom abzusagen, die sich für den Vormittag zum Frühstück angekündigt hatte.

Frühstück war tatsächlich nur eine Ausrede dafür, dass ihre Mutter sich bei ihrer jüngsten Tochter umsehen und Fenster putzen wollte. Seit ihr Vater in Rente gegangen war, verbrachte ihre Mom auffallend viel Zeit damit, bei ihren Töchtern nach dem Rechten zu schauen, sich mit ihren Freundinnen zu verabreden oder Töpferkurse zu belegen. Und da Vicky ein Kontrollfreak war, der eher Amok gelaufen wäre, als ihrer Mutter zu erlauben, ihre Wohnung zu putzen, schaute ihre Mom ab und zu bei Liz vorbei.

Sie hatte nichts dagegen, ihren freien Vormittag mit ihrer Mutter zu verbringen. Als sie noch im *Belle Epoque* gearbeitet hatte, war es nie möglich gewesen, einen entspannten Morgen mit ihrer Mom in ihrer Küche zu sitzen, dabei eine bequeme Pyjamahose zu tragen und einen Hefezopf zu backen, während sie ein Blech Ingwerkekse im Ofen hatte, die sie in kleine Plastiktüten packen und ihren Kunden zum Probieren mitgeben wollte. Freizeit hatte sie nicht gekannt, weil sie oft sechs Tage in der Woche gearbeitet und an ihrem freien Tag wie eine Tote geschlafen hatte.

»Du kannst den Darlingtons sagen, dass ich ihren Freunden gerne eine Packung schicke.«

»Oh, da würden sie sich sicherlich freuen. Du bist ein Schatz.«

»Mh.« Sie griff in die Packung Mehl und streute zielkundig etwas über den Teig, der noch nicht die richtige Konsistenz hatte. Ihrer Mom, die ein paar Schritte entfernt an der Spüle stand und es sich nicht hatte nehmen lassen, Liz' dreckiges Geschirr zu spülen, warf sie einen flüchtigen Blick zu. »Wie haben Dad die Karamellbiskuits mit der Espressocreme geschmeckt? Ich überlege, sie ins Sortiment aufzunehmen, aber vielleicht sind sie für den Sommer ein wenig zu schwer. Im Winter könnte ich die Espressocreme mit Lebkuchengewürz verfeinern.«

»Dein Dad hat jedes einzelne Biskuit allein aufgegessen und geschworen, niemals etwas Besseres gekostet zu haben.«

Liz grinste. »Das sagt Dad jedes Mal, wenn ich ihn etwas testessen lasse, Mom.«

»Genau.« Ihre Mutter seufzte. »Wenn du wirklich einen unabhängigen und unparteiischen Testesser haben möchtest, solltest du dich nicht an deinen Vater wenden. Apropos: Ihm passen seine Hosen nicht mehr, seit er dein Stammkunde geworden ist.«

Liz sagte nichts, schließlich hörte sie diesen Kommentar nicht zum ersten Mal. Im Gegensatz zu ihrer Mutter, von der Vicky die schlanke Figur geerbt hatte, setzte ihr Dad eher zügig etwas Fleisch an. Liz hatte diese Gene definitiv von ihm geerbt, denn ihr Vater konnte seine Finger nur schwer von Süßigkeiten lassen und nahm allein bei der Erwähnung von Schokokuchen ein halbes Kilogramm zu.

Sie knetete den Teig ein weiteres Mal durch und entschied, dass er nun die perfekte Konsistenz hatte. Gleich würde sie ihn an einen warmen Ort stellen und eine weitere Stunde aufgehen lassen. Bevor sie heute Nachmittag in die Patisserie fuhr, würde sie warmen Hefezopf mit frischer Erdbeer-Rhabarber-Konfitüre essen können, die sie vorgestern hergestellt hatte. Liz konnte sich nichts Leckereres vorstellen.

Pragmatisch schlug sie ihrer Mutter vor: »Dann kauf ihm neue Hosen, Mom. Seine alten gehören sowieso in die Altkleidersammlung. Hast du nicht erst vor ein paar Monaten erzählt, wie peinlich es dir gewesen ist, dass er so eine alte Hose anhatte, als ihr im *Knight's* essen wart?«

»Natürlich war mir das peinlich, schließlich hatte er die Hose schon, als Bill Clinton unser Präsident war.«

»Niemand achtet auf die Hose eines Gastes, Mom, schließlich sitzt man in einem Restaurant die meiste Zeit.« Sie schenkte ihr ein aufmunterndes Lächeln. »Außerdem finde ich nicht, dass Dad in letzter Zeit besonders viel zugenommen hat.«

»Dein Vater sieht noch immer sehr gut aus, auch wenn seine Haare dünner und sein Bauch etwas fülliger sind als früher.«

Gleich würde die Geschichte kommen, die Liz bereits auswendig kannte – *als ich deinen Dad getroffen habe, hatte er lange Haare und fuhr einen alten VW-Bus. Außerdem spielte er Gitarre und konnte singen wie Bob Dylan.*

»Du kannst es dir vielleicht heute nicht vorstellen, aber als ich deinen Dad das erste Mal gesehen habe, trug er lange Haare und fuhr einen alten VW-Bus. Wenn er Gitarre spielte und dazu sang, bin ich dahingeschmolzen.« Fast schon verschwörerisch raunte ihre Mom ihr zu: »Dein Grandpa war überhaupt nicht begeistert, als ich ihm deinen Dad vorgestellt habe, aber ich wusste von Anfang an, dass ich ihn einmal heiraten würde.«

»Ich weiß, Mom.«

»Damals war er dürr und schlaksig, aber seine Augen … In die habe ich mich auf Anhieb verliebt. Kaum zu glauben, dass er heute einen solchen Bauch hat.«

»Dad ist doch gar nicht dick, Mom. Jedenfalls nicht dicker als noch vor ein paar Monaten, als er noch gearbeitet hat.«

Die Schultern ihrer Mutter sackten hinunter. »Ich sage ja auch nicht, dass er dicker geworden ist. Nur lässt er sich ein wenig hängen, seit er Rentner geworden ist, und verbringt die meiste Zeit lustlos daheim. Jedes Mal, wenn ich einen Blick ins Wohnzimmer werfe, sitzt er auf der Couch und schaut Fernsehen. Ständig dudelt die Titelmusik von *Law & Order* durch das Haus.«

Ganz automatisch verzog Liz das Gesicht. Also noch so eine

Sache, die sie von ihrem Dad geerbt hatte – die Obsession für *Law & Order*.

»Das legt sich bestimmt bald, Mom. Du weißt doch, dass Dad niemals der Typ dafür war, daheim auf dem Sofa zu sitzen und Däumchen zu drehen. Warum schlägst du ihm nicht vor, wieder zum Angeln zu gehen? Das hat er früher doch sehr gern gemacht.«

»Das habe ich bereits, aber er klang nicht sonderlich begeistert.«

»Was ist mit seinem Bastelkeller?«

»Dort lässt er sich überhaupt nicht mehr blicken.«

»Er hat doch immer voller Begeisterung im Garten gearbeitet.«

»Das war einmal.«

»Dann sollte er vielleicht ein völlig neues Hobby finden, oder?«

Ihre Mutter antwortete nicht sofort, sondern wartete einen Moment, bis sie niedergeschlagen entgegnete: »Vielleicht hat er Depressionen, weil er nicht mehr arbeitet.«

Liz zog die Augenbrauen in die Höhe. »Er hat die letzten anderthalb Jahre vor seiner Pensionierung jeden Morgen den Tag in seinem Kalender durchgestrichen und eine Party gegeben, als er seine Rente durchhatte.«

»Aber vielleicht vermisst er ja jetzt seinen Job.«

Ihr Dad hatte in der Stadtverwaltung gearbeitet und war für die Straßenplanung zuständig gewesen. Liz erinnerte sich sehr gut daran, wie oft er über seinen Job gejammert hatte.

»Das glaube ich nicht. Wie oft hat er seine Arbeit verflucht?« Sie griff nach einer Schüssel und legte den Teig hinein, bevor sie ein sauberes Küchenhandtuch darüber faltete.

»Vermutlich vermisst er das Gefühl, gebraucht zu werden. Weißt du, die meisten seiner Freunde, die ebenfalls bereits pensioniert sind, haben Enkelkinder, um die sie sich kümmern.«

Vor Schreck hätte Liz fast die Schüssel fallen lassen.

Ihr Blick glitt zu ihrer Mom, die gerade dabei war, eine Pfanne blitzblank zu schrubben. Wenn das die subtile Frage sein sollte, ob sie plante, in näherer Zukunft Nachwuchs in die Welt zu setzen, hatte ihre Mom auf ganzer Linie versagt.

Möglichst lässig erwiderte Liz: »Wer weiß, vielleicht macht euch Vicky ja bald zu Großeltern, und dann hat Dad einen Grund, ein paar Folgen *Law & Order* auszulassen.«

Geflissentlich ignorierte ihre Mutter den Kommentar. »Wie laufen denn deine Dates, mein Schatz? Hast du einen netten Mann kennengelernt?«

Woher zum Teufel wusste ihre Mom von ihren Online-Dates, mit denen sie sich im Anflug geistiger Umnachtung getroffen hatte?

Vicky.

Liz verschränkte die Arme vor der Brust und fuhr sich über ihre Lippen. »Hat Vicky dir davon erzählt?«

»Ja.« Sorgenvoll runzelte ihre Mom die Stirn und schaute ihre jüngste Tochter an. »Im Fernsehen lief letztens eine Reportage über eine junge Frau, die sich auf Internet-Dates einließ und entführt wurde. Seit Vicky mir erzählt hat, dass du dieses Online-Profil hast, mache ich mir Sorgen um dich. Warum gehst du nicht aus und lernst auf die altmodische Weise einen netten Mann kennen? Ich habe deinen Dad auf der Einweihungsparty einer Freundin kennengelernt. Und es war Liebe auf den ersten Blick.«

Liebe auf den ersten Blick klang fantastisch – aber wenn man kein Talent dafür besaß, mit Männern ins Gespräch zu kommen, dann griff man eben aufs Online-Dating zurück. Doch darüber wollte sie nur ungern mit ihrer Mom reden, die

die Liebe ihres Lebens mit Anfang zwanzig auf einer Party kennengelernt hatte. Sie hatte damals weder in einem Spitzenhotel gearbeitet und keine Freizeit gehabt noch eine eigene Patisserie geführt, für die sie weit mehr als zehn Stunden am Tag arbeitete. Von daher konnte ihre Mom gar nicht wissen, wie problematisch es für Liz war, einen Mann kennenzulernen.

»Vicky sollte sich lieber um ihren Fuß kümmern«, murmelte Liz leicht gereizt.

Irritiert blinzelte ihre Mom. »Ihr Fuß? Was ist mit ihrem Fuß?«

Liz legte den Kopf schief. »Sie hat sich den Fuß verstaucht und läuft auf Krücken.«

»Was?« Ihre Mutter war sichtlich verwirrt. »Seit wann?«

»Seit ein paar Tagen.«

»Aber warum hat sie nichts davon erzählt? Ich habe doch gestern Abend mit ihr telefoniert.«

Sie zuckte mit den Schultern. Vicky war eben Vicky. »Keine Ahnung, Mom.«

»Das ist ja merkwürdig.«

Schnaubend widersprach Liz: »Es ist nicht merkwürdig, sondern lästig. Schließlich muss ich ihretwegen zum Sport gehen. Ausgerechnet zum Sport bei Adam Stone. Ich könnte mir echt etwas Besseres vorstellen, mit dem ich meine Zeit verplempere.«

Leider hatte sie mal wieder geredet, bevor sie nachgedacht hatte, da ihre Mom nach Luft schnappte und einen glückseligen Gesichtsausdruck aufsetzte. »Adam Stone? Ist das nicht dieser hübsche Fitnesstrainer, mit dem du vor der Kamera standst?«

Sie würde Adam nicht unbedingt hübsch nennen. Hübsch waren vierzehnjährige Highschoolschülerinnen, die keine Pubertätsakne hatten, oder Schaufensterdekorationen zu Weihnachten. Adam war ... viel mehr. Er war ein fantastisch aussehender Idiot mit einem Lächeln, das ihre Beine in Brei verwandelte, und mit einem Körper, der für zig Herzrhythmusstörungen in der Damenwelt verantwortlich war.

Widerwillig nickte sie. »Ja, das ist er.«

»Und bei ihm machst du Sport?«

»Gezwungenermaßen.« Sie fühlte sich bemüßigt, ihrer Mom zu erklären, wie es dazu gekommen war. »Vicky schreibt diese Reportage und muss dafür in einem Fitnessclub recherchieren. Wegen ihres verstauchten Fußes hat sie mich gebeten, für sie einzuspringen. Sonst wäre ich niemals auf die Idee gekommen, freiwillig zum Sport zu gehen. Ich habe schrecklichen Muskelkater.«

Wenn sie Mitleid von ihrer Mom erwartet hatte, wurde sie nun enttäuscht. »Er ist ein sehr gut aussehender Mann. Ist er in natura auch so nett wie im Fernsehen?«

Liz kniff die Augen zusammen. *Nett?!*

»Ich fand es so charmant, wie er mit dir geflirtet hat. So einen Mann solltest du dir als Freund suchen.«

War ihre Mom womöglich verrückt geworden? Wann hatte Adam Stone mit ihr geflirtet? In welchem Paralleluniversum war es Flirten, wenn ein Mann einer Frau zu einer Gewichtsabnahme riet?

Sie korrigierte ihre Mutter, indem sie ruhig entgegnete: »Er hat nicht mit mir geflirtet, Mom. Und nett fand ich ihn eigentlich nicht, schließlich hat er in aller Öffentlichkeit über meine Problemzonen gesprochen. Kannst du dich nicht erinnern, wie er mir zu einer Gewichtsabnahme geraten hat?«

»Ich kann mich nur daran erinnern, wie er dich angesehen hat.« Sie lächelte ihr vertraulich zu. »Unter uns, mein Schatz, dein Dad hat mich ganz ähnlich angesehen, als wir uns kennenlernten. Vielleicht wäre es keine schlechte Idee, dieses Internet-

Dating zu lassen und in der wirklichen Welt nach einem Freund zu suchen – eventuell sogar beim Sport.«

Als Adam die kleine Patisserie betrat, fiel sein Blick zuerst auf Liz, die hinter der Auslage stand und telefonierte. Sein zweiter Blick fiel auf ihre hellblaue Bluse, unter der sich ein Paar verlockender Brüste wölbte.

Eigentlich war alles an Liz verlockend. Von ihrem blonden Pferdeschwanz angefangen bis zu dem überraschten Ausdruck in ihrem Gesicht, als sie zu ihm sah und ihn erkannte.

Da sie noch telefonierte, gab er ihr mit einem Zeichen zu verstehen, dass er sich umschauen wollte, und begann herumzuschlendern, während sie einer Mrs. Buchanan zu verstehen gab, dass eine glutenfreie, vegane Torte ohne Zucker schwer umzusetzen sei.

Mit einem Lächeln lauschte Adam ihren Ausführungen und sah sich eingehend um. Ihm gefiel, was er sah, denn die kleine Patisserie namens *Chez Liz* war süß, charmant und unaufdringlich – genau wie die Besitzerin, die gerade bedauernd in den Telefonhörer seufzte, dass sie keine Baissiers ohne Eischnee zubereiten konnte.

Entspannt ließ er seinen Blick durch das kleine Geschäft wandern und musste zugeben, dass man sich hier augenblicklich wohlfühlte. Auf dem Boden waren hellgrau gemusterte Fliesen verlegt, kleine Bistrotische und Stühle erinnerten an ein Pariser Straßencafé, und an den Wänden hingen geschmackvolle Bilder, auf denen allerlei Torten und dergleichen abgebildet waren. Apropos Torte, ein Paradies für Naschkatzen versteckte sich in der breiten Auslage, die sich beinahe von der einen Seite des Ladenlokals bis zur anderen erstreckte. Torten, Küchlein und andere Köstlichkeiten, die er nicht benennen konnte, lachten ihn an und sahen so verführerisch aus, dass ihm das Wasser im Mund zusammenlief.

Adam sah eine Schokoladentorte, auf der mit weißer Schokolade überzogene Erdbeeren lagen, und die wie gemalt aussah. Daneben befand sich eine Torte, deren Rand aus Löffelbiskuits bestand und in deren Mitte eine weiße Creme zu sehen war, über die Pistazien gestreut waren. Schräg hinter ihr konnte Adam einen Kuchen entdecken, der mit weißem Zuckerguss überzogen und mit so filigranen rosafarbenen Blütenblättern verziert war, dass er ihn ungläubig betrachtete. Eine kunstvolle Torte mit pastellfarbenem Überzug und Schokoladensplittern am Rand stand davor. Gleich daneben reihten sich mehr als ein Dutzend Törtchen, die allesamt unterschiedlich aussahen. Er entdeckte glasierte Pfirsiche, mit Puderzucker bestreute Brombeeren und dunkle Schokoladencremes, mit denen die Törtchen gefüllt waren.

Sein Magen begann zu rumoren, als er mit glänzender Schokolade überzogene Eclairs in Augenschein nahm und seinen Blick nicht von den quadratischen Teigstücken nehmen konnte, die einzeln auf winzigen Tellern standen, mit Zuckerguss in verschiedenen Farben überzogen und mit Kokosraspeln bestreut waren. Und erst die Pralinen!

Ein wunderbarer Duft nach Schokolade, Erdbeeren und Kaffee wehte zudem durch die Patisserie. Am liebsten hätte sich Adam auf einen der Bistrostühle sinken lassen und eine Tasse Kaffee sowie ein Stück Kuchen bestellt.

»Eine Torte aus Cupcakes?« Liz' Stimme drang an sein Ohr und ließ ihn aufblicken. »Also ... natürlich kann ich Ihnen auch Cupcakes liefern, Mrs. Buchanan, aber eine richtige Torte kann ich nicht ... wieso?«

Belustigt verfolgte Adam, wie Liz ein ratloses Gesicht machte und sich an die Stirn fasste. Ihre Stimme klang langsam ungeduldig. »Ich könnte die Cupcakes auf eine Etagere setzen, aber sie übereinander zu stapeln, wäre keine gute Idee wegen des Toppings. Und da hätten wir leider das nächste Problem. Das Topping müsste entweder aus einer Zuckermasse oder einer Creme bestehen – somit würden sie weder vegan noch zuckerfrei sein. Glutenfreie Cupcakes sind meiner Erfahrung nach auch nicht zu empfehlen.«

Als Liz ihrer Kundin lauschte, schnitt sie dabei eine Grimasse und wirkte, als würde sie ihren Kopf jeden Moment gegen die Wand schlagen wollen. Da sich Adam mit nervtötenden Kunden auskannte, ahnte er, was sie gerade durchmachte.

»In Ordnung, Mrs. Buchanan. Sprechen Sie mit Ihrer veganen, diabetischen und glutenunverträglichen Bekannten und fragen Sie sie, ob sie überhaupt zum Firmenjubiläum kommt. Ich warte derweil auf Ihren Rückruf.« Sobald sie aufgelegt hatte, ließ sie die Schultern nach unten fallen.

»Harter Tag?«

Liz schien ihn vergessen zu haben, da sie erschrocken den Kopf in seine Richtung wandte. »Adam! Hi … hi.«

»Hi.« Er verschränkte die Arme vor der Brust. »Viel zu tun?«

»Ja, irgendwie schon.« Unsicher strich sie sich eine Strähne aus der Stirn. »Habe ich unseren Termin vergessen?«

»Nein. Wie kommst du darauf?« Mit zwei großen Schritten stand er direkt vor ihr – nur die Auslage trennte sie voneinander.

»Was … was tust du dann hier?«

»Ich wollte dich besuchen und mir deine Patisserie anschauen.«

»Oh.« Ihre Mundwinkel kräuselten sich belustigt. »Und ich dachte schon, du hättest dich verlaufen. Der Bio-Supermarkt ist drei Blöcke weiter.«

»Ha, du Scherzkeks.«

»Ich glaube, der Bio-Supermarkt bietet sogar Fitnessdrinks an.«

Er konnte nicht leugnen, dass es ihm gefiel, wenn Liz scherzte – sogar dann, wenn es auf seine Kosten war. Gespielt finster murmelte er: »Ganz schön frech. Bei unserer nächsten Stunde werde ich mich rächen.«

»Bloß nicht! Ich habe immer noch Muskelkater.« Liz verzog das Gesicht. »Wie wäre es mit Yoga oder Pilates beim nächsten Mal?«

Mit einem leisen Lachen schüttelte er den Kopf. »Nichts für ungut, aber Yoga und Pilates sind ziemlich anstrengend. Danach ist der Muskelkater vorprogrammiert.«

»Dann lieber nicht«, wehrte sie rasch ab. »Wenn wir auf die Beinpresse verzichten könnten, wäre ich schon sehr glücklich.«

Ungebeten hatte er das Bild vor Augen, wie sie auf besagte Beinpresse geklettert war. Vielleicht ein bisschen zu rasch wechselte er das Thema. »Hast du Ärger mit einer Kundin?«

»Mh? Ach so ...« Liz verdrehte die Augen. »Sie ist ein wenig unentschlossen und ruft beinahe jeden Tag an, um ihre Meinung zu ändern und mir eine neue Tortenidee zu präsentieren, von der sie gehört oder gelesen hat. Mittlerweile habe ich ihr jede existierende Torte dieser Welt vorgeschlagen, aber sie findet immer einen Grund, weshalb sie dann doch etwas anderes haben möchte. Vermutlich wird sie ihr Firmenjubiläum ohne Torte feiern müssen, wenn es so weitergeht.«

»Ich beneide dich wirklich nicht um unentschlossene Kunden.«

»Soll ich ehrlich sein? Ich beneide mich momentan auch nicht sonderlich.«

Adam gluckste und zwinkerte ihr zu, bevor er eine Handbewegung machte, die das gesamte Ladenlokal umschloss. »Aber um deine Patisserie beneide ich dich, Liz.«

Sie klang ungläubig. »Du? Tatsächlich?«

Er brach den Blickkontakt zu ihr ab und sah sich ein weiteres Mal um. »Hier riecht alles nach Schokolade, Vanille und Zimt. Und nach frischem Kaffee. Im *LIONESS* dagegen herrscht vor allem der Geruch nach Schweiß und Sportsocken vor.«

»Bei euch riecht es überhaupt nicht nach Sportsocken.« Liz schnalzte mit der Zunge. »Kann ich dir einen Kaffee anbieten? Oder lieber eine heiße Schokolade mit Marshmallows?«

»Nur einen Kaffee, bitte.«

»Ach ja … ich vergaß. Der Ironman.« Ihre blauen Augen funkelten. »Du bist sozusagen auf Diät.«

»Sozusagen.«

»Eine Schande, Adam. Ich habe gerade frische Scones gemacht, dazu ein bisschen Clotted Cream und Stachelbeerkonfitüre mit Haselnussaroma. Mhhhh …«

»Ist das die Rache für den Muskelkater?«

Ihr Gesichtsausdruck sprach für sich, bevor sie ihm den Rücken zuwandte und an den Kaffeevollautomaten trat. »Ich bin mir sicher, dass du die eine oder die andere Übung kennst, um die Kalorien der Scones wieder abzutrainieren, Adam. Zwar habe ich keine Ahnung, wo deine Problemzonen sitzen, aber du als Fitnessjunkie solltest unnötige Kohlenhydrate doch auf Kommando verbrennen können.«

Da er ihr nicht ins Gesicht sehen konnte, während sie sprach, konnte er nur mutmaßen, ob sie ihn auf den Arm nahm. Irgendetwas sagte ihm, dass hinter dem amüsant-flapsigen Tonfall etwas anderes steckte.

»Kann es sein, dass du dir zu viele Gedanken um sogenannte Problemzonen machst, Liz?«

Ihre Antwort bestand aus einem einfachen »Ach!«.

Während sie nach einer Tasse griff und die Maschine bediente, hatte er Muße, sie zu betrachten und die Spitzen ihres blonden Pferdeschwanzes zu mustern, der bis zu ihren Schulterblättern reichte. Die blaue Bluse verschwand in ihrem Hosenbund, wodurch Adam die Gelegenheit hatte, Liz' Kurven zu betrachten. Sie hatte weiche Rundungen, die ihre schmale Taille betonten und verdammt heiß waren. So heiß, dass Adam sich dabei erwischte, wie er darüber rätselte, ob sie ein winziges Höschen, einen String oder gar nichts unter der Hose trug. Weil er unbeobachtet war, legte er den Kopf schief und maß ihre Hüften sowie ihren Po voller Interesse. Seit wann war er eigentlich ein derartiger Po-Fetischist?

Sobald er bemerkte, dass sie sich wieder zu ihm umdrehte, richtete er seinen Blick abrupt nach oben und versuchte, möglichst lässig zu wirken.

»Mit Milch und Zucker?«

»Nur schwarz, danke.«

Liz reichte ihm über die Auslage hinweg die Tasse, die er dankbar entgegennahm und einen Schluck trank. Über den Rand der Tasse konnte er sehen, wie Liz nach einem Lappen griff und Flecken von der Theke wischte, die gar nicht da waren.

»Also? Wir waren gerade bei sogenannten Problemzonen stehen geblieben.« Adam sah sie neugierig an. »Sag mir nicht, dass du dir über so etwas den Kopf zerbrichst.«

Augenblicklich verfinsterte sich ihr Gesicht. »Soll das ein Scherz sein?«

»Eigentlich nicht.«

»Vergiss es.« Sie machte eine wegwerfende Handbewegung und murmelte etwas, das undeutlich nach *Fernsehen* klang.

Plötzlich ging ihm ein Licht auf. »Geht es hier etwa immer noch um diese Frühstückssendung?«

Sie antwortete, indem sie spröde erklärte: »Ich habe zuckerfreie Haferflockenkekse für den Hund einer Freundin gebacken. Davon könntest du einen in den Kaffee tunken. Er schmeckt zwar nach nichts, aber ...«

»Liz.« Adam lachte auf. »Nimmst du mir etwa übel, was ich in dieser Show gesagt habe?«

Erbost presste sie den Lippen aufeinander.

»Du weißt doch, dass das alles dort nur Show war.«

»Nur *Show?*« Sie runzelte die Stirn. »Also hast du gelogen, als du gesagt hast, meine Pralinen wären köstlich?«

Er verdrehte die Augen. »Deine Pralinen *sind* köstlich. Ich wollte dich nicht vor den Kopf stoßen, falls ich irgendetwas gesagt haben sollte, das dich verletzt hat. Nichts war böse gemeint.«

»Wie kann es nicht böse gemeint sein, einer Frau in einer Fernsehsendung zu sagen, dass sie abnehmen soll?«

Ehrlich gesagt konnte er sich an nichts dergleichen erinnern. »Ich habe nie gesagt, dass du abnehmen musst.«

»Du hast gesagt, dass ich die Kohlenhydrate reduzieren muss, um fünf Kilo in einem Monat zu verlieren, damit ich in ein Hochzeitskleid passe oder am Strand einen Bikini tragen könnte. Außerdem hast du mir zu speziellen Übungen geraten, damit ich meine Problemzonen trainieren kann.«

Sie war derart empört und dermaßen auf dem Holzweg, dass er beinahe gelacht hätte. Beinahe. »Ich glaube, du hast da etwas falsch verstanden, Liz.«

»Was kann man daran falsch verstehen? Du hast mich vor laufender Kamera lächerlich gemacht.«

Nun schnalzte er mit der Zunge. »Ich habe dich nicht lächerlich gemacht. Eigentlich habe ich nur die Frage der Moderatorin beantwortet. Denkst du, ich hätte einfach so darüber gesprochen, wie jemand Gewicht verlieren kann? Das wäre doch ziemlich übergriffig.«

Anstatt zu antworten, schnaubte sie abfällig.

Adam verlagerte sein Gewicht aufs andere Bein. »Du bist eine schöne Frau, die nicht abnehmen muss. Und ich bin kein solches Arschloch, das Frauen vor der Kamera zu Gewichtsabnahmen rät, wenn sie das nicht nötig haben.«

Anscheinend hatte er ihr den Wind aus den Segeln genommen, weil sie ihn plötzlich ungläubig ansah und schwieg.

Er hätte ihr sagen können, dass sie den mit Abstand hübschesten Hintern hatte, den er seit langer Zeit zu Gesicht bekommen hatte, und dass sie so aussah, wie Männer Frauen gerne hatten. Und er hätte ihr sagen können, dass es keinen Mann auch nur eine Sekunde lang interessierte, ob sie ein Idealgewicht hatte, wenn sie ihn mit ihren blauen Augen ansah und ihm dieses bezaubernde Lächeln schenkte, das ihr Gesicht erstrahlen ließ. Er hielt es jedoch für klüger, das Thema zu wechseln. »Bekomme ich keine Führung?«

Sie blinzelte. »Führung?«

»Durchs *Chez Liz*. Anschließend können wir etwas Geschäftliches besprechen.«

»Geschäftliches?« Gedankenverloren trocknete sie sich die Hände an einem Handtuch ab. »Was meinst du mit Geschäftlichem?«

»Verrate ich dir gleich.« Adam nahm einen weiteren Schluck und prostete ihr mit der Tasse zu. »Die nehme ich mit, während du mich herumführst.«

Es dauerte einen Moment, bis Liz sich in Bewegung setzte und eher zögerlich um die Auslage herumkam. Wenn sie direkt neben ihm stand, kam sie ihm unwahrscheinlich klein und zierlich vor. »Was willst du denn sehen?«

Dass sie ihm nicht ins Gesicht sah, fand er ziemlich komisch. Hatte er sie etwa in Verlegenheit gebracht, als er sie eine schöne Frau genannt hatte? »Was gibt es denn alles zu sehen?«

»Nicht sonderlich viel. Den Verkaufsraum kennst du ja.« Sie machte ebenfalls eine knappe Handbewegung.

»Sehr niedlich. Man denkt sofort an Paris.«

Liz räusperte sich. »Warst du schon einmal in Paris?«

»Ja.« Er fing ihren Blick auf und feixte: »Ich habe unglaublich viel gesehen. Das Terminal am Flughafen, das Innere eines Taxis und anschließend eine Halle in einem Gewerbegebiet, in der ein Fotoshooting stattfand. Als ich wieder am Flughafen war, blieben drei Stunden bis zum Abflug übrig, die ich dösend am Gate verbrachte.«

»Das Modelleben scheint ja wirklich sehr luxuriös zu sein.«

Adam nickte belustigt und war froh, dass ihre Distanziertheit ein Stück gewichen war. »Vielleicht schaffe ich es beim nächsten Mal sogar bis in die Stadt hinein.«

»Das solltest du.« Liz rückte einen kleinen Aufsteller zurecht, der auf der Auslage stand. »Ich war kurz nach meiner Ausbildung in Paris, leider nur für eine Woche. Gerne wäre ich länger geblieben.«

»Nun, stattdessen hast du deine eigene Patisserie, die aussieht, als stünde sie in Paris.« Adam sah sich ein weiteres Mal um und staunte nicht schlecht, als er das gerahmte Schwarz-Weiß-Bild bemerkte, das neben einem bemalten Holzregal an der Wand hing. Interessiert ging er darauf zu und musterte eine strahlende Liz, die einen Pokal in der Hand hielt und eine weiße Kochjacke trug. Auf ihrem Kopf prangte eine Kochhaube. Leider konnte er nicht entziffern, was auf dem Pokal eingraviert war. Doch ihr Strahlen auf dem Bild sagte ihm alles, was er wissen musste.

»Worum ging es hier?«

»Ach ... damals habe ich als Auszubildende an einem Wettbewerb der Nachwuchs-Patissières teilgenommen.«

»Hast du gewonnen?«

»Ja«, sagte sie knapp, bevor sie rasch fortfuhr: »Das ist schon ein paar Jahre her. Ich hatte viel Glück, weil mir die Aufgaben lagen, die wir ausführen mussten.«

Adam schaute ihr über die Schulter und erwiderte schlicht: »Du kannst stolz darauf sein, Liz. Stell dein Licht nicht unter den Scheffel.«

Wie nicht anders zu erwarten, färbten sich ihre Wangen zartrosa. »Soll ich dir jetzt die Backstube zeigen?«

Irgendwie fand es Adam wahnsinnig sympathisch, wie normal und ungekünstelt sie war. Andere hätten jetzt lang und breit über ihre Auszeichnungen gesprochen, aber Liz wechselte gekonnt das Thema. Sie machte kein großes Aufheben um sich selbst.

»Gerne, Liz.«

Er ließ sich von ihr in die Backstube führen, die gleich hinter dem Verkaufsraum lag und penibel aufgeräumt war. Mehrere Backöfen epischer Ausmaße standen an einer Wand, an der anderen fanden sich zwei riesigen Kühlschränke, und neben der ellenlangen Arbeitsplatte stapelten sich allerlei Formen und Utensilien. Im Gegensatz zum Verkaufsraum war dieser Raum vor allem praktisch und weniger dekorativ.

»Hier zauberst du also all die Torten und Pralinen.«

»Es wäre schön, wenn ich zaubern könnte, dann würde ich abends nicht wie eine Tote ins Bett fallen.« Liz zwinkerte ihm zu und lehnte sich mit der Hüfte gegen die Arbeitsfläche. »Wem erzähle ich das? Du weißt schließlich auch, was Selbstständigkeit bedeutet.«

»Oh ja. Selbst und ständig.« Er nahm einen letzten Schluck Kaffee und fragte neugierig: »Wo hast du gearbeitet, bevor du deine eigene Patisserie eröffnet hast?«

Adam beobachtete, wie sie den Kopf zurücklegte und die Füße überkreuzte. »In den letzten Jahren habe ich hier in

Boston in einem Hotel als Patissière gearbeitet. Im *Belle Epoque*.«

Obwohl Adam nicht der Typ war, der in überteuerten Restaurants essen ging, wusste er, dass das *Belle Epoque* eine noble Adresse war. »Klingt nach einem tollen Job.«

»Ein sehr toller Job«, bestätigte sie. »Das Hotel hat ein wahnsinnig gutes Renommee und die Küche ist exzellent.«

Nachdenklich fuhr er sich mit einer Hand übers Kinn. »Und warum hast du dann dort aufgehört, wenn ich fragen darf?«

Es schien, als würde Liz einen Moment lang zögern, bis sie mit der Schulter zuckte. »Ich wollte mich selbst verwirklichen. Einen Schritt weitergehen. Unabhängig sein.«

»Du meinst mit deinem eigenen Geschäft?«

»Genau.« Liz griff sich in ihren Pferdeschwanz und lächelte schwach. »Die Arbeit im *Belle Epoque* war schon ziemlich stressig, schließlich war es ein Sterne-Restaurant. Ich habe irgendwann gemerkt, dass mir das Tempo zu schnell war und dass ich lieber Kontakt zu meinen Kunden habe. Das Tempo wollte ich selbst bestimmen.«

Er lehnte sich ihr gegenüber an einen der Öfen und steckte die Hände in die Taschen seiner Jeans. »Dann hast du auf jeden Fall die richtige Entscheidung getroffen. Außerdem scheinst du viele Menschen mit deiner Arbeit glücklich zu machen.«

»Findest du?«

»Also ich kenne niemanden, der unglücklich ist, sobald er ein Stück Schokoladenkuchen isst.«

»Das aus deinem Mund? Du bist Fitnesstrainer, Adam«, hob sie hervor, klang dabei jedoch belustigt.

»Na und? Auch Fitnesstrainer essen Schokokuchen.«

Liz schränkte ein: »Solange sie nicht für einen Ironman trainieren.«

»Ein Umstand, den ich bereits beim Betreten der Patisserie

bedauert habe.« Feierlich nickte er ihr zu. »Apropos Schokoladenkuchen. Hast du noch Kapazitäten für eine Geburtstagstorte frei?«

»Du willst bei mir eine Geburtstagstorte bestellen?«

»Absolut. Meine Geschwister werden bald zehn, Lori und Christopher. Ich habe meiner Stiefmutter versprochen, mich um die Torte zu kümmern, aber als Bäcker bin ich eine Niete.«

Zwischen ihnen entstand ein plötzliches Schweigen, das durch Liz' misstrauische Frage unterbrochen wurde: »Du wolltest backen?«

»Ich *sollte* backen – dazwischen liegt ein Unterschied.«

»Aha.« Das Misstrauen wich einem Kichern. »Machst du dich nicht sonderlich gut beim Backen?«

»Sagen wir doch einfach, dass ich ein guter großer Bruder bin und diese Aufgabe lieber an jemanden abgebe, der es kann.« Adam deutete auf Liz. »Nämlich an dich.«

»Danke für das Kompliment.«

»Mit einer deiner Torten werde ich mir die ewige Liebe der beiden sichern.«

Sie schnaubte. »Trag mal nicht zu dick auf, Adam. Ich backe den beiden einen Geburtstagskuchen.«

»Meine Stiefmutter wird erleichtert sein.«

Neugierig betrachtete sie ihn. »Du hast also zwei Geschwister.«

»Lori und Christopher. Zwillinge.« Und weil es für ihn absolut normal war, fuhr er fort: »Eigentlich sind es meine Halbgeschwister. Mein Dad ist zum zweiten Mal verheiratet. Ich war schon zwanzig, als die beiden geboren wurden.«

»Seht ihr euch sehr ähnlich?«

Adam stieß ein amüsiertes Prusten aus. »Nicht wirklich. Lori und Chris sind blond und hellhäutig wie mein Dad und meine Stiefmutter, während ich nach meiner Mom komme.«

Auf ihren fragenden Blick erwiderte Adam mit einem Schulterzucken. »Meine Mom hat schwedische, mexikanische und afroamerikanische Vorfahren. Außerdem soll auch ein Sioux-Krieger in meinem Genpool mitgemischt haben.«

»Ein Sioux-Krieger? Daher hast du also dein exotisches Aussehen.« Irgendwie wurde er den Eindruck nicht los, dass ihr der letzte Satz eher versehentlich herausgerutscht war. Hastig fügte sie nämlich hinzu: »Dein Genpool ist beneidenswert.«

So beneidenswert war er gar nicht. Jedenfalls dann nicht, wenn man bedachte, dass seine Mom auch vom Temperament her einem wilden Indianerkrieger ähnelte. Ungebeten schlichen sich die Bilder vor sein inneres Auge, wie sie die Plattensammlung seines Dads zertrümmert hatte. Vage erinnerte sich Adam daran, dass die Überstunden seines Vaters Grund für jenen Wutausbruch gewesen waren. Überstunden, die sein Vater zusammen mit seinen Kollegen *und* seiner damaligen Sekretärin im Büro verbracht hatte. Die Eifersuchtsanfälle seiner Mom waren wirklich legendär gewesen.

Liz' fröhliche Stimme verscheuchte die unangenehme Erinnerung. »In meinem Genpool treiben sich nur ein paar Iren und Engländer herum. Alles sehr unspektakulär.«

Er hätte ihr gerne gesagt, dass er ihre blauen Augen sehr spektakulär fand – aber bevor er dazu hätte kommen können, öffnete sie eine Schublade und förderte einen Ordner zutage. »Wenn du willst, können wir uns ein paar Beispiele anschauen. Torten für Kinder habe ich bereits einige im Programm. Erst vor einem Monat habe ich eine Eiskönigin-Torte für den Geburtstag einer Neunjährigen gemacht und vor drei Monaten war es eine Captain-America-Torte für einen Siebenjährigen.«

Das war die Gelegenheit, sich dicht neben sie zu stellen und ihr über die Schulter zu schauen. An den Anblick ihres schlanken Nackens könnte er sich gewöhnen.

»Hast du eine Idee für die Tortenmotive?«

»Lori tanzt Ballett und Chris spielt Fußball.«

»Das klingt gut. Damit kann ich etwas anfangen«, sagte Liz mit einer etwas höheren Stimme als sonst. Zudem bemerkte Adam ihr nervöses Atemholen. Er machte sie also nervös?

Das gefiel ihm.

»Was würdest du als Füllung vorschlagen?«

»Schokolade ist immer eine gute Idee«, sagte sie.

»Die beiden sind verrückt nach Schokolade.«

»Umso besser.«

Adam fixierte ihren Hinterkopf und hätte allzu gerne gewusst, ob sie so gut roch, wie er vermutete. Eigentlich hätte er nur den blonden Zopf zur Seite schieben und seine Nase in ihrem Hals vergraben müssen …

»Störe ich?«

Beim Klang der fremden Stimme fuhr Liz vor ihm zusammen und hätte ihm den Hinterkopf gegen das Kinn geschlagen, wenn er noch etwas näher bei ihr gestanden hätte.

»Vicky …« Sie drehte sich um und wirkte verlegen, wofür auch das Geplapper sprach, das aus ihr hervorsprudelte. »Hey, ich … ich habe Adam das Tortenbuch gezeigt. Er möchte eine Geburtstagstorte für seine Geschwister bestellen. Äh … Adam, das ist Vicky, meine Schwester.«

Neugierig auf ihre Schwester, die angeblich die Stunden bei ihm gebucht hatte, drehte er sich um und entdeckte tatsächlich einen bandagierten Fuß sowie ein Paar Krücken, auf die sich das Fliegengewicht lehnte. Anders als ihre Schwester schien Vicky nicht zu der eher zurückhaltendenden Sorte zu gehören, da sie sogleich lostrompetete: »Ich hoffe, hier passiert nichts, was unhygienisch ist, schließlich kaufe ich hier mein Gebäck.«

Adam lachte und deutete auf ihren verletzten Fuß. »Was ist denn da passiert?«

»Ich bin umgeknickt. Keine schöne Geschichte.«

Er streckte ihr die Hand entgegen. »Adam.«

»Vicky.« Als sie ihm zuzwinkerte, ahnte er, dass sie es faustdick hinter den Ohren hatte. »Na, wobei habe ich euch denn nun wirklich gestört?«

»Adam, es tut mir leid«, beteuerte Liz. »Normalerweise ist meine Schwester um diese Tageszeit noch an eine Heizung gekettet, um ihre Mitmenschen nicht zu belästigen. Sie weiß einfach nicht, was sich gehört.«

Lachend schnappte er nach Luft.

»Was sich nicht gehört, ist, seine verkrüppelte Schwester stehen zu lassen, anstatt ihr eine heiße Schokolade und ein Stück Kuchen anzubieten.« Forsch blickte Vicky ihm ins Gesicht. »Kommen Sie, Adam, wir setzen uns vorn zusammen hin und Sie erzählen mir, wie sich Liz bei Ihrem Training anstellt.«

»Tut mir leid, aber mit Infos kann ich nicht dienen. Das Training unterliegt der Schweigepflicht.«

»Sie sind doch kein Arzt«, sagte Vicky entrüstet. »Außerdem wird mir Liz sowieso das meiste erzählen, schließlich will ich ihre Erfahrungen in meinen nächsten Artikel einfließen lassen.«

Überrascht schaute er von einer Schwester zur anderen. »Ach, deshalb nimmt Liz bei mir Trainingsstunden. Und ich dachte, sie wollte mich einfach wiedersehen.« Gespielt enttäuscht rümpfte er die Nase. »Das desillusioniert mich jetzt wirklich.«

»Manchmal muss man meine Schwester zu ihrem Glück zwingen.«

Neben ihm schnappte Liz nach Luft.

Weil er merkte, dass die Situation Liz eindeutig überforderte, und weil er sowieso in einer halben Stunde im *LIONESS* sein musste, räusperte er sich und griff nach seinem Handy, das in der hinteren Tasche seiner Jeans steckte. »Leider muss ich wieder los, Liz, aber ich schicke dir meine Nummer, damit du dich bei mir wegen der Torten melden kannst. Oder wegen …« Er zuckte mit den Schultern und lächelte. »Weshalb auch immer.«

Obwohl er Liz auffordernd ansah, rührte sie sich nicht von der Stelle.

Vicky dagegen war viel auskunftsfreudiger. »Ihre Nummer ist sechs eins sieben sieben zwei zwei fünf null fünf neun.«

Rasch tippte er die Nummer ein und rief sie kurz an, bevor er wieder auflegte. »Vielen Dank, Vicky.«

»Gern geschehen, Adam«, trällerte Liz' Schwester vergnügt.

»So, jetzt hast du meine Nummer«, verkündete er zufrieden und nickte Vicky zum Abschied zu, bevor er der bezaubernden Bäckerin direkt ins Gesicht sah. »Danke für den Kaffee, Liz.«

Gerade beim Zähneputzen war es ihr wie eine gute Idee vorgekommen.

Jetzt saß Liz jedoch in ihrem Pyjama auf der Couch und betrachtete das Handy in ihrer Hand, während im Fernsehen Werbung für die neueste Staffel von *Keeping up with the Kardashians* lief, und sie war sich überhaupt nicht mehr sicher, ob diese Idee so besonders gut war.

Sie konnte Adam nicht einfach um neun Uhr abends anrufen, um mit ihm über eine Geburtstagstorte zu reden. Wie verzweifelt wirkte das denn? Er würde sofort wissen, was los war – und die Blöße wollte sich Liz nicht geben.

Vicky war zwar voller ungebremster Energie gewesen und hatte heute Nachmittag beinahe eine Stunde lang auf sie eingeredet, dass Adam Stone scharf auf sie war und mit ihr geflirtet hatte – aber Liz war sich da nicht so sicher.

Mal ehrlich: Der Mann war Adam Stone, ein ehemaliges Unterwäschemodel, das heute tagtäglich von unglaublich schönen Frauen umringt war. Wieso sollte er ausgerechnet mit ihr ausgehen wollen? Bestimmt war er nur deshalb so freundlich zu ihr gewesen, als er sie in der Patisserie besucht hatte, weil er seinen Fauxpas aus dem Fernsehen wiedergutmachen wollte. Wenn sogar Typen wie BostonGuy1982, die nicht zu übersehende Geheimratsecken hatten und mit vierunddreißig Jahren noch bei ihrer Mutter wohnten, nicht versessen darauf waren, mit ihr auszugehen, warum sollte dann Adam Stone Interesse an ihr haben?

Das ganze Desaster wäre besser zu verkraften gewesen, wenn er sich wenigstens weiterhin wie ein arrogantes Arschloch benommen hätte. Doch leider war es sehr einfach, ihn sympathisch und witzig zu finden. Warum musste auch ständig so ein verschmitztes Lächeln seine vollen Lippen umspielen und warum mussten dabei seine sanften grünen Augen so wunderschön glitzern? Verdammt.

Als das Handy in ihren Händen klingelte, wäre sie vor Schreck beinahe an die Decke gesprungen.

In der wahnwitzigen Annahme, dass Adam durch Gedankenübertragung bei ihr anrief, sah sie auf das Display und erkannte die Nummer ihrer Schwester.

Na wunderbar.

Einen kurzen Moment erwog Liz, den Anruf einfach nicht anzunehmen, ging dann jedoch trotzdem dran.

»Hey, Vicky. Was gibt's?«

»Hast du ihn schon angerufen?«

»Nein, habe ich nicht«, entgegnete sie ruhig und betrachtete dabei ihre Fußnägel, die sie gestern in einem dunklen Rot lackiert hatte. Weil sie mit ihren Händen arbeitete und täglich Mehl knetete oder filigrane Zuckerverzierungen anfertigte, verzichtete sie meistens auf lackierte Fingernägel, aber wenigstens an den Füßen wollte sie sich wie eine Frau fühlen, die sich hübsch machte.

»Warum nicht? Haben wir nicht heute Nachmittag darüber gesprochen, wie offensichtlich es war, dass er mit dir geflirtet hat?«

»*Du* hast darüber geredet. Ich bin der Meinung, dass er nur nett sein wollte.«

»Von wegen nett! Als ich in die Backstube kam, dachte ich zuerst, dass er dich genau in dem Moment bespringen wollte.«

Augenblicklich verfinsterte sich Liz' Laune. »Und du hast ihn mit deinem Gedanken auch sogleich überfallen, Vicky«, tadelte sie ihre Schwester. »Das war unglaublich peinlich. Bevor du deinen Mund öffnest, solltet du ab und zu überlegen, ob dein Kommentar andere Menschen nicht vor den Kopf stößt.«

Vicky gab sich unbeeindruckt. »Er stand dicht hinter dir und du wirktest wie ein hypnotisiertes Erdmännchen.«

Woher wollte Vicky wissen, wie ein hypnotisiertes Erdmännchen aussah? Gab es so etwas überhaupt? Unwirsch schüttelte Liz den Gedanken ab. »Ich war konzentriert, weil ich nach einer passenden Torte gesucht habe, und er stand nur hinter mir, weil er ebenfalls einen Blick ins Tortenbuch werfen wollte.«

In einem geschäftsmäßigen Tonfall erwiderte Vicky: »Ich könnte jetzt eine Bemerkung darüber machen, dass dich Adam Stone angeschaut hat, als wärst du eine köstliche Torte und als würde er unbedingt deine Füllung probieren wollen …«

Schockiert schnappte Liz nach Luft. »Vicky!«

»… aber weil ich keine unbedachten Kommentare mehr machen soll, halte ich lieber den Mund.«

»Du bist unmöglich.«

»Und du bist eine Idiotin, wenn du ihn nicht anrufst.«

Liz rieb sich mit der freien Hand über die Stirn. »Dir ist schon klar, dass wir über Adam Stone reden?«

»Ja, groß, dunkelhaarig …«

»Haha, Vicky!«

»Wo ist das Problem?«

Auch wenn sie ihre Schwester nur am Telefon hatte und ihr nicht gegenübersaß, machte Liz eine fahrige Handbewegung. »Ich *weiß*, dass er nur freundlich sein wollte, weil ich ganz bestimmt nicht sein Typ bin. Männer wie er gehen mit Models aus und nicht mit Frauen, die nicht mehr in ihr Lieblingskleid passen«, murmelte sie ein wenig betreten.

»Von welchem Kleid sprichst du?«

Es war typisch Vicky, dass sie sich in dieser Situation ausgerechnet für Liz' Lieblingskleid interessierte.

Dumpf erwiderte sie: »Das schwarze Kleid, dass ich zu Nanas und Grandpas goldener Hochzeit angezogen habe. Vor Kurzem habe ich festgestellt, dass ich nicht mehr reinpasse. Anscheinend habe ich mehr zugenommen, als ich dachte.«

Sie erntete ein abfälliges Schnauben ihrer Schwester. »Du weißt schon, dass die goldene Hochzeit vier Jahre her ist, oder?«

»Soll mich das etwa trösten?«

»Nichts für ungut, Liz, aber vor vier Jahren hattest du eine leicht anorektische Phase und warst ein schrecklicher Hungerhaken. Damals musst du eine sechsunddreißig getragen haben.«

Tatsächlich war das Kleid eine vierunddreißig, aber das war nicht der Punkt. Spitzer als beabsichtigt entgegnete sie: »Du bist meine Schwester, du musst so etwas sagen, um mich aufzubauen, aber was ist mit meinen letzten Dates? Martin meinte doch schon, dass ich in Wirklichkeit dicker sei als auf meinem Profilfoto.«

»Martin? War das dieser BostonGuysoundsoviel?«

»Ja, BostonGuy1982.«

»Oh Gott, Liz! Der Typ hat dir erzählt, dass er mit seiner Mutter eine Kreuzfahrt in die Karibik plant. Außerdem hatte er ein gestörtes Verhältnis zu seiner Katze. Hast du nie *Das Schweigen der Lämmer* gesehen?«

Liz ließ sich gegen die Rückenlehne ihres Sofas sinken und starrte an ihre Zimmerdecke. »Ich wüsste nicht, dass in *Das Schweigen der Lämmer* eine Karibikkreuzfahrt vorkommt.«

»Aber es kommt ein Typ vor, der arglose Frauen in einen Brunnenschacht sperrt und aus ihrer Haut ein Kleid schneidern will. Wenn es damals schon Online-Datingportale gegeben hätte, hätte sich Buffalo Bill vor Freude einen runtergeholt.«

»Ich muss mich gleich übergeben«, warnte Liz und erschauderte vor Ekel. Vicky war immer für das schlimmste Kopfkino zuständig, das man sich vorstellen konnte.

Mit einer tiefen Stimme krächzte ihre Schwester in den Hörer: »Er reibt sich die Haut mit der Lotion ein ...«

»Vicky!« Nichtsdestotrotz musste Liz lachen. »Lass das!«

»Ich habe dir von Anfang an gesagt, dass es eine verdammt schlechte Idee war, dich mit jemandem aus dem Internet zu verabreden. Da sind nur Freaks unterwegs! Kennst du eigentlich die Statistik, wie hoch die Prozentzahl der Frauen ist, die von ehemaligen Online-Bekanntschaften gestalkt werden?«

»Das will ich lieber nicht wissen. Könnten wir bitte das Thema wechseln, bevor ich noch Albträume bekomme?«

»Nur, wenn du mir versprichst, nicht auf solche Vollpfosten wie BostonGuy1982 zu hören. Du siehst toll aus.«

Liz verdrehte die Augen. »Ja, Mama.«

Glücklicherweise hielt Vicky Wort und wechselte das Thema, auch wenn sie voller Begeisterung darüber sprach, welcher Triebtäter heute bei *Medical Detectives* porträtiert wurde – ihrer Lieblingssendung. Liz dagegen schaltete lieber zu der neuesten Folge von *Law & Order*. Sie verfolgte, wie ihre Lieblingsfigur Olivia Benson einen Verdächtigten befragte, und kuschelte sich in ihre Decke, während Vicky noch immer darüber schwadronierte, was ein Triebtäter ihrer Meinung nach tun musste, um nicht gefasst zu werden. Liz fand ja, dass ihre Schwester sehr merkwürdige Hobbys hatte und sich ein wenig zu sehr für abgefahrene Themen interessierte, aber sie ließ Vicky lieber quatschen, als sich wieder sagen zu lassen, dass sie einen bestimmten Fitnesstrainer anrufen sollte.

Ab und zu warf sie zwar einen Blick aufs Handy, während Vickys Stimme über die Lautsprecherfunktion ihres Handys ertönte, aber außer einiger Nachrichten ihrer Mom und diverser Kettenbriefe ihrer Freundinnen empfing Liz keine interessanten Meldungen.

Als *Medical Detectives* endlich zu Ende war, hatte es Vicky wie immer eilig, das Telefonat zu beenden, um ins Bett zu kommen.

Kaum konnte sich Liz endlich auf ihre Serie konzentrieren, dudelte auch schon das Intro der Proactive-Werbung aus den Lautsprechern ihres Fernsehers und ein strahlender Justin Bieber erzählte, wie sehr sich sein Leben verändert hatte, seit er keine Pickel mehr hatte. Bevor Liz noch einen Ohrwurm bekam oder der Versuchung erlag, das Zeug zu bestellen, stellte sie den Ton ab und griff nach ihrem Handy, um ihren morgigen Tagesplan durchzugehen.

Weil sie Törtchen aus Brandteig mit einer Vanillecreme aus Mascarpone herstellen wollte, durfte sie nicht allzu spät in die Backstube kommen. Brandteig brauchte seine Zeit und auch für die Mascarpone musste sie Geduld haben, schließlich wollte sie ein köstliches Ergebnis haben, das auf der Zunge zerging. Sie checkte ihre Mails, sah, dass morgen eine Fondantlieferung ins Haus stand, und wollte gerade bei Instagram nach den neuesten Posts ihrer liebsten Foodblogger schauen, als ihr Handy plötzlich vibrierte.

Es war Adam.

Bist du noch wach?

Liz starrte aus das Display ihres Telefons und erwischte sich dabei, wie sie grinste. Es hatte höchstwahrscheinlich nichts zu bedeuten, aber dass sie abends eine Nachricht von Adam bekam, fühlte sich … ja, es fühlte sich gut an. Zu gut.

Sie spürte, wie ihr Herz klopfte.

Von Angesicht zu Angesicht hätte sie es sich nicht getraut, aber im Schutz der nonverbalen Kommunikation antwortete sie schlicht:

Wieso? Willst du unanständige Bilder verschicken?

Kaum hatte sie auf *Senden* getippt, wurde ihr siedend heiß und sie wäre am liebsten im Boden versunken. Was musste Adam jetzt von ihr denken? Vielleicht konnte sie vorgeben, betrunken zu sein?!

Als ihr Handy piepte, wollte Liz gar nicht hinschauen, linste jedoch mit hochgezogenen Schultern auf den Bildschirm.

Klar! Du zuerst :)

Unschlüssig nagte sie auf ihrer Unterlippe herum.

Hier ist Liz – nur zur Info.

Seine Antwort folgte prompt.

Ich weiß. Denkst du, ich wüsste nicht, wem ich abends eine Nachricht schreibe?

P.S.: Ich warte auf unanständige Bilder von dir.

Sie bedachte das Handy mit einem Grinsen.

Tut mir leid, ich schicke generell keine unanständigen Bilder an Männer, die mich dazu zwingen, Sport zu machen.

Liz musste nicht lange auf eine Antwort warten.

Hallo? Du hast angefangen, von unanständigen Bildern zu schreiben.

Und jetzt willst du mich auf dem Trockenen sitzen lassen. Liz, das ist nicht die feine englische Art.

Ihre Finger flogen über die Handytastatur.

Was soll ich denn denken, wenn du mir so spätabends eine Nachricht schickst?

P.S.: Es war ein Scherz.

Auch Adam schien sehr schnell zu antworten.

Bei meiner Sendung läuft Werbung.

Aha, das erklärte natürlich alles.

Und weil dir langweilig war, schreibst du mir?

Ein Kompliment ist das nicht gerade.

Als sie seine Antwort las, hätte sie beinahe laut gelacht.

Eigentlich wollte ich mit dir über die Geburtstagstorte sprechen, aber dann hast du mit dieser sexuellen Belästigung angefangen.

Wenn er ihr gegenübergesessen hätte, hätte sie vermutlich geschnaubt.

Ruf doch die Polizei.

Voller Befriedigung sah sie, dass er auf eine Antwort nicht lange warten ließ.

Vielleicht sollte ich das tun! Die Special Victims Unit würden kurzen Prozess mit dir machen.

Überrascht legte Liz den Kopf schief.

Du schaust Law & Order?

Adams Antwort kam prompt.

Momentan nicht – hier läuft gerade Werbung für einen Nassrasierer für Männer.

Finde nur ich diese Werbung schräg? Der Typ rasiert sich die Beine!

Liz erinnerte sich an den ersten Werbespot und schielte gleichzeitig zum Fernseher, wo ein Mann tatsächlich damit beschäftigt war, seine Beine zu rasieren. Sie war zwar keine Werbeexpertin, aber die Gruppe der heterosexuellen, nicht Rennrad fahrenden Männer sprach diese Werbung sicherlich nicht an.

Besser als ein Justin Bieber, der für Anti-Pickel-Waschgel wirbt.
Apropos: Ich dachte, Männer von heute würden sich die Beine rasieren :)

Es war, als könne sie sein Augenverdrehen geradezu spüren.

Dazu sage ich lieber nichts.
Was tust du gerade?

Mit zuckenden Mundwinkeln schrieb sie:

Abgesehen davon, mit einem Mann Nachrichten über Männerrasierer und unanständige Fotos zu schreiben? Ich warte auch darauf, dass Law & Order *weitergeht.*

Wieder gab ihr Handy einen Ton von sich, als er antwortete.

Fan?

Da fragte er noch?

Und wie! Eigentlich bin ich hundemüde und muss morgen früh raus, aber die Folge muss ich noch schauen.

Seine Antwort folgte auf dem Fuße.

Mir gefallen die alten Folgen mit Elliot am besten, aber ich verpasse trotzdem keine einzige neue. Hast du morgen viel zu tun?

Sein Themenwechsel überraschte sie und sie brauchte einen Augenblick, bis sie sich gesammelt hatte.

Ich will ein neues Rezept ausprobieren und mir Gedanken zu der Torte deiner Geschwister machen. Ansonsten sollte es morgen relativ ruhig werden. Und bei dir?

Wie nicht anders zu erwarten gewesen war, schien Adam es zu genießen, sie zu foppen.

Eine Probestunde mit einer neuen Kundin. Ich schätze, wir werden die Beinpresse ausprobieren.

Liz verzog das Gesicht.

Haha! Sehr komisch. Dieses Ding ist ein Foltergerät.

Seine Antwort war typisch für einen Fitnesstrainer.

Mag sein, aber es ist sehr effektiv.

Sie ließ es sich nicht nehmen, ihn auf den Arm zu nehmen.

Jawohl, Mr. Ironman.

Es dauerte nur Sekunden, bis er antwortete.

Vielleicht kommst du ja auch noch auf den Geschmack und meldest dich für den Ironman an. Man kann nie wissen …

Niemals!

Niemals!

Adams Erwiderung brauchte ungefähr eine halbe Minute.

Abwarten. Die Folge geht weiter. Ich lass dich jetzt in Ruhe, Liz. Schlaf schön.

Mit einem Lächeln im Gesicht schrieb Liz zurück.

Du auch. Gute Nacht, Adam.

Sie legte das Handy weg und schaltete mit der Fernbedienung den Ton wieder ein. Während Olivia und Nick der Autopsie einen Besuch abstatteten, um die Todesursache einer entsetzlich entstellten Wasserleiche herauszufinden, die aus dem Hudson gefischt worden war, grinste Liz versonnen vor sich hin und fand es gleichzeitig schade, nicht weiterhin Nachrichten mit Adam zu schreiben.

Und irgendwie freute sie sich bereits auf die nächste Stunde bei ihm – trotz der Beinpresse.

6

»Also wenn du mich das machen lassen würdest, wäre ich in einer, höchstens in zwei Stunden fertig.«

»*Weil* ich es dich nicht machen lasse, werde ich noch sehr lange Freude an meinen Sachen haben, Nick.«

Liz schaute genau in dem Moment auf, in dem Claire die Augen verdrehte und anschließend eine Grimasse schnitt. Ihre Gastgeberin wirkte ungeduldig und sogar ein wenig genervt, während sie Einpackpapier, Luftpolsterfolie, Klebeband, Stifte und Klebezettel ordentlich auf den Tisch legte. Der Grund für Claires Gereiztheit stand neben ihr, überragte sie um Haupteslänge und legte eine ungezwungene Lässigkeit an den Tag, die eine Frau vermutlich in den Wahnsinn treiben konnte, wenn sie einen Umzug zu organisieren hatte.

»Wozu brauchst du diesen ganzen Kram?« Nick O'Reilly hob ein Stück Luftpolsterfolie in die Luft und begann, die winzigen Luftkammern platzen zu lassen. Er grinste dabei breit und schien den Spaß seines Lebens zu haben. Plötzlich blitzte vor Liz' innerem Auge die Vision eines vierzehnjährigen Schulhofrowdys auf, der seine Lehrer vermutlich an den Rand eines Nervenzusammenbruchs gebracht hatte.

Der Frau an seiner Seite schien es ganz ähnlich zu gehen: Die rothaarige Claire riss ihrem Freund nämlich die Folie aus den Händen. »Diesen *Kram* brauche ich dazu, um meine Sachen einzupacken, Nick. Und du bist keine Hilfe.«

Das großspurige Grinsen verschwand nicht aus seinem Gesicht. Er zuckte mit der Schulter. »Ich habe dir doch Umzugskartons besorgt, Claire. Immer rein damit.«

»Rein damit?« Abwehrend hob sie eine Hand und blickte ihn ungläubig an. »Ich soll mein Geschirr einfach in einen Karton packen?«

Ihr Freund schnitt eine Grimasse und wirkte dabei völlig nachlässig. »Aber klar. Bei mir passt es sowieso nur in den Keller. Du weißt schon, dass ich bereits Geschirr habe, oder?«

Liz legte frische Macarons und Eclairs auf einen Teller und platzierte diesen auf dem Tisch. Dabei beobachtete sie fasziniert, wie Claires Augenbrauen sich beinahe in der Mitte trafen, so sehr runzelte diese die Stirn.

»Nick, du besitzt ein Sammelsurium an Geschirr, für das sich nicht einmal alternative Studenten in einer Messi-WG interessieren würden. Ich spreche von meiner wertvollen Royal-Worcester-Sammlung, die meine Familie seit achtzehnhunderteinundzwanzig besitzt. Meine Urgroßmutter …«

»Nicht schon wieder *die* Geschichte, Baby!«

Liz lauschte der Auseinandersetzung des Paares und knabberte dabei an einem Macaron mit einer feinen Ananasnote herum. Eigentlich war sie hergekommen, um Claire dabei zu helfen, deren Besitztümer einzupacken, da die Restaurantkritikerin in Kürze zu ihrem Freund ziehen wollte. Sie besaß nicht nur das schönste Geschirr, das Liz jemals zu Gesicht bekommen hatte, sondern eine eigene Bibliothek. Die Möbelpacker würden mit Sicherheit fluchen, wenn sie die vielen Kartons und Umzugskisten in Nicks Industrieloft tragen mussten, aber Liz beneidete Claire glühend um die wunderschönen Ausgaben. Vor allem *Der Zauberer von Oz* aus dem Jahr 1904 hatte es ihr angetan. Claire gehörte zu den Menschen, die ihre Besitztümer hegten und pflegten – ob es nun edles Geschirr oder wertvolle Bücher waren. Für sie kam es sicherlich nicht infrage, einfach alles in Umzugskartons zu stopfen. Liz konnte es ihr nachempfinden. Claires Freund gehörte dieser Kategorie leider nicht an. Er würde seine Sachen vermutlich einfach in einen Seesack stopfen. Wo die Liebe hinfiel …

»Doch, schon wieder *die* Geschichte. Mein Geschirr kommt mit und wird nicht in deinem Keller deponiert, schließlich darfst du auch deinen Sandsack behalten.«

Nicks Grinsen war an Selbstsicherheit nicht zu überbieten. »Ich *darf* ihn behalten? Du bestehst doch drauf, schließlich liebst du meinen scharfen Körper.«

Der Küchenchef des *Knight's* wäre vermutlich schneller wieder Single, als er dachte, wenn er nicht aufhörte, seine Liebste zu reizen. Vielleicht hatte er momentan nicht genug zu tun, da das Restaurant zurzeit wegen Renovierungsarbeiten geschlossen war? Wie auch immer, Liz dankte dem Herrgott für Claires ausgesprochen ausgeglichenes Wesen.

Die musterte den Koch lediglich kühl. »Entweder du bleibst hier und hilfst uns, meine Sachen ordentlich zu verpacken, oder du lässt uns in Ruhe.« Sie lächelte. »Baby.«

»Willst du mich loswerden?«

Sehr schlicht antwortete Claire ihrem Freund: »Ja.«

»Zuerst probiere ich noch ein paar Macarons.« Bevor Liz auch nur blinzeln konnte, hatte sich Nick einen Macaron geschnappt und sich diesen in den Mund geschoben. Mit vollem Mund kaute er: »Liz mag mich. Oder, Liz?«

»Sag lieber nichts, Liz«, riet ihr Claire. »Wir werden ihn sonst nie wieder los.«

Nick verzog beleidigt das Gesicht, den Mund noch immer voll mit Liz' neuester Kreation, einem Macaron mit Granatapfelessenz. »Hey! Das ist nicht nett, Claire.«

»Wir verstehen leider kein Wort.« Nicks Angebetete kräuselte die Nase. »Das kann aber auch an der ungekauten Teigmasse in deinem Mund liegen, Schatz.«

Liz kicherte.

Im gleichen Moment brüllte eine Stimme durch den Wohnungsflur: »Sexgott, was hast du hier eigentlich noch zu suchen? Ladies only! Verpfeif dich endlich.« Mit der Eleganz eines Bauarbeiters stapfte Vicky durch Claires Flur, ein paar leere Umzugskartons auf den Armen. Ihr folgte eine kurzhaarige Brünette, die ebenfalls einen Schwung Umzugskartons mitbrachte. Im Gegensatz zu Liz' Schwester trampelte sie jedoch nicht durch die Wohnung und brüllte auch nicht durch den Flur.

»Ich wollte den Ladies lediglich helfen.« Auch Nick war ein Meister darin, laut und ungebremst durch die Gegend zu poltern. »Aber ich bin sofort weg, nachdem Liz mir ein paar ihrer Eclairs eingepackt hat.«

»Wenn Liz was einpackt, dann sind das meine Sachen. Du bekommst von ihr keine Eclairs, schließlich sollst du deinen scharfen Körper nicht verlieren.« Die letzten Worte brachte Claire nicht über die Lippen, ohne die Augen zusammenzukneifen.

Nicht nur Liz grinste. Auch Vickys Begleitung lachte auf und stellte dabei die leeren Kartons auf dem Boden ab. »Chef, hier tun sich ja Abgründe auf. Vielleicht hätte ich doch lieber zu Hause bleiben sollen.«

»Keine Sorge, er geht gleich und lässt uns in Ruhe arbeiten, Hailey«, sagte Claire.

Liz beobachtete, wie Nick die Stirn runzelte. »Krallst du dir gerade meine Sous-Chefin, Liebling?«

»Hailey war so nett, mir beim Packen helfen zu wollen«, erläuterte Claire. »Du bist mir ja leider keine große Hilfe, Nick.«

»Außerdem habe ich gehofft, geheime Informationen über dich zu bekommen, Chef, die ich dann gegen dich verwenden kann.«

Nick hob abwehrend seine Hände. »Ich erkenne weibliche Konspirationen, wenn sie mir direkt gegenüberstehen. Da haue ich doch lieber ab.«

Vicky war die Höflichkeit in Person. »Na endlich! Das wurde auch Zeit.«

Amüsiert beobachtete Liz, wie Nick Claire ein Luftküsschen zuwarf, Vicky freundschaftlich den Kopf tätschelte, was diese mit einem Protestlaut quittierte, seiner Sous-Chefin auf die Schulter klopfte und sich anschließend ein paar Macarons krallte, bevor er ihr selbst einen Kuss auf die Wange drückte. »Liz bekommt einen Kuss. Schließlich ist sie die Einzige, die mich nicht herunterputzt.«

»Liz ist einfach zu nett für diese Welt«, gab Claire mit einem Seufzer zu.

»Ja!« Das war Vicky, die sich ein ganzes Eclair auf einmal in den Mund schieben wollte. »Liz kann nicht Nein sagen und lässt viel zu viel durchgehen.«

»Liz steht neben euch und hört euch zu«, erwiderte Liz trocken. Sie streckte Hailey die Hand hin. »Hi, ich bin Liz.«

Die junge Frau erwiderte ihre Begrüßung. »Hailey.«

»Hailey ist meine neue Sous-Chefin.«

»*Das* habe ich mir fast gedacht, Nick«, gluckste Liz.

»Ich wollte nur meine liebste Patissière mit meiner liebsten Sous-Chefin bekannt machen«, protestierte er und schielte dabei gleichzeitig auf die Eclairs.

Auch Claire musste seinen Blick richtig gedeutet haben, da

sie einen Stoßseufzer von sich gab. »Nimm dir um Gottes willen ein Eclair, bevor du gehst.«

»Nett, wie sehr du mich loswerden willst.«

»Deine Anwesenheit verhindert, dass wir über Männer lästern können, Sexgott.«

»Die Details will ich gar nicht hören«, versicherte Nick Vicky. Und nachdem er ihnen zwei Eclairs abgeschwatzt hatte, wandte er sich endlich zum Gehen.

Sobald der einzige Mann die hübsche und äußerst elegant eingerichtete Wohnung verlassen hatte, hakte dessen Sous-Chefin sofort nach: »Will ich wissen, warum er Sexgott genannt wird?«

Claire seufzte. »Vicky hat eine verdammt schmutzige Fantasie.«

»Das kann ich bestätigen«, sagte Liz. »Eine *sehr* schmutzige Fantasie.«

»Natürlich habe ich eine schmutzige Fantasie, dennoch ist und bleibt Nick ein Sexgott. Warum sonst sollte Claire ihre hübsche Wohnung verlassen und in Nicks zugiges Junggesellenloft ziehen, wenn nicht wegen all der Dinge, die er mit ihr im Bett anstellt?«

Obwohl Claire Parker-Wickham die Abgeklärtheit in Person war und durch nichts aus der Ruhe zu bringen war, errötete sie prompt, was Liz äußerst faszinierend fand.

Claire fasste sich schnell wieder. Mit einem Augenzwinkern sagte sie: »Nicks Loft ist nicht zugig, Vicky. Außerdem kocht er grandios. Warum sollten wir also nicht zusammenziehen?«

»Nicht zu vergessen: sein Sexgott-Status.«

»Du bist die schlimmste Nervensäge, die ich kenne«, gab Claire voller Inbrunst von sich.

Dem konnte Liz nur zustimmen und nickte vehement, während sie nach einem zweiten Macaron greifen wollte, dann jedoch die Finger von dem süßen Gebäck ließ. Bei dem schönen Wetter war sie gestern und heute den Weg von ihrer Wohnung bis zur Patisserie und wieder zurück gelaufen. Dank der Schrittzählfunktion in ihrem Handy, die sie nach zwei Jahren endlich aktiviert hatte, hatte sie jeden Tag stolze zehntausend Schritte gemacht und dabei ungefähr fünfhundert Kalorien verbrannt. Und da sie momentan extrem gut gebucht war und deshalb ununterbrochen süße Kreationen nicht nur herstellte, sondern währenddessen auch probierte, brauchte sie jetzt nicht noch einen Macaron. Außerdem war sie längst satt.

»Bevor wir uns darüber unterhalten, wie nervig Vicky sein kann, sollten wir uns vielleicht an die Arbeit machen«, schlug Claire vor und begann damit, die Aufgaben zu verteilen.

Wenig später fand sich Liz auf dem Boden wieder, wie sie das wertvolle Geschirr Stück für Stück sorgfältig in Folie packte, katalogisierte und anschließend in einen Umzugskarton packte. Neben ihr stand ein halb volles Glas Rotwein, zu dem Claire sie genötigt hatte, während die anderen drei Frauen ebenfalls damit beschäftigt waren, diverse Kartons zu packen. Nun ja, Vicky machte gerade eine Pause vom Bücherpacken, fläzte auf der hübschen schiefergrauen Couch ihrer Freundin und las Passagen aus *Fanny Hill* vor. Obwohl es Spaß machte, ihr zuzuhören, gab es dennoch Momente, in denen Liz ihrer Schwester am liebsten irgendetwas in den Mund gestopft hätte, damit sie endlich Ruhe gab.

Liz unterbrach ihre Schwester, als diese gerade von Fanny Hills liebestollen Freiern vorlas. »Sag mal, Claire, wie geht euer Buchprojekt voran?«

Claire sah von einem Karton auf, den sie gerade beschriftete, und lächelte. »Wir nähern uns langsam dem Ende. Nick und ich sind uns bei ein paar Rezepten noch nicht einig, aber das bekommen wir schon hin. Der Verlag drängelt ein bisschen, bisher ist unsere Lektorin jedoch sehr zufrieden.«

»Wisst ihr schon, wann es erscheinen soll?«

»Erst im nächsten Jahr.« Claire zuckte mit den Schultern. »Mir ist das ganz recht. Durch den Umzug und die Neueröffnung des Restaurants haben wir momentan eh genug zu tun. Nick ist zwar immer etwas ungeduldig und will alles am liebsten sofort, aber ich bin froh, wenn wir auch mal durchatmen können.«

»Kann ich verstehen.« Liz nickte. Sie wusste aus eigener Erfahrung, wie stressig es sein konnte, ein Geschäft zu eröffnen, wobei sie lediglich eine kleine Patisserie hatte. Ein Restaurant wie das *Knight's*, das in Kürze als *Bonfire* die Tore öffnen wollte, um neue kulinarische Hochgenüsse anzubieten, war noch einmal eine ganz andere Hausnummer.

»Ich wusste gar nicht, dass ihr ein Buch zusammen schreibt.«

»Es wird ein Rezeptbuch mit ein paar Anekdoten aus der Gastronomie und der Restaurantkritik. Die Idee stammt vom Verlag«, erklärte Claire an Hailey gewandt.

»Seit unsere Claire für ihr Interview mit Mathieu Raymond den Bergdorf Award gewonnen hat und zur Ressortleiterin aufgestiegen ist, bekommt sie ständig solche Angebote.« Aus Vickys Worten war der pure Stolz zu hören. »Nick ist nur schmückendes Beiwerk, weil er sich auf dem Cover bestimmt gut macht. Fotogen ist er ja.«

»Lass das nicht Nick hören.« Claire lachte amüsiert. »Außerdem stammen die Rezepte alle von ihm. Eigentlich bin ich lediglich das Beiwerk.« Auch sie klang verdammt stolz – stolz auf ihren Freund.

Langsam lehnte sich Liz zurück und betrachtete für einen Moment Claire, die aufrichtig glücklich und zufrieden wirkte. Wer sollte es ihr auch verdenken? Sie zog zu ihrem Freund – einem beneidenswert netten Mann, der seine Liebste mit köstlichen Kreationen versorgte –, sie hatte einen tollen Job, in dem sie wahnsinnig erfolgreich war, und sie veröffentlichte bald ein Buch, das mit Sicherheit unglaublich gut sein würde. Wenn Liz sie nicht so sehr gemocht hätte, wäre sie vermutlich neidisch geworden.

»Nick hätte ruhig davon erzählen können.« Hailey grinste. »Die Jungs und ich würden uns liebend gern darüber lustig machen.«

»Das ist vermutlich der Grund, warum er es vor der Küchenbrigade geheim hält«, erwiderte Claire fröhlich. »Tu mir den Gefallen und zieh ihn nicht damit auf. Ich will mir sein Gejammer nicht anhören, dass ihr im Restaurant Späße auf seine Kosten macht.«

»Ab und zu würde er es verdienen.«

»Ganz meine Meinung. Nick kann sehr ... selbstbewusst sein.«

»Selbstbewusst trifft es nicht einmal ansatzweise. Erst vor ein paar Tagen durften wir uns stundenlang anhören, dass sein neues Gericht an Großartigkeit nicht zu übertreffen sei.« Hailey schnitt eine Grimasse. »Männer halten sich wirklich gern für unübertroffen – Küchenchefs gehen sogar noch einen Schritt weiter und halten sich für Gott.«

»Oha.« Liz kicherte. »Das klingt, als hättest du Erfahrung mit selbstbewussten Küchenchefs, Hailey.«

Hailey klebte einen Karton zu und nickte voller Inbrunst. »Als Frau bin ich eine absolute Ausnahme in der Haute Cuisine und verstöre den einen oder anderen Kollegen mit meinem Ehrgeiz, auf Sterneniveau kochen zu wollen. Die meisten Köche in diesem Metier sind nun einmal Männer. Frauen gehören zwar hinter einen Herd, aber nur hinter den daheim in der Familienküche. In der gehobenen Gastro haben Frauen nichts zu suchen – es sei denn, sie gehören zum Service und tragen die Teller an die Tische der Gäste.« Sie klang relativ leidenschaftslos.

Auch Vicky musste dies aufgefallen sein, da sie nachfragte: »Stört dich das denn nicht?«

»Was? Diese antiquierte und patriarchalische Meinung?« Hailey zwinkerte ihnen zu. »Überhaupt nicht. Sollen sie mich doch unterschätzen. Da konzentriere ich mich lieber auf meine Arbeit, anstatt meine Energien damit zu verschwenden, engstirnigen Trotteln beweisen zu wollen, wie gut ich bin. Ich zeig's denen schon noch.«

Haileys selbstsicheres Auftreten war beneidenswert und schüchterte Liz sogar ein wenig ein. Als Patissière hatte sie selbst oft genug erlebt, wie sie nicht für voll genommen worden war, eben weil sie eine Frau war. Die gehobene Gastronomie war eine reine Männerdomäne und die wenigen Frauen dort mussten Ellenbogen besitzen, um sich durchzusetzen. Ihr war dies auf lange Sicht zu anstrengend gewesen. Im Gegensatz zu Hailey. Liz konnte sich nicht vorstellen, dass Hailey so einfach den Schwanz einzog.

»Ich hoffe, dass Nick nicht zu den engstirnigen Trotteln gehört, von denen du gerade gesprochen hast.«

Hailey winkte ab. »Dein Freund ist der coolste Küchenchef, unter dem ich bisher gearbeitet habe. Keine Sorge. Ich glaube nicht, dass er jemals auf die Idee käme, frauenfeindliche Reden zu schwingen, während er Kalbsbäckchen auf Schmorgemüse anrichtet.«

»Das hoffe ich für ihn.«

»Wo hast du gearbeitet, bevor du nach Boston gekommen bist?«

»In Dubai.« Hailey zuckte leichthin mit der Schulter. »Ungefähr ein Jahr lang.«

»Und davor?«

»In San Francisco. Zwei Jahre.« Irgendetwas in Haileys Stimme sagte Liz, dass ihr die Antwort nicht leicht fiel. Doch gleich darauf setzte Nicks Sous-Chefin einen undurchdringlichen Gesichtsausdruck auf, bevor sie kurz lächelte. »Mal sehen, wie lange ich es in Boston aushalte.«

»Oder mit Nick.« Claire sah zu Liz. »Ist die Patisserie auch so eine typische Männerdomäne?«

Sie wollte nicht so direkt zugeben, dass sie die eigene kleine Patisserie auch eröffnet hatte, damit sie nicht mehr dem ständigen Konkurrenzverhalten ihrer Kollegen ausgeliefert war – zumal Vicky zuhörte. Liz kannte ihre Schwester und wusste, dass deren Beschützerdrang manchmal mit ihr durchging. Als sie im *Belle Epoque* gekündigt hatte, hatte sie Vicky weisgemacht, dass ihr der persönliche Kontakt zu ihren Kunden gefehlt hatte und dass sie sich selbst verwirklichen wollte. Was natürlich absolut stimmte. Wovon sie Vicky jedoch nicht erzählt hatte, war das Gefühl gewesen, sich nicht so gut durchsetzen zu können, sobald es stressiger, lauter und hektischer zugegangen war oder sobald es darum ging, wer den Küchenchef mit seinen Kreationen beeindrucken konnte und wer nicht.

Daher erklärte sie relativ unspektakulär: »Eine Männerdomäne ist es nicht wirklich, aber auch bei uns ist die Konkurrenz ziemlich hart.«

»Du bist Patissière?« Neugierig sah Hailey sie an. »Wo arbeitest du?«

»Ich habe mittlerweile meine eigene Patisserie. *Chez Liz.*«

»Liz war im Fernsehen und ihr Auftritt war spitze«, ließ Claire sich vernehmen und goss Vicky etwas Wein nach. »Du warst total sympathisch und so natürlich, Liz! Einfach zum Verlieben.«

»Eigentlich wollte ich Werbung für meine Pralinen machen und nicht für mich«, witzelte Liz und nippte an ihrem eigenen Wein.

»Dir ist beides gelungen, finde ich.« An Hailey gewandt fuhr Claire fort: »Außerdem durfte sie mit Adam Stone vor die Kamera treten.«

Hailey machte große Augen und griff nach einem Macaron. »Adam Stone? Das Unterwäschemodel?«

»Genau der!«

Liz verspürte das Bedürfnis, Adam zu verteidigen, und räusperte sich. »Er ist mittlerweile Fitnesstrainer und arbeitet schon lange nicht mehr als Model.«

Anscheinend hatte niemand sie gehört, da Hailey wohlig seufzte. »Ich kann mich an diese Parfümwerbung erinnern. Das war so heiß, wie er im Meer badet und aus den Fluten steigt – mit diesem knappen Badehöschen und den nassen Haaren. Damals habe ich nur wegen dieser Werbung das Parfüm gekauft und an irgendeinen Onkel verschenkt. Himmel, der Mann ist so sexy.«

»Oh ja«, beteuerte auch Claire und griff ebenfalls nach einem Macaron. »An die Werbung kann ich mich auch noch erinnern.«

Eifrig warf Vicky ein: »Liz hatte sogar ein Foto von ihm als Bildschirmschoner.«

»Wer kann es ihr verdenken?«

Liz kniff die Lippen zusammen. Manchmal bedauerte sie, eine ältere Schwester anstelle eines älteren Bruders zu haben.

»Wie ist Adam Stone denn so?« Die Frage stammte von Hailey, die sie völlig fasziniert betrachtete.

»Ja, Liz! Ist er wirklich so sympathisch, wie man denkt, wenn man ihn sieht, oder gehört er zu der Sorte Männer, die arrogant sind, weil sie so gut aussehen?«

Drei äußerst fragende und neugierige Gesichter starrten sie an. Liz kam sich beinahe umzingelt vor. Bedächtig und ein wenig nervös erwiderte sie: »Er ist ein netter Kerl.«

»Ein netter Kerl?«

»Was heißt netter Kerl?«

»Wir wollen Einzelheiten!«

Wieder nippte sie an ihrem Weinglas. »Mh ... Adam ist ... nett. Ihr wisst schon. Nett, freundlich und ... und in Ordnung.«

»Er ist in Ordnung?« Das kam von Hailey, die zweifelnd die Stirn runzelte. »Was soll das bedeuten?«

»Das soll bedeuten, dass er in Ordnung ist.« Sie machte eine unsichere Handbewegung. »Er ist ein guter Typ.«

»Ein guter Typ, der mit dir flirtet.«

»Vicky!«

Auskunftswillig, wie Vicky nun einmal war, trompetete sie in die Runde: »Liz besucht Adam regelmäßig, um von ihm *trainiert* zu werden.« Die Doppeldeutigkeit ihrer Schwester war nicht zu überhören.

Mit zusammengekniffenen Augen korrigierte Liz: »Vicky braucht Recherchematerial für einen Artikel. *Deshalb* nehme ich dort Stunden. Hör auf, alles so schmutzig klingen zu lassen, Vicky! Außerdem warst du diejenige, die mich dort angemeldet hat.« Misstrauisch maß sie ihre Schwester, da ihr plötzlich etwas sehr Entscheidendes auffiel. »Apropos, wie geht es deinem Fuß?«

Merkwürdigerweise verstummte Vicky plötzlich und machte ein unschlüssiges Gesicht. »Schon viel besser. Der Verband ist ja weg.«

Liz' Misstrauen wuchs von Sekunde zu Sekunde. »Und ohne Krücken kannst du auch schon laufen, fällt mir gerade auf.«

Vicky strahlte. »Toll, oder?«

Liz hatte einen Verdacht und holte tief Luft.

Doch Claire kam ihr zuvor. »Seit wann schreibst du über Fitness, Vicky? Ich dachte, du arbeitest an einem Artikel über Anlagenbetrug.«

»Tue ich auch. Aber außerdem gibt es da dieses Geheimprojekt, von dem eine Food-Journalistin wie du nichts zu wissen braucht. Liz ist sozusagen meine Quelle.«

Eine Quelle, deren Informationen Vicky bisher nicht in Anspruch genommen hatte. Liz verschränkte die Arme vor der Brust. Sie musste sich extrem zusammenreißen, um nicht laut zu werden. »Sag mir bitte nicht, dass es diesen Artikel gar nicht gibt! Wozu gehe ich in einen Fitnessclub und blamiere mich auf der Beinpresse? Außerdem führe ich sogar Tagebuch – deinetwegen!«

»Natürlich gibt es diesen Artikel.« Vicky winkte ab. »Und deine Tagebucheinträge werden Gold wert sein, wenn ich ihn schreibe.«

Liz fixierte ihre Schwester streng. »Wenn das einer deiner Späße ist, Vicky, dann gnade dir Gott«, bellte sie.

»Hey, ich betreibe ernst zu nehmenden Journalismus und treibe keine Späße. Wofür hältst du mich eigentlich?«

»Das will ich nicht vor Hailey sagen«, erwiderte Liz finster.

Haily lachte, während Liz' Handy in ihrer Hosentasche brummte. Sie konnte sich denken, wer ihr da eine Nachricht schrieb. Ausgerechnet jetzt!

Wie nicht anders zu erwarten, kommentierte Vicky das Geräusch. »Dein Telefon brummt.«

»Ich weiß.«

»Warum?«

»Vielleicht weil ich eine Nachricht bekommen habe?« Sehr lässig griff Liz nach ihrem Weinglas und nahm einen großen Schluck. »Lenk nicht vom Thema ab!«

»Willst du nicht lesen, wer dir schreibt?«

»Das hat Zeit.«

»Und wenn es wichtig ist?«

»Nicht abends um neun Uhr«, beschied Liz.

»Das kannst du nicht wissen. Was ist, wenn die Patisserie brennt?«

Liz schnaubte abfällig. »Dann wird mir die Feuerwehr sicherlich keine Nachricht simsen, sondern anrufen.«

»Wer simst dir dann?«

»Gott, Vicky«, seufzte nun auch Claire. »Lass deine Schwester in Ruhe.«

Ein weiterer Brummton signalisierte, dass eine zweite Nachricht eingetroffen war.

Vicky fixierte sie streng. »Von wem bekommst du ständig Nachrichten?«

»Geht dich nichts an.« Es war verdammt schwer, die Coole zu spielen, während Vicky sie löcherte wie eine Gouvernante. Hoffte ihre Schwester, sich mit dem Ablenkungsmanöver nonchalant aus der Affäre ziehen zu können?

»Ist das eines deiner Internet-Dates?«

»Ich wiederhole: Es geht dich nichts an.«

»Hey, Vicky!« Claire warf Vicky eine Rolle Klebefilm zu. »Trödele nicht herum. Die Bücherkartons müssen noch zugeklebt werden.«

»In Ordnung«, grummelte Vicky und fügte an Liz gewandt hinzu: »Ich bekomme noch heraus, was du da vor mir verheimlichst.«

»Jaja, du Nervensäge, aber vorher hilfst du mir.« Claire zwinkerte Liz zu.

Spontan beschloss Liz, dass sie Claires Hochzeitstorte backen würde – kostenlos.

Adam lag schon im Bett, als sein Handy vibrierte und das Display aufleuchtete.

Sie antwortete also doch. Zufrieden grinste er.

Ein wenig fühlte er sich wie ein aufgeregter Teenager, als er nach seinem Handy griff und Liz' Antwort las.

Hi! Entschuldige, dass ich erst jetzt antworte.

Ich habe den Abend mit meiner Schwester und zwei Freundinnen verbracht, um Umzugskartons zu packen. Eine Freundin von mir zieht bald zu ihrem Freund und brauchte Hilfe. Leider ergab sich keine Gelegenheit, ans Handy zu gehen. Geht's dir gut?

Warum er erleichtert darüber war, dass sie zusammen mit ihrer Schwester einer Freundin bei der Vorbereitung eines Umzuges geholfen hatte und deshalb nicht sofort hatte schreiben können, konnte er nicht sagen. Adam wusste nur, dass er ständig darüber nachgedacht hatte, warum sie nicht geantwortet hatte. Fast vier Stunden lang hatte er darauf gewartet. Es sah ihr nicht ähnlich, ihn zappeln zu lassen – jedenfalls hatte sie es an den letzten Abenden nicht getan, als es fast schon zur Routine geworden war, mit ihr zu simsen. Klar, er hätte Liz auch einfach anrufen können, aber irgendein Gefühl sagte ihm, dass sie am Telefon nicht so locker gewesen wäre.

Alles bestens.

Ich hatte schon befürchtet, dass dich die Kuchen-Mafia entführt hat.

Kaum hatte er die Nachricht verschickt, fasste er sich an den Kopf. Kuchen-*Mafia*? Gott, er klang wie ein Idiot. Wie peinlich!

Dabei wollte er ausgerechnet vor Liz nicht wie ein Trottel dastehen.

Tja. Komischerweise hatte sich Liz in seinen Kopf geschlichen. Schließlich ertappte er sich in regelmäßigen Abständen dabei, wie er an sie dachte. Und immer war es ein gutes Gefühl.

Kuchen-Mafia? Das gefällt mir! Ich glaube, da würde ich auch mitmachen wollen.

Während er ihre Antwort las, musste er lachen und konnte es plötzlich kaum erwarten, sie morgen endlich wiederzusehen – zum ersten Mal, seit sie sich angewöhnt hatten, einander zu texten. Adam war verdammt gespannt, wie sich Liz verhalten würde, wenn sie sich wieder gegenüberstanden und sich nicht nur Nachrichten schickten. Er mochte ihre zurückhaltende Art. Und jedes Mal, wenn er sie aus der Reserve lockte und sie ihm eine freche Antwort gab, musste er innerlich grinsen. Liz gefiel ihm. Ihre ungekünstelte Art gefiel ihm.

Ich glaube, jetzt werde ich erst recht nicht schlafen können. Du in der Kuchen-Mafia. Anstelle eines Pferdekopfes werden dort unansehnliche Napfkuchen unter fremde Kopfkissen gelegt, richtig?

Ihre Antwort ließ nicht lange auf sich warten.

Du hast eine blühende Fantasie, Adam. Wir sehen uns morgen. Schlaf schön.

P.S.: Ich hoffe, du ersparst mir die Beinpresse.

Schlaf du auch gut.
P.S.: Wart's ab :)

Zufrieden legte er sich auf den Rücken, um an die Decke zu starren, und freute sich auf morgen.

Am nächsten Morgen erwartete ihn im *LIONESS* das pure Chaos.

Die Bio-Sauna war defekt, ein Kurs musste abgesagt werden, weil die Trainerin erkrankt war, der Computer stürzte permanent ab und eine besonders nervige Kundin beschwerte sich darüber, sich angeblich einen Fußpilz in der Dusche geholt zu haben. Adam hatte alle Hände voll zu tun, die diversen Probleme zu beseitigen und dabei nicht den Verstand zu verlieren. Hank war ihm bei dem ganzen Schlamassel keine große Hilfe, da Adams Kumpel völlig verstört war, nachdem ihn seine Freundin am vergangenen Abend darüber aufgeklärt hatte, dass sie mit dem Gedanken spielte, die Pille abzusetzen.

So kam es, dass Adam mit einem konfusen gut einhundert Kilogramm schweren Judoka im Schlepptau durch seinen Club lief, um das Chaos zu beseitigen, während Hank anscheinend eine Heidenangst hatte, in näherer Zukunft Windeln wechseln zu müssen. Der Vierzigjährige war kaum wiederzuerkennen. Für jeden im Umkreis von gut einhundert Meilen war es seit einiger Zeit allzu deutlich gewesen, dass Hanks Freundin ein Baby plante – nur der Mann, der für dieses Wunder zuständig sein sollte, wirkte völlig überrumpelt.

»Ich weiß nicht, was sich Pam denkt«, murmelte Hank betroffen, während Adam in der Warteschleife der Installationsfirma hing und den Schaltkasten der Sauna vor sich hatte, der allem Anschein nach tot war. Auf dem einen Ohr dudelte der Klingelton zu *Always look on the bright side of life* und auf dem anderen lauschte Adam der ratlosen Stimme seines Kumpels.

»Wie stellt sie sich das überhaupt vor? Ich habe keine Ahnung, wie das funktionieren soll.«

Adam verdrehte die Augen. »Erwartest du, dass ich dir erkläre, woher die Babys kommen?«

Sein Freund seufzte betrübt und schien ihn gar nicht zu hören. »Wie kann sie denn an ein Baby denken? Jetzt schon? Wir sind doch noch nicht so lange zusammen.«

»Immerhin ein paar Jahre, Hank.«

»Aber wir sind noch nicht reif für Nachwuchs.«

In Anbetracht der Tatsache, dass Hank bereits vierzig war und auch Pam nicht jünger wurde, fand Adam den Kommentar seines Freundes zwar leicht bescheuert, aber er würde die Klappe halten und sich nicht einmischen. Das mussten die beiden unter sich klären. Für das Thema war er nicht der beste Ratgeber.

»Wenn wir ein Baby bekommen, verlangt Pam mit Sicherheit, dass ich ihr einen Antrag mache.«

»Sei doch froh, dass eine Frau wie Pam dich nimmt, trotz deines Wohlstandsbauches.«

»Hey! Ich brauche einen Rat von dir.«

»Wenn du sie nicht heiraten willst, dann heirate sie nicht, Hank. Niemand zwingt dich dazu.«

Sein bester Kumpel schnappte nach Luft. »Aber es gehört sich, die Mutter seines Kindes zu heiraten.«

»Wir reden hier über ein fiktives Kind«, wies er Hank auf das Offensichtliche hin. »Du musst nicht gleich zu *Tiffany's* rennen, weil Pam die Pille absetzt.«

»Also findest du, ich soll sie nicht heiraten?« Hank klang einerseits hoffnungsvoll, andererseits deprimiert.

»Ich sage dir gar nicht, was du tun sollst.« Noch immer dudelte dieser furchtbare Song der Warteschleife an sein Ohr und augenblicklich sah er den singenden Brian am Kreuz vor sich. »Du musst das selbst wissen. Da kann ich dir nicht helfen.«

»Was würdest du an meiner Stelle tun?«

An Hanks Stelle?

Wenn Adam an Hanks Stelle wäre, dann gäbe es vermutlich keine Freundin wie Pam, die ein Kind wollte. Es wäre wahrscheinlich nie so weit gekommen. Ja, Adam mochte Kinder und hätte in ein paar Jahren gegen eigene nichts einzuwenden. Das Problem war nur, dass er weder seinen fiktiven Kindern noch sich selbst eine Beziehung zumuten wollte, in der andauernd gestritten wurde. Als seine Eltern geheiratet hatten, waren sie auch glücklich gewesen. Das wusste Adam von Erzählungen und er kannte Fotos der beiden, als sie blutjung und verliebt gewesen waren. Und er wusste, dass sie geheiratet hatten, weil er unterwegs gewesen war. Aber dann war alles schiefgegangen und beide waren unglücklich geworden. Diese Unzufriedenheit hatte in einem permanenten Streit geendet. Wer also konnte Adam garantieren, dass er nicht auch in einer Ehe landete, in der täglich die Fetzen flogen, auch wenn er bei der Hochzeit niemals damit gerechnet hätte?

Nein. Er legte Wert auf ein harmonisches Umfeld, das er selbst während seiner Kindheit nie erlebt hatte. Und ohne Freundin waren Kinder leider nicht möglich – es sei denn, man hieß Michael Jackson.

Das alles konnte er Hank jedoch ganz unmöglich sagen, wenn er nicht wollte, dass sein Freund tatsächlich Amok lief. Daher erwiderte er ruhig: »Pam ist toll und du bist verrückt nach ihr. Sie möchte ein Baby und du solltest darüber nachdenken, was du willst. So einfach ist das.«

Hank wollte schon zum Sprechen ansetzen, als endlich das

Lied der Warteschleife verstummte und sich stattdessen ein Mitarbeiter der Installateurfirma meldete.

Fünfzig Minuten später lief die Sauna wieder und Adam hatte einen Kontrolltermin ausgemacht. Auch sein Kumpel war glücklicherweise beschäftigt, da er einen Zumbakurs gab. Für einen ehemaligen Kampfsportler machte sich Hank gar nicht schlecht, wenn er zu südamerikanischen Rhythmen tanzte.

Als Adam die Trainingsfläche betrat und Liz sah, fiel ihm auf, dass er die Zeit völlig vergessen hatte. Dabei war sein erster Gedanke nach dem Aufwachen gewesen, dass er sie heute wiedersehen würde.

»Hey, entschuldige die Verspätung.« Zur Begrüßung umfasste er ihren Oberarm und kam nicht umhin, sie kurz zu betrachten. In Sportkleidung sah Liz äußerst nett aus. Heute trug sie ihr blondes Haar zu einem Pferdeschwanz gebunden, und zu ihrer schwarzen Sporthose, die ihm bereits die letzten Male aufgefallen war, trug sie ein blaues T-Shirt, das die gleiche Farbe wie ihre Augen hatte. Ihm gefiel, was er sah.

Eigentlich hatte Adam damit gerechnet, dass sie ihn anlächeln würde, doch ihre Begrüßung war ein wenig zurückhaltender. Tatsächlich wirkte ihre Miene fast schon gequält. »Hey«, entgegnete sie und kniff dabei die Augen zusammen.

»Alles okay?«

Liz schüttelte langsam den Kopf. »Nicht wirklich.«

»Bist du krank?«, wollte er besorgt wissen.

»Nein.« Mit einem Räuspern flüsterte sie ihm zu: »Ich bin verkatert.«

Ihr Schuldbewusstsein war zum Schreien komisch, jedoch beschränkte sich Adam auf ein belustigtes Zucken seiner Mundwinkel, anstatt laut loszulachen. »Verkatert?«

»Mh.« Sie fasste sich an die Stirn. »Der Rotwein meiner Freundin hat es in sich.«

»Wie viel hast du denn getrunken?«

»Relativ wenig«, beteuerte sie mit einem Seufzen. »Leider vertrage ich nicht sonderlich viel.«

Amüsiert verschränkte er die Arme vor der Brust. »Interessant.«

Verzagt sah Liz zu ihm auf und nagte auf ihrer Unterlippe herum. »Können wir heute bitte die Beinpresse ausfallen lassen?«

Er hätte ihr sagen können, dass sie mit einem Kater nicht herkommen musste und dass er der letzte Mensch auf der Welt war, der auf einer Trainingsstunde bestand, wenn es seiner Kundin nicht gut ging. Jedoch wollte er Liz nur ungern wieder gehen lassen. Daher schlug er vergnügt vor: »Ich habe eine bessere Idee.«

Ihr misstrauischer Blick war Gold wert.

Ein paar Minuten später schlenderte er zusammen mit Liz am Hafen entlang, genoss das herrliche Sommerwetter und freute sich, an der frischen Luft zu sein. Vor allem die Strecke zwischen der Navy Yard und Pier Acht war beliebt bei den Einheimischen, doch mitten in der Woche war es nicht so überfüllt wie an Wochenenden, wenn sich halb Boston hier versammelte, um den Blick auf den Hafen zu genießen oder ein Picknick auf den gepflegten Rasenflächen zu machen. Adam war jedenfalls froh, das *LIONESS* für eine Stunde verlassen zu können. So sehr er seinen Club liebte, ging nichts über einen Spaziergang unter freiem Himmel, um den Kopf frei zu bekommen und seine Energiereserven wieder aufzufüllen.

Liz räusperte sich. »Und das soll Sport sein?«

»Wir können auch joggen, aber aus Rücksicht auf deinen Kater würde ich davon abraten.«

»Danke, das halte ich auch für besser«, beeilte sie sich zu antworten.

Adam streckte sich und sog die sommerliche Luft in die Lungen. »Aus eigener Erfahrung kann ich dir sagen, dass nichts so gut gegen einen Kater hilft wie etwas körperliche Betätigung an der frischen Luft. Nach einem kleinen Spaziergang wirst du dich gleich viel besser fühlen.«

»Ich würde meinen Kopf lieber in Eiswasser tunken«, murmelte Liz.

Er betrachtete ihren Scheitel. »Ich mache dir einen grünen Smoothie mit vielen Vitaminen, wenn wir zurück im *LIONESS* sind. Zusammen mit unserem Spaziergang wirkt der Wunder.«

Liz legte den Kopf zurück und musterte ihn kritisch. »Ein grüner Smoothie?«

»Wieso klingst du so misstrauisch? Damals in der TV-Show hat dir mein Smoothie schließlich auch geschmeckt.«

»Ich wollte nur höflich sein.« Sie grinste frech zu ihm hoch.

»Ha!« Trotz ihres Katers nahm sie ihn hoch. Er mochte diese Ungezwungenheit.

»Du bist so ein Gesundheitsfreak, Adam. Isst du eigentlich etwas anderes als Gemüse, Tofu und Körner?«

Adam schnitt eine Grimasse. »Ich hasse Tofu.«

»Ehrlich?«

»Aber ja!« Er schüttelte sich. »Mit Tofu kannst du mich jagen.«

Liz spielte die Ungläubige. »Jetzt sag nicht, dass du sogar Cheeseburger verdrückst!«

»Mit Bacon.« Er nickte. »So richtig schön triefend vor Fett.«

»Verstopft das nicht die Arterien?«

»Sehr komisch.« Adam stieß sie freundschaftlich in die Seite. »Außerdem liebe ich Peperonipizza und Tacos.«

»Oh mein Gott, informiert die Presse«, flüsterte Liz gespielt entsetzt. »Seit wann dürfen Models ungesundes Zeug essen?«

»Wie gut, dass ich kein Model mehr bin.« Adam zwinkerte ihr zu. »Endlich kann ich wieder Pizza essen, ohne deshalb ein schlechtes Gewissen zu haben. Oder ohne dass mein Agent kurz vor einem Nervenzusammenbruch steht.«

Sie maß ihn mit einem nachdenklichen Blick. »Nichts für ungut, Adam, aber trotz deines Pizzakonsums könntest du immer noch als Model arbeiten.«

Adam schnalzte mit der Zunge und betrachtete sie einen kurzen Moment. »Ein Kompliment, Liz? Soll das heißen, dass du auf meinen Körper stehst?«

Zwar hob sie ihre Nase in die Höhe, aber er konnte sehen, dass sie verlegen war. Warum sonst sollte sie seinem Blick ausweichen? »Eigentlich stehe ich auf deine Smoothies. Und was deinen Körper betrifft …« Sie seufzte schwer. »Der ist ganz okay.«

»Ich glaube, du tust mir und meinem Selbstbewusstsein nicht gut.«

»Und ich glaube, dass ich dir nicht sagen muss, wie gut du aussiehst, Adam Stone. Fishing for compliments?« Liz schüttelte den Kopf. »Ausgerechnet bei dir hätte ich das nicht vermutet.«

»Sondern?« Neugierig blickte er zu ihr.

»Jemand, der halb nackt für diverse Werbekampagnen abgelichtet wurde und für Dutzende schmachtende Frauenherzen verantwortlich war, braucht sicherlich keine Bestätigung von einer Patissière.«

»Es ist ja schon ein Weilchen her, dass ich halb nackt für diverse Werbekampagnen abgelichtet wurde.«

»Ach ja?« Herausfordernd legte sie den Kopf schief. »Was ist mit deinen Groupies im *LIONESS*?«

»Welche Groupies?«

Liz sah ihn abfällig von der Seite an. »Ich bitte dich! Du

weißt sehr wohl, wen ich meine. Sie umschwirren dich wie Bienen ein zuckriges Törtchen mit Honigglasur, Adam.«

Adam machte eine abwehrende Handbewegung. »Das sind keine Groupies, sondern nervige Kundinnen.«

»So wie ich?«

Er hob eine Augenbraue und blickte ihr ins Gesicht, während sie auf dem Spazierweg zur Seite gingen, um einer Kolonne von Fahrradfahrern Platz zu machen.

Adam merkte, wie sehr er sich in ihrer Gegenwart entspannen konnte und es genoss, Zeit mit ihr zu verbringen. Nein, Liz war nicht nervig. Und eigentlich fühlte es sich auch nicht so an, als sei sie seine Kundin. Dafür mochte er es viel zu sehr, wie ihre Augen strahlten, wenn sie lächelte. »Nervige Kundinnen nehme ich sicherlich nicht zu einem Spaziergang mit.«

»Okay.« Schon wieder dieses Strahlen. »Jetzt fühle ich mich geschmeichelt.«

Die nächsten Minuten verbrachten sie schweigend, bis Adam an einem kleinen Stand zwei Flaschen Wasser für sie kaufte. Im Schatten eines Baumes mit Blick auf den Hafen blieben sie stehen und lehnten sich gegen die Brüstung. Das Schlagen des Wassers gegen den Pier hatte etwas Beruhigendes an sich.

Aus dem Augenwinkel sah er, wie Liz einen Schluck nahm, und schraubte seine eigene Flasche auf.

»Bereust du es?«

»Was?« Irritiert hob er den Kopf.

»Das Modeln.«

»Nein, wieso?«

Liz blickte ihn unschlüssig an. »Ich habe den Eindruck, dass es dich stört, wenn du auf deine Modelkarriere angesprochen wirst. Bei der Frühstücksshow hast du ständig sehr elegant das Thema gewechselt, sobald Chelsea dir Fragen dazu gestellt hat.«

Adam war überrascht, dass es ihr aufgefallen war. Das mochte er an ihr – dass sie so feinfühlig mit ihren Mitmenschen war. »Nein, ich bereue es überhaupt nicht. Das Modeln hat mein College bezahlt. Außerdem hatte ich dank diverser Jobs in Unterwäsche und Bademoden genügend Startkapital fürs *LIONESS*.«

»Aber?«

»Kein Aber.« Er zuckte mit den Achseln. »Ich habe es gerne getan. Früher. Jetzt habe ich das *LIONESS* und möchte mit meinem Club erfolgreich sein. Das sind zwei völlig verschiedene Paar Schuhe.«

»Also ist es dir nicht peinlich.«

Obwohl es keine Frage war, erklärte er dennoch: »Natürlich ist es mir nicht peinlich. Wieso auch? Ich habe von mir Modeaufnahmen machen lassen und damit gutes Geld verdient. Mich stört nur, dass ich von einigen Zeitgenossen darauf reduziert werde. Heute bin ich kein Model mehr, sondern arbeite als Fitnesstrainer. *Das* ist es, worüber ich reden will – nicht über Fotoaufnahmen, die Jahre her sind.«

»Das kann ich verstehen.« Nachdenklich musterte sie ihn. »Wann hast du dich entschieden, deinen eigenen Club zu eröffnen?«

Adam lehnte sich mit dem Rücken gegen die Brüstung hinter sich. »Das war eine logische Folge.«

»Woraus?«

Ihre Neugier ließ ihn grinsen. »Nun, ich habe bereits als Personaltrainer gearbeitet und wollte mehr. Mein eigenes Reich, um dort noch mehr Menschen dabei zu helfen, sich selbst zu verwirklichen.«

Ihre Mundwinkel zuckten. »Selbstverwirklichung? Wir reden aber schon immer noch von Sport, oder?«

»Sicher. Sport kann sehr viel mehr bewirken als eine Kleidergröße weniger oder eine bessere Kondition.«

»Was denn sonst?« Liz schien ratlos.

Er leckte sich einen Wassertropfen von der Unterlippe. »Selbstsicherheit. Durchsetzungsvermögen. Selbstakzeptanz. Jemand, der seinen Körper herausfordert und seinen inneren Schweinehund besiegt, wächst über sich hinaus. Das wirkt sich auf seine ganze Persönlichkeit aus.«

»Und ich dachte, es geht lediglich darum, an seinen Defiziten zu arbeiten.« Obwohl ihre Stimme belustigt klingen sollte, wirkte Liz eher nachdenklich. »Du weißt schon: Problemzonen.«

Adam verdrehte die Augen. »Lass die Problemzonen mal außen vor. Viel wichtiger ist, dass man wieder lernt, auf seinen Körper zu hören. Bin ich wirklich hungrig? Bin ich müde? Tut mir Sport gut? Es braucht nicht viel, um sich besser zu fühlen.«

Liz keuchte auf. »Nicht viel? Du trainierst für den Ironman. Das ist ziemlich beeindruckend.«

Adam schüttelte den Kopf. »Ich wollte mich herausfordern – sowohl körperlich als auch mental. Wenn du dir ein Ziel setzt und es erreichst, dann glaubst du, dass dich nichts mehr aufhalten kann. Dein komplettes Auftreten ändert sich.«

»Du klingst, als hättest du etwas Ähnliches bereits hinter dir.«

Adam fuhr sich durchs Haar und fing ihren Blick ein. »Ja, etwas Ähnliches.«

Ihre blauen Augen rundeten sich neugierig. »Erzähl.«

»Es ist keine große Sache.« Er seufzte kurz. »In der Highschool war ich ein Sonderling. Sehr übergewichtig, keine Freunde. Das perfekte Mobbingziel.«

Ungläubig starrte sie ihn an. »Wie bitte?«

Er grinste. »Du hast schon richtig gehört.«

Liz musterte ihn misstrauisch. »Meinst du das ernst?«

»Natürlich.« Er nickte. »Ich habe mich von allem und jedem abgekapselt und all meinen Frust buchstäblich in mich hineingefressen. Natürlich wurde ich immer dicker, woraufhin das Mobbing noch schlimmer wurde. Also aß ich noch mehr. Der typische Teufelskreis. Bewegung hatte ich auch keine. Irgendwann machte es glücklicherweise Klick und ich krempelte mein Leben komplett um. Als ich ans College kam, war ich ein völlig anderer Mensch.«

Liz sah ihn noch immer ungläubig an. Er konnte ja selbst kaum glauben, dass er ihr davon erzählt hatte. Obwohl er sich nicht dafür schämte, wie er als Kind und Jugendlicher gewesen war, wussten heute nur die wenigsten Menschen davon.

Er schaute ihr direkt ins Gesicht. »Du kannst mir glauben, wenn ich dir sage, dass Sport Wunder bewirken kann, wenn es um Persönlichkeitsentwicklungen geht. Als Teenager war ich die Unsicherheit in Person und vergrub mich am liebsten in meinem Zimmer, weil ich tierisch Schiss hatte, dass draußen irgendjemand etwas zu mir oder über mich sagen könnte. Der Sport hat mir geholfen – sowohl bei der Gewichtsabnahme als auch dabei, mich durchsetzen zu können.«

Sie erwiderte seinen Blick, bis sie die Augen niederschlug und einen tiefen Seufzer ausstieß. »Ich bin eine ziemliche Niete darin, mich durchzusetzen. Meine Schwester ist diejenige mit der großen Klappe, die sich von niemandem etwas vormachen lässt. Ich dagegen habe in der Highschool meine Mitschüler abschreiben lassen und keinen Ton gesagt, als der Lehrer uns erwischte und glaubte, ich wäre es gewesen, die von den anderen abgeschrieben hat.«

Leicht belustigt legte er den Kopf schief. »Ach komm schon, Liz …«

»Nein, ehrlich. Ich kann schlecht Nein sagen.« Sie sah ihm offen ins Gesicht. »Ich hasse es, das zugeben zu müssen, aber ich bin ein furchtbares Weichei, das zu allem Ja und Amen sagt.«

»Ich denke, du übertreibst.«

»Schön wär's. Manchmal wäre ich gerne schlagfertig und mutiger.«

Warum er die einsame blonde Haarsträhne gerne beiseite gestrichen hätte, die ihr der Wind in die Stirn blies, wusste er nicht. »Jemand, der sein eigenes Geschäft eröffnet, ist sehr mutig, Liz.«

Adam fiel auf, dass ihre Schultern ein kleines Stückchen nach unten sackten. »Soll ich dir verraten, was einer der Gründe war, warum ich das *Chez Liz* eröffnet habe?«

»Einer der Gründe?«

»Mh.«

»Da kann es nur einen Grund geben: Du wolltest mich im Frühstücksfernsehen kennenlernen.«

»Nein, du Scherzkeks.« Liz verdrehte die Augen. »Abgesehen davon.«

»Na, ich schätze, dass deine eigene Patisserie sicherlich dein großer Traum war, oder?«

»Ja, das war er«, sagte sie. Dann zögerte sie. »Das war er wirklich, und die Arbeit im *Chez Liz* ist noch viel schöner, als ich es mir jemals hätte vorstellen können.«

»Aber?«

»Aber meine Selbstverwirklichung und Unabhängigkeit waren nicht die einzigen Gründe dafür, dass ich mich selbstständig gemacht habe.«

Verwundert zog er die Augenbrauen in die Höhe. »Wie meinst du das?«

Liz wirkte unschlüssig. »In meinem vorherigen Job war ich sehr schlecht darin, mich durchzusetzen. Wenn du in der Gastronomie – in der Sterne-Gastronomie – arbeitest, musst du Ellenbogen und Haare auf den Zähnen besitzen«, erklärte sie. »Dazu dann der Stress und das Gebrüll des Chefs. Es reicht nicht, tolle Torten zu backen. Man muss sich selbst in den Vordergrund stellen können und mit seinen Konkurrenten darum kämpfen, ganz nach oben zu kommen.«

»Aber das ist nicht dein Ding.«

»Nein«, erwiderte sie. »Das ist nicht mein Ding. Ja, ich wollte mich auf jeden Fall verändern, wollte Kontakt zu meinen Kunden, ein direktes Feedback. Aber die Medaille hat immer zwei Seiten. Ich habe auch im *Belle Epoque* aufgehört, weil ich mit dem Druck und dem ständigen Konkurrenzkampf nicht gut klargekommen bin.«

»Liz.« Adam legte den Kopf schief und lächelte sanft. »Es ist völlig okay, wenn du gekündigt hast, weil der Druck zu groß war. Ein Job soll auch Spaß machen.«

»Aber es fühlt sich ein bisschen an, als hätte ich an der Stelle versagt.«

»Unsinn«, widersprach er stirnrunzelnd und wandte sich ihr zu. »Du hast nicht versagt, sondern hast eine logische Konsequenz gezogen. Viele andere Menschen hätten nicht diese Einsicht und den Mut gehabt, ihr Leben zu verändern. Und guck dir an, was du erreicht hast!«

»Ich weiß nicht, ob das Mut war. Vielleicht habe ich einfach nur den Weg des geringsten Widerstands genommen. Und hatte Glück, dass sich dann alles so wunderbar gefügt und funktioniert hat, wie ich es mir ausgemalt hatte. Selbst Vicky weiß nicht, dass diese Dinge mich auch beeinflusst haben in meiner Entscheidung, zu kündigen.«

Fragend schaute er sie an. »Warum nicht?«

Liz schnitt eine Grimasse. »Weil ich mir ihre guten Ratschläge ersparen wollte. Sie ist eher der Typ, der mit dem Kopf durch die Wand will. Ich nehme lieber den Hinterausgang.«

Adam kam nicht umhin, leise zu lachen. »Wer mit dem Kopf durch die Wand will, holt sich über kurz oder lang eine Gehirnerschütterung.«

Sie lehnte sich zurück gegen die Brüstung und überkreuzte ihre Füße, während sie in den Himmel schaute. Fasziniert betrachtete Adam, wie dicht Liz' Wimpern waren. »Manchmal wäre ich gerne nicht diejenige, die sich klammheimlich durch den Hinterausgang verkrümelt, weil sie der Konfrontation aus dem Weg gehen will. Ab und zu möchte ich auch auf den Tisch hauen und Tacheles reden.«

7

Adam wusste, dass Liz den heutigen Abend in ihrer Backstube verbringen würde, um an der Torte für den morgigen Geburtstag der Zwillinge zu arbeiten. Er wusste auch, dass ihn heute Abend höchstwahrscheinlich eine unangenehme Nachricht auf seinem Anrufbeantworter erwarten würde, schließlich hatte er sich während des gesamten Tages diverse Male im *LIONESS* verleugnen lassen. Von daher war er nicht sonderlich versessen darauf, nach der Arbeit nach Hause zu kommen und die Stimme seiner Mom auf Band zu hören.

Also legte er eine zusätzliche Trainingseinheit ein, nachdem er den Club geschlossen hatte. An Tagen wie heute war Sport ein wunderbares Ventil, um den Kopf wieder frei zu bekommen und klarer zu sehen. Dennoch wollte er nicht nach Hause fahren, nachdem er geduscht hatte und in sein Auto gestiegen war. Stattdessen fuhr er ins *Chez Liz*. Bevor er wusste, was er überhaupt vorhatte, fand sich Adam vor dem Hintereingang der Patisserie wieder und klopfte an. Es dauerte nur ein paar Sekunden, bis Liz die Tür öffnete.

Er hatte sie überrascht.

Das sagten nicht nur ihre Augen, die ihn verblüfft musterten. Sie hielt eine Rührschüssel im Arm, ihre Schürze war mit Mehl bedeckt und ihre Frisur war ziemlich zerzaust.

»Adam, was tust du denn hier?«

Das wusste er selbst nicht. Er wusste nur, dass er sie unbedingt hatte sehen wollen. »Ähm, nun ja ... Ich dachte, ich könnte dir beim Backen unter die Arme greifen.«

Ha! Das war ja wohl die bescheuertste Ausrede der Welt!

»Na, dann.« Liz machte einen Schritt zur Seite. »Hilfe kann ich immer gebrauchen.«

Auch wenn ihre Schürze ein paar Flecken abbekommen hatte, war ihre Backstube aufgeräumt und sehr ordentlich. Auf der großen Arbeitsfläche standen mehrere Behälter herum, der Backofen lief und auf einem separaten Tisch lagen bereits gebackene Tortenböden. In der Luft lag ein dezenter Hauch von Vanille und der Duft von Schokolade. Adam kam nicht umhin, tief einzuatmen und diesen verlockenden Duft in sich aufzusaugen. Ein warmes Kribbeln breitete sich über sein Rückgrat aus, während ihm das Wasser im Mund zusammenlief. »Gott, das riecht schon fantastisch.«

Liz kicherte und stellte die Rührschüssel auf der Arbeitsplatte ab. »Eigentlich habe ich noch gar nichts gemacht. Nur ein paar Tortenböden sind fertig.« Sie zeigte auf die hohen Biskuitböden, die diesen wunderbaren Duft offenbar verströmten. Wenn sich Adam nicht beherrschte, würde er mit Vergnügen in einen dieser Böden hineinbeißen.

»Es fehlen noch diverse Cremes sowie der Überzug aus Fondant und die Verzierungen.« Fröhlich fügte Liz hinzu: »Das wird heute eine Nachtschicht.«

Zerknirscht blickte er auf sie hinab. »Jetzt bekomme ich ein schlechtes Gewissen, du musst schließlich morgen früh wieder in der Patisserie stehen.«

Kopfschüttelnd griff Liz nach einem Schneebesen. »Muss

ich nicht. Morgen arbeitet Jenny und ich habe einen freien Tag.«

»Aha. Kommt daher deine gute Laune?« Er beobachtete, wie Liz die Schüssel umfasste und den Schneebesen durch die Creme zog.

»Ich habe immer gute Laune, wenn ich backe.« Sie schenkte ihm ein breites Lächeln. »Der Kuchen für die beiden wird ein Meisterstück. Ich mache nämlich drei Kuchen in einem. Eine Schicht mit einer zarten Vanillecreme, eine mit einer Käsekuchenmasse und zum Schluss eine Schicht mit einer weißen Schokoladenmousse. Und zur Feier des Tages habe ich für den Biskuitboden das Lieblingsrezept meiner Urgroßmutter genommen.«

»Dann kann ich kaum erwarten, wie das Endergebnis aussehen wird.«

Geradezu misstrauisch blickte sie ihn an. »Du meinst, du kannst es gar nicht erwarten, wie der Kuchen *schmecken* wird, Adam. Oder willst du mir wirklich sagen, dass du am Geburtstag deiner Geschwister nicht von deren Torte probieren willst?«

Oha. »Natürlich werde ich ein Stück essen.«

»Gut. Ich wäre sonst beleidigt gewesen.«

Adam schlüpfte aus seiner Jacke heraus. »Wie kann ich dir helfen?«

Liz nickte in Richtung Kühlschrank. »Du kannst die Eier für die Mousse trennen. Zehn Stück müssten reichen. Danach müssen wir die Gelatine in Wasser einweichen.«

Er verstand nur Bahnhof, machte sich jedoch auf den Weg zum Kühlschrank und holte zehn Eier heraus. Aus dem Augenwinkel konnte er sehen, wie Liz noch immer damit beschäftigt war, die hervorragend duftende Creme zu schlagen. Zweifelnd sah er die Eier an. Theoretisch wusste er, was sie verlangte, wenn sie davon sprach, dass die Eier getrennt werden sollten, aber wie er es praktisch umsetzen sollte, wusste er leider nicht.

»Äh … Liz?«

»Mh?«

Seufzend ließ er die Schultern sinken. »Erklärst du mir, wie ich das mit den Eiern anstellen muss?«

Ihr fröhliches Lachen war alles andere als überheblich, als sie die Schüssel abstellte, Klarsichtfolie darüber ausbreitete und sie in den Kühlschrank stellte. »Ich komme sofort.«

»Natürlich weiß ich, dass das Eigelb von dem Eiweiß getrennt werden soll, aber ich habe keinen Schimmer, wie man das macht.«

»Das ist gar nicht so schwer, wenn man den Dreh einmal raushat.« Liz trat dicht neben ihn und stellte zwei kleinere Schüsseln vor ihm ab. »Man braucht nur ein ruhiges Händchen und etwas Geschick.«

Adam konnte verfolgen, wie Liz ein Ei in die Hand nahm, vorsichtig aufschlug und das Eiweiß in eine Schüssel laufen ließ, während das Eigelb in der halbierten Eierschale ruhte. Mit wenigen geschickten Handbewegungen schaffte sie es, Eigelb und Eiweiß gänzlich voneinander zu trennen, bis sie das Eigelb in die andere Schüssel beförderte.

Währenddessen konnte Adam nur daran denken, dass Liz noch sehr viel verlockender roch als der gesamte Süßkram, den sie hier herstellte und verkaufte. So dicht neben ihr zu stehen und dabei mitzuerleben, wie Liz sich bewegte und mit welcher ehrlichen Freude sie ihrer Arbeit nachging, brachte seine Gefühlswelt ziemlich durcheinander. Am liebsten hätte er sein Gesicht in der zarten Kurve ihres Nackens vergraben, um sich zu versichern, dass sie wirklich so gut roch, bevor er anschließend über ihren Mund herfallen und dabei ihren herrlichen

Körper an seinen ziehen würde. Darüber hätte er selbst den Duft nach Schokolade und Vanille vergessen können.

»Du musst lediglich aufpassen, dass sich das Eigelb nicht mit dem Eiweiß verbindet.«

»Ah.« Abgelenkt blinzelte er.

»Adam, du hörst ja gar nicht zu.« Sie lachte heiter. »Komm schon. Wir haben noch viel vor.«

»Jawohl, Chef.«

Während er im Schneckentempo die Eier voneinander trennte und vermutlich wie jemand wirkte, der zwei linke Hände hatte, mischte Liz rasch diverse Zutaten zusammen und erzählte ihm dabei von ihrem Tag. Sie sprühte vor guter Laune und schien sich ehrlich über seine Anwesenheit zu freuen, was wiederum Adam ein gutes Gefühl gab. Generell fühlte er sich wohl, wenn er Zeit mit Liz verbrachte. Sie war ... natürlich. Schon von Berufs wegen hatte er oft mit Frauen zu tun, die auf Natürlichkeit keinen Wert legten, sich mit Botox behandeln ließen und geschminkt zum Sport kamen. Liz in ihrer mehlbedeckten Schürze, den Sommersprossen auf der Nase und der zerzausten Frisur dagegen war die Natürlichkeit in Person. Und das schätzte er an ihr. Schon lange hatte er sich zu keiner Frau so hingezogen gefühlt und das ständige Bedürfnis verspürt, ihre Nähe zu suchen.

»Wunderbar, du bist fertig. Dann können wir das Eiweiß schlagen.«

Bevor Adam wusste, wie ihm geschah, hatte Liz ihm ein Rührgerät in die Hand gedrückt. Dass sie ihm eine Hand auf den Rücken legte, während sie ihm Anweisungen gab, wie er das Eiweiß steif schlagen sollte, ließ ihn unruhig werden. Schmiegte sie sich gerade etwa ein wenig an ihn?! Er war zu sehr an dieser Frau interessiert, als dass ihn ihre Berührungen kaltließen. Gleichzeitig fand er es bezaubernd, wie geduldig sie mit ihm sprach. Obwohl er wie ein Idiot wirken musste, gab sie ihm nicht das Gefühl, etwas falsch zu machen, sondern leitete ihn ruhig und gelassen an.

»Wenn die Masse schön steif geschlagen ist, lösen wir die eingelegte Gelatine in heißem Brandy auf und geben die weiße Schokolade in ein Wasserbad.«

»Brandy? Willst du meine minderjährigen Geschwister betrunken machen?«

»Keine Sorge. Der Alkohol verkocht.« Sie zwickte ihn in den Unterarm. »Und jetzt pass auf. Ich zeige dir einen alten Trick.« Liz nahm ihm das Handrührgerät ab und schaltete es aus, bevor sie die Schüssel ergriff. »Wir halten das Eiweiß über deinen Kopf, und wenn nichts runterfällt, hast du es richtig gemacht.«

Er umfasste ihr Handgelenk. »So viel Vertrauen habe ich leider nicht in meine Arbeit.«

Sie linste in die Schüssel. »Das sieht gut aus, Adam. Nur Mut.«

»Damit wir die guten Eier verschwenden, die mit Sicherheit auf meinem Kopf landen?«

Liz verdrehte die Augen. »Spielverderber.«

Da sie keine Anstalten machte, das Schüssel wirklich über seinen Kopf zu halten, ließ er ihr Handgelenk los. Anschließend wurde ihm die glorreiche Ehre zuteil, über das Wasserbad zu wachen, in dem die weiße Schokolade geschmolzen wurde, während Liz in Windeseile weitere Zutaten verarbeitete, in die sie wenige Minuten später die geschmolzene Schokolade gab. Für eine Frau, die sich selbst als unsportlich bezeichnete, besaß sie außerordentlich gut trainierte Armmuskeln, mit denen sie kraftvoll die Mousse zusammenrührte, bis das Ganze eine cremige Konsistenz besaß.

Niemals zuvor hatte er etwas Erotischeres gesehen als Liz,

die nun mit dem Zeigefinger einen Klecks Mousse von dem Rand der Schüssel klaubte und an ihren Mund führte. Sie probierte mit geschlossenen Augen und setzte eine entzückte Miene auf. Der winzige Seufzer, den sie ausstieß, war voller Wohlbehagen. Als sie die Augen wieder öffnete, fühlte sich Adam von dem intensiven Blau ihrer Iris unglaublich angezogen. Am liebsten hätte er …

Schnell verdrängte er jeden sexuellen Wunsch und dachte lieber an etwas Unverfänglicheres, um sich nicht mitten in der Backstube vor ihr zu blamieren. Sie musste nur einen Blick auf seine Leistengegend werfen, um mitzubekommen, dass er seit der Sekunde unanständige Gedanken hatte, in der sie die Mousse von ihrem Finger geleckt hatte.

Er musste sie ziemlich intensiv angestarrt haben, da Liz seinen Blick fragend erwiderte. Nur kam sie zu einem anderen Schluss als zu dem, dass er gerade mit einer akuten Erektion zu kämpfen hatte. »Rechnest du in Gedanken etwa gerade die Kalorien der Mousse zusammen?«

»Das sollte ich vermutlich«, murmelte er.

Liz räusperte sich und hob den Schneebesen in die Luft. Demonstrativ nickte sie Adam zu. »Probiere.«

Er blinzelte überrascht. »Was?«

»Du sollst probieren«, befahl sie ihm regelrecht. Lediglich das amüsierte Funkeln in ihren Augen sagte ihm, dass sie nicht zum Militär gehörte – ihr Tonfall hätte sich nämlich sehr gut in diversen Ausbildungslagern der Army gemacht. »Ein guter Bäcker verarbeitet niemals etwas, was er zuvor nicht gekostet hat.«

Adam schluckte schwer, erwiderte jedoch schalkhaft: »Heute ist Proteintag. Zucker ist daher verboten.«

»Was ist denn ein Proteintag?« Als sie sich mit dem linken Handrücken eine Haarsträhne zurückstrich, verteilte sie einen winzigen Flecken Mousse über ihrer Stirn. Nicht einmal als Jugendlicher, der geradezu süchtig nach Kuchen und Torten aller Art gewesen war, war er so sehr in Versuchung gewesen, diese Winzigkeit Schokoladenmousse mit der Zunge aufzunehmen.

Etwas Schweres stieg ihm in die Eingeweide, als er mit belegter Stimme erwiderte: »Heute stehen nur Proteine auf meinem Essensplan. Eier, Fleisch, Fisch ...«

»Das klingt ja fade.«

Sie hatte keine Ahnung, wie fade das war, wenn man eine solche Versuchung vor Augen hatte. Und damit meinte er nicht die Schokoladenmousse.

»Kannst du nicht schummeln? Ich erzähle es auch keinem.«

Bilder blitzten vor seinen Augen auf, in denen Liz die Hauptrolle spielte. Liz und ihre köstliche Mousse, die fast so gut duftete wie die blondhaarige Patissière, die direkt vor ihm stand und die vollsten Lippen besaß, die er jemals gesehen hatte.

Vehement schüttelte er den Kopf. Seine Stimme klang selbst in seinen eigenen Ohren rau. »Schummeln ist nicht erlaubt.«

»Nicht mal ein bisschen? Willst du nicht einmal einen Löffel feinster Schokoladencreme probieren?« Liz hielt den Schneebesen in der Hand und rümpfte die Nase. »Nicht einmal für mich?«

Sobald sie mit dem Finger etwas Mousse auffing, die von dem Schneebesen tropfte, und diese an ihre Lippen führte, hätte er beinahe gestöhnt. Stattdessen verlangte er geradezu heiser: »Mach das noch einmal.«

»Was?« Irritiert legte sie den Kopf schief. Liz schien keine Ahnung zu haben, welche Wirkung sie auf ihn ausübte.

Bevor er ihr antworten konnte, wiederholte sie die verführerische Handbewegung ganz von allein, als ein weiterer Klecks Mousse auf den Boden zu fallen drohte. Doch bevor Liz sich auch diese Kostprobe einverleiben konnte, machte Adam einen Schritt auf sie zu, ergriff ihr Handgelenk und senkte den Kopf.

Während er ihr in die Augen sah, leckte er die köstliche Mousse von ihrem Finger und beobachtete, wie ihre Augenbrauen in die Höhe zuckten.

Adam gab einen undefinierbaren Laut von sich und schloss seine Lippen um ihren Finger. Neben der zarten Mousse schmeckte er vor allem gut duftende Frauenhaut, als seine Zunge über ihre Fingerkuppe glitt, bevor er ihren Finger tiefer in seinen Mund sog.

Liz flüsterte seinen Namen.

Er ließ ihren Finger aus seinem Mund gleiten. »Schmeckt wirklich fabelhaft.«

An ihrem Hals konnte er sehen, wie sie schluckte.

»Ich glaube, ich brauche eine zweite Kostprobe.« Schamlos streckte er seine Hand aus und griff in die Schüssel, um seinen rechten Zeigefinger in die Mousse zu tunken. Die köstliche Creme verteilte er auf ihrem schmalen Handgelenk und kam sich wie ein Vampir vor, als er ihre Hand an seinen Mund zog und anschließend die Mousse von ihrer Haut leckte.

Sie gab einen atemlosen Ton von sich, während Adam seine Zunge über ihr Handgelenk tanzen ließ.

»Mh.« Er konnte seinen Blick nicht von ihren Augen lassen.

Keiner von beiden schien zu atmen, während Adam erst an ihrer Haut saugte und dann mit seiner Zunge jeden Quadratmillimeter erforschte. Seine Lippen glitten unermüdlich über ihr Handgelenk. Gleichzeitig spürte er unter seiner Zunge, wie ihr Puls in die Höhe schnellte. Pure Befriedigung machte sich in ihm breit. Nur langsam und fast schon widerstrebend löste er seinen Mund von ihrem Handgelenk.

Liz' Gesicht drückte eine Mischung aus Überraschung, Verwirrung und Lust aus, die ihm in alle Glieder fuhr.

Bevor Adam wusste, was er tat, tauchte er seinen Finger ein weiteres Mal in die Schüssel und verteilte eine Winzigkeit der Schokoladenmousse in ihrer Halsbeuge.

Ihr entfuhr ein weiterer Laut, der ihm Ansporn war, seinen Körper an ihren zu drücken. Er presste seinen Mund gegen die seidenweiche Haut an ihrem Halsansatz. Himmel, er konnte nicht glauben, wie gut sie roch! Mit seiner Zunge glitt er über ihren schlanken Hals und leckte die sahnige Creme auf, die er kurz zuvor dort selbst platziert hatte. Auch hier spürte er ihren rasenden Puls. Ihr Atem ging schnell und ihr Körper wurde weich, als sie sich ebenfalls an ihn schmiegte.

Sein Mund kroch höher und vergrub sich an der Stelle gleich unter ihrem Ohrläppchen. Zärtlich knabberte er an ihrer Haut und spürte gleich darauf, wie Liz auf diese Liebkosung reagierte: Sie stöhnte leise und wand sich an seinem Körper. Zwischen ihnen entstand eine elektrisch aufgeladene Spannung, die jeden Moment zu explodieren drohte, wenn sie sich weiterhin aneinander rieben.

Auch seine Hände waren nicht untätig und fuhren über ihren Rücken, bis sie sich auf ihre Hüften legten. Gleichzeitig presste er seinen Körper gegen ihren und küsste stürmisch ihren Hals. Das hier war mit Abstand besser als jeder Kuchen, den er jemals gegessen hatte!

Liz entzog ihm den Hals und starrte ihm mit zittrigem Atem ins Gesicht. Ihre Augen waren verschleiert, als sie den Blickkontakt abbrach und stattdessen seinen Mund fixierte. Das geschah nur wenige Sekunden, bevor sie sich noch enger an ihn presste und sich auf die Zehenspitzen stellte. Ihre Lippen berührten seine, während sie die Arme um seinen Hals schlang.

Einen dermaßen süßen Kuss hatte Adam niemals zuvor erhalten. Süß und gleichzeitig leidenschaftlich. Es fühlte sich an, als wollten sie einander verschlingen, als sich ihre Münder trafen. Er konnte nicht genug von ihrem Geschmack bekommen und war verrückt nach ihren weichen Lippen, die sich mit Verlangen gegen seine pressten.

Seine Hände fuhren ihre Hüften hinab und gruben sich in das feste Fleisch ihres Pos. Adam zog sie eng an sich und genoss die herrliche Reibung ihres kurvigen Körpers an seinem. Er war wie benebelt von dem Geruch nach Vanille, Schokolade, Frau und Lust. Dazu kam dieser Wahnsinnskuss und das Gefühl, ihren Körper nah an seinem zu spüren. Gleich würde er den Verstand verlieren.

Das Nächste, was er jedoch spürte, waren ihre Finger, die sich beinahe zögerlich in seinem Haar vergruben. Das fühlte sich so gut an, dass er stöhnen musste. Sein Herz raste, und er befürchtete, dass es in naher Zukunft explodieren würde.

Seine Hände wanderten zu der Schleife ihrer Schürze, die sie sich im Rücken gebunden hatte. Langsam öffnete er die Schleife und zog ihr das störende Kleidungsstück über den Kopf, während er sich für ungefähr eine Millisekunde von ihrem Mund löste, bevor Liz sich wieder auf seinen stürzte und dort weitermachte, wo sie gerade unterbrochen worden waren. Sobald die Schürze zu Boden gefallen war, umfasste Adam ihren Po und hob sie mit Schwung auf die freie Arbeitsfläche hinter ihr.

Liz stieß einen erschrockenen Laut aus und starrte Adam aus glasigen Augen an, als sie sich nun auf einer Augenhöhe befanden und sich Adam zwischen ihre Beine drängte. Zum Küssen war diese Position viel besser!

Weil er sie einfach berühren musste, ließ er seine Hände von der Rundung ihres Pos über ihre Hüften bis zu ihren Oberschenkeln wandern und verfluchte dabei Liz' Hose. Nur allzu gerne hätte er gewusst, ob ihre Haut dort genauso weich war wie alles andere an ihr.

Apropos weich. Ihr Mund verschmolz ein weiteres Mal mit seinem und ihre Zunge glitt in seinen Mund. Als Liz stöhnte, hallte dieser Ton in seinem Körper wider und stellte komische Dinge in seiner Magengegend an.

Adam wollte alles auf einmal. Er wollte sie weiterhin küssen und ihr gleichzeitig jedes einzelne Kleidungsstück vom Leib reißen, um mit seinem Mund jede Stelle ihres Körpers zu erforschen. Am liebsten hätte er sie in die Schokoladencreme getunkt und sich von oben nach unten vorgearbeitet.

Als Liz ihm langsam den Mund entzog, um ihre Lippen gegen seinen Hals zu pressen, wurde ihm vor lauter Verlangen schwindelig. Adam musste schlucken und umfasste mit beiden Händen ihre Taille. Ihr feuchter Mund an seinem Hals brachte ihn noch um!

Mit atemloser Stimme stöhnte er: »Ich weiß nicht, was besser schmeckt. Du oder die Mousse.« Und bevor er seine Zunge im Zaun halten konnte, krächzte er: »Ich würde dir das Zeug liebend gern vom Körper lecken.«

Liz lehnte sich zurück und sah ihn an. Ihr Gesicht war gerötet und ihr Mund sichtlich geschwollen. Wenn er sie vorher süß und niedlich gefunden hatte, musste Adam nun bekennen, dass sie wunderschön und heiß aussah. Verdammt heiß.

Ohne den kleinsten Anflug von Verlegenheit erwiderte sie: »Tut mir leid, aber das geht nicht. Heute ist dein Proteintag.«

Nahm sie ihn auf den Arm? Adam umschloss ihre Taille

noch fester und lehnte sich vor. Beinahe hätten sich ihre Gesichter berührt, so nah stand er nun vor ihr. »Scheiß auf den Proteintag«, gab er mit einem Raunen von sich und senkte seinen Mund auf ihre Lippen.

Adam küsste sie fordernd, erobernd. Verschlang ihn. Und registrierte mit Vergnügen, dass sie ihn nicht minder leidenschaftlich zurückküsste. Er bekam nicht genug von ihren weichen Lippen und dem süßen Geschmack auf ihrer Zunge. Zärtlich leckte er an ihrer Unterlippe und schob seine Hände gleichzeitig auf ihren Po, um sie dicht an sich zu ziehen. Lust pulsierte durch seine Adern, und er wollte dem Verlangen nachgeben, sie aus ihren Klamotten zu schälen und sich an ihrem nackten Körper zu reiben.

Er konnte sich nicht erinnern, eine Frau jemals so sehr gewollt zu haben.

Wie ein Verhungernder küsste er sie und stöhnte zufrieden, als ihre Hände unter sein Shirt glitten. Ihre Hände auf seiner nackten Haut fühlten sich so gut an, dass er ein weiteres Mal in ihren Mund stöhnte. Gleich darauf machte er sich mit zitternden Fingern daran, ihre Bluse zu öffnen. Adam musste ihre Haut berühren. Es fühlte sich an, als würde er verrückt werden, wenn er es nicht augenblicklich tat.

Während er mit den winzigen Knöpfen kämpfte, zerrte sie an seinem Shirt. In einem Chaos aus Baumwollstoff befreiten sie sich gegenseitig von ihren Oberteilen.

Als Liz nur in einem dunkelblauen BH vor ihm auf der Arbeitsplatte saß, verschlang er ihren Anblick. Schwere Lust stieg in ihm auf.

Volle Brüste und samtweiche Haut zogen seine Hände wie magisch an. Adam ließ seine Fingerspitzen träge über ihr Schlüsselbein nach unten wandern. Niemals zuvor hatte er so zarte Frauenhaut unter seinen Fingern gespürt. Er umfasste ihre Brüste und genoss die festen Kurven. Durch den Spitzenstoff ihres BHs nahm er abwechselnd ihre harten Brustwarzen in den Mund.

Liz' Stöhnen hallte durch die gesamte Backstube. Ihre Hände, die sich nun richtig in sein Haar gruben, und ihre Beine, die sich um seine Hüften schlangen, deutete er als gutes Zeichen.

Er war so sehr vertieft, dass er nicht bemerkte, wie Liz immer weiter nach vorn rutschte. Erst als sie beide das Gleichgewicht verloren und zu Boden gingen, während sie sich noch immer aneinanderklammerten, holte ihn die Realität ein.

Schwer atmend lagen sie halb nackt nebeneinander auf dem Boden der Backstube. Er kam sich wieder wie ein Teenager mitten im Hormonrausch vor. Das Blut rauschte in seinen Ohren und Lust pulsierte noch immer durch seinen gesamten Körper. Adam hätte sich zu gerne auf sie gestürzt und Liz das letzte Stück Stoff ausgezogen. Er war unfassbar hart. Aber er konnte unmöglich in ihrer Backstube Sex mit ihr haben. Adam wollte nämlich keinen hastigen Quickie, sondern das ganze Paket. Ein Bett und stundenlangen Sex.

Ihr schien etwas Ähnliches durch den Kopf zu gehen. »Ich fürchte, wir müssen jetzt aufhören«, flüsterte Liz heiser.

Adam brummte widerwillig.

»Wirklich.« Sie war außer Atem. »Es wird noch Stunden dauern, bis die Torte fertig ist.«

»Mh.«

Ihre Stimme veränderte sich. Sie klang noch immer atemlos, doch auch ein wenig vorwurfsvoll. »Und deinetwegen muss ich eine neue Mousse machen.«

»Meinetwegen?« Adam drehte den Kopf nach rechts und schaute ihr ins Gesicht. Liz erwiderte seinen Blick.

»Ja, deinetwegen.« Ihre Augen funkelten vor Schalk. »Wer

hat denn damit angefangen, die Schokoladencreme vom Körper des anderen zu schlecken?«

»Touché.« Grinsend ließ er seinen Blick über ihr Gesicht bis zu ihren Brüsten und wieder zurück wandern. »Wenn du willst, helfe ich dir auch bei der neuen Creme.«

»Lieber nicht.« Sie leckte sich über ihre Unterlippe und errötete zart. »Du hast etwas an dir, mich bei der Arbeit abzulenken.«

Adam lachte heiser. Gut zu wissen, dass es nicht nur ihm so ging. Er stützte sich auf seinem Ellenbogen ab und umfasste ihren Hinterkopf mit seiner Hand, bevor er sie ein weiteres Mal leidenschaftlich küsste.

»Wir haben rumgemacht, Vicky.« Liz hörte selbst die Fassungslosigkeit aus ihrer Stimme heraus.

Ihre Schwester dagegen war die Abgeklärtheit in Person. »Was heißt rumgemacht?«

Rumgemacht hieß, dass Liz in der vergangenen Nacht kein Auge zugetan hatte und auch jetzt noch nicht glauben konnte, dass sie – Liz Miller – mit Adam Stone in ihrer Backstube wie ein Teenager herumgeknutscht hatte.

Ihr wurde heiß und kalt zugleich, wenn sie sich daran erinnerte, wie sie sich gegenseitig Shirt und Bluse vom Leib gerissen hatten. Wenn sie beide nicht zusammen auf dem Boden gelandet wären, hätte sie sich von ihm vermutlich sogar die Unterwäsche ausziehen lassen und mit ihm geschlafen. In ihrer Backstube!

Irgendwie wurde sie den Gedanken nicht mehr los, dass das Gesundheitsamt durchdrehen würde, wenn es davon erfuhr, wie Adam Schokoladencreme von ihrer Haut geleckt hatte. So etwas verstieß doch ganz sicher gegen ihre rigorosen Hygieneverordnungen. Obwohl ... der Kontrolleur des Gesundheitsamtes war wirklich die letzte Person gewesen, an die sie gedacht hätte, als Adam sie gestern in ihrer Backstube geküsst hatte. Liz war Gefühl pur gewesen. Adams Mund, seine Hände, seine Küsse, sein Geruch – ja, allein die Erinnerung an seinen würzigen Geruch ließ sie nach Luft schnappen. Er hatte nach einer Mischung aus Karamell und Mann gerochen. Eine verdammt heiße Kombination.

Nur dem Umstand, dass Liz hinter dem Steuer eines gemieteten Autos saß, war es zu verdanken, dass sie nicht die Augen schloss, sobald sie daran dachte, dass Adam sie halb nackt gesehen hatte. Vielleicht hätte sie sich darum Gedanken machen sollen, dass er gesehen hatte, dass ihr Bauch nicht aus definierten Muskeln bestand oder ihre Taille nicht spindeldürr war. Aber Adam hatte ihr so sehr das Gefühl gegeben, begehrenswert zu sein, dass sie keinen einzigen Moment mit Selbstzweifeln verschwenden wollte. Sie dachte lieber daran, wie er ihren Po mit seinen starken Händen umfasst und sie auf die Arbeitsfläche gehoben hatte. Er hatte sie geküsst, als wäre er ausgehungert. Nach ihr. Und das gefiel ihr. Sehr sogar.

Nachdenklich nagte sie an der Innenfläche ihrer Wange herum. Er musste gespürt haben, dass auch sie nicht genug von ihm bekommen hatte.

»Du kannst mich nicht einfach bei der Arbeit anrufen und ins Telefon japsen, dass du mit Adam Stone Sex hattest, nur um mir dann keine Einzelheiten zu erzählen, Liz!«

Sie schnappte nach Luft und wollte ihrer Schwester gerade erklären, dass sie *nicht* mit ihm geschlafen hatte, als sie eine aufgeregte Stimme im Hintergrund wahrnahm. »Liz hatte Sex mit Adam Stone? Wie war es denn?«

»Claire lässt fragen, wie es war«, informierte Vicky sie mit der Abgeklärtheit eines Berufstürstehers.

Liz knirschte mit den Zähnen. »Wir hatten keinen Sex, Vicky! Wir haben nur rumgemacht.«

Die Stimme ihrer Schwester klang hohl. »Falscher Alarm, Claire. Sie haben nur rumgemacht.«

»Was bedeutet das? Rumgemacht?«

»Claire will wissen, was rumgemacht bedeutet.«

»Ich höre sie laut und deutlich«, gab Liz erbost von sich. »Du musst nicht alles wiederholen, Vicky.«

»Und?«

Sie biss die Zähne zusammen und fragte sich, warum sie so dumm gewesen war, ausgerechnet Vicky angerufen zu haben. »Und was?«

»Was meinst du, wenn du davon sprichst, dass du mit Adam rumgemacht hast?«

Liz warf einen Blick in den Rückspiegel und wechselte die Spur. »Ich meine, dass wir uns geküsst haben.«

»Geküsst? Und deshalb machst du so einen Aufstand?« Ihre Schwester klang enttäuscht.

Irgendein Teufelchen verleitete Liz zu folgender Aussage: »Wir haben uns nicht nur geküsst. Das war viel mehr. Viel ... elementarer.« Und weil sie sich vor ihrer Schwester keine Blöße geben wollte, setzte sie hinzu: »Wir waren fast nackt!«

Warum nur fühlte es sich so gut an, vor Vicky mit ihren Erlebnissen zu prahlen?

»Nur fast nackt? Wieso nicht ganz nackt?«

Claires amüsierte Stimme drang wieder durch die Telefonleitung. »Hat sie schon erzählt, wie er nackt aussieht?«

»Pst!« Vicky herrschte ihre Freundin an. »Du hast deinen Sexgott, Claire. Jetzt lass mich hören, was meine kleine Schwester mit ihrem Fitnesstrainer angestellt hat!«

Liz hielt an einer Ampel und ließ das Gesicht gegen das Lenkrad sinken. Das hatte sie jetzt davon. Eigentlich hatte sie doch nur auf ein wenig Zuspruch gehofft. Es kam schließlich nicht jeden Tag vor, dass man von seinem Traummann, dessen Konterfei lange Zeit den Computerbildschirm verschönert hatte, geküsst wurde, als wäre man ein köstliches Dessert und er seit Jahren auf einer strengen Diät.

Vielleicht war auch der Schlafmangel daran schuld, dass sie Vicky angerufen hatte, immerhin hatte sie die ganze Nacht in der Backstube gestanden, nachdem Adam gegangen war. Das Ergebnis dieser Nachtschicht lag in einer gekühlten Transportbox im Kofferraum und würde seinen Geschwistern hoffentlich ein Lächeln auf die Lippen zaubern. Liz war auf jeden Fall niemals zuvor so aufgeregt gewesen, ob die Torte dem Auftraggeber schmeckte.

Und dass sie den eigentlichen Auftraggeber gleich sehen würde, brachte sie gerade ziemlich durcheinander – so durcheinander, dass sie erst durch das Hupkonzert hinter ihr bemerkte, dass die Ampel bereits auf Grün gesprungen war. Mit einem aufgeregten Flattern im Magen fuhr sie wieder an und warf einen flüchtigen Blick auf das Navigationsgerät. Weit entfernt vom Haus seiner Eltern, in dem der Kindergeburtstag steigen sollte, war sie nicht mehr.

»Ihr hattet also keinen Sex.«

»Nein, wir hatten keinen Sex. Und ich fände es schön, wenn du mein Liebesleben nicht so laut thematisieren würdest, dass die ganze Redaktion Zeuge davon wird.«

Ihre Schwester kicherte. »Keine Sorge. Claire und ich machen Mittagspause und sitzen bei diesem netten Asiaten, um ein bisschen Sushi zu essen.«

»Na wunderbar.« Liz verdrehte die Augen. »Sei mal ein bisschen leiser.«

»Okidoki. Und jetzt erzähl!«

»Was soll ich schon erzählen?« Sie schluckte. »Er kam gestern vorbei, um mir beim Kuchen für seine Geschwister zu helfen ... Den sollte ich backen ... und ... na ja ... da ist es irgendwie dazu gekommen. Also ... zu dem Kuss.«

»Bei dem ihr nackt wart.«

»*Halb* nackt.« Sie bog in eine kleine Straße ein und nahm aus den Augenwinkeln die hübschen Fassaden der gepflegten Häuser wahr, die typisch für die Bostoner Upperclass waren. Schmiedeeiserne Treppengeländer und rote Backsteinfassaden. Dazu saubere Gehsteige und teure Autos vor den Häusern. Alles auf Hochglanz poliert.

»Aha.«

»Ja.« Sie visierte ein paar Luftballons an, die am Ende der Straße auf einem Grundstück zu erkennen waren, und fuhr langsamer.

»Plant ihr, bald wieder *halb* nackt zu sein?«

Wie auf Kommando trat Adam aus der Haustür heraus. Sofort begann ihr Herz zu rasen.

»Keine Ahnung«, erwiderte Liz beklommen und setzte den Blinker. »Hör mal, Vicky, ich muss auflegen.«

»Aber ...«

Liz fackelte nicht lange und legte einfach auf.

Mit einem nervösen Magengrummeln parkte sie vor Adams Augen rückwärts auf dem Hof ein und war erleichtert, dass sie nicht gegen den vermutlich sauteuren Mercedes geschrammt war, der hinter ihr stand. Ohne angeben zu wollen – sie war eine gute Autofahrerin. Doch mit Adam als Zuschauer konnte sie für nichts garantieren.

Ihre Knie wackelten ein wenig, als sie ausstieg. Wie von selbst suchte sie seinen Blick.

Hey!« Adam hob die Hand und lächelte ihr zu, bevor er die Steintreppen nach unten lief, um sie in Empfang zu nehmen.

Während sich Liz noch überlegte, wie sie ihn nach ihrem

gestrigen Kuss begrüßen sollte, hatte Adam derlei Probleme nicht: Er umfasste einfach ihre Oberarme, zog sie an sich und drückte ihr einen Kuss auf die Lippen, der ihr Rückgrat in Gelee verwandelte.

»Hi.«

»Hi«, erwiderte sie zittrig, sobald er seinen Mund von ihrem löste.

Liz war noch immer etwas schwindelig, als sie ihm ins Gesicht sah. In seiner Gegenwart fühlte sie sich zart und zierlich. Das gefiel ihr.

»Es war sehr schön gestern Abend.«

Da ihre Kehle plötzlich trocken war, konnte sie nur nicken und fixierte gleichzeitig die winzige Kerbe in seinem Kinn. Adam so nah zu sein, seine Hände auf ihren Armen zu spüren und seinen Geruch in der Nase zu haben, brachte sie völlig durcheinander. Zeitweise hatte sie geglaubt, sich nur eingebildet zu haben, was gestern Nacht in ihrer Backstube vorgefallen war. Dass er sie jetzt wieder geküsst hatte und das auf offener Straße ...

»Ich habe ein schlechtes Gewissen, dass ich dich mit der ganzen Arbeit allein gelassen habe.«

Ein wenig kurzatmig antwortete sie: »Schon gut. Ich ... ich habe nicht allzu lange gebraucht.«

»Lügnerin.« Er lachte heiser. »Meinetwegen musstest du die Schokoladenmousse neu machen. Erinnerst du dich nicht?«

Sie erinnerte sich an alles. »Ach, das war halb so wild. Ich hoffe, den beiden wird ihr Geburtstagskuchen schmecken.«

»Also das, was ich gestern probieren durfte, war ... köstlich.«

Er wollte sie absichtlich in Verlegenheit bringen. So viel war klar. Liz kniff ihre Augen ein wenig zusammen und musterte ihn. Sein Lächeln war ganz eindeutig schmutzig und wissend. »Du reitest ganz schön darauf herum, Adam.«

»Worauf?«, wollte er unschuldig wissen und kam ihr so nahe, dass sie seinen Atem auf ihrer Haut spüren konnte. »Meinst du darauf, dass du mir das Shirt vom Leib gerissen und dich auf mich gestürzt hast?«

Sie schnaubte abfällig, auch wenn ihre Wangen brannten. »Wer hat sich auf wen gestürzt?«

»Ich bin so großzügig und lasse das Thema fallen, wenn wir uns darauf einigen, dass wir uns abwechselnd aufeinander gestürzt haben.«

Gegen ihren Willen zuckten ihre Mundwinkel und sie machte eine lapidare Handbewegung. »Okay. Von mir aus. Lässt du mich jetzt die Torte holen? Oder willst du weiterhin sexuelle Andeutungen mitten auf der Straße machen?«

Auch Adam lachte und trat einen Schritt zurück, während er sie losließ. »Dann zeig mir mal dein Kunstwerk.«

Ob es ein Kunstwerk war, konnte sie gar nicht sagen, schließlich war sie nach der ganzen Küsserei so aufgewühlt gewesen, dass ihre Hände ständig gezittert hatten.

Schweigend öffnete sie den Kofferraum und musste es sich gefallen lassen, dass Adam die stabile Kuchenbox in die Hände nahm und heraushob. »Kommst du mit rein? Meine Stiefmutter will die Kuchenbäckerin unbedingt kennenlernen.«

Liz zögerte einen Moment. Sicherlich würde Adam sie nur als Kuchenbäckerin vorstellen und nicht als die Frau, mit der er gestern halb nackt Dinge getan hatte, die man auf einem Kindergeburtstag lieber nicht thematisierte. Es erleichterte sie und gleichzeitig fand sie es schade, dass sie nicht mehr war.

»Aber nur ganz kurz«, schränkte sie ein.

»Hast du noch einen Termin?«

Bevor sie nachdenken konnte, schüttelte sie den Kopf.

Sein zufriedenes Lächeln sagte ihr, dass er kein Nein akzeptieren würde. »Wunderbar. Dann kannst du hierbleiben und mir dabei helfen, die Raubtiere in Schach zu halten.«

»Raubtiere?«, hakte sie schwach nach.

»Zehnjährige. Ich sage dir: Sie sind schlimmer als Raubtiere, wenn es um Kuchen geht.«

Liz lachte trocken auf. »Wenn du das sagst, muss ich dir wohl glauben.«

Und so kam es, dass sie wenige Minuten später nicht nur mit Lob für die Geburtstagstorte überschüttet wurde, die zu einer Hälfte im Fußballmotiv und zur anderen Hälfte in Rosa mit Dutzenden Ballettschuhen aus Zuckerguss verziert war, sondern dass sie auch mit Adams Stiefmutter und seinem Dad plauderte, während sie einen albernen Partyhut trug.

Sie sang für Adams zuckersüße Geschwister Happy Birthday, half mit, die Kerzen zu entzünden, und applaudierte, als die beiden diese wieder ausbliesen. Anschließend verspeiste sie ein Stück ihrer eigenen Torte und freute sich, mit welch strahlenden Gesichtern die Kinder ihren Geburtstagskuchen verschlangen. Zudem beobachtete sie verstohlen, dass sogar Adam ein Stück der Torte aß. Der Fitness-Guru, der erst gestern seinen Protein-Tag ruiniert hatte und eigentlich für den Ironman trainieren sollte, vertilgte gerade ein gewaltiges Stück ihres gehaltvollen Kuchens.

Als hätte er ihren Blick bemerkt, sah er auf und kaute mit einem großspurigen Grinsen auf Kuchen herum. Liz wurde den Eindruck nicht los, dass er genau jetzt daran dachte, was er erst gestern mit der Schokoladenmousse angestellt hatte. Unter dem Partyhut wurde ihr plötzlich sehr heiß.

In dem Moment musste sie an das denken, was er ihr anvertraut hatte. Adam Stone war ein dickes Kind gewesen. Bei seinem heutigen Anblick fiel es ihr schwer, das zu glauben. Gleichzeitig verschaffte es ihr ein warmes Gefühl, dass er ausgerechnet ihr davon erzählt hatte. Sicher ging er nicht damit hausieren. Sie fand ihn durch sein Geständnis noch sympathischer. Sympathischer und dazu verflucht heiß. Wenn sie ihn weiter anstarrte und seinen wissenden Blick erwiderte, käme sie mit großer Sicherheit in Teufels Küche.

Glücklicherweise wurde Liz von einer Bekannten der Familie abgelenkt, die auf der Suche nach jemandem war, der für die Hochzeit ihrer Tochter eine Torte backen würde. Sofort war Liz in ihrem Element und konnte sich auf Biskuitböden, Zuckergüsse, Fondant und Verzierungen konzentrieren, anstatt sich weiterhin von unanständigen Gedanken ablenken zu lassen.

Leider lenkte sie auch Adams Anblick ab, als er mit seiner kleinen Schwester sprach und einen Arm um das Mädchen legte, das sich vertrauensvoll an ihn lehnte. Komisch. Sie hatte Adam bisher immer nur als Model oder Fitnesstrainer gesehen. Diese familiäre Seite machte ihn irgendwie weicher. Menschlicher. Sie machte ihn greifbarer.

Sobald sie mit ihrer neuen Kundin einen Termin für eine Vorbesprechung verabredet hatte, stand Adam plötzlich neben ihr, seinen kleinen Bruder im Schlepptau. »Chris wollte sich bei dir für die schöne Torte bedanken.« Er legte seinem Bruder die Hände auf die Schulter und zwinkerte ihr zu.

»Danke für die Torte. Ich habe schon zwei Stücke gegessen«, offenbarte Chris mit einem Grinsen, das Liz stark an seinen älteren Bruder erinnerte.

»Gern geschehen, Chris. Ich freue mich, dass sie euch so gut gefallen hat.«

Beinahe nachdenklich musterte der Zehnjährige sie. »Du kannst echt gut backen.«

Belustigt nickte sie ihm zu. »Danke. Ich hatte Hilfe von deinem Bruder.«

Ungläubig blinzelte der Kleine nach oben und schaute zu seinem erwachsenen Bruder, bevor er lostrompetete: »Adam hat dir geholfen? Aber er kann doch gar nicht backen!« Mit wissender Miene fügte er hinzu: »Mom sagt immer, dass Adam sogar Wasser anbrennen lässt.«

»Ist das so?«

»Leider ja.« Adam zwinkerte ihr zu. »Deshalb gibt es bei mir nur Smoothies. Ich muss dafür nicht einmal den Herd anstellen.«

»Wenn Lori und ich bei Adam übernachten, bestellt er oft Pizza. Er sagt, er will uns schließlich nicht vergiften.«

»Danke, du kleiner Verräter.« Adam schnitt eine Grimasse und zog seinen Bruder an sich, um ihm spielerisch eine Kopfnuss zu verpassen. »Du hast zwar Geburtstag, aber wenn du frech wirst, versohle ich dir trotzdem den Hintern.«

Keineswegs eingeschüchtert schüttelte der kleine Kerl den Kopf. »Dann rufe ich das Jugendamt an.«

»Ha! Da mache ich mir keine Sorgen. Sollte das Jugendamt dich länger als zehn Minuten erleben, bekomme ich von ihnen eine Ehrenmedaille.«

Als Antwort streckte ihm Chris lediglich die Zunge heraus.

Liz verfolgte entzückt den Dialog der beiden und konnte sich kaum sattsehen an Adam, der mit seinem Bruder herumalberte und mit ihm über das kommende Fußballturnier sprach. Als Chris sie beide stehen ließ, um zu seinen Spielkameraden zu laufen, bugsierte Adam sie zu der freien Gartenbank, die ein paar Meter hinter ihnen stand. Von hier hatte man einen fabelhaften Blick auf die spielenden Kinder und den liebevoll angelegten Garten der Stones.

»Die zwei sind echt süß«, erklärte Liz. »Was hast du ihnen geschenkt?«

»Einen Campingausflug.«

»Einen *was?*«

Auf ihren verwirrten Gesichtsausdruck antwortete er mit einem fröhlichen Schulterzucken. »Die beiden lieben ihre Pfadfindertreffen und haben sich von mir gewünscht, im Sommer einen Campingausflug zu machen. Also verbringen wir zu dritt ein paar Tage im Green Mountain National Park, schlafen in einem Zelt und fahren Kajak.«

»Wow. Das klingt richtig abenteuerlich.«

»Abenteuerlich wird vor allem der Kampf gegen die Mücken werden«, lachte Adam. »Und Chris zum Zähneputzen zu bekommen.«

Versonnen sah sie ihn von der Seite an. »Du hast die beiden richtig gern.«

»Natürlich. Sie sind meine Geschwister, und es macht mir Spaß, Zeit mit ihnen zu verbringen.«

Liz seufzte. »Ich habe mir immer jüngere Geschwister gewünscht. Leider waren meine Eltern der Meinung, dass zwei genug sind, also bin ich nur mit einer streitbaren älteren Schwester gesegnet.«

»Und ich habe mir immer eine ältere Schwester gewünscht.«

Verblüfft zog sie die Augenbrauen hoch. »Hast du?«

»Jawohl.« Er streckte die Beine von sich und grinste großspurig. »Damals war ich vierzehn und hätte mein Augenlicht dafür hergegeben, einen BH aus der Nähe zu sehen. Wenn ich eine ältere Schwester gehabt hätte und sie womöglich mit ihren heißen Freundinnen Pyjama-Partys direkt im Zimmer nebenan veranstaltet hätte …« Anzüglich wackelte er mit den Augenbrauen.

»Perversling«, urteilte Liz amüsiert.

»Süße«, raunte er und legte seine Hand in ihren Nacken. »*Alle* Jungs in dem Alter sind Perverslinge.«

»Nicht nur in dem Alter.«

»Stimmt.« Seine Finger begannen, die winzigen Verspannungen in ihrem Nackenbereich zu massieren, die ihr zuvor gar nicht aufgefallen waren. »Es liegt uns in den Genen, Perverslinge zu sein.«

»Apropos Perversling.« Liz räusperte sich. »Was tust du da?«

Als wäre es das Normalste von der Welt, erklärte Adam: »Ich massiere deinen Nacken, um dich gefügig zu machen.«

Sie verschluckte sich an einem Lachen. »Soso. Gefügig?«

»Mh. Gehst du am Wochenende mit mir aus?«

Wieso raste ihr Herz plötzlich in Lichtgeschwindigkeit? Bestimmt hatte sie sich verhört. »Wie bitte?«

»Gehst du am Wochenende mit mir aus?«, wiederholte er gelassen. »Du weißt schon: Kino, Restaurant oder meinetwegen Theater. Wir könnten uns auch Tickets für das Monstertruckderby besorgen, aber ich persönlich wäre für den neuen Film mit Clint Eastwood.«

Auch auf die Gefahr hin, sich zu blamieren, fragte Liz nach: »Du willst mit mir ausgehen?«

»Warum sonst sollte ich deinen Nacken massieren?«

Oh, da fielen ihr spontan ein paar Dinge ein – aber Liz verkniff sich eine Antwort. Sie war noch nicht ganz darüber hinweg, dass er sie nach einem Date fragte. Das machte den Kuss von gestern irgendwie realer und sensationeller. Adam hatte sie also nicht einfach nur so geküsst. Er wollte mit ihr ausgehen.

»Kino klingt gut«, entgegnete sie mit rasendem Herzklopfen.
»Dann also Kino.«
Aus den Augenwinkeln warf sie ihm einen Blick zu.
Adam wirkte verdammt zufrieden.

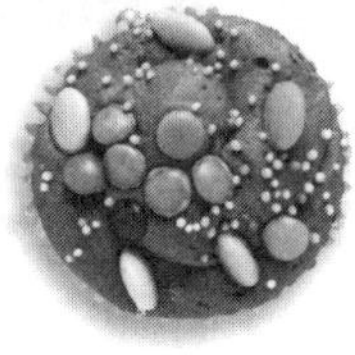

8

Der Anrufbeantworter schaltete sich ein, als Adam gerade aus dem Badezimmer kam. Unter der Dusche hatte er das Klingeln des Telefons nicht gehört. Stattdessen hörte er nun das Piepen der Maschine, während er mit tropfendem Haar, einem Handtuch in der Hand und einem hungrigen Loch im Magen mitten in seinem Wohnzimmer stand.

»Adam, das ist jetzt schon die dritte Nachricht, die ich auf deinen Anrufbeantworter spreche. Und langsam wird es peinlich, mich ständig am Telefon abwimmeln lassen zu müssen, wenn ich in deinem Sportstudio anrufe. Ist es denn wirklich zu viel verlangt, dass du dich ab und zu bei mir meldest? Oder dass du wenigstens meine Kontaktversuche erwiderst? Ruf mich bitte einmal an, damit ich mir nicht ständig Sorgen machen muss, dass es dir nicht gut geht. Sonst sitze ich nämlich hier und denke, dass du einen Unfall hattest oder krank bist, wenn ich nichts von dir höre. Okay? Ich habe dich lieb, Schatz. Das weißt du doch.«

Schlagartig war sein Hunger vergessen. Und seine gute Laune an diesem Morgen sowieso. Außerdem meldete sich sofort sein schlechtes Gewissen, auch wenn ihm sein Verstand sagte, dass sie genau das beabsichtigt hatte.

Seine Mutter war eine Meisterin darin, ihm ein schlechtes Gewissen zu machen. Das war sie schon immer gewesen.

Jahrelang hatte sie damit Erfolg gehabt, ihn zu manipulieren und ihren Willen durchzusetzen, indem sie ihm eingeredet hatte, ein schlechtes Gewissen haben zu müssen, wenn er nicht nach ihrer Pfeife tanzte. Es hatte damit angefangen, dass er zu seiner Einschulung sein Lieblings-T-Shirt von Spider Man hatte anziehen wollen, dann jedoch das karierte Hemd getragen hatte, das er abscheulich fand und das seine Mom für ihn genäht hatte. Ihre feuchten Augen und ihr trauriger Blick sowie ihre Bemerkung, dass sie eine ganze Nacht an ihrer Nähmaschine verbracht hatte, hatten ihn als damals Sechsjährigen dazu gebracht, Spider Man im Schrank zu lassen. Glücklich war er darüber nicht gewesen.

Eigentlich waren seine ganze Kindheit und Jugend dadurch geprägt gewesen, immer wieder irgendetwas zu tun, was er gar nicht wollte, weil er sich die Vorwürfe seiner Mutter ersparen wollte. Geendet hatte es erst, als er nach der Highschool ausgezogen und aufs College gegangen war – auf ein College, das *er* ausgesucht hatte. Seine Mutter hatte protestiert, getobt, geschmollt und wieder protestiert. Genützt hatte es nicht. Wenn es nach seiner Mom gegangen wäre, säße er heute noch in seinem Kinderzimmer und wäre niemals ausgezogen. Damals hatte sie ihn nicht weggehen lassen wollen, sondern ein Community-College ins Auge gefasst, damit er zu Hause hätte wohnen bleiben können. Aber Adam hatte es schlichtweg nicht mehr daheim ausgehalten. Wochenlang hatte er sich anhören müssen, dass er nicht da wäre, wenn ihr etwas passierte, dass sie nicht mehr schlafen könne, wenn er weit weg studierte und womöglich Drogen nähme, und letztendlich war er schuld daran, dass sich die Familie seinetwegen verschulde, weil er so egoistisch war und unbedingt auf ein teures College gehen wollte. Ja, sein Abnabelungsprozess war ziemlich hart gewesen, und es hatte lange gedauert, bis Adam zu der Erkenntnis gekommen war, dass er sich ihren Vorhaltungen und Vorwürfen nicht aussetzen musste. Dass er nicht schuld daran war, dass sie mit ihrem Leben unzufrieden war.

Da war es kein Wunder, dass er ihre Anrufe nur selten beantwortete und wenig Lust hatte, sie regelmäßig zu sehen. Seine Mom war eine schwierige Person, zu der er kein konfliktfreies Verhältnis hatte. Dafür stand zu viel zwischen ihnen, und nach einer anstrengenden Kindheit mit ihr als Mutter war Adam nicht besonders versessen darauf, Zeit mit ihr zu verbringen. Vielleicht hätte es anders ausgesehen, wenn sie dazu bereit gewesen wäre, an ihren Problemen zu arbeiten. Aber aus der Sicht seiner Mutter waren alle anderen um sie herum schuld an ihren Problemen – nur sie selbst nicht.

Es hatte seinen Grund, weshalb Adam ans andere Ende des Landes gezogen war, sobald er sich von ihr abgenabelt hatte. Genauso wie es einen Grund gehabt hatte, dass sein Dad noch vor der Scheidung ebenfalls die entgegengesetzte Ecke des Landes gewählt hatte.

Andere Kinder hätten ihren Vätern vielleicht Vorwürfe gemacht, wenn diese bei einer Trennung so weit wegzogen, aber Adam hatte seinen Dad immer verstanden. Die Ehe der beiden war eine einzige Tortur gewesen – nicht nur für seinen Vater, sondern auch für ihn. Er war in einem Haus groß geworden, in dem seine Mutter jeden Tag ihre Launen ausgelebt und Streit angefangen hatte. Noch heute hallten in seinen Ohren ihre Vorwürfe wider, die sich immer gegen seinen Dad gerichtet hatten. Und dann waren da noch ihre Eifersuchtsanfälle gewesen. Eifersucht auf alles und jeden, der auch nur ein Quäntchen Zeit oder Aufmerksamkeit seines Dads bekommen hatte.

Adam mochte damals noch ein Kind gewesen sein, aber selbst ihm war aufgefallen, dass irgendetwas mit seiner Mutter nicht stimmte und dass sein Vater permanent unglücklich gewesen war. Das eifersüchtige Verhalten war irgendwann zu einem richtigen Problem und schlussendlich auch zum Trennungsgrund geworden. Adams Mom war rasend vor Eifersucht gewesen, wenn sein Dad der Kassiererin im Supermarkt ein schönes Wochenende wünschte, wenn er einer anderen Frau die Tür aufhielt, wenn die Nachbarin sich bei ihm mit einem Lächeln bedankte, weil er ihre Post angenommen hatte, und wenn sein bester Freund anrief, weil er mit ihm Dart spielen wollte.

Sobald sein Vater auszog und Adam mit ihr allein lebte, war er es gewesen, der von ihrer Aufmerksamkeit beinahe erdrückt worden wäre. Außerdem hatte er sich nun die ständigen Beschimpfungen über seinen Dad anhören müssen. Sie hatte seinen Vater zur Hölle gewünscht und wollte ihn gleichzeitig zurück. Adam wusste, dass seine Mutter sehr unter der Trennung und der Scheidung gelitten hatte. In gewisser Weise hatte er aber auch heute noch Mitleid mit seiner Mom, weil sie allein war und nach seinem Vater keine Beziehung mehr geführt hatte. Gleichzeitig war er erleichtert, dass sein Dad endlich eine harmonische Beziehung führte, die es mit seiner Mom niemals gegeben hatte. Er selbst würde eher von einer Brücke springen, als in einer Ehe gefangen zu sein, die von Wut, Eifersucht und Vorwürfen geprägt war. Keinem Kind wollte er das zumuten, was er selbst hatte miterleben müssen. Es hatte mehr als einen Umzug und eine drastische Gewichtsabnahme gebraucht, bis er endlich eigenständig geworden war.

Weil er nicht länger über seine verkorkste Kindheit und die fürchterliche Beziehung zu seiner Mom nachdenken wollte, löschte er ihre Nachricht. Wenn er in der nächsten Woche irgendwann einmal Zeit hätte, würde er sie anrufen. Bis dahin verdrängte er ihren vorwurfsvollen Tonfall, der ihm noch immer in den Ohren klang, und konzentrierte sich lieber auf erfreulichere Themen.

Zum Beispiel auf Liz.

Seit Chris' und Loris Geburtstag vor zwei Wochen hatte er sie nicht so oft gesehen, wie er es gerne getan hätte. Klar, sie waren zusammen im Kino gewesen, Liz war sogar drei Mal zu ihm ins *LIONESS* zum Trainieren gekommen und sie hatten ein Straßenfest in Charlestown besucht, aber das reichte ihm nicht. Blöderweise hatte er sich ein ganzes Wochenende lang Dinge anhören müssen, die sich um Gewinnmaximierungen im Fitnessbereich sowie um kaufmännische Aufgaben innerhalb von Kleinbetrieben drehten. Auch Liz war unabkömmlich gewesen, weil sie einen großen Auftrag für eine Firmeneröffnung bekommen hatte. Ihre Dates hatten sich tagelang auf Telefonate und Handynachrichten beschränkt. Leider.

Anstatt in stickigen Seminarräumen Däumchen zu drehen und langweiligen Referenten zu lauschen, hätte er seine Zeit lieber mit Liz verbracht. Er war gern mit ihr zusammen, redete mit ihr und nur allzu gerne knutschte er mit ihr. Verdammt, er grinste ja schon wie ein Debiler, wenn sie ihm eine simple Nachricht aufs Handy schickte! Wie gerne er mit ihr geschlafen hätte, konnte er gar nicht sagen.

Sie zog ihn wahnsinnig an. Adam konnte sich nicht erinnern, wann er zuletzt dieses Bedürfnis nach einer bestimmten Frau verspürt hatte. Jedes Mal, wenn er sie im Club traf, kämpfte er gegen den Drang an, sie wie seine Beute über die Schulter zu werfen und in seine Höhle zu tragen.

Dabei war es nicht nur Sex. Er wollte nicht nur mit ihr schlafen, sondern einfach in ihrer Nähe sein. Nur allzu gerne hätte er etwas Zweisamkeit mit ihr gehabt. Und er war sich ziemlich sicher, dass es ihr nicht anders ging – immerhin war sie diejenige gewesen, die im Kino über seinen Mund hergefallen war und ihm an die Wäsche gegangen wäre, wenn sich in dem Moment nicht jemand genau neben sie gesetzt hätte. Vielleicht hätte er sie nach dem Kinobesuch zu sich auf eine Tasse Kaffee einladen sollen, aber Adam hatte nicht übereilig erscheinen wollen.

Wenn es nicht so verdammt klischeehaft gewesen wäre – und zudem ziemlich notgeil wirkte –, hätte er ihr versaute Nachrichten geschickt.

Zu Liz passten jedoch keine versauten Nachrichten. Sie war der romantische Typ, der Kerzenlicht, Blumen und Zuckerguss verdiente. Nein, Liz würde er nicht einfach in seine Höhle tragen. Er wollte sie verführen, romantisch und mit roten Rosen, denn für ihn war sie keine schnelle Nummer und kein sexhungriger Groupie.

Die sexhungrigen Groupies überfielen ihn regelrecht, als er eine Stunde später ins *LIONESS* kam und sich bereits darauf freute, eine weitere Trainingsstunde mit Liz abzuhalten. Diese Freude flachte augenblicklich ab, als Amber und Tiffany an die Anmeldung schlichen, an der er gerade zusammen mit Trish stand, um ein paar Papiere durchzugehen. Zwar bemerkte er die beiden, schenkte ihnen jedoch keine Aufmerksamkeit und hoffte, dass sie schnell einen Abflug machten.

»Hallo Adam.«

»Hallo Adam.«

Er brummte eine Entgegnung und trat Trish auf den Fuß, als diese amüsiert zu kichern begann.

»Was kann Adam für euch tun?«, fragte sie zu allem Überfluss zuvorkommend, obwohl sie wusste, dass er die beiden vom Hals haben wollte.

Ambers Stimme klang lasziv. »Tiffany und ich interessieren uns für den nächsten Halbmarathon und brauchen einen Trainer. Du machst doch so etwas, Adam. Können wir dich für eine Privatstunde buchen?«

Nur über seine Leiche!

Er sah für ein bedauerndes Lächeln von den Papieren auf, bevor er den Blick wieder senkte. »Wow, ein Halbmarathon. Freut mich, dass ihr euch solche Ziele steckt.«

»Mh. Jetzt brauchen wir nur noch einen Trainer.«

»Ich kann euch Roy empfehlen. Er macht das sehr gut.«

»Wir dachten eher an dich. Wie sieht es am Wochenende mit einem Termin aus?«

Hilfe suchend schaute er zu Trish, die wie die Lässigkeit in Person erklärte: »Am Wochenende hast du keine Zeit. Da besuchst du eine Hochzeit, Chef.«

Gute Ausrede! Eine Hochzeit war der perfekte Grund, weshalb er keine Zeit für einen Termin hatte. Niemand sagte seine Teilnahme an einer Hochzeit ab, es sei denn, es ging um einen Blinddarmdurchbruch. Er hätte Trish knutschen können.

»Ja, genau. Ich bin leider auf einer Hochzeit.«

»Hmmm.« Unzufrieden sahen die beiden ihn an. »Dann ein anderes Mal.«

Sobald sie außer Hörweite waren, raunte er seiner Angestellten zu: »Danke!«

»Nichts zu danken.«

»Und ob. Die beiden sind die Pest.«

»War nicht zu übersehen«, schmunzelte sie und reichte ihm einen weiteren Brief.

Adam überflog die Zeilen und unterschrieb den Wartungsvertrag. »Das war ein genialer Einfall mit der Hochzeit. Wie bist du so schnell darauf gekommen?«

Trish blinzelte ihn verwirrt an. »Wieso Einfall? In deinem

Kalender steht, dass du am Wochenende auf einer Hochzeit bist. In Cape Cod. Kate und Henry.«

»Das ist an *diesem* Wochenende?«

Sie verdrehte die Augen. »Tu mir einen Gefallen und wirf auch ab und zu einen Blick in deinen Kalender, Adam.«

Überrumpelt starrte er seine Mitarbeiterin an, bevor er den Kopf in den Nacken legte und darüber nachzudenken begann, dass er für irgendetwas bestraft wurde, was er in einem seiner früheren Leben getan haben musste.

Kates Hochzeit.

Die hatte er völlig verdrängt und schlichtweg vergessen.

Ausgerechnet jetzt sollte er das Wochenende in Cape Cod verbringen, um auf der Hochzeit seiner Ex trockenes Hühnchen zu essen und einer schlechten Cover-Band zu lauschen? Eigentlich hatte er mit Liz ausgehen wollen. Außerdem fand am nächsten Sonntag ein Hafenfest statt, zu dem er sie hatte einladen wollen. Ein netter Ausflug bei bestem Wetter, vielleicht eine Bootsfahrt ... Verdammt, er hatte sich schon darauf gefreut, das ganze Wochenende mit ihr unterwegs zu sein! Stattdessen müsste er seinen Smoking in die Reinigung bringen, ein Geschenk besorgen und ein Hotel buchen. Und allein der Gedanke an Kates Freundinnen und ihre aufdringlichen Cousinen ließ sein Blut gefrieren. Als Kerl ohne Begleitung würde er dort kolossal untergehen. Er würde ...

Wie vom Blitz getroffen hob er den Kopf und hätte sich beinahe gegen die Stirn geschlagen. Die Lösung lag doch auf der Hand!

Als Liz wenig später ins *LIONESS* kam, ließ er ihr gerade genug Zeit, um ihre Sportkleidung anzuziehen, bevor er sie nach draußen zog.

»Habe ich etwas verpasst? Ich dachte, wir wollten heute Sport machen?«

Auf dem Parkplatz des Clubs zog er Liz an sich und ignorierte das Hupen, das nur von Hank stammen konnte, der mit dröhnendem Motor vorfuhr. Er ignorierte auch Liz, die erschrocken nach Luft schnappte, als er sie küsste. Stattdessen überfiel er ihren Mund und zeigte ihr, wie groß seine Frustration war, sie in den letzten Tagen kaum zu Gesicht bekommen zu haben.

Dass sie seinen überfallartigen Kuss begeistert erwiderte und sich an seine Arme klammerte, ließ abrupte Lust durch alle seine Adern schießen. Doch weil er weder Hank noch seinen Kunden eine Show bieten wollte, beendete er den Kuss – wenn auch widerwillig.

»Sind wir deshalb nach draußen gegangen?« Ihre Stimme klang zittrig, wie er voller Befriedigung bemerkte.

»Nein«, murmelte er und starrte ihr erst auf die Lippen und dann in die Augen. Grinsend setzte er hinzu: »Nicht nur.«

»Aha«, erwiderte Liz schwach.

Bevor er darüber nachdachte, gab er zu: »Du hast mir gefehlt.«

»Oh.« Ihr Mund öffnete sich überrascht.

Weil die Katze bereits aus dem Sack war, nickte er und zuckte lässig mit den Schultern. »Unsere Terminkalender haben sich gegen uns verschworen.«

Ihr belustigtes Kichern ging ihm durch und durch. »Du hättest mir ja wieder in der Backstube helfen können.«

Adam zog skeptisch eine Augenbraue in die Höhe. »Ist dir etwa entfallen, was beim letzten Mal passiert ist?«

Als sie zwinkerte, hatte es etwas Schelmisches an sich. »Ich erinnere mich an alles.«

»Aha.« Er grinste breit. »Ich verstehe schon.«

Liz verdrehte spielerisch die Augen. »Könnten wir jetzt bitte etwas Sport machen, bevor du dir allzu großartig vorkommst? Ich glaube, die Beinpresse wartet bereits.«

In diesem Moment fand er sie dermaßen süß, dass er sie gern ein zweites Mal geküsst hätte. Und zwar ausgiebig. Da sich Adam jedoch nicht wie ein verliebter Trottel benehmen wollte, unterdrückte er diesen Drang. Stattdessen schulterte er den Rucksack, den er mit auf den Parkplatz genommen hatte, und erwiderte auf ihren fragenden Blick: »Heute geht es wieder nach draußen, Süße.«

Es war nicht zu übersehen, dass sich Liz darüber freute, nicht im *LIONESS* zu trainieren. Für ihn war es okay und er war auch nicht beleidigt. Liz war kein Fan von Gerätetraining oder von Konditionsgeräten wie Laufbändern oder Crosstrainern. Dies hieß jedoch nicht, dass sie nicht sportlich war. Tatsächlich schien sie Spaß daran zu haben, in der freien Natur zu sein und sich draußen zu bewegen, ob es schnelle Spaziergänge am Hafen waren, leichte Laufübungen im Park oder Zirkeltraining. Genau das wollte er bei ihr wecken – die Lust, aktiv zu sein und sich körperlich zu betätigen. Für heute hatte er eine ganz besondere Idee, die für sie perfekt sein würde. Dieses Mal würde er nicht nur ihre Ausdauer fordern, sondern auch ihre Durchsetzungskraft. Adam konnte kaum erwarten, sie dabei zu beobachten, wie sie sich schlug.

Erstaunlicherweise keuchte Liz kaum mehr, als sie den Park erreichten, obwohl sie die Entfernung sehr stramm hinter sich gebracht hatten, und die Treppen zur Anhöhe meisterte sie ebenfalls, ohne dabei ins Schwitzen zu geraten, wie es bei den letzten Malen passiert war.

»Hast du heimlich trainiert?«

Liz zwinkerte ihm zu, während sie neben ihn trat und ihre Flasche Wasser auf den Boden legte. »Ach, ich habe mir nur den Rat eines gewissen Fitnesstrainers zu Herzen genommen und meide Aufzüge und Rolltreppen. Außerdem schaffe ich jeden Tag mindestens zehntausend Schritte.«

Dafür dass Liz am Anfang ihres Trainings gewirkt hatte, als würde sie ab sofort gefoltert werden, war sie mit erstaunlich viel Elan und Begeisterung bei der Sache. Und ihre Augen funkelten vor Vergnügen.

Als er die Sachen aus seinem Rucksack holte, weiteten sich ihre hübschen blauen Augen. »Was ist das?«

»Das sind Boxpratzen und Boxhandschuhe«, verkündete er und warf alles zusammen auf den Rasen vor sich. »Wir werden heute ein bisschen boxen – nach unserem Aufwärmprogramm.«

Ein Funke Unsicherheit breitete sich auf ihrem Gesicht aus. Gutmütig tätschelte er ihren Po und reagierte mit einem Grinsen auf ihre Empörung, bevor er sie zu Liegestützen und Sit-ups nötigte. Niemals zuvor hatte er beim Anblick einer Kundin, die jammernd auf dem Boden lag und ihn einen Folterknecht nannte, Lust verspürt, ebendieser Kundin die Sportkleidung vom Körper zu reißen und sich auf sie zu stürzen. Um wenigstens den Anschein von Professionalität zu wahren, verkniff er sich weiteres Tätscheln ihres Pos und spornte sie stattdessen an, fünf weitere Sit-ups zu machen.

Liz war nach den Aufwärmübungen doch außer Atem und ließ sich von ihm die Boxhandschuhe anziehen. »Ich weiß nicht, wofür das gut sein soll.« Sie nagte auf ihrer Unterlippe herum und betrachtete skeptisch die Boxhandschuhe, deren Klettverschlüsse er gerade schloss. »Körperliche Gewalt ist wirklich nicht mein Ding.«

Beinahe hätte er gelacht, beschränkte sich jedoch auf ein amüsiertes Prusten. »Du sollst nicht mich schlagen, sondern die Pratzen.«

Sie hob die Hände und betrachtete die klumpigen Boxhandschuhe, in denen ihre Hände steckten. Mutlos schlug sie vor: »Die Beinpresse war gar nicht so schlecht. Können wir nicht darüber noch einmal nachdenken?«

»Komm schon, Süße.« Er hob die Pratzen in die Höhe. »Ich verspreche dir, dass es Spaß machen wird.«

Ihre Miene sprach Bände. »Die Leute schauen uns zu, Adam!«

Welche Leute? Er sah nur eine junge Mutter mit Kinderwagen, die sich ein Handy ans Ohr hielt, und einen Rentner, der auf einer Bank döste. Keiner schenkte ihnen beiden Aufmerksamkeit. Tatsächlich glaubte Adam, dass Liz aus reiner Gewohnheit so tat, als wolle sie keinen Sport treiben. Er hatte nämlich längst das Gefühl, dass sie immer mehr Spaß daran fand.

»Süße, lass sie doch schauen. Wir trainieren ja nur.« Mit einem Grinsen setzte er hinzu: »Keine Sorge, wenn du mal wieder Lust auf unanständige Dinge mit Schokoladenmousse hast, bin ich auch lieber ungestört.«

Empört schnappte sie nach Luft. »Was?!«

»Ich hätte nichts dagegen, dass du dich ein weiteres Mal auf mich stürzt, aber das hier gerade ist wohl nicht der geeignete Ort und Zeitpunkt.«

Ihr Gesicht flammte auf – jedoch nicht vor Scham, sondern vor Empörung. »Ich denke, wir haben bereits geklärt, wer sich auf wen gestürzt hat, Adam.«

»Haben wir das?« Er hob die beiden Pratzen.

Ein wenig unbeholfen schlug sie mit der rechten Faust in die linke Pratze. »Ja, haben wir! Und du musst nicht glauben, dass du mich manipulieren kannst.«

»Wieso sollte ich dich manipulieren wollen? Heb den Ellenbogen etwas höher, Süße.«

Sie schnaubte und schlug nun auch mit der linken Faust zu. Beinahe wäre er zurückgetaumelt, denn ihr kräftiger Schlag erwischte ihn kalt. Wer hätte gedacht, dass in diesem zierlichen Persönchen so viel Kraft steckte?

»Süße.« Sie schnaubte abfällig und schlug wieder mit der rechten Faust gegen die Pratze. Ihr Bewegungsapparat sah zwar noch etwas unkoordiniert aus, sie traf jedoch präzise die Pratzen. »Du weißt schon, dass es sexistisch klingt, wenn du mich Süße nennst, oder?«

»Aber du bist doch sehr süß. Versuche mal zwei kurze Schläge mit rechts, Süße.«

Sie tat wie ihr geheißen, setzte jedoch hinzu: »Ich werde das Gefühl nicht los, dass du mich nicht ernst nimmst, wenn du mich Süße nennst.«

»Ich nehme dich sehr ernst. Rechter Fuß nach vorn und strecke den Arm beim Schlag durch«, kommandierte er gut gelaunt. »Nur weil ich dich Süße nenne, heißt das nicht, dass ich dich nicht ernst nehme. Ich nehme jede Frau ernst, der ich Schokoladenmousse vom Körper lecken darf.«

Aha! Der nächste Schlag hatte es in sich. Seine Handfläche brannte wie Feuer.

»*Jede* Frau?«

»Liz ...«

»Wie vielen Frauen darfst du denn Schokoladenmousse vom Körper lecken?«

»Pst. Die Leute hören uns zu!« Adam musste die linke Pratze etwas höher halten und schüttelte währenddessen tadelnd den Kopf.

»Welche Leute?« Sie runzelte finster die Stirn und holte ein weiteres Mal aus. »Kein Mensch hört uns zu.«

»Tja, dann lass mich mal überlegen.« Beinahe hätte er gelacht, denn ihre kämpferische Miene war einfach zu komisch. »Ein paar gibt es da schon, bei denen ich es *dürfte*, aber eigentlich gibt es momentan nur eine Frau, der ich Schokoladenmousse vom Körper lecken *will*.«

»Wenn das ein Kompliment sein soll ...« Ihre Stimme verlor sich in einem Keuchen. Boxtraining war nun einmal anstrengend.

»Komm schon«, animierte er sie und linste zwischen den beiden Pratzen zu ihr. »Wir sind noch nicht fertig.«

Liz schlug ein weiteres Mal zu. »Meinetwegen können wir das beim nächsten Mal auch ohne diese Dinger machen«, erwiderte sie spitz.

Der Eifersuchtsanfall direkt vor ihm amüsierte Adam. »Oha! Wie war das mit der körperlichen Gewalt?«

Sie hob das Kinn. »Das war, bevor du unangemessene Bemerkungen gemacht hast.«

»Und ich dachte, es gefiele dir, wenn ich unangemessen bin.«

»Bild dir mal nichts ein.« Mit konzentriertem Gesichtsausdruck hieb sie auf die linke Pratze ein. »Wollten wir nicht trainieren?«

»Tun wir doch.«

»Aber du lenkst mich andauernd ab.«

»Entschuldigung.« Sein Brustkorb vibrierte vor Lachen. »Ich tue es auch nicht wieder.«

Ungefähr eine Minute lang ließ er sie weiterhin gegen die beiden Pratzen schlagen, bevor er ihre Armhaltung korrigierte und ihr riet, das Gewicht nach vorn zu verlagern. Der Anblick, den sie bot, gefiel ihm. Sie war verschwitzt, atmete schwer, das Gesicht war hochrot vor Anstrengung und einige ihrer blonden Haare hatten sich aus ihrem Pferdeschwanz gelöst.

»Nimm beide Hände hoch und denk an die Deckung.«

»Welche Deckung?« Liz keuchte. »Du ... schlägst doch gar nicht ... zurück.«

»Könnte ich aber.«

Liz erwiderte nichts, sondern runzelte die Stirn.

»Anstrengend, Süße?«

Wieder schwieg sie und nickte lediglich.

»Du machst das gut, Liz. Wir könnten darüber nachdenken, bald mit Tai Bo anzufangen.«

»Tai Bo?«

»Fitnessübungen kombiniert mit Kampfsport. Dazu schnelle Musik. Nach einer Stunde fällst du zwar erschöpft ins Bett und hast anfangs grauenvollen Muskelkater, aber es macht tierisch viel Spaß und ist total erfolgreich. Man hat in null Komma nichts eine wahnsinnige Ausdauer, erhält eine tolle Körperspannung und baut Muskeln auf. Außerdem merke ich, dass es dir liegt, Menschen zu verprügeln.«

»Ha ... ha.«

Während er ihr dabei zusah, wie sie ein paar Punches ausführte, fragte er angelegentlich nach: »Was hast du am Wochenende vor?«

»Ich werde ... an einem Muskelkater ... sterben.«

»Erfahrungsgemäß ist das unmöglich, aber probieren geht über studieren.«

»Das ist ... nicht ... komisch, Adam.«

Er lachte leise. »Okay. Wie wäre es mit folgendem Vorschlag? Ich verspreche dir, mich um jede schmerzende Stelle deines Körpers zu kümmern und dich zu massieren, wenn du am Wochenende mit mir nach Cape Cod auf eine Hochzeit kommst.«

Anscheinend hatte er sie aus dem Konzept gebracht, denn Liz zuckte sichtbar zusammen und verfehlte vor Schreck die Pratze. Stattdessen hätte sie ihm beinahe einen Kinnhaken verpasst, wenn er sich nicht schnell genug geduckt hätte.

»Ho!« Er ließ die Pratzen sinken und fragte belustigt nach: »Sollte das ein Nein sein? Oder warum attackierst du mich?«

Auch Liz ließ die Hände sinken. Verwirrt blickte sie ihn an. »Was?«

»Ich wollte wissen, ob du mich absichtlich attackiert hast.«

Stumm schüttelte sie den Kopf und schien sich gleichzeitig darum zu bemühen, zu Atem zu kommen. »Das davor.«

»Ach so.« Schulterzuckend ließ er die Pratzen fallen. »Ich bin am Wochenende auf einer Hochzeit auf Cape Cod eingeladen.«

Sie wischte sich mit dem Unterarm über die verschwitzte Stirn. Ihre Stimme klang zögerlich. »War ... war das eine Einladung?«

»Sonst hätte ich es nicht erwähnt.« Seine Mundwinkel kräuselten sich. »Cape Cod soll sehr schön zu dieser Jahreszeit sein.«

»Mh ... vermutlich.«

Ihre atemlose Stimme gefiel ihm. »Und? Hast du Lust, mich zu begleiten?«

Liz starrte ihn an, sagte jedoch nichts. Gespielt lässig legte er den Kopf schief. »Keine Sorge: Du musst auch nicht die Torte backen, Süße. Dafür ist sicherlich bereits gesorgt.«

An ihrer Kehle konnte er erkennen, dass sie schluckte. Er machte einen Schritt auf sie zu und griff nach ihren Händen, um sie von den unförmigen Handschuhen zu befreien. Währenddessen blickte er ihr tief in die Augen. »Ich würde mich freuen, wenn du mich begleiten würdest, Liz. Es gibt da ein süßes Hotel. Von unserem Zimmer hätte man einen schönen Blick direkt aufs Meer.«

Ihre Augen waren tellergroß. »Unser Zimmer?«

Adam nickte und fuhr sich über die Lippen. »Wenn es dir nichts ausmacht.«

Mit ihrer Sporttasche bewaffnet betrat Liz die Redaktion und hielt Ausschau nach ihrer Schwester. Glücklicherweise saß Vicky an ihrem Platz und tippte gerade etwas in den Computer ein.

Liz hätte nicht gewusst, was sie getan hätte, wenn Vicky

nicht hier gewesen wäre. Gerade noch im *LIONESS* war sie die Lässigkeit in Person gewesen, aber jetzt …

Adam hatte sie eingeladen. Zu einer Hochzeit. Für das gesamte Wochenende.

Wenn sie diese Neuigkeit nicht augenblicklich mit ihrer Schwester teilen konnte, würde sie vermutlich einen Nervenzusammenbruch erleiden.

Außerdem musste sie mit eigenen Ohren hören, dass Vicky es ebenfalls für eine gute Idee hielt. Liz hatte nämlich bereits zugesagt. Und bei dem Gedanken, in wenigen Tagen zusammen mit Adam zu einer Hochzeit zu fahren und zwei Nächte lang mit ihm in einem Hotelzimmer zu schlafen, wurde sie ein wenig nervös.

»Hey, was machst du denn hier?«

»Ich muss mit dir reden«, flüsterte Liz aufgeregt und ließ die Sporttasche neben Vickys Schreibtisch fallen.

»Bist du nicht in der Patisserie?«

»Nein, Jenny hat heute für mich übernommen. Können wir kurz reden?« Sie rang die Hände und holte Luft, als ihre Schwester sich auf ihrem Stuhl zu ihr drehte und die Tasche in Augenschein nahm.

»Was ist denn da drin?«

Oh Gott! Warum musste Vicky sie ständig unterbrechen? »Ich war beim Sport. Hör mal, ich …«

»Hattest du wieder eine Stunde mit Adam?«

Genervt verdrehte Liz die Augen. »Ja, hatte ich.«

Vicky zwinkerte ihr zu. »Warum tust du dir das eigentlich noch an? Du weißt doch längst, dass ich mir den Fuß nicht verstaucht habe. Und diese Reportage existiert sowieso nicht.«

Nein, das hatte sie nicht gewusst, auch wenn sie es geahnt hatte. »Verdammt, Vicky …«

»Hey, jetzt sei nicht böse. Ich wollte nur dein Bestes.«

»Mein Bestes?«, echote Liz ungläubig.

»Ja, dein Bestes. In Form eines hinreißendes Fitnesstrainers namens Adam. Und wie du siehst, hat mein Plan funktioniert.«

Sehr gerne hätte sie ihrer Schwester für diese Selbstherrlichkeit die Ohren lang gezogen. Oder ihre neue Schlagkraft mit Boxhandschuhen eingesetzt. Natürlich hatte sie geahnt, dass sie manipuliert wurde, aber wirklich glauben wollte sie es nicht. Nun ja, wieso sollte es sie wundern, dass sich Vicky mal wieder rücksichtslos benommen und ihre Gutgläubigkeit ausgenutzt hatte? Am meisten wunderte sie jedoch, dass sie ihr nicht böse war. Äußerst gefasst entgegnete sie lediglich: »Irgendwann bekommst du es knüppeldick zurück, Schwesterchen. Nämlich dann, wenn du nicht damit rechnest.«

»Hey, was willst du denn noch? Er steht auf dich und du stehst auf ihn. Dank meiner Einmischung geht ihr euch gegenseitig an die Wäsche. Ich liebe es, wenn ein Plan funktioniert. Meinetwegen musst du wirklich nicht weiterhin im *LIONESS* herumturnen.«

»Nur zu deiner Info, aber ich turne gerne im *LIONESS* herum. Sport kann sogar Spaß machen.«

Das Grinsen ihrer Schwester war nicht falsch zu interpretieren. »Ich kann mir denken, wie viel Spaß es machen kann, mit einem derart fähigen Fitnesstrainer herumzuturnen.«

Liz verpasste ihrer Schwester einen zärtlichen Klaps auf den Hinterkopf und war nur froh, dass die benachbarten Arbeitsplätze allesamt leer waren. »Benimm dich, du Holzkopf. Könnten wir bitte einmal ernst sein? Ich brauche nämlich deine Hilfe und würde gerne auf gewisse Kommentare verzichten.«

»Autsch.« Vicky rieb sich über den Hinterkopf. »Ist das der Dank …?«

»Vicky!« Ohne viel Federlesen setzte sich Liz auf die

Schreibtischkante und fixierte den Blick ihrer Schwester. »Adam hat mich fürs Wochenende auf eine Hochzeit eingeladen. In Cape Cod. Wir werden dort zwei Nächte bleiben – in *einem* Hotelzimmer.« Sie atmete aus. »Was sagst du dazu?«

»Was soll ich schon dazu sagen?«

Manchmal war Vicky schwer von Begriff, trotz eines Wirtschaftsstudiums. Ungeduldig klopfte Liz gegen ihr Knie. »Ich habe spontan zugesagt, weiß jetzt aber nicht, ob das so eine gute Idee war. Du musst es mir entweder ausreden oder mich davon überzeugen, dass es richtig war.«

Vicky verdrehte die Augen und fuhr sich durch ihr kurz geschnittenes Haar. In ihrem hellblauen Hemd und mit der mageren Figur sah sie sehr androgyn aus. »Ich erkenne kein Problem, Liz.«

Liz nagte auf ihrer Unterlippe herum und senkte die Stimme. »Mein Problem ist, dass ich kein Kleid für eine Hochzeit habe, dass ich mit Adam in einem Bett schlafen werde und dass er mich nackt sehen wird, Vicky.«

»Also habt ihr noch nicht …?« Sie ließ den Satz unvollendet.

»Nein, haben wir nicht.«

»Aber in Cape Cod würdet ihr …« Vicky wackelte anzüglich mit den Augenbrauen. »Und das wäre ein Problem? Himmel, der Mann ist verdammt heiß.«

Oh ja, das war er. Und das war auch das Problem, denn es kostete eine Frau bereits Überwindung, sich vor einem normalen Mann auszuziehen, aber vor Adam Stone die Hüllen fallen zu lassen … Ausgerechnet vor ihm wollte sie sich nicht blamieren. Sie wollte, dass er sie ebenso sexy und heiß finden würde wie sie ihn. Adam sollte seine Hände nicht von ihr lassen können.

»Ja, er sieht wahnsinnig gut aus«, raunte Liz ihr zu. »Was ist, wenn er enttäuscht ist, weil ich ihm nackt nicht gefalle.«

Ungeduldig seufzte ihre Schwester. »Korrigiere mich, aber habt ihr nicht diverse Mal miteinander rumgemacht? Teilweise unbekleidet?«

Sofort schoss Röte in Liz' Gesicht. »Teilweise unbekleidet ist nicht nackt. Außerdem ist es etwas völlig anderes, mit ihm spontan herumzumachen und sich dabei das T-Shirt ausziehen zu lassen oder ein Wochenende in einem Hotelzimmer zu planen.«

»Du machst dir viel zu viele Gedanken«, versetzte Vicky beinahe altklug. »Wieso sollte er enttäuscht sein? Adam hätte dich nicht auf ein heißes Wochenende eingeladen, wenn er nicht ganz versessen darauf wäre, dich endlich komplett nackt zu sehen.«

Liz fuhr sich mit dem Finger über die Nasenwurzel. »Du bist nicht sehr hilfreich, Vicky. Eigentlich sollst du mich beruhigen und nicht noch nervöser machen.«

»Wieso bist du überhaupt nervös? Du bist doch keine Jungfrau mehr.«

Liz schnaubte abfällig. »Es geht doch nicht darum! Du hast ja keine Ahnung, wie gut all die Frauen aussehen, die im *LIONESS* trainieren. Keine von ihnen hat Cellulite oder trägt Größe vierzig. Wie soll ich dagegen ...?«

»Himmel, Liz! Auf diesem Niveau unterhalte ich mich mit dir nicht.« Mit einer abwertenden Handbewegung wischte Vicky Liz' Sorge vom Tisch und schaltete gleich darauf den Computer aus.

»Was tust du da?«

»Ich mache Feierabend, damit wir einkaufen gehen können.«

»Einkaufen?« Verwirrt rutschte Liz von der Schreibtischplatte herunter. »Wieso sollten wir einkaufen gehen?«

»Weil du mir gerade gesagt hast, dass du kein Kleid für diese Hochzeit hast.«

»Was?«

»Jawohl.« Entschlossen nickte Vicky. »Wir suchen dir ein Kleid aus, bei dessen Anblick ihm die Augen aus dem Kopf fallen. Und wenn wir schon dabei sind, kaufen wir irgendeinen sexy Fummel anstelle dieser albernen Pyjamas, die du immer trägst.«

Bevor Liz protestieren konnte, hatte sich Vicky bereits ihre Tasche geschnappt und zog ihre Schwester hinter sich aus der Redaktion heraus.

Liz wusste nicht, wie ihr geschah, bis sie sich im Prudential Center wiederfand und zu *Saks* geschleppt wurde. Vicky verliebte sich dort prompt in ein schwarzes Kleid von Carolina Herrera. Beim Blick auf das Preisschild zeigte Liz ihrer Schwester einen Vogel und weigerte sich, das Kleid auch nur anzuprobieren, das über dreitausend Dollar kosten sollte. Erstens hatte sie keine dreitausend Dollar und zweitens hatte sie keine dreitausend Dollar, um sie in ein Kleid zu investieren.

Zwei Stunden und etliche Anproben später war Liz so weit, Adam eine SMS zu schicken und abzusagen.

Keines der Kleider, die sie bisher anprobiert hatte, war auch nur ansatzweise passend gewesen. In den meisten hatte sie sich extrem unwohl gefühlt. Vicky tat zwar ihr Bestes, um ihr zu versichern, dass sie nicht dick aussah, aber Liz hatte Augen im Kopf. Meistens wirkten ihre Brüste zu voluminös. Andere Kleider betonten leider ihre nicht gerade schmalen Hüften und weitere wiederum warfen unvorteilhafte Falten im Bauchbereich. Nein, sie wollte nicht auf dieser Hochzeit neben Adam auftauchen und schwanger aussehen.

Weil sich Liz rigoros weigerte, eine Verkäuferin zurate zu ziehen, warf Vicky das Handtuch und lud Liz zu *Wagamama* ein. Über einer Portion asiatischer Suppe mit Huhn, Koriander und Reisnudeln verfiel Liz in dumpfes Schweigen. Sie würde niemals ein Kleid finden.

»Warum hast du mich nicht diese nette Verkäuferin ansprechen lassen?«

Liz sah auf und beobachtete, wie Vicky ihr Hühnchen Teriyaki in sich hineinschaufelte. »Hast du nicht gesehen, wie die aussah? Sie hätte modeln können.«

»Und deshalb kann sie nicht wissen, was dir steht?« Vicky gab etwas Kimchi über ihre Portion und versenkte die Essstäbchen in ihrer Schüssel. Sie hatte kein Problem damit, die riesige Schüssel Hühnchen samt Reis und Gemüse zu vertilgen – zusätzlich zu der Portion frittierter Tintenfische mit Chili-Dip, die sie als Vorspeise gegessen hatte, ohne dabei auch nur ein Gramm zuzunehmen. Ihre Schwester konnte essen, was und wie viel sie wollte, und blieb dabei beneidenswert schlank. Liz dagegen warf nur einen Blick auf das Essen ihrer Schwester und hatte das Gefühl, dass ihre eigene Hose gleich platzen würde.

Niedergeschlagen verzog sie den Mund. »Du kannst das nicht verstehen, weil du so mega schlank bist, Vicky, aber ich möchte ihr nicht sagen müssen, welche Größe ich trage oder was ich nicht anziehen kann, um meine Problemzonen zu kaschieren. Da suche ich mir lieber selbst etwas heraus.«

Der Ton, den Vicky von sich gab, lag zwischen einem Kichern und einem Schmatzen. »Du bist ganz schön bescheuert, Liz. Die einzige Problemzone, die du hast, befindet sich in deinem Kopf.«

»Wie bitte? Mein Hintern ist gigantisch.«

»Dein Hintern ist nicht gigantisch, sondern sexy. Als wir gerade im Aufzug standen, hat der Securitytyp Stielaugen bekommen und ihn wie den heiligen Gral angestarrt. Du bekommst wirklich überhaupt nichts mit.«

Liz blieb der Mund offen stehen.

Vicky war noch nicht fertig und nickte vehement. »Du bist

echt bekloppt. Schau mal in den Spiegel, Liz. Selbst in einem Leinensack würde Adam dich mit zu dieser Hochzeit nehmen.«

»In einem Leinensack.«

»Ja, in einem Leinensack. Erstens steht er wahnsinnig auf dich und auf deinen *gigantischen* Hintern, und zweitens werde ich nicht schon wieder betonen, wie hübsch du bist.«

Empört wollte Liz ihrer Schwester antworten, als die abfällig die Stirn runzelte. »Liz, du siehst aus wie eine Frau. Wie eine richtige Frau mit einem hübschen Po, tollen Brüsten und runden Hüften. Wenn du ein Kleid trägst, fangen Männer an zu sabbern und starren dir hinterher, auch wenn du es nicht wahrhaben willst. Wenn *ich* ein Kleid trage, dann kommen die meisten Männer auf die Idee, dass ich ein Junge bin, der in den Kleiderschrank seiner Mom gefallen ist und Modenschau spielen will. Du hast ja keine Ahnung, wie frustrierend es ist, dünn zu sein und nichts tun zu können, um etwas Fleisch an den richtigen Stellen anzusetzen.« Sie atmete tief ein. »Ich hätte sofort dreitausend Dollar ausgegeben und dieses Kleid gekauft, wenn ich es anziehen könnte. Aber das kann ich nicht, ohne darin lächerlich auszusehen, eben weil ich keine einzige Rundung besitze. Scheiße, ich brauche nicht einmal einen BH, weil ich keinen nennenswerten Busen habe.«

Betreten schwieg Liz. Das hatte sie nicht gewusst. Sie war in letzter Zeit diejenige gewesen, die darüber geklagt hatte, dass sie zunahm. Vicky hatte noch nie eine Bemerkung darüber fallen lassen, dass sie mit ihrem Aussehen unzufrieden war. Tatsächlich war Liz davon ausgegangen, dass ihre Schwester ein Glückskind war, das essen konnte, was sie wollte. Vicky war stets selbstsicher – so selbstsicher, dass Zweifel an ihr abzuprallen schienen.

»Das wusste ich nicht«, erwiderte sie beschämt. »Du hast nie etwas gesagt.«

Vickys Antwort bestand aus einem Schulterzucken. »Es ist keine große Sache. Ich kann nichts daran ändern, warum soll ich mir also den Kopf darüber zerbrechen? Es gibt Wichtigeres im Leben als eine hübsche Figur.«

Die leckere Suppe schmeckte plötzlich wie Pappe.

Vicky hatte recht. Es gab wirklich Wichtigeres im Leben als eine hübsche Figur. Es kam nicht darauf an, ob ein Kleid unförmige Falten am Bauch warf oder ob man auf einem Foto ein Doppelkinn hatte. Dass sich Teenager pausenlos Gedanken um ihr Aussehen machten, war normal, aber sie, Liz Miller, war eine erwachsene Frau, die viel zu viel Zeit damit verschwendete, sich zu fragen, was sie anziehen konnte, um Problemzonen zu kaschieren, die im Grunde nicht existierten. Während sie gern einen kleineren Po gehabt hätte, wollten andere Frauen ihren Hintern haben, weil sie etwas weiblicher aussehen würden. Dabei waren Frauen viel mehr als das Aussehen ihres Allerwertesten.

Plötzlich fühlte sie sich wahnsinnig dumm. Kleinlaut erklärte sie ihrer Schwester: »Bei *Lord & Taylor* haben sie eine große Auswahl an Kleidern. Wenn du mitkommst, spreche ich sogar eine Verkäuferin an.«

Nachdenklich nickte Vicky. »Vorher will ich mir noch ein Eis holen. Du bezahlst.«

Liz gönnte sich sogar selbst ein Eis, als sie wenig später durch das Prudential Center schlenderten. Glücklicherweise gehörte ihre Schwester zu den Menschen, die nicht lange böse oder traurig waren. Sobald sie beide *Lord & Taylor* betraten, war Vicky schon wieder ganz die Alte. Und sie beharrte darauf, dass Liz die Verkäuferin ansprechen musste.

Während sich Vicky auf einen bequemen Sessel fallen ließ, der direkt vor den geräumigen Kabinen stand, fragte sich Liz, worauf sie sich eingelassen hatte, sobald die Verkäuferin zurückkam und ihr fünf Kleider präsentierte, die sie selbst niemals ausgesucht hätte. Sie würde wie eine Presswurst aussehen. Nur die Anwesenheit der freundlichen Verkäuferin, die zusammen mit Vicky vor der Umkleidekabine wartete, hielt Liz davon ab, genau das ihrer Schwester zu sagen, als sie sich aus ihren Klamotten schälte und das erste Kleid überzog. Promis wie Jennifer Lopez oder Kim Kardashian konnten eng anliegende Schlauchkleider tragen, die wie eine zweite Haut aussahen – aber sie würde sich lächerlich machen.

»Und?« Vickys unnachahmliche Stimme hallte laut in die Umkleide hinein. »Wie sieht's aus?«

»Ich weiß nicht«, erwiderte Liz verzagt und sah sich unschlüssig im Spiegel an.

Okay, ganz so schlimm wie erwartet sah sie wirklich nicht aus. Das pastellgrüne Kleid mit dem V-Ausschnitt schmeichelte ihrer Figur, aber wirklich wohl fühlte sie sich nicht. Ihre Arme waren nackt, ihr halber Rücken war frei und das Kleid endete knapp über den Knien. Für eine Hochzeit kam sie sich ein wenig dürftig bekleidet vor, auch wenn es Sommer war. Abgesehen davon wurde jede einzelne ihrer Kurven in Szene gesetzt.

»Jetzt komm schon raus!«, brüllte Vicky wieder durch die Gegend.

Zögernd öffnete sie die Tür und spähte zur Seite.

Sobald Vicky sie sah, setzte sie sich aufrecht hin und machte große Augen. »Holla! Du siehst aus, als wärst du geradewegs einem Musikvideo entsprungen!«

War das gut oder schlecht?

Unschlüssig sah sie die Verkäuferin an, die zufrieden nickte. »Wie gefällt es Ihnen?«

Um sie nicht vor den Kopf zu stoßen, nickte sie verhalten. »Gut, aber ich komme mir ein wenig nackt vor.«

»Das ist Sinn und Zweck eines Kleides«, rief ihr Vicky ins Gedächtnis.

Liz schnitt eine Grimasse. »Ich glaube, ich probiere noch ein anderes an.«

»Tun Sie mir einen Gefallen und versuchen Sie das azurblaue Kleid. Das Schulterfreie«, bat die Verkäuferin. »Es ist wie für Sie gemacht.«

Ausgerechnet das Kleid sollte sie anziehen, das ihr am wenigsten gefallen hatte. Natürlich war es wahnsinnig hübsch, aber sie würde mit Sicherheit wie ein Pummelchen aussehen. Nichtsdestotrotz schlüpfte Liz aus dem pastellgrünen Nichts heraus, hängte es wieder ordentlich weg und hob das bodenlange Kleid vom Bügel. Die Farbe war der Wahnsinn und der Schnitt ein Traum. Aber für sie?! Zweifelnd zog sie es über den Kopf, zupfte es zurecht und versuchte, den Reißverschluss am Rücken zu schließen, was ihr jedoch nur zur Hälfte gelang, weil ihre Arme zu kurz waren. Vorsichtig spähte sie in den Spiegel – und hielt den Atem an.

Beinahe wäre ihr der Unterkiefer hinuntergeklappt.

Niemals hätte Liz damit gerechnet, dass ihr ein Kleid so gut stehen würde. Der blaue Stoff hatte die gleiche Farbe wie ihre Augen und schmiegte sich bis zu ihren Hüften an ihren Körper. Ab da fiel er locker bis auf den Boden und umschmeichelte ihre Beine. Der Ausschnitt war perfekt und betonte ihre Brüste. Weder ihre Taille noch ihr Bauch oder ihr Hintern sahen fett aus, wie sie bemerkte, als sie sich vorsichtig drehte. Zudem besaß das Kleid das gewisse Etwas, weil es schulterfrei war. Durch die blaue Farbe schimmerte ihre Haut wie eine Perle und ihre blonden Haare kamen besonders gut zur Geltung.

Liz sah sich selbst ungläubig an.

Selbstverständlich zerstörte Vicky die Stimmung, als sie abfällig rief: »Stell dich nicht so an, Liz! Du wirst das Kleid eh nicht lange tragen, schließlich zieht Adam es dir sicherlich ziemlich schnell wieder aus.«

Liz knirschte mit den Zähnen und hörte die Verkäuferin kichern. Sie hob das Unterteil des Kleides ein Stück an und trat aus der Umkleidekabine heraus. Bevor jemand etwas sagen konnte, hörte sie sich selbst fragen: »Haben Sie passende Schuhe zu dem Kleid?«

9

»Ja, Mom, wir sind gut angekommen ... Nein, der Verkehr war für einen Freitagnachmittag nicht besonders schlimm ... Ja, ich wollte dir gleich noch eine Nachricht schicken, wenn wir angekommen sind. Mh ... ich weiß. Nein, werde ich schon nicht ... Ja, die Pension ist wirklich hübsch.«

Adam lauschte Liz, während sie ihr Handy ans Ohr hielt. Ihre Mom hatte gerade angerufen, als sie beide das Zimmer betreten hatten, das Adam für dieses Wochenende gebucht hatte.

Er stellte ihren Koffer vor dem Doppelbett ab und fragte sich, wie Frauen es schafften, ein großes Gepäckstück voll zu bekommen, wenn sie lediglich für ein Wochenende verreisten. Sein eigener Koffer wog etwa die Hälfte.

»Hör zu, Mom, ich muss jetzt Schluss machen.« Leichte Ungeduld war aus Liz' Worten zu hören. Außerdem warf sie ihm einen entschuldigenden Blick zu, während sie weiterhin in den Hörer sprach. »Ja ... ja, das mache ich. Tschüss.«

Amüsiert betrachtete er Liz, die das Handy mit einem Seufzer in ihrer Handtasche verschwinden ließ. »Meine Mom lässt dich grüßen. Sie war ein wenig aufgeregt«, erklärte Liz.

»Aufgeregt? Weil du mit mir ein Wochenende in Cape Cod verbringst?«

Augenblicklich stieg zarte Röte in ihre Wangen. Hastig schüttelte sie den Kopf. »Nein, natürlich nicht! Sie hat vor Kurzem eine Reportage über schwere Autounfälle gesehen und sich verrückt gemacht. Deshalb sollte ich sie anrufen, wenn wir angekommen sind.« Anscheinend war ihr das Verhalten ihrer Mutter peinlich, weil sie die Augen verdrehte.

»Ich finde das irgendwie süß.« Adam fand auch, dass Liz süß war, wie sie mitten im Hotelzimmer vor ihm stand und so offensichtlich nicht in Richtung des gigantischen Himmelbetts schaute, das den gemütlichen Raum dominierte.

»Süß?«

»Sehr süß, schließlich scheint sie sich um dich zu sorgen«, kommentierte er und schälte sich aus seiner Jacke, die er über seinen Koffer warf. Es war ein warmer Sommertag, auch hier an der Küste, und er hatte seine Jacke lediglich übergezogen, als Liz und er die schnuckelige Frühstückspension betreten hatten. Als er dazu überging, seine Hemdsärmel hochzukrempeln und den obersten Knopf seines Hemdes zu öffnen, fiel ihm auf, dass Liz ihn dabei beobachtete.

»Äh, sie ... sie ist eine typische Helikoptermutter, die viel zu viele Dokus sieht und Horrormeldungen in der Zeitung liest. Ständig erzählt sie Vicky und mir, was passieren kann, wenn man dieses oder jenes tut, und vermutlich würde sie mir morgens am liebsten meine Kleidung heraussuchen, damit ich auch ordentlich aussehe, wenn ich zur Arbeit gehe«, plapperte Liz.

Adam lächelte. »Du siehst doch immer sehr ordentlich aus.« Interessiert musterte er ihr weißes Top sowie den verspielten dunkelblauen Rock, der während der Fahrt ab und zu hochgerutscht war und ihm den einen oder anderen Blick auf ihre Knie erlaubt hatte. Einmal hätte er das Auto beinahe in einen Graben gesetzt.

Ihre Antwort bestand aus einem Murmeln. »Danke. Du ... du siehst auch immer sehr ... gut aus.«

Beinahe hätte er gelacht. »Mache ich dich nervös, Liz?«

»Nervös?« Ihre Stimme klang plötzlich einen Tick zu hoch. »Warum solltest du mich nervös machen? Das ist doch albern.«

Seine Mundwinkel kräuselten sich. Während der gesamten fast zweistündigen Fahrt hatte sie entspannt neben ihm im Auto gesessen. Aber kaum betraten sie ihr Zimmer, schnatterte sie ununterbrochen und machte einen nervösen Eindruck. Und als er einen Schritt auf sie zumachte, schluckte sie merklich. »Adam, das ist nicht komisch.«

»Irgendwie schon, schließlich siehst du mich an, als wäre ich ein Wilder, der sich gleich auf dich stürzt.«

»Haha.« Endlich ließ sie die Tasche aufs Bett fallen und hielt sie nicht länger wie ein Schutzschild vor sich. Anscheinend wollte Liz sich lässig geben, da sie neugierig wissen wollte: »Was hast du für heute geplant?«

»Abgesehen davon, dass ich über dich herfallen werde?«

Sie warf ein Zierkissen nach ihm. »Wer sagt denn, dass ich dir erlaube, über mich herzufallen?«

Adam fing das liebevoll bestickte Kissen und ließ es nachlässig auf den Boden fallen, bevor er nach ihrem Handgelenk griff und Liz an sich zog.

»Das Kissen«, protestierte sie atemlos.

»Scheiß auf das Kissen«, grollte er und umfasste ihr Gesicht mit beiden Händen. Er rieb sein Gesicht an ihrem und sog ihren Geruch in sich auf, bevor er ihr einen Kuss auf die Lippen drückte, der härter ausfiel, als er beabsichtigt hatte. Sofort schoss heiße Lust durch seinen Körper. Dass sich Liz augenblicklich gegen seinen Körper presste und den Kuss erwiderte, gefiel ihm. Und ihm gefiel, dass ihre Hände zu seinem Nacken fuhren und sie sich auf die Zehenspitzen stellte, während sie in seinen Mund stöhnte.

Seine Hände glitten tiefer, fuhren über ihren Rücken und umfassten ihren Po. Es kam ihm vor, als hätte er darauf sein halbes Leben gewartet. Keuchend entzog er ihr den Mund und starrte ihr in die glasigen Augen. Seine Stimme klang selbst in seinen Ohren so rau wie Sandpapier. »Du weißt schon, was es bedeutet, dass diese winzige Pension kein Fitnessstudio hat, oder?«

Benommen schaute sie ihn an und schüttelte kurz den Kopf. »Was?«

»Ja.« Hungrig starrte er ihre Lippen an. »Ich darf mein Training nicht vernachlässigen und werde es mit Sex ausgleichen müssen.«

Schalkhaft zwinkerte sie ihm zu. »Na, dann viel Glück bei deinem Plan. Aber allein macht Sex keinen Spaß.«

Adam schnaubte und ließ ihr keine Gelegenheit, etwas zu sagen, da er sie ein zweites Mal küsste. Dieses Mal so stürmisch, dass sie beide in Richtung Bett taumelten und sich mitten auf den Berg sorgfältig drapierter Zierkissen fallen ließen. Das protestierende Quietschen des Bettgestells ignorierte er.

Er hatte gerade damit begonnen, seine Hand auf Liz' Knie nach oben wandern zu lassen, als es an der Tür klopfte und die Stimme der ältlichen Pensionsbetreiberin erklang. »Huhu, meine Lieben. Im Salon schenken wir gerade Tee aus und servieren Kuchen. Möchtet ihr euch nicht zu uns gesellen? Wir beißen auch nicht.« Ein Kichern folgte.

Adam hob den Kopf und starrte die Tür an, bevor er seinen Blick zurück zu Liz wandern ließ, die unter ihm lag und sich eine Hand gegen den Mund presste, um ihr Lachen zu ersticken.

»Äh ... ja, gerne. Danke«, rief er. Dann schluckte er schwer. »Wir kommen gleich.«

»Wunderbar«, flötete Mrs. Penworthy durch die Tür. »Wir warten auf euch.« Ein Knarzen der Dielenbretter verriet, dass sie wieder verschwand.

Mit klopfendem Herzen und einer schmerzhaften Erektion zählte Adam bis fünf und zog Liz erst dann die Hand von ihrem Mund weg. Augenblicklich ertönte ein lautes Prusten, gefolgt von einem tiefen Lachen. Er sah auf sie hinab und kniff die Augen zusammen. Gleichzeitig stützte er sich auf seinen Ellenbogen auf, um sie mit seinem Gewicht nicht zu erdrücken. »Was ist so komisch?«

Liz blinzelte zu ihm hoch. Ein paar Haare hatten sich aus ihrer Frisur gelöst, ihre blauen Augen funkelten und ihr Mund war geschwollen. Wenn Mrs. Penworthy sie nicht gestört hätte, wäre Liz schneller nackt gewesen, als sie sich Gedanken um ein Apfelkuchenrezept hätte machen können.

Sie lachte noch immer. »Tee und Kuchen? Wie es aussieht, wirst du dir den Bauch vollschlagen müssen, anstatt deinem strengen Ernährungsplan zu folgen, Mr. Ironman.«

Erwartungsvoll legte er den Kopf schief und beugte sein Gesicht nah an ihres. »Wie es aussieht, bedeutet das nur noch mehr Sex, Süße.«

Als müsste sie etwas demonstrieren, wackelte sie auf dem Bett hin und her. Sogleich folgte ein weiteres Quietschen. »Auf diesem Bett? Ganz sicher nicht. Alle Gäste wüssten, was wir hier tun.«

Er hätte ihr sagen können, dass es ihm egal war, ob das verdammte Quietschen das gesamte Haus nachts wach machte, stattdessen fokussierte er ihren Ausschnitt und schwor sich, die Matratze auf den Boden zu legen, falls es nötig sein sollte.

Allzu gerne hätte er dort weitergemacht, wo sie gerade unterbrochen worden waren, doch Liz war gnadenlos und verbot ihm weitere Fummeleien.

Fünf Minuten später saß er neben ihr auf einem zierlichen Sofa und hätte sich selbst in den Hintern beißen können, dass es zu spät gewesen war, um ein Zimmer im *Marriott* zu buchen. In einem wunderbar anonymen Hotel, in dem es niemanden störte, wenn ein Bett quietschte, und in dem man den ganzen Tag verbringen konnte, ohne dass jemand an die Tür klopfte, um zur Teestunde zu rufen. Wenn er nur einen Tag früher gebucht hätte, säße er nun nicht in einem Salon, der vollgestopft mit Porzellanfiguren und kitschigen Landschaftsaufnahmen war, hielte keine Tasse mit gezuckertem Tee in der Hand und würde nicht von drei älteren Paaren beobachtet werden, die hier ebenfalls zu Gast waren. Da blieb nur zu hoffen, dass sie allesamt schwerhörig waren und ein gewisses Quietschen nicht hören würden. Wenn er gewusst hätte, wo es in der näheren Umgebung einen Eisenwarenhandel gab, hätte er sich persönlich auf den Weg gemacht, um Schmieröl zu besorgen.

Verdrießlich starrte er in seinen trüben Tee. Verdammte Touristen, die alle Hotelzimmer beschlagnahmten!

»In Cape Cod finden viele Hochzeiten statt, immerhin verbinden viele Menschen unsere schöne Gegend mit einer sehr romantischen Atmosphäre.« Mrs. Penworthy goss ihren Gästen Tee nach.

Beinahe hätte Adam die Stirn gerunzelt. Mit Cape Cod verband er vor allem Angst vor Wasser, schließlich spielte *Der weiße Hai* genau in dieser Gegend.

Mrs. Giddeon legte den Kopf schief. »Mein William und ich

haben hier auch geheiratet, aber damals hatte man nicht viel Geld. Countryclubs oder elegante Hotels gab es nicht. Wir haben im Wohnzimmer meiner Eltern gefeiert und Williams Tante Mildred hat uns einen Zitronenkuchen gebacken. Mein William hat damals meinen Blumenstrauß selbst gepflückt. Er hat einfach bei Wildfremden an die Tür geklopft und gefragt, ob er ein paar Blumen aus ihrem Garten haben dürfte. Hach, fand ich das romantisch!«

Anscheinend fand Liz die Geschichte ebenfalls romantisch. Sie schaute nämlich verklärt zu Mrs. Giddeon hinüber, die auf einem Sessel saß, einen Teller mit einem Stück Schokoladenkuchen auf dem Schoß balancierte und ihrem William einen nachsichtigen Blick schenkte. William saß nämlich dösend in einem anderen Sessel, hatte zusätzlich zum Schokoladenkuchen ein Stück Käsekuchen gegessen und sich beim Genuss dieser Köstlichkeiten vollgekrümelt. Jetzt schlief er und schnarchte sogar ein wenig. Beim Anblick des ungefähr achtzig Jahre alten Mannes, der Hörgeräte und eine dicke Brille trug, konnte sich Adam romantische Gesten nur schwer vorstellen.

Liz, die auf dem kleinen Sofa dicht neben ihm saß, seufzte hörbar. »Das ist eine wunderbare Geschichte, Mrs. Giddeon.«

Mrs. Giddeon kicherte. »Ich sage immer, dass irgendjemand ein Buch darüber schreiben müsste, wie mein William und ich uns kennengelernt haben. Wissen Sie, dass wir ganz schnell geheiratet haben? Das war damals keine Ausnahme. William kam gerade aus Deutschland wieder, wo er von der Army hingeschickt worden war, und ich arbeitete bei *Woolworth*, wo er für seine Mutter ein Geburtstagsgeschenk kaufen wollte. Zwei Wochen später haben wir hier geheiratet und zehn Monate danach kam unsere Dorothy zur Welt.« Wie auf Kommando zog sie ein Handy hervor. »Unsere Dorothy ist selbst schon Großmutter. Unser Enkelsohn Michael ist vor ein paar Monaten Daddy geworden und seine Schwester Ruthie bekommt im Herbst ihr erstes Kind. Ihr Mann und sie haben fünf Jahre gebraucht, um endlich zu heiraten.« Tadelnd schüttelte die alte Dame ihr schlohweißes Haupt, während sie überraschend geschickt an ihrem Mobiltelefon herumhantierte. »Bei meinen Freundinnen und mir hat es damals nicht lange gedauert, bis wir geheiratet und Babys bekommen haben, und keine von uns hat sich scheiden lassen. Verstehe einer die Jugend von heute. Fünf Jahre!«

Bevor Adam es sich versah, hielt ihm die alte Dame das Handy unter die Nase, damit er die Fotos eines mit Brei verschmierten Babys betrachten konnte.

Liz stieß einen Laut voller Bewunderung aus. »Was für ein süßer Wonneproppen.«

»Er heißt Enrique, auch wenn ich nicht verstehe, warum sie ihm einen ausländischen Namen gegeben haben. Michaels Frau ist ein wenig sonderlich.«

Und Mrs. Giddeon war ein wenig auskunftswillig, fand Adam. Jedoch hielt er die Klappe und nippte stattdessen an seinem Tee, der dank des vielen Zuckers eine dickflüssige Masse war. Auch der Himbeerkuchen, von dem er der Höflichkeit halber ein winziges Stück probiert hatte, bestand zu großen Teilen lediglich aus Zucker. Wenn er nur daran dachte, wie viel köstlicher Liz' Kuchen waren, war es eine Schande, dass er von diesem Zuckermonstrum probiert hatte.

Mrs. Penworthy schien der Meinung zu sein, dass Mrs. Giddeon genug geredet hatte, da sie von ihrem Platz auf dem gegenüberliegenden Sofa aus Liz und ihn freundlich fixierte und nachfragte: »Wo haben Sie sich denn kennengelernt, meine Lieben? Sie sehen so frisch verliebt aus.«

Adam glaubte nicht, dass er frisch verliebt aussah. Vermutlich sah er eher sexuell frustriert aus. Er lächelte jedoch unverbindlich und korrigierte seine Gastgeberin nicht. »Liz und ich haben uns in einer Fernsehsendung kennengelernt, Mrs. Penworthy.«

»Im Fernsehen?« Mrs. Giddeon schnappte nach Luft und wirkte so aufgeregt, als wären die verbliebenen Kennedys auf ihrer Jacht vorbeigesegelt. »Etwa in dieser Sendung, in der Menschen nackt auf einer Insel herumturnen? Sie essen nur Kokosnüsse und tragen nicht einmal Unterwäsche! Es ist zwar warm dort, aber ich frage mich, ob sich niemand eine Blasenentzündung holt.«

Adam stand kurz vor einem Lachanfall. Liz erging es wohl nicht anders, weil sie sich an ihrem Tee verschluckte und hustete.

Gutmütig tätschelte er ihren Rücken und erklärte der fassungslosen Mrs. Giddeon: »Nein, Liz und ich haben bisher an keiner Nackt-Sendung teilgenommen. Wir waren beide zu Gast beim Bostoner Frühstücksfernsehen.« Er stellte seine Tasse auf einem winzigen Tisch ab, der voll von obskuren Porzellanfiguren war. »Liz führt nämlich ihre eigene Patisserie.«

»Oh.« Unisono erklangen Laute der Bewunderung.

»Sie backt wundervolle Torten und stellt köstliche Pralinen her. Sicherlich wird sie Ihnen mit Freuden ihr Schokoladencremerezept verraten.« Von der Seite grinste er Liz an, die fast schon unmerklich die Augen zusammenkniff.

»Adam hat sein eigenes Fitnessstudio«, warf sie nicht sonderlich hilfreich ein. Und dann fügte das Biest auch noch hinzu: »Früher war er Model. Beispielsweise für Unterwäsche.«

»Oh!«

Na wunderbar. Liz hatte es geschafft, dass die alten Damen

ihn taxierten, als säßen sie inmitten einer Darbietung der Chippendales. Unruhig rutschte er auf dem winzigen Sofa hin und her. Das würde sie ihm büßen!

»Sie kamen mir gleich so bekannt vor, Adam.« Mrs. Gideon maß ihn nachdenklich. »Haben Sie in dieser Werbung für das Mittel gegen Blasenschwäche mitgespielt?«

»Äh, nein. Ich fürchte nicht.«

»Meinem William habe ich die Medizin nämlich nur gekauft, weil mir die Werbung so gut gefiel. Geholfen hat es trotzdem.«

Nachdem er den Damen versichert hatte, dass er weder für ein Medikament geworben noch bei *Let's Dance* mitgemacht hatte, verabschiedete er sich mit Liz eilig und zerrte sie förmlich aus der Pension.

Kaum war die Haustür hinter ihnen ins Schloss gefallen, begann Liz auch schon zu lachen. »Eigentlich habe ich damit gerechnet, dass Mrs. Giddeon dich um ein Autogramm bittet.«

Adam zog sie an sich und legte ihr einen Arm um den Nacken. »Vielen Dank, Liz. Diese Teegesellschaft werde ich niemals vergessen.«

»Du hättest dein Gesicht sehen sollen, als sie wissen wollte, ob du das Werbegesicht dieser Medizin gegen Blasenschwäche gewesen bist.« Liz johlte vor Freude. »Niemals zuvor habe ich etwas Komischeres gesehen.«

»Es war sehr ... ungewöhnlich.« Adam seufzte schwer. »So viel zu meinem Plan, den Nachmittag mit dir allein auf unserem Zimmer zu verbringen. Mrs. Penworthy hat mir einen Strich durch die Rechnung gemacht.«

»Hey, ich habe diese Pension nicht gebucht. Das warst du.« Sie sah mit einem Lächeln zu ihm auf. Der Wind spielte in ihrem blonden Haar und das Geschrei von ein paar Möwen drang zu ihnen. Auch wenn er soeben einer obskuren Runde entkommen war und den Teufel tun würde, die Pension allzu schnell wieder zu betreten, musste er zugeben, dass der Ausflug mit Liz bisher mehr als angenehm war.

Er zog sie noch enger an sich und genoss die Sonnenstrahlen, die seinen Rücken wärmten. »Sollen wir zurück ins Haus gehen und uns Mrs. Giddeons Geschichten über ihren an Verstopfung leidenden William anhören oder willst du dich ein wenig umsehen?«

»Ein wenig umsehen, bitte.« Vermutlich eher unbewusst schmiegte sie sich an ihn. »Ich war seit Ewigkeiten nicht am Strand.«

Angesichts ihrer ehrlichen Freude vermied er Kommentare über den Weißen Hai und spazierte mit ihr in Richtung Strand.

Es war schon früher Abend, als sich Adam mit ihr in einem hübschen Restaurant direkt an einer Bucht wiederfand und sich an einen Tisch setzte, von dem aus man einen grandiosen Blick aufs Wasser hatte. Das Restaurant mit seiner schlichten Ausstattung, dem wackeligen Holztisch und den Papierservietten war zwar nichts Besonderes, aber Liz strahlte. Und auch Adam merkte, wie er sich entspannte, als er ihr gegenübersaß. Normalerweise war er kein Fan von romantischen Restaurants und Dates, bei denen man einen Sonnenuntergang beobachten konnte, aber das hier fühlte sich normal und richtig an.

Natürlich musste er ein wenig Spott über sich ergehen lassen, als er im Gegensatz zu ihr keinen Hummer bestellte, sondern einen Salat mit rohen Garnelen auswählte.

»Magst du keinen Hummer?« Sie sah ihn verwundert an.

Er zuckte mit der Schulter. »Doch, aber mein Ernährungsplan …«

»Adam.« Liz unterbrach ihn mit einem Lachen in der Stimme. »Wenn mich nicht alles täuscht, besteht Hummer zu einhundert Prozent aus Eiweiß.«

»Das mag schon sein«, erwiderte er lässig und schenkte ihnen beiden etwas Wasser ein. »Aber meistens schwimmt der Hummer in Butter, wenn er serviert wird.«

»Also ich mag Hummer in Butter.« Liz stützte sich mit beiden Ellenbogen auf der Tischplatte ab und sah ihn an, als erwarte sie bereits seinen Widerspruch. »Dann schmeckt er besonders köstlich.«

»Komm schon.« Adam zwinkerte ihr zu. »Du willst doch nur, dass ich irgendetwas sage, das mich wie einen Vollidioten dastehen lässt. Glaub mir, Süße, in deiner Gegenwart werde ich nie wieder das Wort Problemzone in den Mund nehmen.«

Liz verdrehte die Augen, ließ sich jedoch nicht so einfach ablenken. »Ein bisschen Butter auf einem Hummer wird dich schon nicht umbringen, Adam. Und deinem Luxuskörper schadet es sicherlich nicht, wenn du dir ab und zu etwas gönnst.«

»Luxuskörper?« Interessiert horchte er auf.

»Ja, Luxuskörper. Du weißt sehr wohl, wie du aussiehst, schließlich verwendest du nicht unerheblich wenig Zeit darauf.«

Nun verdrehte er die Augen und stellte klar: »Ich mache keinen Sport, um gut auszusehen, sondern um gesund und fit zu bleiben.«

»Natürlich.« Sie klang belustigt. »Und die Blicke deiner geifernden Groupies entgehen dir. Schon klar.«

Irgendwie gefiel ihm die Richtung nicht, in die das Gespräch ging. »Die geifernden Groupies gehen mir gehörig auf den Wecker. Außerdem gönne ich mir ab und zu etwas. Erst heute Nachmittag musste ich den zuckrigsten Tee der Menschheitsgeschichte trinken und dazu diesen widerlich süßen Kuchen essen.«

»Du sagst es doch schon: Du *musstest* ihn essen. Abgesehen davon hast du den widerlich süßen Kuchen kaum angerührt.« Fragend schaute sie ihn an. »Wann hast du das letzte Mal aus purem Genuss etwas gegessen, was laut deinem Plan eigentlich verboten war?«

Adam lehnte sich vor und flüsterte: »Schokoladenmousse. Du solltest dich daran erinnern, schließlich warst du dabei.«

Wenn er geglaubt hatte, dass sie nun erröten würde, hatte er falsch gedacht. Liz verzog lediglich den Mund und schüttelte den Kopf. »Das meine ich nicht, Adam, und das weißt du auch. Es ist zwar bewundernswert, wie diszipliniert du bist, was dein Training und deinen Ernährungsplan betrifft, aber an Tagen wie heute kann man doch auch eine Ausnahme machen, oder etwa nicht?«

»Eine Ausnahme ist nicht das Problem«, entgegnete er ruhig, »aber wenn aus der einen Ausnahme zwei, drei, vier oder fünf werden und man immer öfter auf dem Sofa liegen bleibt und den inneren Schweinehund gewinnen lässt, dann wird es kritisch.«

»Soll das ein versteckter Hinweis darauf sein, dass ich den Hummer lieber abbestellen soll?«

Er schüttelte den Kopf und schaute ihr lange in die Augen. »Liz, du bist eine schöne Frau und musst rein gar nichts verändern.«

Obwohl ihr sein Kompliment gefiel – schließlich begannen ihre Augen zu strahlen –, wehrte sie es typisch Frau ab und klagte: »Mein Hintern ist fett geworden.«

»Dein Hintern ist der Wahnsinn.«

Das schien sie zu überraschen. »Oh.«

»Wenn wir allein wären, würde ich darauf bestehen, dass du dich augenblicklich ausziehst«, raunte er ihr zu und legte seine Beine unter dem Tisch um ihre. Ohne darüber nachzudenken, verriet er ihr: »Ich war noch nie so versessen darauf, eine Frau nackt zu sehen, wie bei dir.«

Liz wirkte im ersten Moment überrumpelt, dann rümpfte sie die Nase. »Adam, früher bist du sicherlich ständig mit Models ausgegangen. Um so auszusehen, müsste ich einiges an mir verändern. Was ich nicht möchte.«

Beinahe hätte er gestöhnt. »Glaub mir, es gibt nichts, was du an dir ändern musst. Und die meisten Models, die in der Modebranche arbeiten, sehen ausgezehrt und ungesund aus. Das findet kein Mann schön.«

»Dann kläre mich auf. Was finden Männer an Frauen schön?«

Er wusste, dass er politisch nicht sehr korrekt klang, als er erwiderte: »Schön ist, wenn man eine Frau anfassen kann, ohne dass man ihr gleich etwas bricht. Wir wollen Kurven, einen prallen Hintern und weiches Fleisch, keine spitzen Knochen.«

»Einen prallen Hintern?«

»Oh ja.« Wieder fixierte er ihren Mund und kam sich ein wenig pervers vor, als er mit heiserer Stimme flüsterte: »Ich wäre enttäuscht, wenn du ihn dir abtrainieren würdest.«

Anstatt auf seinen eindeutig sexuellen Kommentar einzugehen, kam Liz zu seiner Enttäuschung wieder auf das eigentliche Thema zu sprechen. »Dann verstehe ich erst recht nicht, warum du so penibel auf den Kohlenhydratanteil deines Essens achtest und so diszipliniert bist, was dein Training betrifft. Ich als Frau darf ruhig etwas mehr auf den Rippen haben, aber du als Mann musst ein Adonis sein? Das ist doch albern.« Nachdenklich runzelte Liz die Stirn. »Es liegt doch nicht nur an deinem Training für den Ironman, dass du dich so diszipliniert verhältst.«

»Ehrlich gesagt habe ich mich in letzter Zeit für meine Verhältnisse ziemlich undiszipliniert gezeigt. Ich habe einige Trainingseinheiten versäumt und viel zu oft gesündigt.«

Abfällig schnaubte Liz. »Gesündigt? Ich mag dieses Wort nicht. Es hat so einen negativen Beigeschmack. Sag lieber genossen.«

»Gut.« Adam verdrehte halbwegs belustigt die Augen. »Dann habe ich eben viel zu oft *genossen*. Eigentlich sollte ich fokussierter sein.«

»Glaub mir, du bist fokussiert genug.«

Er fuhr sich über die Lippen, zuckte mit den Schultern und lehnte sich auf seinem Stuhl zurück. »Kann schon sein. Ich will einfach nicht in alte Verhaltensmuster zurückfallen.«

Ihre Stimme verlor jede Leichtigkeit. »Das Moppelkind. Meinst du das?«

»Moppelkind?« Nur mit Mühe und Not konnte er seine Belustigung unterdrücken. Ja, heute konnte er darüber lachen, aber das war lange Zeit nicht der Fall gewesen. »Ich war nicht moppelig, sondern fett. Ein fettes Kind, das pausenlos gegessen und sich nicht bewegt hat. Irgendwann wurde aus dem fetten Kind ein fetter Jugendlicher, der jeden Frust, jeden Ärger und jede Freude mit Essen erstickt hat.«

»Du klingst ziemlich abgeklärt.«

»Abgeklärt? Heute kann ich ohne Frustration oder Wut darüber nachdenken, wie es früher war, als ich dick war.« Adam griff nach seinem Glas und trank einen Schluck Wasser. »Wenn man seine ganze Kindheit und Jugend einem bestimmten Verhaltensmuster gefolgt ist, kann es hart sein, sich zu verändern. Ich musste lernen, dass ich nur dann essen muss, wenn ich hungrig bin – und nicht dann, wenn ich müde, wütend, fröhlich, gelangweilt oder frustriert bin. Vorher habe ich vieles mit Essen kompensiert, und das war falsch.«

»Was haben denn deine Eltern getan? Sie müssen doch besorgt gewesen sein.«

Ihren interessierten Blick erwiderte er, indem er seine Augen senkte und betont lässig mit den Schultern zuckte. Auch wenn er sich nicht dafür schämte, ein dickes Scheidungskind gewesen zu sein, war es eine ganz andere Hausnummer zu erzählen, wie kaputt das Verhältnis zu seiner Mutter war und wie er als Kind und auch als Jugendlicher gelitten hatte. »Die beiden hatten ihre eigenen Probleme. Bei uns zu Hause war es nie sonderlich harmonisch. Durch ihre Scheidung und den ganzen Streit hatte ich natürlich einen Grund mehr, mich in meinem Zimmer zu verkrümeln und mit Süßigkeiten vollzustopfen.«

»Das tut mir leid.«

»Muss es nicht.« Er lächelte schwach. »Es ist immerhin schon ein paar Jahre her. Heute habe ich keine Obsession für Marsriegel mehr.«

»Trotzdem befürchtest du, in alte Verhaltensmuster zurückzufallen.«

»Vielleicht will ich mit gutem Beispiel für meine Kunden vorangehen.«

Liz' Stimme war an Trockenheit nicht zu überbieten. »Deine Kunden sind nicht hier und können nicht wissen, ob du einen Hummer mit Butter oder einen Salat ohne Fett isst.«

»Aber ich weiß es.« Auch auf die Gefahr hin, wie die größte Spaßbremse der Welt zu wirken, erklärte Adam ruhig: »Essen ist für mich vor allem Nahrung, damit mein Körper funktioniert. Ausgewogene Ernährung ist wichtig, damit er optimal versorgt ist.«

»Papperlapapp.« Mit einem listigen Lächeln beugte sie sich vor. »Vergiss das alles doch einmal für kurze Zeit. Was hättest du bestellt, wenn du keinen Ernährungsplan hättest und Essen nicht als Treibstoff für deinen Adoniskörper betrachten würdest, sondern als Genuss?« Ihre Augenbrauen wackelten auf und ab. »Worauf hättest du Hunger? So richtigen Hunger?«

Das Bild eines saftigen T-Bone-Steaks mit Kartoffelspalten in Sauerrahm stieg vor seinem inneren Auge auf, gefolgt von dem knusprigen Brathähnchen seiner Grandma mit Kartoffelstampf und dunkler Soße sowie frittierten Zwiebelringen. Täuschte er sich oder begann sein Magen wirklich zu knurren?

Genau in diesem Moment kam ihr Essen. Wenn er ehrlich war, lief ihm beim Anblick des saftigen Hummerfleischs und dem Schälchen Butter das Wasser im Mund zusammen. Sein eigener Teller machte dagegen einen eher kümmerlichen Eindruck.

Liz deutete seinen Blick ganz richtig, weil sie ihren Teller in die Mitte des Tisches schob.

»Wie wäre es mit einem Kompromiss? Wir teilen den Hummer und den Salat, und ich verrate niemandem, dass Adam Stone in einer Nackt-Show im Fernsehen aufgetreten ist.«

»Ich bin nie in einer Nackt-Show aufgetreten, Liz.«

»Ich weiß.« Sie griff nach einer Gabel, spießte etwas Hummerfleisch auf, tunkte es in die Butter und hielt ihm diese Köstlichkeit hin.

Es dauerte ungefähr eine Sekunde, bis er den Kopf senkte und den Bissen von ihrer Gabel aß.

Vermutlich hätte sie aufgeregt sein müssen. Doch komischerweise war sie die Gelassenheit in Person.

Liz starrte sich im Spiegel des winzigen Badezimmers an und schnitt eine Grimasse, während sie sich mit einer Hand durch ihr Haar fuhr. Es war albern, so viel Zeit im Badezimmer zu vertrödeln, schließlich wartete Adam draußen auf sie. Nach ihrem Abendessen und einem sehr romantischen Spaziergang zurück zur Pension waren sie auf ihr Zimmer gegangen und er hatte ihr höflich den Vortritt im Badezimmer gelassen. Nach einer heißen Dusche, Dutzenden von Bürstenstrichen und einer fast schon endlosen Schönheitspflege war Liz in ein schwarzes Baumwolltop und kurze Pyjamashorts geschlüpft, die sie zum Schlafen am liebsten trug. Das alberne Negligé, dessen Art sie nur aus schlechten Filmen der Achtzigerjahre kannte und zu dem ihr Vicky geraten hatte, hatte Liz erst gar nicht gekauft.

Kritisch betrachtete sie sich. Besser hätte sie es wirklich nicht hinbekommen. Ihr Haar glänzte, ihr ganzer Körper roch nach ihrer Lieblingslotion – Mandelmilch mit Maracujaaroma –, und obwohl sie ins Bett gehen würde, trug sie einen Hauch Rouge. Und sie hatte ein kleines Vermögen für ein Body-Waxing und eine Pediküre ausgegeben. Für keinen Mann hatte sie jemals so einen Aufstand gemacht wie für Adam.

Amüsiert kräuselten sich ihre Lippen. Hoffentlich wusste er ihre Bemühungen zu schätzen. Dass er ihr heute gesagt hatte, wie sehr er auf ihren Hintern stand und dass er sie unbedingt nackt sehen wollte, hatte ihr gutgetan.

Ein letztes Mal strich sie sich eine wirre Strähne aus der Stirn, öffnete die Tür und trat aus dem Badezimmer heraus. »Adam? Du kannst jetzt …« Verwundert sah sie sich um, denn von Adam fehlte jede Spur.

Liz schloss die Badezimmertür hinter sich und runzelte die

Stirn. Seine Tasche war noch da und auch seine Jacke hing über der Stuhllehne. Sogar sein Handy lag auf dem kleinen Nachttisch direkt neben dem Bett, auf das sich Liz setzte und sich ein weiteres Mal in dem schnuckeligen kleinen Zimmer umsah. Das Quietschen des Bettgestells ignorierte sie und fragte sich, wo er geblieben sein konnte.

Bald war das Ticken der antik wirkenden Uhr auf dem weißen Kaminsims gegenüber dem Bett das einzige Geräusch im Zimmer, und Liz entschied, dass es dämlich aussehen musste, dass sie wie bestellt und nicht abgeholt auf dem Bett saß, wenn Adam zurückkam. Also schlug sie die Decke zurück und lehnte sich gegen die Rückenlehne des gigantischen Himmelbetts.

Weitere fünf Minuten vergingen, in denen Adam immer noch verschwunden blieb. Aus purer Langeweile griff sie nach ihrem Handy, schaute nach neuen E-Mails und knirschte mit den Zähnen, als sie las, dass Mrs. Buchanan schon wieder einen Änderungswunsch hatte. Normalerweise hätte Liz sofort darauf geantwortet und sich den Kopf darüber zerbrochen, welche Torte sie ihrer schwierigen Kundin als Ersatz vorschlagen könnte, doch gerade jetzt hatte sie keine große Lust, sich damit zu befassen. Also schloss sie ihr Mail-Programm. Sie war im Urlaub und würde nicht an ihre Patisserie oder irgendwelche Aufträge denken. Das hatte Zeit bis Montag, wenn sie zurück in Boston war.

Auch Vicky war nicht untätig gewesen und hatte ihr im Laufe des Tages diverse Nachrichten geschickt. So wie sie ihre Schwester kannte, wäre Liz eigentlich davon ausgegangen, dass Vicky ihr Links zu Artikeln mit Sexratgebern schicken würde. Doch glücklicherweise hatte ihre Schwester Bekanntschaft mit ihrem neuen Nachbarn gemacht und verstieg sich momentan darauf, ihr zu schreiben, was für ein *arroganter Kotzbrocken* in die Wohnung gleich über sie gezogen war.

Liz las gerade Vickys wortgewandte Beschreibung der schrecklichen Musik, die der arrogante Kotzbrocken hörte, als die Zimmertür aufging und ein sichtbar genervter Adam eintrat. »Sollte ich jemals wieder auf die Idee kommen, kein Hotelzimmer, sondern ein Pensionszimmer zu buchen, hast du die Erlaubnis, mich zu erschießen.«

Rasch schaltete Liz das Handy aus und legte es beiseite. »Wie bitte?«

Adam sah gar nicht erst in ihre Richtung, sondern blieb mit dem Rücken zu ihr neben dem Bett stehen, nickte und knöpfte sich ohne großes Federlesen das Hemd auf. »Mrs. Penworthy klopfte vor ein paar Minuten an die Tür und bat mich, bei ihrem Fernseher nach dem Rechten zu sehen. Der Empfang ihrer Lieblingssendung war schlecht.« Seine Schultern sackten nach unten und er stöhnte.

Mit einem Lachen in der Stimme fragte Liz nach: »Was? Du musstest ihren Fernseher reparieren?«

»Ach.« Er machte eine achtlose Handbewegung. »An dem Ding war nichts kaputt. Das Kabel zum Receiver steckte nicht richtig drin. Weil ich schon dabei war, habe ich die Sender neu geordnet. Der Krimi-Kanal lag auf Platz achthundertdreißig.«

»Aha?« Das erklärte natürlich alles.

»Ja, außerdem habe ich den DVD-Player angeschlossen. Mr. Penworthy versteht nämlich nichts von Technik und hat das Ding seit einem halben Jahr ungeöffnet im Karton liegen gehabt. Dabei hat er zu Weihnachten eine *Matlock*-Kollektion geschenkt bekommen, die er unbedingt sehen will.«

»Matlock?« Belustigt und irgendwie auch ein bisschen verzückt zog Liz die Bettdecke hoch und beobachtete Adam, der sich neben dem Bett auszog, als wäre es das Normalste auf der Welt. Dabei stöhnte er zwar genervt, konnte jedoch nicht leug-

nen, dass er ein hilfsbereiter Mensch war. »Bob, also Mr. Penworthy, ist ein riesiger *Matlock*-Fan.« Umstandslos schlüpfte er aus seinem Hemd und ließ es auf dem Stuhl an der Wand fallen. »Mrs. Penworthy, Irene, ist ganz verrückt nach *Mord ist ihr Hobby*. Da läuft heute im Krimi-Kanal ein Special. Zehn Folgen hintereinander. Vermutlich werden sie bis mitten in der Nacht vorm Fernseher hocken und morgen viereckige Augen haben. Irene und Pam trugen sogar Flanellpyjamas drüber. Henry und Mortimer hatten wenigstens Morgenmäntel an.«

Liz konnte sich nur schwer darauf konzentrieren, was er sagte, weil sie wie gebannt auf seinen nackten Rücken starrte. Breite Schultern, karamellfarbene Haut, gewölbte Muskeln ... ihr wurde plötzlich ganz warm im Bauch und in ihren Kopf stieg eine träge Leere. Außerdem merkte sie, dass ihr Mund offen stand, als sie ihren Blick von seinen Schultern langsam abwärts fahren ließ – bis zu seinen schmalen Hüften und dem Bund seiner Jeans, durch den ein geflochtener Gürtel gezogen war.

»Anscheinend veranstalten Bob und Irene öfter Fernsehabende mit ihren Gästen. Ich konnte sie überzeugen, dass wir nach der langen Fahrt zu müde dafür sind. Das war hoffentlich in deinem Sinne, sonst säßen wir gleich mit allen unten im Salon.« Er griff wie selbstverständlich nach seiner Gürtelschnalle.

Ihre Augenbrauen zuckten in die Höhe. »Adam?«

»Mh.«

Räuspernd wiederholte sie seinen Namen und schaffte es, endlich seine Aufmerksamkeit zu bekommen. Adam drehte sich fragend zu ihr um und schien erst jetzt zu bemerken, dass sie bereits im Bett lag sowie ihren winzigen Pyjama trug – und dass er dabei war, sich auszuziehen. Als seine Augen erfreut aufleuchteten, als er sie in Augenschein nahm, hatte Liz das

Gefühl, zu verglühen. Was sie nämlich vor sich sah, gefiel ihr ungemein gut. Oh ja, Adam hätte auch heute noch problemlos als Model arbeiten können, dachte sie bei sich, als ihr seine breite Brust und das markante Sixpack ins Augen sprangen.

»Du liegst ja schon im Bett.« Seine Lippen verzogen sich zu einem erfreuten Lächeln.

Nicht sehr geistreich erwiderte sie: »Ich habe auf dich gewartet.«

»Das freut mich zu hören.« Der oberste Knopf seiner Jeans war offen, und Liz verfolgte gebannt die schmale Spur dunkler Haare, die unter dem Bund der Hose verschwand. Sehr lässig lehnte sich Adam gegen den Pfosten des Himmelbetts. »Ich hoffe, ich habe dich nicht zu lange warten lassen.«

»Hast du nicht.« Liz schluckte. Mit mildem Interesse fragte sie ihn: »Veranstalten sie da unten wirklich eine Pyjama-Party?«

Unglauben spiegelte sich auf seinem Gesicht wider. »Willst du jetzt tatsächlich über die alten Leute reden?«

Sie hätte ihn darauf hinweisen können, dass er damit begonnen hatte, stattdessen verstummte sie und bewegte sich auf dem Bett rhythmisch auf und ab. Augenblicklich begann das Bettgestell zu quietschen. Bedeutungsvoll legte sie den Kopf schief. »Wenn alle unten sind und fernsehen, können sie ganz unmöglich hören, wenn das Bett quietscht.«

Verstehen leuchtete in seinem Gesicht auf.

»Falls du aber lieber nach unten gehen willst, um fernzusehen ...« Sie lachte auf, weil Adam in Sekundenschnelle aus seinen Jeans geschlüpft war und sich anschließend förmlich auf das Bett warf. Das protestierende Quietschen klang in ihren Ohren, als er ihren Mund mit einem leidenschaftlichen Kuss eroberte. Liz schmolz dahin und schlang die Arme um ihn. Sie stöhnte seinen Namen, als er die Decke beiseiteschob und sich auf sie legte.

Sie konnte sich nicht erinnern, dass sie es jemals so genossen hatte, sich an einen halbnackten Männerkörper zu pressen und dabei geküsst zu werden.

Langsam ließ sie ihre Hände über seine starken Schultern gleiten und spürte die Muskeln unter ihren Fingerspitzen. Alles an ihm fühlte sich perfekt an. Seine Lippen auf ihren. Sein Geschmack. Seine Hände auf ihrer Haut. Liz konnte nicht genug davon bekommen und merkte, wie sich eine unglaubliche Hitze in ihr aufbaute, während sie beide wie aneinandergeklebt beieinanderlagen und sich wie zwei Verhungernde küssten.

Sie krallte ihre Finger in seine Oberarme und rieb ihren Oberkörper an seiner starken Brust. Gleichzeitig erwiderte sie seinen verschlingenden Kuss und presste sich an ihn, als er an ihrer Unterlippe saugte und anschließend ihre Zunge mit seiner umspielte. Dass auch er stöhnte, sobald sich ihre Hände auf seine Brust legten, ließ Hunderte Schmetterlinge in ihrer Magengegend flattern.

Tiefe Lust stieg in ihr auf, als sie seine harte Erektion an ihrem Bauch spürte. Automatisch hob sich Liz ihm entgegen und presste ein Knie gegen seine Hüfte. Sie konnte es nicht erwarten, sich nackt an ihm zu reiben.

Keuchend schloss sie die Augen, als er seinen Mund von ihrem löste und mit den Lippen über ihre Wange, ihren Hals bis zu ihrem Schlüsselbein fuhr. Sie schluckte schwer und lehnte sich zurück.

»Deine Haut ist so weich«, raunte Adam heiser gegen ihren Hals.

Seine Stimme war kaum zu hören, weil das Rauschen in ihren Ohren immer lauter wurde und Liz bis auf ihren eigenen harten Herzschlag kaum etwas wahrnahm. Sie konzentrierte sich einzig auf die feuchten Küsse auf ihrer Haut und das

Gefühl, das seine warmen Finger auslösten, als er geradezu bedächtig über ihren Brustansatz streichelte.

Wieder schluckte sie hart, als sein Mund tiefer fuhr und Adam die Träger ihres Tops nach unten fallen ließ, bevor er auch den Ausschnitt tiefer zog.

Seine warmen Hände wölbten sich um ihre Brüste und seine Zunge fuhr abwechselnd über ihre Brustwarzen. Prickelnde Lust schoss blitzartig durch sie hindurch und belebte jede Zelle ihres Körpers. Etwas Zittriges pulsierte mit einem Mal durch ihre Adern.

Liz wand sich unter ihm, und ihre Atmung stockte, als sie seinem Blick begegnete. Unter schweren Lidern sah er sie an. Seine Augen waren unbeschreiblich grün. Gleichzeitig hatte sein Blick etwas Intensives an sich, das es schaffte, dass sich ihre Zehen einrollten. Sie krallte ihre Finger ein weiteres Mal in seine Schultern, als er wieder den Mund senkte und ihre Brustwarze mit seinen Lippen umschloss.

Das Stöhnen, das Liz ausstieß, brach sich ungewollt Bahn.

Quälend langsam glitten seine Hände über sie. Schoben sich unter ihr Top. Streichelten über ihre Rippen, ihren Bauch und ihre Hüften. Ihre Kehle fühlte sich so trocken wie eine Wüste an. Automatisch zog sie den Bauch ein, als seine Zunge zu ihrem Nabel vordrang.

Während Adam irgendetwas murmelte, das sie nicht verstand, fuhr sie mit einer Hand durch sein Haar und bat ihn heiser, ihn anfassen zu dürfen. Er ignorierte sie und machte stattdessen das, was er wollte. Plötzlich zog er ihr das Top über den Kopf und starrte mit glühenden Augen auf sie nieder. Seine Hände glitten über ihren Bauch, umfassten ihre Taille und fuhren zu ihren Hüften.

Liz konnte den Blick nicht von seinen starken Händen lassen, die ihre Hüften umfasst hielten, während Adam vor ihr auf der Matratze kniete und sie intensiv musterte. Sie hatte das Gefühl, bei seinem Anblick gleich das Bewusstsein zu verlieren. Bis auf seine schwarzen Boxerbriefs war er nackt. Wohin sollte sie zuerst schauen? Adam war ein Bild von einem Mann und starrte sie auch noch an, als wäre sie die köstlichste Praline, von der er jemals gekostet hatte. Auf seiner breiten Brust wuchsen kurze schwarze Haare, die sich über seinem trainierten Bauch verjüngten. Nicht nur die seitlichen Muskelpartien an seiner Hüftgegend waren ausgeprägt, sondern auch die nicht zu übersehende Erektion, die seine Boxerbriefs ausbeulte.

Natürlich war Adam auch im Bett die Selbstsicherheit in Person. Seine Hände umfassten ihren Po und zogen sie mit einem Ruck an sich. Erwartungsvoll funkelten seine Augen, während er sie in dieser Position hielt, in der sie ihm völlig ausgeliefert war – und es auch noch genoss. Dass seine Hände ihren Po erforschten und unter den Stoff ihrer Pyjamahose glitten, ließ sie erbeben. Und dass er den Knoten ihrer Shorts löste, bevor er bedächtig die kurze Hose nach unten schob, ließ Liz auf ihre Unterlippe beißen. Bevor sie es sich versah, landeten ihre Shorts neben dem Bett und sie lag nur noch in ihrem winzigen Höschen vor ihm.

Adam schob seine Hand unter das durchsichtige Höschen und begann, ihren Po zu streicheln. Mit der anderen fuhr er über ihren Oberschenkel.

Als hätte er geahnt, was sie dachte, raunte er mit vor Lust unterdrückter Stimme: »Du hast ja keine Ahnung, was du mit mir machst. Am liebsten würde ich mich auf dich stürzen, Liz.«

»Ach«, entgegnete sie schwach. Überall dort, wo er sie berührte, glühte ihre Haut, bevor sich eine Gänsehaut über ihren Rücken ausbreitete.

»Ja.« Er beugte sich über sie. »Deine Haut ist so weich, du riechst einfach wunderbar und vermutlich werde ich dich erst nach Tagen aus dem Bett lassen.«

Natürlich sagte er genau das, was sie hören wollte. Und dann senkte er den Kopf und küsste sie wieder, bis sie nicht mehr wusste, wo unten und oben war.

Seine Zunge glitt über ihren Mund. Mit einem Stöhnen zog er ihre Unterlippe zu sich und spielte mit ihrer Zunge. Ihr Kuss entwickelte sich zu einem erotischen Kampf, bei dem er unfair spielte, weil er sich fast auf sie legte und seinen harten Schritt gegen ihre feuchte Mitte presste, die er wenige Sekunden später mit seiner Hand vorsichtig erforschte.

Beinahe hätte Liz ihm in die Lippe gebissen. Geradezu verzweifelt rieb sie sich an ihm. Sie wollte ihn auch anfassen, ihn überall berühren und ihre Lippen über seinen harten Körper fahren lassen, aber Adam gab den Ton an. Feuchte Hitze stieg in ihr auf, genauso wie gewaltige Lust, die sie verbrennen würde, wenn sie nichts dagegen tat. Ihm schien es ähnlich zu gehen, weil er stöhnte, sobald sie sich ihm öffnete. Und er stöhnte noch lauter, als Liz ihre Hand zwischen ihre beiden Körper zwängte und sie in seine Unterhose schob, um seinen harten Penis zu umfassen.

Sie küsste ihn nicht weniger leidenschaftlich als er sie, während sie seine Erektion durch ihre Hand gleiten ließ und mit dem Daumen über die runde Kuppe fuhr.

Ihr Name auf seinen Lippen war fast so köstlich wie das Gefühl seiner Finger, die ihre feuchte heiße Mitte berührten, in sie glitten und ihr Verlangen nach ihm schürten.

Adam wölbte ihr das Becken entgegen, stöhnte auf und presste sich an sie, während er ihren Mund verschlang. An ihrer Brust konnte sie fühlen, dass sein Herz ebenso hastig schlug wie ihres. Tatsächlich glaubte sie, dass ihr eigenes Herz jeden Moment platzen müsste vor Anstrengung. Verzweifelte Lust ließ sie ihm den Mund entziehen und ihm – wenn auch nicht allzu kräftig – in die Schulter beißen. Er schmeckte salzig und nach Verlangen. Außerdem verströmte er so viel Hitze wie ein Backofen. Seine Muskeln zuckten.

An dem Biss schien er sich nicht zu stören. Im Gegenteil. Er lachte krächzend und zog ihr das Höschen aus. Augenblicklich schob sie ihm die Boxerbriefs hinunter und war erst zufrieden, als er ebenso nackt war wie sie. Dann schubste sie ihn regelrecht auf den Rücken. Sobald er vor ihr lag, begann sie, ihre Hände über seinen Körper wandern zu lassen und legte eine Spur aus Küssen von seinem Hals über sein Schlüsselbein und seine Brust bis zu seinem Bauch, in den sie zärtlich biss. Sie konnte Hände und Mund kaum von seinem prächtigen Körper lassen und genoss die erstickten Laute aus seiner Kehle, als sie ihn ein weiteres Mal umfasste.

»Süße.«

Liz beugte sich zu ihm und küsste ihn, während sie spürte, wie seine Hände über ihren Rücken glitten. Wie in Zeitlupe verlor sie das Gleichgewicht und fiel nach vorn, doch Adam packte sie und warf sie auf den Rücken.

Sie hatte keine Ahnung, woher er das Kondom hatte, das er plötzlich in der Hand hielt und aufriss. Sie wusste nur, dass sie kaum atmen konnte vor Erregung, als er ihren Blick einfing, sich über sie beugte und küsste, während er in sie eindrang.

Liz hob sich ihm entgegen und schnappte nach Luft. Elektrisierende Lust explodierte in jeder Nervenzelle. Sie bohrte ihm die Fingernägel in die Schultern und presste sich an ihn. Sie wollte ihn noch tiefer in sich spüren. Vor Vergnügen biss sie sich auf die Unterlippe, als er sich in ihr zu bewegen begann.

Ihr warmer Atem vermischte sich miteinander.

Es fühlte sich unfassbar innig an. Sie beide pressten sich

aneinander, ihre Münder berührten sich fast und dabei sahen sie sich in die Augen, während sie miteinander verschmolzen waren.

Als sich Adam langsam in ihr zu bewegen begann, wurde ihr fast schwindelig. Jedes Mal, wenn sein Bauch über ihren rieb, schoss ein Trommelfeuer explodierender Glücksgefühle durch ihr Inneres und ein wildes Stakkato pulsierte durch ihre Nervenbahnen. Eine ungeheure Wärme breitete sich in ihr aus.

»Alles okay?«

Auf seine heisere Frage antwortete sie mit einem sehnsüchtigen Stöhnen und hob sich ihm noch mehr entgegen. Liz wusste, dass sie zerbersten würde, wenn er aufhörte sich zu bewegen.

Das Bettgestell begann ohrenbetäubend zu quietschen. Und es war ihr so was von egal. Sobald er sich schneller bewegte, wurde das Sehnen in ihr immer größer und sie umschlang mit einem Bein seine Hüften. Hob sich ihm noch mehr entgegen, um etwas zu erreichen, was unerreichbar war.

Ihre Lippen klebten aufeinander. Liz konnte fühlen, dass Adam vor Anspannung zitterte. Dass er die Arme noch fester um sie schlang und sie beinahe zerquetschte. Und sie wollte es so. Hilflos klammerte sie sich an ihn, bewegte sich mit ihm und verschlang seinen Mund mit einem wilden Kuss. Das Verlangen nach ihm, nach etwas, was sie nicht benennen konnte, wurde immer größer. Intensiver.

Quälend langsam zog er sich zurück und stieß dann wieder in sie hinein. Die unglaubliche Reibung in ihrem Inneren ließ sie lustvoll seinen Namen stöhnen. Tief in ihr baute sich eine alles verschlingende Hitze auf. Im Rhythmus seiner Stöße zogen sich ihre inneren Muskeln zusammen. Er erwiderte es, indem er heftiger und schneller in sie stieß, dabei ebenfalls stöhnte. Es klang wie ein heiseres Grollen.

Liz wurde für alles um sie herum blind und taub, als die Spannung in ihrem Inneren plötzlich explodierte. Sie schrie auf und spürte nur am Rande, dass Adam über ihr verharrte und seine Muskeln zu versteinern schienen, während er einen Laut voller Lust von sich gab.

Benommen und mit rasendem Puls sah sie aus glasigen Augen zu ihm auf und verfolgte, wie er sich neben sie fallen ließ. Während sie sich darum bemühte, zu Atem zu kommen, erschauerte sie überwältigt, als er seine zittrige Hand auf ihren Oberschenkel legte und sie zu streicheln begann. Niemals zuvor hatte sich Liz so erfüllt und nach dem Sex jemandem so nah gefühlt. Es war ganz natürlich, die Hand auszustrecken und ihre Finger mit seinen zu verschlingen.

Das Bettgestell quietschte noch immer leise vor sich hin. Daneben war das Zimmer von den Geräuschen ihres und seines hektischen Atmens erfüllt.

»Ich kann das eigentlich besser.«

Mit dem Gefühl, dass ihre Lungen gleich platzen würden, drehte Liz mühsam den Kopf zur Seite und starrte ihn an. Dass sich seine Brust hastig hob und senkte und er ebenfalls nach Atem rang, ließ ein Gefühl purer Befriedigung durch ihre Adern schießen. »Besser?«

»Ja, besser. Länger«, betonte er.

»Soso.« Wenn sie nicht dermaßen außer Atem gewesen wäre, hätte sie vermutlich gekichert.

Er drehte ebenfalls den Kopf und sah sie bedeutungsvoll an. »Du bist schuld, dass ich mich wie ein Teenager benommen habe. Wenn du mich nicht so heiß machen würdest ...«

Liz unterbrach ihn, indem sie seine Hand losließ, sich zu ihm auf die Seite drehte und ihre Hand auf seine Wange legte. Dabei presste sie ihre Brüste unweigerlich gegen seine Brust und spürte augenblicklich, wie etwas danach drängte, das

Ganze zu wiederholen. »Dann lass uns doch einfach sehen, wie viel länger du beim nächsten Mal durchhältst, Mr. Ironman.«

»Immer diese sexuellen Anspielungen«, murmelte er und verschloss ihren Mund mit seinem.

Das Bett quietschte bis in die frühen Morgenstunden fröhlich vor sich hin.

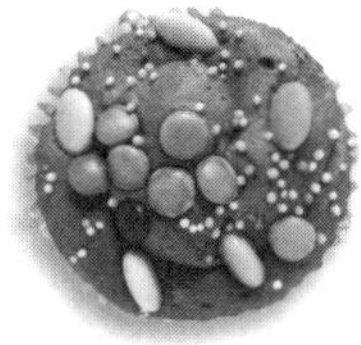

10

»Willst du nicht langsam aufstehen?«

»Wieso? Mir gefällt mein Platz ziemlich gut.«

Liz musste nur in den Spiegel schauen, um das Bett hinter sich sehen zu können, auf dem Adam in nackter Pracht lag, die Arme hinter dem Kopf verschränkt hielt und sie mit einem wissenden Lächeln bedachte.

»Wir haben fast zehn Uhr und um zwölf ist die Trauung.«

»Na und?«

»Na und?«, wiederholte sie seine Frage ein wenig fassungslos und hätte sich den Eyeliner beinahe ins Auge gestochen, mit dem sie sich gerade einen Lidstrich ziehen wollte. »Viel Zeit bleibt nicht mehr, schließlich müssen wir uns noch anziehen, frühstücken und ...«

»Ich hatte schon mein Frühstück.«

»Adam«, tadelte sie ihn und warf ihm einen leicht verlegenen Blick über die Schulter zu. Es war nun einmal eine Sache, nackt im Bett zu liegen und im Halbschlaf wegen der Dinge zu stöhnen, die er mit ihr machte, aber eine andere Sache, im hellen Tageslicht, nur in Unterwäsche bekleidet, darüber zu reden. Es hatte sie sowieso ein Quäntchen Überwindung gekostet, nur in Unterwäsche vor ihm herumzuspazieren und sich dabei zu schminken. Es wäre ihr lieber gewesen, er hätte sie nicht dabei beobachten können, wie sie Rouge auftrug und dabei das winzige Höschen sowie den trägerlosen BH anhatte. Das Licht im Badezimmer war eine Katastrophe und das schöne Kleid konnte sie unmöglich anziehen, bevor sie sich fertiggemacht hatte. Bei ihrem Glück würde sie den hübschen Stoff mit Make-up-Flecken verzieren. Und das wollte sie ganz sicher nicht.

Aber irgendwie gefiel es ihr auch, dass er sie so intensiv anstarrte, während sie halb nackt vor ihm stand. Seine Blicke taten ihr unendlich gut. Schon in der letzten Nacht hatte sich Liz so unglaublich begehrt gefühlt! Adam hatte seine Hände nicht von ihr lassen können und ihr ständig gezeigt und zugeflüstert, wie sehr sie ihm gefiel. Ihr Frauenherz glühte noch immer vor Freude. Die Tatsache, dass dieser attraktive und begehrenswerte Mann sie die halbe Nacht wachgehalten hatte, war schockierend und wunderbar zugleich.

»Ich denke doch nur an deinen Ernährungsplan«, scherzte sie und legte den Eyeliner beiseite. »Du musst doch sicher eine ausgewogene Kombination aus Kohlenhydraten, Ballaststoffen und Eiweiß zu dir nehmen.«

Beinahe wäre ihr das hübsche Kissen an den Kopf geflogen, das er nach ihr warf.

»Vorsicht«, warnte sie ihn. »Meine Frisur!«

»Zerzaust gefällst du mir am besten.« Er räusperte sich. »Außerdem werde ich heute einen Cheat-Day einlegen, also hör auf, mich zu foppen, Süße.«

»Ein Cheat-Day. Soso.« Liz kicherte und griff nach einem Pinsel, um etwas Rouge aufzulegen. Noch ein wenig Lipgloss und sie wäre fertig. Das Ergebnis gefiel ihr ausgesprochen gut. »Du klingst gerade wie eine von diesen fanatischen Fitnessfrauen, die täglich mindestens drei Liter Wasser trinken und ihren After-Baby-Body sehr ernst nehmen.«

»Flüssigkeit ist ja auch extrem wichtig«, beschied er.

»Weißt du, was noch sehr wichtig ist?«

»Ein ausgefülltes Sexleben?«

Liz verdrehte die Augen und steckte sich die kleinen Diamantstecker an die Ohren, die ihr ihre Mom geliehen hatte. »Nicht zu spät zu einer Hochzeit zu kommen, ist extrem wichtig, Adam. Geh endlich unter die Dusche.«

»Soll das eine Anspielung sein, dass ich stinke?«

Nein, er stank nicht. Eigentlich roch er ganz fantastisch, wie sie heute Morgen festgestellt hatte, als sie ihre Nase an seiner Kehle vergraben hatte. Wie eine Mischung aus satter Schokolade und herbem Karamell. Geradezu süchtig machend. Und er schmeckte auch wunderbar, aber Liz würde sich nicht ausgerechnet jetzt auf diese Diskussion einlassen.

Seufzend ließ sie die Arme sinken und drehte sich zu ihm um. Es war nicht leicht, aber sie schaffte es, seinen nackten Körper zu ignorieren. »Ich möchte nicht zu spät kommen.«

»Okay, Süße.« Seine Mundwinkel, die sich gerade noch erwartungsvoll gekräuselt hatten, fielen enttäuscht nach unten, als er aus dem Bett stieg. »Aber du weißt nicht, was du verpasst.«

Angesichts des Anblicks, den er bot, kam sie nicht umhin, einigermaßen bedrückt zu murmeln: »Leider doch.«

Das amüsierte ihn, weil er den Kopf senkte, um sie zu küssen, und ihren Po tätschelte, bevor er ins Badezimmer schlenderte, als hätte er alle Zeit der Welt. Gleich darauf erklang das Geräusch von prasselndem Wasser. Es kribbelte in ihren Fingerspitzen, sich zu ihm unter die Dusche zu gesellen, aber sie würde durch diese Aktion nicht nur ihre Frisur und ihr Make-up ruinieren, sondern wirklich zu spät zu dieser Hochzeit kommen. Also blieb ihr gar nichts anderes übrig, als sich anzuziehen und darauf zu warten, dass Adam fertig wurde.

Er brauchte überraschend wenig Zeit, da das Wasser bald darauf wieder abgestellt wurde, bevor das Geräusch eines elektrischen Rasierers erklang. Nun war es an Liz, enttäuscht zu sein. Ihr gefielen die dunklen Bartschatten auf seinen Wangen außerordentlich gut.

Da die Tür offen stand, linste sie hinein, als sie sich das Kleid anzog, und sah ihn nur mit einem Handtuch um die Hüften vor dem kleinen Waschbecken stehen. In aller Seelenruhe rasierte er sich.

»Woher kennst du Kate und Henry überhaupt? So heißen die beiden doch, oder?«

Adams Antwort bestand aus einem nachlässigen Gähnen. »Ja, Kate und Henry. Ihn kenne ich überhaupt nicht und werde ihn heute zum ersten Mal sehen.«

»Ach so.« Angestrengt zog sie den seitlichen Reißverschluss des Kleides hoch und hoffte inständig, dass nichts riss.

»Kate habe ich vor ein paar Jahren über unseren gemeinsamen Freundeskreis kennengelernt. Wir sind schon ziemlich lange befreundet.«

»Aha.« Liz zog automatisch den Bauch ein, als sie den Reißverschluss bis nach oben zerrte und sich dabei beinahe den Zeigefinger eingeklemmt hätte.

»Außerdem waren wir beide eine Zeit lang zusammen, aber es war nicht wirklich ernst zwischen uns.«

Es dauerte einen Moment, bis die Bedeutung seiner Worte in ihr Gehirn drang. »Was?«

Als wäre es das Normalste der Welt, erklärte Adam über das Geräusch seines elektrischen Rasierers hinweg: »Kate und ich waren früher ein Paar. Heute sind wir nur noch Freunde.«

Sie hatte wohl nicht richtig gehört! Leicht entsetzt lief sie barfuß in Richtung Badezimmer und blieb in der Tür stehen, um Adam ungläubig anzustarren, während er den Rasierer beiseitelegte und sich mit einer Hand über seine Wangen fuhr.

»Wir gehen heute auf die Hochzeit deiner Exfreundin?«

»Mh.« Gedankenverloren griff er nach einem weiteren Handtuch und rubbelte sich damit seine nassen Haare trocken. Als er den Kopf drehte und sie ansah, lächelte er breit. »Wow! Was für ein Kleid, Liz. Du siehst fantastisch aus und wirst die Braut locker ausstechen.«

Sie wollte nicht zickig klingen, konnte sich jedoch folgenden Spruch nicht verkneifen: »Wenn ich gewusst hätte, dass deine Exfreundin die Braut ist, hätte ich mir mehr Mühe mit meinem Make-up gegeben.«

Keinesfalls schuldbewusst grinste Adam und warf das gebrauchte Handtuch über den Badewannenrand. »Bist du etwa eifersüchtig?«

»Ich hätte einfach gern gewusst, worauf ich mich hier einlasse, Adam.«

Lässig lehnte er sich gegen den Türrahmen. Jeden Moment würde das Handtuch, das um seine Hüften geschlungen war, nach unten fallen. »Wieso? Wir gehen auf eine Hochzeit und verbringen ein schönes Wochenende miteinander.«

So konnte auch nur ein Mann denken. Beinahe hätte Liz die Augen verdreht. »Du hättest mir sagen können, dass es sich bei der Braut um deine Ex handelt. Jetzt komme ich mir irgendwie …« Sie zögerte. »Ich komme mir merkwürdig deplatziert vor.«

Adam griff nach ihrer Hand. »Deplatziert?«

»Ja«, murmelte Liz. Sie war eingeschüchtert. Es war eine ganz andere Nummer, auf die Hochzeit seiner Exfreundin zu gehen als nur zu irgendeiner Hochzeit, schließlich kannte sie Adam selbst noch nicht allzu gut. Da reichte es auch nicht zu wissen, wie sehr er es mochte, wenn man an seiner Kehle knabberte, oder dass er eine winzige Narbe gleich unter seinem rechten Ohrläppchen hatte.

»Du musst dir überhaupt nicht deplatziert vorkommen.« Er hob ihre Hand an seinen Mund und presste seine Lippen gegen ihr Handgelenk. Das gefiel ihr und beschleunigte gleichzeitig ihren Puls.

»Immerhin heiratet deine Ex. Macht dir das nichts aus?«

»Zwischen mir und meiner Ex war es nie ernst«, erwiderte er mit einem Schulterzucken, das sie glauben ließ, dass seine Antwort der Wahrheit entsprach. »Du und ich gehen auf diese Hochzeit, trinken Champagner, essen Torte, tanzen ... Und wenn wir wieder zurück in die Pension kommen, machen wir da weiter, wo wir heute Nacht aufgehört haben.«

Unergründlich sah sie ihn an und verzog nachdenklich die Lippen. »Champagner und Torte? Hat das alles nicht unglaublich viele Kalorien? Ach ja, du machst heute einen Cheat-Day, ich vergaß.«

Adam legte den Kopf schief und zog sie an sich. »Ganz schön frech für eine süße, kleine Kuchenbäckerin.«

»Du ruinierst mein Kleid. Außerdem bin ich nicht süß und klein.« Sie hielt seinem Blick stand, als sich Lachfältchen um seine Augen bildeten, und holte empört Luft, als er sie auf den Mund küsste und dabei ihren Lipgloss verschmierte.

»Und ob du das bist«, raunte Adam ihr zu – und ließ sie anschließend endlich los, um sich anzuziehen. Viel länger hätte es Liz nämlich nicht ausgehalten, sich nicht doch auf ihn zu stürzen.

Die Hochzeit fand in einem noblen Countryclub statt, und wenn Liz ganz ehrlich war, fand sie das Ambiente ein wenig ...

kitschig. Weiße Rosen, weiße Tischtücher, weiße Zelte. Goldfarbene Schleifen hielten die weißen Blumenarrangements zusammen und Kellner in weißen Sakkos trugen Champagnerflöten auf goldfarbenen Tabletts umher. Alles war perfekt aufeinander abgestimmt. Dazu war auf jedem verfügbaren Stück Papier das goldfarbene Emblem *K & H* gedruckt. Eingeschüchtert von den unzähligen Hochzeitsgästen, der pompösen Dekoration und nicht zuletzt der bildschönen Braut saß Liz neben Adam auf einer der Bänke, die auf dem piekfeinen Rasen standen und blickte nach vorn. Unter einem Baldachin in Weiß und Gold, gesäumt von fünf Brautjungfern in identischen goldfarbenen Kleidern, stand die Braut auf einem Meer von weißen Rosenblättern und trug ein Kleid, um das sie sogar Prinzessin Diana beneidet hätte. Unter dem ellenlangen Spitzenschleier entdeckte Liz üppiges dunkelbraunes Haar. Ihre schmale Taille hätte man problemlos mit zwei Händen umfassen können. Und das strahlend weiße Kleid mit dem wunderschönen Reifrock mit Spitzenbesatz musste ein Vermögen gekostet haben.

Die Braut war winzig, zierlich und wirkte zerbrechlich, wie sie neben ihrem Bräutigam stand und sich von ihm den Ring über den Finger schieben ließ. Ihr Bräutigam zitterte zwar, als er ihr den Ring ansteckte, aber sein erleichtertes Lächeln, als die Zeremonie vorbei war, machte einen ungeheuer sympathischen Eindruck auf Liz. Im Gegensatz zu seiner Braut mit den riesigen braunen Augen, der winzigen Nase und dem langen, schlanken Hals sah er geradezu unscheinbar aus.

Keine Frage: Adams Ex war ein richtiger Hingucker.

Etwas beklommen musterte Liz sie, als sie stolz und glücklich mit ihrem frisch Angetrauten über den Mittelgang schwebte. Die hübsche Braut war nicht nur schlank, sondern geradezu zart. Neben ihr kam sich Liz mehr als üppig vor. Fast schon wie ein Trampel. Wenn Adam mit dieser Elfe zusammen gewesen war, musste er entweder nicht nur einen Frauentyp haben, auf den er stand, oder …

Oder er machte ihr nur etwas vor.

Das konnte sich Liz eigentlich nicht vorstellen. Adam wirkte total entspannt und zeigte keinerlei Anzeichen, dass es ihn störte, dass seine Exfreundin gerade einen anderen Mann heiratete. Außerdem benahm er sich ihr gegenüber sehr aufmerksam. Er reichte ihr eine Champagnerflöte, stellte ihr seine Bekannten vor und legte ihr eine Hand auf den Rücken, als sie dem Brautpaar gratulierten. Der hübschen Braut gab er einen Kuss auf die Wange, und dem Bräutigam gratulierte er, indem er ihm zuerst die Hand schüttelte und dann freundschaftlich auf den Rücken klopfte. Eifersüchtig schien er überhaupt nicht zu sein. Und als sie sich an den runden Tisch setzten, dem sie laut Tischordnung zugeteilt waren, rückte er ihr den Stuhl zurecht.

»Sie ist sehr nett«, meinte sie halblaut, als sich Adam neben sie setzte.

»Wer?«

»Kate«, half sie ihm auf die Sprünge, während er seinen Stuhl nah an ihren rückte. »Sie hat mich gerade an sich gedrückt, obwohl wir uns gar nicht kennen.« Kates Geschmack mochte wirklich etwas überkandidelt und kitschig sein, was man auch an der überladenen Tischdekoration erkennen konnte, aber nett und überhaupt nicht aufgesetzt hatte sie tatsächlich gewirkt. Aus den Augenwinkeln hatte Liz beobachtet, wie Kate auf Adam reagiert hatte. Bis auf ehrliche Freude war ihr nicht aufgefallen, dass irgendwelche Funken zwischen den beiden hin- und hergeflogen waren, aber ein Rest an Zweifeln blieb.

»Kate ist auch nett.« Er legte einen Arm über die Lehne ihres Stuhls und griff nach der doppelseitigen Menükarte mit der goldfarbenen Kordel, die mitten auf dem Tisch stand. »Was ist eine Brunnenkresse-Essenz? Das klingt ja schrecklich.«

»Es klingt gesund.« Liz zuckte mit den Achseln und fügte mit diebischer Freude hinzu: »Das sollte doch etwas für dich sein. Vielleicht für deinen nächsten Smoothie? Ananas, Brunnenkresse und Kokosnusswasser ...«

»Erinnere mich daran, dir den Hintern zu versohlen, wenn wir zurück in unserem Zimmer sind«, flüsterte Adam ihr zu und berührte mit seinem Mund beinahe ihre Ohrmuschel. Vermutlich wollte er besonders drohend klingen, doch Liz spürte nichts anderes als ein erwartungsvolles Prickeln. Obwohl es relativ warm war, bekam sie augenblicklich eine Gänsehaut. Dass seine Finger federleicht über ihren nackten Oberarm strichen, machte es nur schlimmer. Adam in einem schwarzen Anzug, der dicht neben ihr saß, sie berührte und ihr dabei Versprechungen auf Sex ins Ohr raunte – Liz würde diese Hochzeitsfeier nicht überstehen.

Zu Beruhigung ihrer Nerven griff sie nach ihrem Champagnerglas und trank einen großen Schluck. Dabei versuchte sie zu ignorieren, dass seine Finger weiterhin über ihren Oberarm fuhren und sie seinen warmen Atem dicht neben ihrem Ohr spüren konnte.

»Vielleicht sollten wir heute nicht allzu lang bleiben, uns eine der Champagnerflaschen schnappen und dich schnellstmöglich aus diesem Kleid befreien.« Seine Stimme klang belegt.

Unsicher sah Liz in die Runde, doch die anderen Gäste an ihrem Tisch wirkten nicht so, als hätten sie etwas mitbekommen. Sie lehnte den Kopf zurück und raunte nun ihm ins Ohr: »Benimm dich. Wir sind auf einer Hochzeit.«

Er umfasste ihren Ellenbogen. »Du in diesem Kleid, Liz. Das ist pure Folter.«

Überrascht sah sie ihn an.

»Du hast keine Ahnung, wie sehr deine Augen leuchten und wie hübsch dein Lächeln ist. Und dann all diese hübschen Stellen an deinem Körper, die ich hier nicht erwähnen will, aber die aussehen, als wären sie nur für mich verpackt worden, damit ich dich später wie ein Geschenk mit Schleife auspacken kann.« Adam war noch nicht fertig. »Seit mindestens einer Stunde kämpfe ich dagegen an, deinetwegen einen Ständer ...«

»Pst!« Mit einem erschrockenen Lachen presste sie ihm ein paar Finger gegen den Mund. »Adam!«

Er zog ihre Hand beiseite, drückte einen feuchten Kuss auf ihre Fingerknöchel und raunte: »Wird Ehrlichkeit heute nicht mehr großgeschrieben? Ich wollte dir nur die Wahrheit sagen.«

Liz verdrehte die Augen. »Vielen Dank, aber ich sage es gern noch einmal: Wir sind auf einer Hochzeit.«

»Leider. Unser quietschendes Bett wäre mir jetzt lieber.«

Wieder lachte sie leise auf.

»Wann wäre es angemessen, uns zu verkrümeln?«

»Das Brautpaar sitzt noch nicht einmal am Tisch«, rief sie ihm ins Gedächtnis.

»Eine halbe Stunde?«

»In deinen Träumen vielleicht.« Liz rümpfte spielerisch die Nase. »Ich habe mir für die Hochzeit extra dieses Kleid gekauft.«

»Nichts gegen das Kleid, aber nackt gefällst du mir noch besser.«

Wunderbar. Sie errötete.

Und als wäre es nicht genug, drückte er ihr einen Kuss auf die Schulter und war mit seinen Komplimenten extrem freigiebig, als er erklärte: »Die letzte Nacht war unglaublich, Liz. Du warst unglaublich.«

Alle Worte blieben ihr in der Kehle stecken. Innerlich schmolz sie dahin und konnte den Blick nicht von seinen Augen abwenden, die sie intensiv musterten.

Glücklicherweise musste sie nichts erwidern, weil sich das Brautpaar endlich an seinem Tisch einfand und eine schier endlose Abfolge von Reden und Gratulationen begann. Nach all den Toasts war Liz bereits etwas beduselt und stürzte sich förmlich auf die Brunnenkresse-Essenz, die gar nicht so schlecht schmeckte wie befürchtet. Nach dem Hauptgang, einem butterweichen Rinderfilet an Rotweinjus, schlug Adam vor, sich ein wenig die Beine zu vertreten. Dem Wunsch kam Liz nur allzu gerne nach.

Der Spaziergang durch die gepflegte Außenanlage des Countryclubs war sehr romantisch, zumal Adam ihre Hand hielt und ihr seine Anzugjacke über die Schultern legte, als sie dank der kühlen Meeresbrise zu frieren begann.

Nach dem Dessert, einer leicht wässrig schmeckenden Mousse au Chocolat, von der Adam urteilte: »Das kannst du um Längen besser, Süße«, begann die Band zu spielen.

Irgendein Teufelchen trieb sie dazu, Adam zu necken, als sie ihm vorschlug, die überschüssigen Kalorien durch ein bisschen Bewegung abzutrainieren. Zu ihrer Überraschung fand sich Liz kurz darauf auf der Tanzfläche wieder. Eigentlich hätte sie Adam für keinen großen Tänzer gehalten, doch er hatte es total drauf und wirbelte sie zu Rock'n'Roll-Klassikern umher. Lange hatte sie keinen so großen Spaß mehr gehabt.

Als die Band von Chubby Checker zu Celine Dion wechselte, dachte Liz, dass Adam die Lust am Tanzen nun verginge. Doch zu ihrer Überraschung blieb er mit ihr auf der Tanzfläche stehen und zog sie dicht an sich heran. Eng an ihn gepresst und von seinen Armen umgeschlungen legte Liz ihre rechte Hand auf die Stelle, unter der sein Herz schlug, und schaute zu ihm auf. Anders als sonst funkelten seine grünen Augen nicht vor

Belustigung, sondern strahlten sie voller Wärme an. Auch ihr wurde warm. Eine winzige Flamme regte sich in ihrer Magengegend, und ihr Herz begann holprig zu schlagen, während sie den Blick nicht von ihm abwenden konnte.

Adam beugte sich zu ihr hinab, küsste sie sanft auf den Mund und schmiegte seinen Kopf gegen ihren. Atemlos bewegte sie sich zusammen mit Adam zum Takt der Musik und erkannte mit einem Mal, dass sie nicht auf dem besten Weg war, sich in ihn zu verlieben, sondern dass sie es längst war.

Ja, sie war in Adam Stone verliebt.

Es war keine Schwärmerei und kein Verknalltsein, sondern Liebe. Sie liebte, dass er selbstsicher und witzig war. Dass er charmant sein konnte und dass er nicht über sie lachte, sondern mit ihr. Und sie liebte, dass er ihr Selbstvertrauen schenkte. Dass er früher auch gegen Komplexe gekämpft hatte. Vielleicht liebte sie auch, dass er ein dicker Teenager gewesen und zu der Person von heute geworden war.

Celine Dions Stimme hallte durch den Raum und besang einen Moment, der nie vorübergehen sollte. Das Lied hatte Liz immer furchtbar kitschig gefunden – aber jetzt wirkte es romantisch und passte perfekt. Denn auch sie wünschte sich fast, die Zeit stünde still.

Adam stand an der Bar und beobachtete Liz, die mit Kates fünfjähriger Nichte tanzte.

Seine Mundwinkel verselbstständigen sich, als sie auflachte und etwas zu der Kleinen sagte, deren Hände sie in ihren hielt. Sie sah heute einfach unglaublich aus und er konnte seinen Blick kaum von ihr losreißen.

Ihr blondes Haar hatte sie leicht nach oben gesteckt, ihr Gesicht glühte und dann dieses Kleid! Oh Mann, das Kleid!

Nicht nur die Farbe schmeichelte ihr. Der ganze Schnitt war der Wahnsinn und schaffte es, dass er beinahe über seine eigene Zunge gestolpert wäre, als er sie zum ersten Mal darin erblickt hatte. All die Stellen, von denen er in der letzten Nacht kaum die Finger hatte lassen können, wurden in diesem Kleid so ansprechend präsentiert, dass er ständig erregt war. Ihre wundervollen Brüste schmiegten sich an den Stoff und auch ihr Po wurde einwandfrei in Szene gesetzt. Adam glaubte nicht, dass er der einzige Mann war, dem heute aufgefallen war, wie wunderbar Liz in diesem Kleid aussah. Und sicherlich war er auch nicht der Einzige, der sich Gedanken darum machte, wie es wohl wäre, ihr das Kleid auszuziehen.

Tatsächlich war das der einzige Punkt, der ihn tierisch störte: dass andere Männer sie sehen konnten. Woher dieser Anflug von Eifersucht kam, wusste er nicht. Obwohl ... Eifersucht konnte es gar nicht sein. Er war nie eifersüchtig, was Frauen betraf. Für richtiggehende Eifersucht musste man emotional gebunden sein, aber das war er nicht. Vermutlich war es einfach noch zu neu, Liz für sich zu haben.

Wieder schaute er zu ihr hinüber und überlegte, wann es ein guter Zeitpunkt wäre, mit ihr zu verschwinden. Hoffentlich wurde bald die verdammte Torte angeschnitten, damit es nicht zu unhöflich war, sich zu verabschieden.

»Hey du.«

Aus seinen Gedanken gerissen wandte er den Blick von Liz ab und drehte den Kopf nach rechts. Kate stand vor ihm und lächelte breit.

»Hey du.«

»Was verschlägt dich an die Bar?«

»Das Gleiche wollte ich dich gerade fragen.«

Sie lachte. »Eigentlich wollte ich ein bisschen mit dir plaudern. Es ist so schön, dass du gekommen bist.«

Adam warf einen kurzen Blick durch den Festsaal. »Es ist ein Wunder, dass du mich überhaupt entdeckt hast unter all deinen Gästen. Habt ihr den ganzen Bundesstaat eingeladen?«

Kate machte eine wegwerfende Handbewegung. »Ach, Henry hat so viele Verwandte und Bekannte.«

Zweifelnd maß er sie, doch das bekam die Braut gar nicht mit. Adam glaubte viel eher, dass Kate für die Vielzahl an Gästen verantwortlich war, damit auch jeder Zeuge von ihrem Glück wurde. Sie war eine nette Frau mit einem sympathischen Charakter, aber Zurückhaltung war nicht so ihre Sache.

Subtilität gehörte ebenfalls nicht zu ihren Stärken. »Deine Begleitung ist sehr nett. Liz heißt sie, richtig?«

»Genau.« Abwartend lehnte er sich gegen die Bar und nahm einen Schluck seines Gin Tonics.

»Und sie ist sehr hübsch.«

»Finde ich auch.«

»Kennt ihr euch schon lange?«

»Ein bisschen.«

Sie zog eine Schnute. »Sehr gesprächig bist du ja nicht, Adam.«

Er lachte und erklärte freundlich: »Sag doch einfach, was dir unter den Nägeln brennt, Kate.«

»Ich wollte höfliche Konversation betreiben.«

»Du willst mich ausquetschen«, widersprach er.

Mit einer Handbewegung bestellte sie sich ebenfalls einen Gin Tonic und wandte ihm anschließend wieder das Gesicht zu. »Du bist mein Freund, deshalb bin ich neugierig.«

»Du bist auf deiner Hochzeit. Solltest du nicht neben deinem Mann sitzen und dich feiern lassen?«

Kate verdrehte ihre Augen, die in dem schmalen Gesicht riesig wirkten. Anstatt einen Gin Tonic zu trinken, sollte sie lieber irgendetwas essen, damit sie nicht so verdammt verhungert aussah. Seit ihrem letzten Treffen musste sie noch ein paar Pfund abgenommen haben. Natürlich war sie eine schöne Braut, aber gleichzeitig stieß ihn dieser *Look* ab. Momentan konnte sie nicht mehr wiegen als ein Teenager. Ein dürrer Teenager.

»Henry ist nicht eifersüchtig, wenn du und ich miteinander reden. Er weiß, dass ich ihn liebe. Ich frage mich nur, was mit dir ist.«

Er schnaubte belustigt. »Ich bin auch nicht eifersüchtig auf Henry.«

»Das weiß ich«, erwiderte sie trocken. »Nichts für ungut, Adam, aber das war unser Problem.«

Natürlich wusste er, in welche Richtung das hier ging, dennoch fragte er amüsiert: »Dass ich nicht eifersüchtig auf Henry war? Tut mir leid, aber damals kanntest du ihn noch gar nicht. Wie hätte ich da eifersüchtig sein sollen?«

»Du weißt genau, was ich meine«, widersprach sie ihm ruhig, als durchschaute sie ihn ganz genau. »Dir war völlig egal, was ich wollte oder was ich tat. Oder mit wem ich es getan hätte. Du wärst nicht einmal dann eifersüchtig gewesen, wenn ich splitternackt durch ganz Boston gelaufen wäre. Ich glaube, es hätte dir nicht einmal etwas ausgemacht.«

Gerne hätte er ihr widersprochen, weil es ihm sicherlich nicht gefallen hätte, wenn sie sich nackt vor anderen Männern gezeigt hätte, aber er wollte das Gespräch nicht in die Länge ziehen. »Wenn du meinst«, sagte er deshalb gleichgültig.

»Du siehst sie ganz anders an als mich damals.« Kate klang keinesfalls eifersüchtig, sondern eher überrascht und sogar ein wenig erfreut.

»Wie sehe ich sie denn an?«

»Als ob sie dir wichtig wäre.«

Er kam sich wie ein Trottel vor, weil Kate ihn wie einen herzlosen Mann aus Stein darstellte, dabei war er ihr Freund. Daher entgegnete er etwas steif: »Sie ist mir wichtig. Du warst und bist mir auch wichtig. Schließlich sind wir immer noch befreundet.«

Sie lächelte schief. »Aber ich war dir nicht so wichtig, dass du meine Wünsche ernst genommen hättest. Unsere Beziehung war dir nicht wichtig.«

Das wollte er hier nun wirklich nicht besprechen, während der Barkeeper hinter ihnen damit beschäftigt war, Drinks zu mixen. »Es ist deine Hochzeit, Kate. Du solltest nicht ausgerechnet heute darüber nachdenken, warum es mit uns nicht geklappt hat.«

»Ich weiß, warum. Du wolltest dich nicht binden.« Sie zuckte mit der Schulter. »Hast du deine Meinung mittlerweile geändert, was ernsthafte Beziehungen betrifft?«

Kate besaß auf jeden Fall das Talent, die Stimmung zu ruinieren. »Ich wüsste nicht, was dich das anginge.«

Sie deutete auf die Tanzfläche zu Liz. »Wenn es nichts Ernstes ist, solltest du ihr das sagen.«

»Kate.« Adam runzelte finster die Stirn. »Das ist nicht deine Sache.«

Es war, als hätte sie ihn gar nicht gehört. »Weißt du, wir beide hatten echt viel Spaß, aber irgendwann brauchte ich jemanden wie Henry. Jemanden, der nicht wegläuft.«

Er holte tief Luft und erklärte angespannt: »Ich laufe nicht weg.«

»Stimmt, aber du bleibst auch nicht.« Kate bedankte sich mit einem Lächeln beim Barkeeper, als der ihr ein Glas reichte. Anschließend musterte sie ihn ernst. »Versau dir das nicht, Adam. Sie ist eine nette Frau. Tu ihr nicht weh. Sie scheint dich nämlich sehr gernzuhaben.«

Er hätte sie erdrosseln können. Stattdessen würgte er hervor: »Iss mal wieder was, Kate.«

Seine Laune war auf dem Tiefpunkt, als sie ihn allein an der Bar stehen ließ. Mit einem großen Schluck leerte er seinen Gin Tonic und ließ das Glas auf dem Tresen stehen. Kate wusste wirklich, wie man eine Party ruinierte. Was musste sie sich überhaupt in sein Liebesleben einmischen? Reichte es nicht, dass er hier war und an ihrer Hochzeit teilnahm, weil ihr das so verdammt wichtig gewesen war? Sie hatte überhaupt keine Ahnung, was zwischen ihm und Liz lief. Er wusste es ja selbst nicht. Woher sollte dann ausgerechnet Kate beurteilen können, was das mit ihnen beiden war?

Adam runzelte die Stirn und starrte über die Tanzfläche zu Liz. Beim Anblick ihres ehrlichen Lächelns und der Freude auf ihrem Gesicht wurde ihm komisch zumute. Komisch im Sinne von elektrisierend.

Ja, er mochte sie. Und er war gern mit ihr zusammen, weil es so einfach war, seine Zeit mit ihr zu verbringen. Außerdem genoss er es, mit ihr zu reden und zu beobachten, wie sie nach und nach auftaute. Zudem hatte er in der letzten Nacht herausgefunden, dass er gerne mit ihr schlief. Seine Fingerspitzen kribbelten regelrecht, weil er sie berühren wollte. Auch jetzt war es sein dringendstes Bedürfnis, sie auszuziehen und nicht mehr aus dem Bett zu lassen. Aber so ähnlich hatte es sich wohl auch bei früheren Frauen angefühlt, wenn er begonnen hatte, sie zu treffen. Da war er sich ziemlich sicher. Ganz sicher. Okay, vielleicht hatte er früher nicht so oft an die Frau gedacht, mit der er sich verabredet hatte, wie er es jetzt bei Liz tat. Aber das hatte nichts zu bedeuten.

Er war noch nicht bereit für so etwas hier – Hochzeit, eine gemeinsame Zukunft. Kinder. Vielleicht würde er es nie sein.

Jedoch würde er Liz nicht ausgerechnet jetzt vor vollendete Tatsachen stellen. Wer weiß? Vielleicht sah sie das sogar ähnlich und hatte gar kein Interesse an einer festen Beziehung.

Warum sollte er nicht einfach das genießen, was zwischen ihnen zurzeit lief? Schluss machen konnte er immer noch, wenn er merkte, dass Liz mehr Gefühle in die Sache investierte als er. Er wollte ihr schließlich nicht wehtun.

Mit dem Entschluss fühlte er sich sofort erleichtert und er vergaß Kate und ihre albernen Kommentare. Er gönnte sich noch einen Gin Tonic und redete mit Tod, einem gemeinsamen Freund, der vor wenigen Wochen aus Boston weggezogen war. Während er mit ihm die letzten Spiele der Boston Red Sox analysierte, beobachtete er, wie einer von Kates Cousins Liz zum Tanzen aufforderte.

Augenblicklich vibrierte etwas in ihm vor Anspannung.

Tod lamentierte darüber, dass Chris Sale um Klassen besser warf als im letzten Jahr, aber Adam hörte nur noch mit einem Ohr zu. Seine ganze Aufmerksamkeit galt Liz. Und Kates Cousin, von dem Adam wusste, dass er nichts anbrennen ließ. Als der seine Arme um Liz schlang und seine Hände auf ihre Hüften legte, spannte sich Adam wie zum Sprung bereit an. Seine Augen verengten sich. Das Bild gefiel ihm nicht. Es gefiel ihm ganz und gar nicht. Liz sah in diesem Kleid zum Anbeißen aus. Heiß und verdammt sexy. Und Kates Cousin schien der gleichen Meinung zu sein, weil der sie regelrecht betatschte.

Adam ballte seine Hände zu Fäusten und schwor sich, dem Dreckskerl den Arsch aufzureißen, wenn er irgendetwas bei Liz versuchte. Dass die Band nun ein langsames Lied spielte, half der Situation nicht, denn so konnte der Typ sich an Liz schmiegen.

Nein, das Ganze gefiel Adam überhaupt nicht. Ohne sich bei Tod zu entschuldigen, ließ er ihn einfach stehen und marschierte auf die Tanzfläche.

»Darf ich abklatschen?« Im Grunde war seine Frage rein

rhetorisch, denn seine grollende Stimme konnte niemand missverstehen. Vermutlich war das auch der Grund für Liz' überraschten Gesichtsausdruck. Kates Cousin verstand ihn offenbar nur zu gut, weil er seine Hände sofort von ihr ließ und einen Schritt zurück machte. Seine Miene war jedoch widerwillig.

»Was war das denn?«, wollte Liz von ihm wissen, sobald Kates Cousin verschwunden war und Adam sie an sich gezogen und sein Revier markiert hatte.

Als müsste er dem Rest der Hochzeitsgesellschaft demonstrieren, dass nur er das Recht hatte, Liz anzufassen, ließ er seine Hand über ihre Hüften gleiten und zog sie beim Tanzen dicht an sich. Noch immer pulsierte ein unangenehmes Gefühl durch seine Adern, wenn er daran dachte, dass ein anderer sie gerade noch angefasst hatte. »Er ist ein Mistkerl«, stieß er zwischen den Zähnen hervor.

»Taylor?« Neugierig musterte sie ihn.

Adam nickte heftig. »Er lässt nichts anbrennen und verarscht Frauen.«

»Wir haben nur getanzt«, rief sie ihm in Erinnerung und klang dabei amüsiert.

»Er hat dich betatscht«, sagte er finster.

»*Du* betatschst mich gerade. Taylor war viel zurückhaltender.«

»Ich darf das.«

»Bist du etwa eifersüchtig, Adam?« Ihre Stimme klang nach einem Lachen.

»Natürlich nicht«, erwiderte er möglichst lässig, auch wenn seine Gesichtsmuskeln dabei starr blieben. »Ich wollte nur nicht, dass dich ein fremder Mann anfasst. Du bist einfach zu nett und kannst nicht Nein sagen.«

Anscheinend hatte er das Falsche gesagt. »Was?«

»Ja ...«

»Soll das heißen, dass ich mich von jedem anfassen lassen würde, weil ich nett bin?«

Adam versteifte sich. »Ich dachte, du wüsstest es zu schätzen, dass ich ihn dir vom Hals schaffe. Aber vielleicht wolltest du ja sogar von ihm angefasst werden.«

Liz sah ihn an, als hätte er den Verstand verloren. Und so fühlte er sich auch. Es war, als kämen die Worte aus seinem Mund, ohne dass er sie zurückhalten konnte.

»Ich hoffe, du hast irgendetwas getrunken, das dir zu Kopf gestiegen ist. Anders ist es nämlich nicht zu erklären, dass du so einen Mist von dir gibst.«

»Liz ...«

»Was ist mit dir los?«, schimpfte sie. »Du benimmst dich wie ein Höhlenmensch, und das nur wegen eines harmlosen Tanzes! Abgesehen davon kann ich tanzen, wann, mit wem und wie ich es will, Adam Stone. Ich bin dir keine Rechenschaft schuldig«, zischte sie.

Genau in dem Moment verstummte die Band und der Leadsänger rief ins Mikrofon: »Meine Damen und Herren, das Brautpaar wird nun die Torte anschneiden!«

Liz nutzte die Gelegenheit, um sich aus seinem Griff zu befreien, und verließ die Tanzfläche.

Adam war wie vor den Kopf gestoßen. Er war ein Idiot. Mann, scheiße, das hatte er ja wunderbar hinbekommen!

Während die Hochzeitsgesellschaft auf die Tanzfläche drängte und zwei Kellner eine fünfstöckige Hochzeitstorte auf einem Servierwagen hineinschoben, folgte Adam Liz, die nach draußen geflohen war.

Mittlerweile ging bereits die Sonne unter. Liz stand auf der malerischen Terrasse, hatte die Arme vor der Brust verschränkt und drehte ihm den Rücken zu, als sie ihn entdeckte.

»Ich will nicht mit dir reden«, begrüßte sie ihn kategorisch.

Verwirrt über das Gefühlschaos in seinem Kopf blieb er unschlüssig hinter ihr stehen. Er wusste sich nicht anders zu helfen, als aus seiner Jacke zu schlüpfen und sie ihr über die Schultern zu legen.

»Adam …«

»Ich habe irgendwie rotgesehen. Entschuldige bitte«, murmelte er und legte die Arme um sie.

Für einen Moment versteifte sie sich. »So geht das nicht! Du kannst mir nicht solche ekligen Dinge an den Kopf werfen und eine Minute später erwarten, dass alles wieder gut ist.«

Es war Zeit, der Wahrheit ins Auge zu sehen. Fast schon widerwillig murmelte er: »Vielleicht war ich ja wirklich eifersüchtig.«

»Vielleicht?«

»Mh.« Er schluckte und streifte mit dem Daumen über die weiche Haut an ihrem Ellenbogen. »Du siehst heute so bezaubernd aus, Liz, und als ich sah, dass er mit dir getanzt hat …«

»Wir haben nur getanzt«, unterbrach sie ihn erregt. »Das ist kein Grund, so ausfällig zu werden und mir an den Kopf zu werfen, dass ich mich gern von anderen Männern betatschen lasse.«

»Ich weiß.«

Beide schwiegen.

Von drinnen war Applaus zu hören.

Adam zog sie ein wenig dichter an sich und senkte den Kopf. Ihr Scheitel passte genau unter sein Kinn. Leise schlug er vor: »Der Kuchen wird gerade angeschnitten. Sollen wir uns ein Stück holen?«

»Ich möchte keinen Kuchen.«

»Weil du weißt, dass dein Kuchen besser schmeckt?«, fragte er zaghaft.

»Nein, weil mir die Lust auf Kuchen vergangen ist.«

Shit.

Er holte tief Luft. »Hör zu, Liz. Ich weiß auch nicht, was in mich gefahren ist. Es tut mir leid, dass ich dich verärgert habe, denn das wollte ich nicht. Entschuldige.«

Es dauerte ein paar Sekunden, bis sie ihre Hand auf seinen Arm legte und den Hinterkopf gegen seinen Hals lehnte. »Du bist ein Idiot«, flüsterte sie und in ihrer Stimme lag Resignation und Belustigung zugleich.

»Aber?«

»Aber du bist verdammt heiß. Also verzeihe ich dir.«

Adam schnaubte. »Vielen Dank auch.«

Liz drehte sich zu ihm um und sah ihm in die Augen. »Wäre es sehr unverschämt, wenn wir ein Stück Kuchen mitnehmen und zurück in die Pension fahren?«

»Willst du unanständige Dinge mit mir machen?«

Sie verdrehte die Augen und schlang gleichzeitig beide Arme um ihn. »Eigentlich will ich nur diese Schuhe loswerden, aber wenn du mir eine Fußmassage gibst … wer weiß?«

Grinsend tätschelte er ihren Hintern.

11

Schweißgebadet wurde er wach und starrte an die dunkle Decke über sich.

Sein Puls dröhnte ihm in den Ohren, in seinem Magen hatte sich ein schmerzhafter Knoten gebildet, und sein Schädel fühlte sich an, als würde er im nächsten Moment explodieren.

Adam schloss die Augen und schluckte schwer, während er die Hände zu Fäusten ballte und die Erinnerung zu verdrängen versuchte, die es schaffte, dass ihm speiübel wurde. Warum er ausgerechnet heute diesen Traum haben musste, wusste er nicht. Wenn es doch nur ein Traum wäre! Er konnte sich nicht einmal erinnern, wann er zum letzten Mal daran gedacht hatte.

Während er die Augen so fest zusammenkniff, dass ein stechender Schmerz durch seine Schädeldecke fuhr, bemühte er sich darum, so ruhig wie möglich zu atmen. Denn eines wollte er sicherlich nicht: Liz wecken, die seelenruhig neben ihm schlief. Es musste mitten in der Nacht sein.

Warum musste er sich heute mit dreißig Jahren noch immer so hilflos fühlen wie damals mit zwölf?

An jenem Tag war er früher von der Schule nach Hause

gekommen, weil die letzten beiden Stunden ausgefallen waren, nachdem Mr. Abernathy beinahe das Chemielabor in die Luft gejagt hatte. Adam wusste noch, dass er ganz entzückt über die Aussicht gewesen, die mittägliche Sendung der *Power Rangers* schauen zu können.

Als er in der Auffahrt ihres Hauses das Auto seines Dads entdeckte, wurde er stutzig. Immerhin arbeitete sein Dad jeden Tag bis abends und kam erst spät nach Hause.

Schon vor dem Hintereingang zur Küche hörte er den Streit. Das war zwar nichts Neues, weil seine Eltern eigentlich immer stritten, aber an diesem Tag war es anders. Das spürte Adam instinktiv.

»Sei bitte vernünftig, Ella. Du bist nicht glücklich und ich bin nicht glücklich. Es ist die beste Lösung für uns alle.«

»Woher willst du wissen, dass ich nicht glücklich bin? Ich bin sehr glücklich!«

»Du hast mir erst vor drei Tagen vorgeworfen, dass ich dich unglücklich mache.«

»Es ist eine andere Frau, oder? Ist es diese neue Sekretärin von Adams Schule? Ich habe gesehen, wie sie dich auf dem letzten Elternabend angelächelt hat. Hast du eine Affäre mit ihr?«

»Nein, es gibt keine andere Frau. Hier geht es nur um dich und mich. Unsere Ehe funktioniert einfach nicht. Ich möchte die Trennung, Ella.«

»Wir trennen uns nicht! Das kommt gar nicht infrage, Gabe!«

Die Stimme seiner Mom überschlug sich vor Wut. Mucksmäuschenstill stand Adam in der Küche und wusste nicht, was er tun sollte, während seine Eltern im Wohnzimmer standen und sich anbrüllten. Mit seinem Rucksack auf dem Rücken blieb er einfach stehen, wo er war, und hoffte, dass er nicht entdeckt würde. Um in sein Zimmer zu gehen, hätte er durch das Wohnzimmer laufen müssen.

»Ella, ich liebe dich nicht mehr ...«

»Aber ich will dich nicht verlieren!«

»Und ich will nicht in einer Ehe gefangen sein, in der es nur Streit, Vorwürfe und noch mehr Streit gibt. Ich halte das nicht mehr aus!«

»Was soll ich denn ohne dich tun? Damals hast du mir geschworen, für immer bei mir zu bleiben.«

»Wir haben geheiratet, weil Adam unterwegs war, Ella.«

»Wir haben geheiratet, weil wir uns geliebt haben! Hast du das schon vergessen?«

Sein Dad seufzte schwer. »Weißt du, was ich nicht vergessen habe? Ich habe nicht vergessen, dass wir uns zu Thanksgiving gestritten haben und zu Weihnachten, zu Silvester, zu Ostern, am vierten Juli, an Adams Geburtstag und an ungefähr jedem anderen Tag im Jahr. Vielleicht haben wir uns früher geliebt, aber das ist schon lange vorbei. Ich möchte nicht mein restliches Leben damit verbringen, mich mit dir wegen jeder Kleinigkeit in die Haare zu kriegen. Kannst du das nicht verstehen?«

»Du lässt uns im Stich! Mich und deinen Sohn.«

»Ich lasse keinen von euch im Stich!« Die Stimme seines Dads schwoll hörbar an. »Für euch beide werde ich immer da sein und es wird auch finanziell für euch gesorgt sein. Mein Anwalt ...«

»Dein Anwalt?!« Sie begann zu kreischen. »Du warst schon beim Anwalt? Ohne das vorher mit mir zu besprechen?!«

»Mit dir kann man ja nicht vernünftig sprechen«, brüllte sein Dad zurück. »Du führst dich mit schöner Regelmäßigkeit wie eine Wahnsinnige auf!«

»Du bist wahnsinnig, weil du deine Familie verlässt! Denkst du nicht eine Sekunde lang an Adam?!«

»Ich denke vor allem an Adam. Soll er weiterhin in einem Haushalt groß werden, in dem nur gestritten wird?«

»Wenn du nicht so verdammt egoistisch wärst, müssten wir nicht streiten.«

Jetzt ging es um Grundsätzliches, über das sich seine Eltern ständig stritten.

»Wer von uns beiden ist hier egoistisch? Ich gehe arbeiten, ich verdiene das Geld, ich mache mit Adam die Hausaufgaben, ich betreue seine Pfadfindergruppe, ich kümmere mich um den Garten, ich mache den Papierkram …«

»Und ich kümmere mich um den Haushalt, gehe einkaufen, koche, putze …«

»Hast du dich einmal umgesehen? Hier sieht es aus wie in einem Saustall!«

»Wir hätten das Geld für eine Putzfrau, wenn du dich mehr um diese Beförderung bemüht hättest!«

»Dann darfst du dich freuen, ich habe nämlich bald einen neuen Job, bei dem ich erheblich mehr Geld verdienen werde als jetzt. In Boston.«

Adam hielt die Luft an.

»Boston? Du kannst dich auf den Kopf stellen, Gabe Stone, aber ich ziehe nicht von hier weg und erst recht nicht nach Boston!«

»Ich habe dich auch nicht gebeten, mitzukommen, Ella.« Sein Dad war plötzlich die Ruhe selbst. »Eine räumliche Trennung ist das Beste. Du bleibst hier in Arizona und ich ziehe nach Boston. In zwei Monaten.«

Er hatte das Gefühl, sich jeden Moment übergeben zu müssen. Wie betäubt starrte Adam auf den Fußboden der Küche und merkte nicht einmal, dass das Muster der Fliesen vor seinen Augen verschwamm.

»Du redest Unsinn. Natürlich ziehst du nicht um.«

»Das ist bereits entschieden. Für uns alle wird es das Beste sein, wenn wir beide getrennte Wege gehen.«

»Niemals!«

»Ella …«

»Und was ist mit Adam?«

»Adam soll auf jeden Fall das Schuljahr hier beenden. In meiner neuen Wohnung wird er ein Zimmer bekommen, damit er in den Sommerferien zu mir kommen kann. Und wenn wir uns scheiden lassen, soll er entscheiden …«

»Scheidung?«

Es folgte ein Moment der Stille, bis sein Dad gefasst erklärte: »Darauf wird es hinauslaufen.«

»Aber nur in deinen Träumen, Gabe! Einer Scheidung stimme ich niemals zu.«

»Sei doch vernünftig …«

»Denkst du denn, ich wollte so ein Leben? Ich hatte auch andere Pläne, als so früh Mutter zu werden und zu Hause zu versauern. Du willst jetzt einfach abhauen und mich mit allen Problemen zurücklassen, während du irgendwo neu anfängst. Nein danke! Das kommt gar nicht infrage.«

»Ich haue nicht ab. Wir werden eine Lösung für jedes Problem finden, aber unsere Ehe ist aus.«

»Wenn das für dich schon alles entschieden ist, warum bist du dann überhaupt hergekommen, um mir das zu sagen?«

»Weil Adam in der Schule ist und ich nicht wollte, dass er uns hört. Wir sollten ihn schonend darauf vorbereiten, dass wir uns trennen.«

»Du meinst, dass du uns verlässt und uns im Stich lässt. Du bist ein toller Vater«, spottete seine Mom. »Du machst es dir verdammt einfach.«

»Nichts davon ist einfach für mich. Denkst du, mir wird es leichtfallen, meinen Sohn nicht mehr jeden Tag zu sehen?«

»Dann bleib bei uns.«

So eine schonungslose Offenheit kannte Adam von seinem Dad gar nicht. »Ella, ich ertrage dich nicht mehr.«

»Du Arschloch. Du verdammtes Arschloch.«

»Beleidige mich ruhig, wenn du dich danach besser fühlst.«

»Bilde dir nicht ein, dass du so einfach davonkommst. Du wirst mir Alimente zahlen müssen und eine Abfindung.«

»Bekommst du – keine Sorge.« Sein Dad klang müde.

»Und Adam bleibt bei mir.«

»Das soll Adam selbst entscheiden«, protestierte sein Vater. »Er ist alt genug. Wenn er sich dazu entscheidet, zu mir nach Boston zu ziehen, dann musst du das akzeptieren.«

»Er bleibt bei mir, Gabe. Ich lasse nicht zu, dass er mich auch noch verlässt. Eher bringe ich mich um.«

12

Liz hatte keine Ahnung, was mit Adam los war.

Schweigend saß er neben ihr im Auto und fuhr mit stoischer Miene seit fast zwei Stunden die Strecke von Cape Cod zurück nach Boston. Dabei war es gerade einmal zwölf Uhr mittags an einem Sonntag. Sie verstand immer noch nicht, warum sie nicht länger dort geblieben waren und den Tag an der Küste verbrachten, anstatt gleich nach dem Aufstehen ins Auto zu springen und zurückzufahren. Wenn sie ehrlich war, hätte sie gern noch ein paar Stunden auf Cape Cod verbracht – mit ihm. Allein.

Diese Eile verstand sie nicht.

Als sie wach geworden war, hatte er seine Tasche bereits gepackt und war komplett angezogen. Liz war noch völlig verschlafen gewesen, als er kurz angebunden erklärt hatte, dass er zurück nach Boston müsste, um im *LIONESS* nach dem Rechten zu sehen. Also hatte sie ebenfalls schnell ihre Sachen gepackt, obwohl sie enttäuscht darüber gewesen war, dass ihr Kurztrip ein jähes Ende fand. Und während sie am liebevoll gedeckten Frühstückstisch der Pension gesessen hatte, war Adam nicht aufgetaucht, sondern hatte die Taschen im Auto verstaut. Das hastige Frühstück hatte auf diese Weise wirklich keinen Spaß gemacht. Von der Rückfahrt ganz zu schweigen. Adam sagte nämlich kaum ein Wort. Liz hatte längst aufgegeben, ihn zu einem Gespräch zu animieren.

Er war wie ausgewechselt. Verschwunden war der charmante Mann, der seinen gestrigen Eifersuchtsanfall wiedergutgemacht hatte, indem er sie im Bett zu mehreren fantastischen Orgasmen gebracht hatte. Die zweite Nacht mit ihm war sogar noch besser gewesen als die erste. Als Liz völlig erschöpft den Kopf auf seine Brust gebettet hatte und langsam wegdämmerte, hatte er seinen Mund gegen ihre Stirn gepresst und ihre Hand gehalten, die auf seinem Bauch lag. Wenn sie nicht so müde gewesen wäre, hätte sie ihm vermutlich gestanden, dass sie sich in ihn verliebt hatte, denn der Moment hätte romantischer nicht sein können.

Von Romantik war nun überhaupt nichts mehr zu spüren.

So distanziert und fast schon abweisend hatte sie ihn niemals zuvor erlebt. Liz konnte sich keinen Reim darauf machen. Was war passiert? Hatte sie ihn irgendwie verärgert?

Sie überquerten bereits die Charlestown-Bridge in Boston, als Liz sich endlich ein Herz fasste. Sie konnte das merkwürdige Schweigen keinen Moment länger mehr ertragen. »Adam, ist irgendetwas passiert?«

»Nein. Was soll denn passiert sein?«

Sie musterte seine undurchdringliche Miene. »Du redest überhaupt nicht mehr mit mir.«

»Wir reden doch gerade.«

»Das meine ich nicht und das weißt du«, erwiderte sie ruhig. »Seit ich aufgewacht bin, verbreitest du eine komische Stimmung und bist total wortkarg. Ich fange an, mir Sorgen zu machen, dass etwas geschehen sein könnte.«

»Was denn?«

»Das frage ich dich.« Liz rutschte auf ihrem Autositz ein Stück nach links, um ihm näher zu sein. Adam jedoch setzte in aller Ruhe den Blinker und konzentrierte sich auf den Verkehr. »Habe ich etwas falsch gemacht? Bist du sauer?«

»Liz, nein ... ich ... ich habe nur gerade so viel im Club zu tun.«

Sie runzelte die Stirn. »Das kann es doch nicht nur sein, Adam, schließlich war gestern Abend noch alles völlig entspannt.«

»Gestern waren wir auch auf einer Hochzeit und hatten frei.«

»Und heute? Wir haben Sonntag. Eigentlich bin ich davon ausgegangen, dass wir zumindest den halben Tag auf Cape Cod verbringen und erst abends zurück nach Boston fahren würden.«

Sie konnte sehen, wie er die Zähne aufeinanderpresste.

»Adam ...«

Mit einem ungeduldigen Seufzer unterbrach er sie. »Das *LIONESS* ist auch am Sonntag geöffnet – im Gegensatz zum *Chez Liz*. Und ich werde dort gebraucht. So einfach ist das.«

Sie war blond, aber nicht blöd. Er konnte ihr einhundert Mal sagen, dass er in den Club musste, aber das war nicht der Grund, weshalb er plötzlich dermaßen distanziert, kühl und fast schon abweisend war. Irgendetwas lag ihm anscheinend im Magen.

Liz zerbrach sich den Kopf, hatte aber immer noch keine Ahnung, was passiert sein konnte, als Adam vor ihrem Wohnhaus hielt. Er stellte nicht einmal den Motor aus. Langsam wurde sie sauer. »Willst du nicht noch mit nach oben kommen?«

Er schüttelte den Kopf und murmelte irgendetwas, dass er sich beeilen musste.

Nun, dann eben nicht. Mit steifen Bewegungen stieg Liz aus

seinem Auto und verfolgte, wie er ihren Koffer aus dem Kofferraum hob und auf dem Bürgersteig abstellte. Der rasche Kuss auf ihre Wange hätte unpersönlicher nicht sein können.

»Ich ruf dich an.« Und bevor sie blinzeln konnte, war er weg.

Liz stand mit Handtasche und Reisekoffer auf dem Bürgersteig und schaute seinem Auto ratlos hinterher. Machten Männer das so? Verabschiedeten sie sich mit einem plumpen Wangenkuss von der Frau, mit der sie ein fantastisches Wochenende voller Sex, Romantik und einer Hochzeit verbracht hatten? Wenn ja, sollte sie wohl darüber nachdenken, lesbisch zu werden.

Wütend und verwirrt zugleich schleppte sie ihren Koffer die zwei Etagen zu ihrer Wohnung hoch und wurde von einer lauten Geräuschkulisse begrüßt, als sie ihre Wohnungstür aufschloss.

»Hallo?«

»Liz? Was tust du denn schon hier?« Vicky kam in einem riesigen T-Shirt und nackten Beinen aus dem Wohnzimmer und hielt eine Packung Schokoladeneis in den Händen.

»Ich wohne hier«, betonte Liz gereizt und ließ ihren Schlüsselbund auf die Kommode neben der Wohnungstür fallen. »Was tust *du* denn hier?«

»Ich habe hier geschlafen.«

»Wieso?«

»Wenn ich dir erzähle, was sich mein neuer Nachbar jetzt schon wieder erlaubt hat, dann wirst du mich verstehen. Der Mann ist ein Vollidiot!«

»Aha.«

»Viel interessanter ist aber, was du bereits jetzt hier machst.«

Sie wollte ihr nicht sagen, dass Adam sie gerade vor der Tür abgesetzt hatte und sich sonderlich benahm. Also maß sie

Vicky kritisch und legte ihre Handtasche beiseite. »Ach, und weil dein Nachbar Krach macht, dachtest du, es wäre eine gute Idee, herzukommen, den Fernseher in voller Lautstärke laufen zu lassen und *meine* Nachbarn zu belästigen.«

»Welche Laus ist dir denn über die Leber gelaufen?«

Wo sollte sie nur anfangen? »Kar keine, aber ...«

»Scheiße.« Vicky macht ein alarmiertes Gesicht. »Sucht Adam etwa noch einen Parkplatz und kommt gleich hoch? Dann verschwinde ich natürlich und lasse euch allein.« Wie nicht anders zu erwarten, grinste sie breit. »Ich will euch nicht stören.«

»Du störst nicht«, erwiderte Liz so lässig wie möglich. »Adam konnte leider nicht bleiben. Er musste ins *LIONESS*. Deshalb sind wir auch schon zurück.«

Ja, das klang plausibel.

Jedoch nicht für Vicky. »Was? Es ist Sonntag! Seid ihr etwa deshalb schon zurück?«

»Sein Club hat auch am Sonntag geöffnet.«

»Na und?«

»Es ist immerhin sein Geschäft ...«

»Der Mann hat dich nach Cape Cod zu einer Hochzeit geschleppt, für die du dir ein neues Kleid und neue Schuhe gekauft hast, Liz. Da kann man doch erwarten, dass er sich den Sonntag freinimmt, um noch ein wenig auf Romantik zu machen oder wenigstens Sex am Strand zu haben.«

»Sex am Strand? Der Ort ist voller Touristen!« Liz schüttelte tadelnd den Kopf. »Vicky, du bist manchmal unmöglich.«

»Ich gebe mir Mühe.« Neugierig legte Vicky den Kopf schief und öffnete mit einer geübten Handbewegung die Eisverpackung. »Wie war es denn? Ich will alle Einzelheiten wissen.«

Liz schlüpfte aus ihrer Jacke. »Hast du meinen Kühlschrank geplündert oder ist noch etwas da?«

»Keine Sorge, dein halber Salatkopf und die Thunfischdose, die mich da mit traurigen Augen angestarrt haben, habe ich nicht angefasst«, spottete Vicky. »Ich war eine vorbildliche Schwester und habe gestern Abend Pizza bestellt. Warum weichst du meiner Frage aus?«

»Ich weiche nicht aus.«

Vicky schnaubte.

Liz zwang sich zu einem Lächeln. »Welchen Film schaust du dir an?«

»*Alien versus Predator.* Wenn ich meinen Nachbarn schon nicht verprügeln darf, will ich wenigstens einen Film sehen, in dem sich Aliens gegenseitig abschlachten. Und jetzt erzähl.«

»Da gibt es nicht viel zu erzählen.« Liz zuckte mit den Schultern. »Die Pension war süß. Das Wetter war toll. Und die Hochzeit ein bisschen pompös, aber echt nett.«

»Du benimmst dich komisch, Liz«, urteilte Vicky mit zusammengekniffenen Augen. »Hattest du kein schönes Wochenende oder warum bist du derart komisch drauf?«

»Ich bin nicht komisch drauf, sondern müde.« Zur Untermauerung gähnte Liz, auch wenn sie überhaupt nicht müde war.

»Müde, soso. Hast du dich gut mit Adam verstanden?«

»Es war wirklich ein schönes Wochenende«, sagte Liz und hoffte, dass ihre Schwester den Wink mit dem Zaunpfahl verstand.

Zu ihrer absoluten Überraschung ließ Vicky tatsächlich das Thema fallen. Liz konnte es kaum glauben.

Weil sie keine große Lust verspürte, ihren Koffer auszupacken, gesellte sie sich zu ihrer Schwester auf die Couch, lehnte das Schokoladeneis jedoch ab, weil ihr die schweigsame Autofahrt mit Adam auf den Magen geschlagen war. Außerdem hatte der Anblick, den ihre Schwester bot, während sie Eis in sich hineinstopfte und dabei einen Film anschaute, in dem Aliens aus den Brustkörben von Menschen schlüpften, etwas Verstörendes an sich.

»Gestern habe ich mit Mom telefoniert.«

»Mh.«

»Sie war ganz aus dem Häuschen, dass du mit deinem Freund einen Wochenendausflug machst.«

»Adam ist nicht mein Freund«, erwiderte Liz geistesabwesend. Eine Frau schrie wie am Spieß, weil ein furchterregender Alien ihren Arbeitskollegen häutete.

Vicky ließ sich von den grauenvollen Rufen aus dem Fernseher nicht aus der Ruhe bringen. »Was ist er dann?«

»Wer?«

»Adam. Oder hattest du während der letzten Tage zufällig mit jemand anderem Sex am Strand?«

»Wir hatten keinen Sex am Strand, Vicky.«

»Ich habe einmal eine Reportage über Touristen in Südostasien gelesen, bei denen sich beim Sex am Strand winzige Larven fleischfressender ...«

»Himmel, Vicky! Schau deinen Film, aber lass mich mit diesen gruseligen Geschichten zufrieden. Reicht es nicht, dass der eine Alien den anderen Alien gerade mit einem Menschenarm durchbohrt? Das ist widerlich genug!«

»Eigentlich will ich nur wissen, warum du eine Miene machst, als wärst du gerade live dabei.«

Sie griff nach der Fernbedienung und schaltete den Ton noch lauter.

»Liz.«

Genervt ließ Liz sich gegen die Couchlehne fallen. »Mein Wochenende war ein Traum«, trompetete sie los.

»Aha. Wieso glaube ich dir das nur nicht?«

»Das Wochenende war ein Traum«, beharrte sie und schaute Vicky frustriert an. Sie schaltete den Ton aus und holte

Luft, bevor sie ihrer Schwester gestand: »Adam war ... Er war wunderbar. Zuvorkommend. Lieb. Romantisch. Sexy. Wir hatten viel Spaß, haben gelacht und haben ...« Sie stockte. »Der Sex war der Wahnsinn, Vicky. Der Wahnsinn.«

»Warum bist du dann so schlecht gelaunt?«

Liz schlug die Beine unter und schlang ihre Arme um sich selbst. »Heute Morgen war er wie ausgewechselt. Völlig verändert und distanziert«, murmelte sie unsicher. »Ich weiß nicht, was passiert ist. In der letzten Nacht hätte ich ...«

»Was hättest du?«

Sie schluckte schwer. »Ich hätte ihm fast gesagt, dass ich mich in ihn verliebt habe.«

Vicky grinste wie ein Honigkuchenpferd. Liz dagegen befürchtete, gleich in Tränen auszubrechen.

»Das ist doch toll.«

»Ist es nicht«, widersprach Liz prompt. »Heute hat er kaum mit mir geredet und schien mich nicht schnell genug loswerden zu können.«

»Du übertreibst sicherlich, Liz.«

»Tue ich nicht«, würgte sie hervor. »Er hat gesagt, er ruft an, aber ... aber ich glaube nicht, dass er das tun wird.«

Den beruhigenden Tonfall ihrer Schwester hatte Liz bisher nicht gekannt. »Der Mann hat dich mit zu einer Hochzeit genommen, Liz. Natürlich ruft er an. Vermutlich gab es wirklich irgendwelche Probleme in seinem Club.«

Verzagt biss sie sich auf die Innenseite ihrer Wange. »Vielleicht habe ich etwas gesagt oder getan, das ihn verärgert hat.«

»Was denn? Jetzt mach dir nicht so einen Kopf. Es wird bestimmt eine plausible Erklärung dafür geben.«

Auf eine plausible Erklärung für sein merkwürdiges Verhalten wartete Liz den ganzen restlichen Tag.

Abends lag sie in ihrer Badewanne, gönnte sich ein Schaumbad zur Entspannung und starrte auf ihr Handy. Nichts. Seit er sie abgesetzt hatte, keinerlei Meldung oder Nachricht.

Liz starrte auf ihr Display, entsperrte das Handy und sah in ihrem Chatverlauf, dass er erst vor zehn Minuten online gewesen war.

Entschlossen wählte sie seine Nummer. Es konnte ja tatsächlich sein, dass es irgendeinen Notfall im Club gegeben hatte. Wieso sollte sie das Schlimmste von ihm annehmen? Das war wirklich nicht fair.

Sie ließ das Telefon so lange klingeln, bis sich die Mailbox einschaltete. Liz hinterließ eine kurze Nachricht und legte wieder auf.

Im Chatverlauf sah sie nun, dass er online war. Mit gerunzelter Stirn fragte sie sich, warum er nicht ans Handy ging.

Ist etwas im LIONESS passiert? Melde dich doch bitte.
Ich mache mir Sorgen.

Nervös wartete sie, denn gelesen schien er ihre Nachricht zu haben.

Liz sank tiefer in das Wasser hinein und spannte die Zehen an, während sie auf seine Antwort wartete. Es schien eine Ewigkeit zu vergehen, bis das Handy endlich piepte und das Display aufleuchtete. Erleichtert sah sie, dass er ihr zurückschrieb. Doch bei seiner Antwort wurde ihr das Herz schwer.

Kann gerade nicht reden. Mache dir keine Sorgen.
Bis bald.

Bis bald?

Ein ungutes Gefühl stieg in ihr hoch.

Adam stand komplett neben sich, als er mit Hank die Kostenverteilung des letzten Monats durchging und gleichzeitig darum bemüht war, nicht einzuschlafen.

Drei Nächte, in denen er kaum ein Auge zugemacht hatte, rächten sich irgendwann. Es war ja nicht so, dass er nicht schlafen wollte. Nur kam er nicht zur Ruhe, weil ihm alles Mögliche durch den Kopf ging, seit er vor drei Nächten in der Pension schweißgebadet wach geworden war.

Seitdem war er nicht er selbst und er wusste es. In den letzten zwei Tagen hatte er nichts anderes getan, als über seine ganze verdammte Kindheit und Jugend nachzudenken und zu bemerken, dass er es noch immer nicht geschafft hatte, sich von seiner Mom zu lösen. Wenn es nämlich so gewesen wäre, würde er sich heute nicht davon beeinflussen lassen, was früher passiert war.

Aber das tat er.

Eigentlich war er immer davon ausgegangen, dass er nicht nach seiner Mom kam. Dass er wie sein Dad war – ruhig, besonnen und entspannt. Aber nach jener Hochzeitsfeier und der Nacht, in der er sich wieder an den Streit seiner Eltern erinnert hatte, musste er sich fragen, ob er seiner Mutter nicht doch mehr ähnelte, als er geglaubt hatte. Er war verdammt eifersüchtig gewesen, als er beobachtet hatte, wie Liz mit Kates Cousin getanzt hatte. Und anschließend hatte er sich zeitweise wie ein Verrückter aufgeführt und ihr haltlose sowie idiotische Vorwürfe gemacht, die sie verletzt hatten.

Seine Mom hätte sich nicht anders verhalten.

Bisher war er nie eifersüchtig gewesen. Es hatte ihn nicht

gekümmert, was die Frauen taten, mit denen er sich getroffen hatte.

Aber bisher hatte auch keine von ihnen ihm etwas bedeutet. Mit Liz war das anders. Sie bedeutete ihm etwas. Sogar sehr viel. Und es machte ihn verrückt, sie vor den Kopf stoßen zu müssen. Aber er wollte das Risiko nicht eingehen, irgendwann aufzuwachen und zu merken, dass er wie seine Eltern in einer Beziehung steckte, in der es nur Streit und Vorwürfe gab und in der seine Kinder mitanhören mussten, dass sie sich ständig stritten.

Oder in der seine Kinder mit zwölf Jahren hören mussten, wie ihre Eltern einander mit Selbstmord drohten.

Er starrte auf den Monitor vor sich, aber die Zahlen verschwammen vor seinen Augen.

Seine Mom war ein narzisstisches Miststück, das sich niemals umgebracht hätte, wenn er damals zu seinem Dad gezogen wäre. Der analytische Dreißigjährige wusste es. Aber der zwölfjährige Junge hatte es nicht gewusst. Jedes Mal, wenn die Scheidung, sein Dad, ein Besuchswochenende oder die Ferien in Boston Thema daheim gewesen waren und seine Mom ausgeflippt war, hatte Adam nur daran denken können, dass er bloß nichts tun durfte, was sie so sehr aufregte, dass sie sich womöglich etwas antat. Sie war schnell gereizt gewesen und in Selbstmitleid versunken, hatte gegen seinen Dad gehetzt und ihm tränenreich verkündet, dass er der letzte Mensch auf der Welt war, der ihr etwas bedeutete. Wenn Adam dann doch nach Boston gefahren war, um seinen Vater zu besuchen, hatte er immer Angst davor gehabt, was seine Mom in der Zeit tat. Ihm gegenüber hatte sie niemals erwähnt, dass sie sich etwas antun würde, aber er hatte es gehört. Damals als er sich in der Küche versteckt hatte.

Dieser Tanz auf rohen Eiern hatte so lange gedauert, bis

Adam aufs College gegangen war. Obwohl … wirklich losgekommen davon war er nie. Noch heute beeinflusste ihn das, was er als Kind und Jugendlicher erlebt hatte.

Scheiße, er war ein kaputter Freak, der von einem Extrem ins andere abgedriftet war. Als Kind und Teenager hatte er sich mit Essen vollgestopft, um seine Probleme zu bekämpfen, und als Erwachsener war er ein diszipliniertes Arschloch, das seine Unzulänglichkeiten mit Sport kompensierte und sich abschottete.

»Du starrst seit fünf Minuten auf eine Rechnung für Toilettenpapier.« Hanks Stimme riss ihn aus seinen Gedanken. »Eigentlich wolltest du die Löhne abrufen. Was ist so interessant an Toilettenpapier?«

»Nichts.« Grimmig schloss er die Datei und öffnete die Tabelle, in der die Gehälter der Mitarbeiter verzeichnet waren.

»Geht's dir gut?«

»Fabelhaft.«

»Du siehst aber nicht so aus.«

Er hätte Hank sagen können, dass er sich um seinen eigenen Scheiß kümmern sollte, aber das ließ er lieber sein, weil sich die Tür zum *LIONESS* öffnete und ein Kunde den Club betrat, der ihnen einen guten Morgen wünschte.

Adam nickte zur Begrüßung und druckte die Tabelle anschließend aus. Währenddessen ignorierte er Hank, der wie eine neugierige Glucke hinter ihm stand.

»Sollen wir uns heute Abend auf ein Bier treffen?«

»Ich habe schon was vor.«

»Und was ist mit morgen?«

»Geht auch nicht.«

»Und übermorgen?«

»Verdammt«, grollte er und warf seinem Freund einen

ungeduldigen Blick über die Schulter hinweg zu. »Muss ich dir schon wieder die Hand halten oder warum klammerst du?«

Hank verzog beleidigt das Gesicht. »Eigentlich wollte ich *deine* Hand halten. Du siehst aus, als könntest du Unterstützung gebrauchen, aber wenn du nicht willst ...«

Oh Mann, jetzt klebte ihm auch noch ein schmollender vierzigjähriger, ehemaliger Kampfsportler an der Backe. Adam ließ die Schultern fallen. »Du musst meine Hand nicht halten. Mir geht's gut.«

Sein Kumpel trat einen Schritt näher und flüsterte ihm alarmiert ins Ohr: »Hat dir Kates Hochzeit zugesetzt? Du weißt, dass du mit mir darüber reden kannst.«

Adam schob das Kinn vor und erklärte laut und deutlich: »Zum letzten Mal, Hank, mir ist völlig egal, was Kate macht oder nicht macht.«

»Wie war denn die Hochzeit?«

»Großartig!«

Zweifelnd musterte Hank ihn. »Du siehst aus, als hättest du Liebeskummer.«

Glücklicherweise stand niemand im Eingangsbereich und wurde Zeuge, wie er kurz davor stand, seinen Freund umzubringen.

»Ich habe keinen Liebeskummer.«

»Aber ...«

»Wir haben zu tun, verdammt noch mal!« Wütend griff Adam in die Auslage des Druckers und riss die Papiere heraus. »Wenn du an mir deine Vaterqualitäten üben willst, indem du mir auf den Sack gehst, machst du deine Sache gerade echt miserabel.«

Bevor Hank etwas erwidern konnte, ließ Adam ihn stehen und stürmte in sein Büro, dessen Tür er geräuschvoll hinter sich zuwarf.

In seinem Magen tobte die Wut, als er die Lohntabellen abheftete und dabei beinahe den Ordner zerriss. Verdammt, er wusste selbst nicht, warum er so wütend war!

Adam stützte sich mit beiden Händen auf seinem Schreibtisch ab und schloss die Augen. Die Wut wollte einfach nicht weichen. Er war nicht wütend auf Hank, sondern auf sich selbst. Wütend, weil noch vor ein paar Tagen alles ganz wunderbar erschienen war und jetzt alles beschissen lief. Er war wütend, dass er Liz die kalte Schulter zeigte und sie mit Sicherheit vor den Kopf stieß, obwohl er es nicht ertragen konnte, ihr wehzutun. Und er war wütend, dass er ein verkorkster Idiot war.

Als die Wut nur noch nach saurer Bitterkeit schmeckte, atmete er tief durch und setzte sich an seinen Schreibtisch, um in aller Ruhe die restliche Kostenaufstellung vorzunehmen, bevor er wieder nach vorn gehen und sich bei Hank entschuldigen würde. Zum Glück war sein Freund nicht nachtragend.

Eine halbe Stunde später verließ er sein Büro und lief zur Anmeldung, an der Hank noch immer stand – und ausgerechnet mit Liz redete.

Adam verharrte mitten im Schritt. Das hatte ihm gerade noch gefehlt!

Sein Kumpel machte ein verwirrtes Gesicht. Liz dagegen wirkte besorgt.

»Was war denn am Wochenende los? Hatten wir hier irgendeinen Notfall?«

Obwohl seine erste Reaktion auf Liz' Anwesenheit eigentlich die gewesen wäre, sie anzulächeln, an sich zu ziehen und zu küssen, bis ihr schwindelig war, runzelte er finster die Stirn. »Erzähle ich dir später«, beschied er an Hank gewandt. Liz begrüßte er mit einem knappen Nicken. »Was tust du hier? Heute haben wir doch gar keinen Termin.«

Sie zuckte sichtlich zurück und schaute ihn bestürzt an.

Adam hätte sich am liebsten selbst in den Hintern getreten.

Ihre Stimme klang unsicher. »Du hast nicht auf meine Nachrichten reagiert. Ich habe mir Sorgen gemacht.«

»Ich habe dir doch geschrieben, dass alles okay ist«, entgegnete er ungeduldig und beschäftigte sich mit den Papieren in seinen Händen. »Hör mal, Liz, ich habe gerade keine Zeit. Können wir später reden?«

Aus den Augenwinkeln konnte er sehen, wie Hank die Arme vor der Brust verschränkte. An Liz' Miene dagegen erkannte er, wie verletzt und verstört sie war. Ausgerechnet in dem Moment traten auch noch Amber und Tiffany an die Anmeldung heran und kicherten.

»Du, Adam? Könntest du uns erklären, wie das neue Gerät funktioniert? Tiffany und ich möchten uns keine Zerrung einhandeln, weil wir falsch trainieren.«

Es entstand ein kurzes Schweigen.

Sein Freund seufzte auf. »Ich mache das schon.«

Kopfschüttelnd widersprach er Hank und unterbrach den Blickkontakt mit Liz. »Lass nur. Ich zeige den beiden gerne das neue Gerät.« Er wusste selbst nicht, welcher Teufel ihn ritt, als er die Papiere beiseitelegte und den überkandidelten Tussis ein träges Lächeln schenkte. »Eins muss man euch lassen, Mädels: Ich bin begeistert, wie leidenschaftlich ihr an eurem Aussehen arbeitet. Andere Frauen vernachlässigen ihre Problemzonen auf erschreckende Art und Weise.«

Amber und Tiffany säuselten erfreut und schenkten ihm heiße Blicke.

Liz jedoch holte erschrocken Luft, wirbelte herum und stürzte förmlich aus dem *LIONESS*. Ihr Anblick war ein Schlag in die Magengrube.

»Keine Ahnung, welchen Nervenzusammenbruch du gerade erleidest, *Superstar*, aber du benimmst dich wie ein erstklassiges Arschloch«, erklärte Hank, sobald Liz verschwunden war. Dass die beiden Nervensägen noch immer an der Anmeldung standen und interessiert lauschten, kümmerte Hank anscheinend nicht. »Ich hau lieber ab, bevor ich dir ein paar Zähne ausschlage.«

13

Das Schweigen in der Küche ihrer Mom sprach Bände.

Vicky hatte mal wieder gepetzt.

Liz sollte es recht sein, weil es bedeutete, dass sie davon verschont bliebe, von ihrer Mutter über das Wochenende ausgequetscht zu werden.

Dass ihre Mom in den vergangenen sechs Tagen weder angerufen noch Nachrichten verschickt hatte, hatte Liz bereits stutzig gemacht. Ihre Mutter war schließlich die Neugierde in Person. Wie es schien, hatte Vicky bereits kurz nach Liz' Zusammenstoß mit Adam im *LIONESS* ihre Mutter angerufen und berichtet, dass doch nichts aus den beiden würde.

Auch das sollte ihr recht sein, sagte sich Liz, als sie ihrer Schwester dabei zusah, wie sie Karotten schälte. Am Dienstag hatte sie noch Tränen vergossen und nicht verstehen können, was passiert war. Heute, am Sonntag, wusste sie, dass Adam Stone ein Arschloch war. Er verdiente ihre Tränen nicht. Sollte er anderen Frauen Übungen zur Bekämpfung ihrer Problemzonen zeigen, ihnen vorlügen, wie sehr er auf ihre Hintern abfuhr, und sie mit zu Hochzeiten schleppen, bevor er sie eiskalt abservierte. Sie interessierte sich nicht dafür, was er tat.

Jedenfalls sagte sich Liz das wieder und wieder. Ihr Verstand wollte, dass sie sich nicht dafür interessierte, aber ihr Herz sah das Ganze etwas anders: Allein der Gedanke, dass er andere Frauen auch nur anlächeln könnte, trieb sie zur Verzweiflung. Wenn sie doch nur aufhören könnte, ständig an ihn zu denken und jeden Satz, jeden Blick und jede Berührung zu analysieren! Sie wusste einfach nicht, was schiefgelaufen war.

Mittlerweile glaubte sie, dass er ihr von Anfang an etwas vorgespielt hatte. Kein Mensch konnte innerhalb einer Nacht eine Einhundertachtzig-Grad-Wendung machen.

Nur half ihr das leider nicht weiter. Nachts starrte sie an die Decke und konnte nicht einschlafen. Tagsüber stand sie in der Patisserie und war hundemüde, während sie abwechselnd geknickt, verzweifelt und wütend war.

Liz hatte wirklich geglaubt, dass Adam und sie auf dem besten Weg zu einer Beziehung gewesen waren. Sie hatte sich in ihn verliebt und musste nun damit klarkommen, dass sie sich in ihm getäuscht hatte. Und das tat weh.

»Wie läuft es in der Patisserie, mein Schatz?«

»Sehr gut.« Sie lehnte sich auf ihrem Stuhl zurück und fand es zur Abwechslung entspannend, Vicky schuften zu lassen, während sie ihren Wein genoss. Heute hatte sie sich nicht zum Kochen verdonnern lassen, sondern ihrer Schwester den Vortritt gelassen.

Ihre Mom war sichtlich darum bemüht, ein unverfängliches Thema zu verfolgen. »Merkst du denn immer noch einen Anstieg deiner Aufträge?«

»Ich kann nicht klagen. Erst vorgestern habe ich einen Auftrag für eine Hochzeitstorte bekommen.«

Stille.

Einen Augenblick lang rührte sich weder ihre Mom noch Vicky, bevor sie auffällig unauffällig weiterarbeiteten.

Liz verdrehte die Augen. Sie war doch kein Püppchen, das man mit Samthandschuhen anfassen musste! Ganz sicher brach sie nicht in Tränen aus, wenn sie sich über Hochzeitstorten unterhielt. Torten waren nun einmal ihr Geschäft.

»Das Paar war wunderbar unkompliziert«, plauderte sie und streckte die Beine von sich. Dass das Paar schrecklich verliebt gewesen war und ihr den einen oder anderen Stich ins Herz versetzt hatte, sagte sie natürlich nicht. »Biskuitboden mit einer Vanillefüllung unten und einer Erdbeerfüllung oben, dazu weißer Fondant und rosafarbene Blütendekorationen. Vierstöckig. Wenn doch alle Kunden so kooperativ und entscheidungsfreudig wären.«

»Hat sich Mrs. Buchanan schon wieder umentschieden?«, wollte Vicky wissen.

»Keine Ahnung.« Liz leckte einen Tropfen Rotwein von ihrer Unterlippe und stellte das Glas auf dem Küchentisch ab. »Ich habe sie vor ein paar Tagen angerufen und abgesagt.«

»Was?«

Liz ignorierte den ungläubigen Blick ihrer Schwester. »Ich habe ihr gesagt, dass ihr Auftrag mir zu viel Energie und Zeit raubt, und habe sie gebeten, sich jemand anderen zu suchen, den sie nerven kann.«

Vicky machte große Augen. »Hast du nicht!«

»Doch, habe ich.«

»Du hast einer Kundin gesagt, dass sie jemand anderen nerven soll? *Du?!*«

»Ja, ich.« Sie schaute Vicky ins Gesicht. »So besonders ist das nicht.«

»Ist es doch.« Ihre Schwester zwinkerte ihr zu. »Finde ich gut. Das solltest du öfter tun – anderen sagen, dass sie dich nicht nerven sollen.«

Mit einem trockenen Schnauben legte Liz den Kopf schief.

»Dann würdest du auch das eine oder andere Mal an die Reihe kommen, Schwesterherz.«

»Von mir aus.« Keinesfalls eingeschüchtert schleuderte Vicky eine der geschälten Möhren in die Schüssel mit dem kalten Wasser. Wie nicht anders zu erwarten, spritzte es in alle Himmelsrichtungen.

Ihre Mom öffnete bereits den Mund, um zu protestieren, als die Titelmusik von *Law & Order* durch das halbe Haus zu hören war. »Harry, um Gottes willen! Wir wollen gleich essen, mach die Flimmerkiste endlich aus!«

Kaum war ihre Mutter aus der Küche verschwunden, maß Liz ihre Schwester mit einem genervten Blick. »Du konntest den Mund mal wieder nicht halten, oder?«

»Was meinst du?«

»Du hast Mom von meinem Wochenende mit Adam erzählt.«

Vicky biss in eine Möhre und kaute geräuschvoll. »Ich wollte nicht, dass sie dich nervt und womöglich ins Fettnäpfchen tritt.«

»Stimmt, das ist ja eher deine Spezialität.«

»Genau.« Besorgt schaute Vicky sie an. Das laute Kaugeräusch drang durch die gesamte Küche. »Wie geht's dir?«

»Okay.«

»Wirklich?«

»So ziemlich.« Sehr ehrlich erklärte sie: »Seit zwei Tagen heule ich nicht mehr. Jetzt kann es nur bergauf gehen.«

»Mein Angebot steht, ihm in die Eier zu treten.«

Egal, wie idiotisch sich Adam verhalten hatte – sie wollte nicht, dass Vicky ihm wehtat. Eventuell hätte er eine Ohrfeige verdient, aber es war sicherlich nicht die Aufgabe ihrer großen Schwester, ihm diese zu verpassen.

»Nein danke. Meine Schlachten schlage ich selbst.«

»Willst du ihn etwa damit durchkommen lassen?«

»Adam ist meine Angelegenheit, Vicky. Ich muss ihm nicht in die Eier treten lassen, um mich besser zu fühlen.« Sie holte tief Luft. »Jetzt tut es noch weh, aber auch das geht vorbei.«

»Verdammt«, schimpfte Vicky leise. »Ich könnte ihn umbringen, weil er dich verletzt hat.«

Das war zwar lieb gemeint, brachte Liz jedoch nur dazu, feuchte Augen zu bekommen. Nicht, weil sie gerührt von der Blutrünstigkeit ihrer Schwester war, sondern weil sie ihn vermisste, trotz allem.

»Und dann flirtet das Arschloch auch noch vor deinen Augen mit diesen dürren Zicken herum.«

Liz schluckte. »Das hat er nur getan, um mich loszuwerden. Und es ist ihm gelungen.«

»Ach Mann, Liz. Es tut mir leid.«

Ein Kloß bildete sich in ihrem Hals. Sie hatte Angst, in Tränen auszubrechen, wenn sie zu sprechen begann, also nickte sie nur knapp.

Vicky war jedoch noch nicht fertig. »Nur weil er gut aussieht, heißt das nicht, dass er andere Menschen so behandeln darf. Irgendjemand sollte ihm sagen, dass er ein widerliches Arschloch ist.«

»Vielleicht, aber die Person bist nicht du«, krächzte Liz. »Können wir das Thema wechseln?«

»Bitte denk nicht, dass du nicht hübsch oder schlank genug für ihn warst, Liz. Er …«

»Das denke ich nicht«, unterbrach sie Vicky mit bebender Stimme. »Mit mir stimmt alles. Ich bin nicht das Problem.«

»Er hat dich nicht verdient. Versprich mir, dass du es dir nicht zu Herzen nimmst.«

Liz schloss die Augen. Das war leichter gesagt als getan.

Es klingelte an seiner Wohnungstür, als er gerade eine DVD in den Player schob und es sich mit seiner Pizza auf der Couch bequem machen wollte.

In der Annahme, dass der Pizzabote etwas vergessen hatte, öffnete Adam die Wohnungstür – und begegnete dem fragenden Blick seines Dads.

»Was tust du denn hier?«

»Das nenne ich mal eine herzliche Begrüßung.« Sein Vater schob sich an ihm vorbei in die Wohnung. »Wir waren eigentlich bei *Fitzgerald's* verabredet. Ich habe über eine halbe Stunde gewartet. Gehst du seit Neuestem nicht mehr an dein Handy?«

Es blieb Adam nichts anderes übrig, als die Wohnungstür zu schließen. Sein ruhiger Abend war wohl passé. »Entschuldige, Dad. Ich muss unsere Verabredung vergessen haben.«

»In den letzten Tagen scheinst du ziemlich vergesslich zu sein. Ich warte auf deine Quartalszahlen für das Finanzamt, du wolltest gestern mit Mary telefonieren, und von Lori weiß ich, dass du vergessen hast, mit ihr und Chris ins Kino zu gehen.«

Scheiße! Er hatte tatsächlich seine Verabredung mit seinen Geschwistern vergessen. Da hatte er Mist gebaut. Die anderen Sachen juckten ihn nicht wirklich.

»Tut mir leid, ich rufe die beiden morgen an.«

Wenn er geglaubt hatte, dass sein Dad sich damit zufriedengab, hatte er sich geschnitten. »Was ist los, Adam?«

»Nichts, ich habe einfach viel um die Ohren.«

»Das ist doch sonst auch nicht anders.«

»Vermutlich bin ich etwas angespannt«, sagte er mit lahmer Stimme.

Seinem Dad wollte er nicht erklären, dass er zurzeit schlecht drauf war, weil er sich Liz gegenüber wie ein absoluter Vollidiot benommen hatte und es kaum ertrug, sie verletzt zu haben. Oder dass er sie vermisste.

Oder dass er schon wieder eine Nachricht seiner Mom auf dem Anrufbeantworter hatte.

»Du hast dir eine Pizza kommen lassen?« Der ungläubige Blick seines Vaters glitt zu Adams Couchtisch, auf dem die Pizzapackung einen verlockenden Duft nach Käse und Peperoni verströmte.

Schulterzuckend schaltete Adam den Fernseher aus und erwiderte: »Ich hatte Hunger.«

»Was ist mit deinem Ernährungsplan? Seit wann isst du Pizza?«

Grimmig runzelte Adam die Stirn. »Ich bin doch kein magersüchtiges Model, das sich auf eine Fashionweek vorbereiten muss, Dad. Wenn ich Pizza essen will, dann esse ich auch Pizza.«

»Und der Ironman?«

»Ich glaube kaum, dass sie vorher Bluttests machen und nachweisen können, ob jemand in den vergangenen sechs Monaten Pizza gegessen hat.«

Auf den sarkastischen Tonfall reagierte sein Dad mit einem stummen Blick.

Wenn Adam nicht aufpasste, würde er nicht nur Liz und Hank vergraulen, der seit Tagen kaum ein Wort mit ihm sprach, sondern auch noch seinen Dad vor den Kopf stoßen. Ungelenk fuhr er sich durchs Haar. »Dad, ich bin heute kein guter Gesprächspartner. Können wir uns ein anderes Mal treffen?«

»Natürlich können wir das, aber ich glaube, wir sollten uns lieber heute hinsetzen und reden.«

»Dad …«

»Gibt es Probleme im *LIONESS*?«

Adam lachte trocken. »Nein, da läuft alles gut. Wirklich, Dad, es ist nichts.«

»Weißt du, dass du genauso klingst wie mit elf Jahren, als du nicht sagen wolltest, dass Tommy Smith dich verprügelt hatte?«

»Das ist neunzehn Jahre her, Dad.«

»Und trotzdem willst du als erwachsener Mann noch immer nicht zugeben, wenn du Probleme hast.«

Die Probleme, die er in der fünften Klasse gehabt hatte, waren ja wohl nicht zu vergleichen mit denen, die er sich im Alter von dreißig Jahren selbst eingebrockt hatte, dachte Adam grimmig. Um ein Gespräch darüber zu vermeiden, musste er wohl in den sauren Apfel beißen. »Komm, Dad. Ich ziehe mich schnell an, damit wir ins *Fitzgerald's* fahren können.«

»Mein Vorschlag wäre, hierzubleiben, die Pizza zu essen und ein bisschen zu reden. Du könntest deinem alten Herrn ruhig erzählen, was momentan bei dir los ist.«

Adam schüttelte den Kopf. »Ich habe wirklich keine Lust, darüber zu sprechen.«

Vermutlich meinte es sein Dad nicht böse, als er scherzhaft erwiderte: »Und jetzt klingst du wie deine Mutter.«

Eine Sekunde lang überlegte er, ob er etwas erwidern sollte, entschied sich dann jedoch dazu, einfach die Klappe zu halten.

Sein Dad war jedoch nicht blöd. »Geht's um deine Mom? Hat sie in letzter Zeit angerufen?«

»Ein paarmal.«

»Wie geht's ihr?«

»Keine Ahnung. Bisher habe ich sie nicht zurückgerufen, aber ihrem Tonfall und den Vorwürfen nach zu schließen, ist sie das blühende Leben.«

Sein Dad wirkte betroffen. »Deine Mom ist … kompliziert.«

»Dad, Mom ist nicht *kompliziert.*« Er hatte es langsam satt. »Du müsstest das am besten wissen. Schließlich hast du dich nicht grundlos von ihr scheiden lassen.«

»Zu einer Scheidung gehören immer zwei, Adam.« Wie

immer wollte sein Vater abwägen. »Deine Mutter und ich haben uns nicht mehr geliebt, aber ...«

»Nichts für ungut, Dad, aber ich habe sechs Jahre allein mit ihr gelebt, nachdem du ausgezogen bist«, unterbrach Adam ihn harsch. »Mir musst du nicht erzählen, wie sie ist und wie sie nicht ist.«

»Ich will sie doch gar nicht in Schutz nehmen.«

»Dann tu es auch nicht.« Adam verschränkte die Arme vor der Brust. »Warum habe ich wohl keinen Kontakt mehr zu ihr? Es hat lange genug gedauert, mich von ihr zu lösen.«

Sein Dad seufzte schwer und hob unschlüssig eine Hand. »Für sie war es nicht immer leicht mit der Trennung. Ich habe weitergemacht, aber sie nicht.«

Beinahe hätte Adam gelacht. »Denkst du denn, dass es für mich leicht war, eure Scheidung zu verkraften? Du warst in Boston, und wenn Mom dich nicht beschimpfte, versank sie in Selbstmitleid.«

Erschrocken holte sein Dad Luft. »Wir hatten ausgemacht, dich nicht in unsere Probleme hineinzuziehen. Ella war meiner Meinung, dass du so wenig unter dieser Scheidung leiden solltest wie möglich.«

Eigentlich wollte er seinen Dad nicht mit Dingen belasten, die fast zwanzig Jahre zurücklagen. Aber vielleicht war jetzt endlich der Zeitpunkt gekommen, mit der Wahrheit herauszurücken. Sehr ruhig erklärte er: »In jenem Sommer, als ich nach Boston fliegen wollte, um dich zum ersten Mal zu besuchen ...«

»Da hattest du eine Mandelentzündung und konntest nicht kommen.«

Adam schüttelte den Kopf. »Nein, Dad, ich hatte keine Mandelentzündung. Ich saß auf gepackten Koffern, aber Mom wollte mich nicht gehen lassen. Sie schloss sich im Badezimmer ein und weinte, dass ich sie nun auch verlassen und nicht zurückkommen würde – so wie du. Sie kam nur aus dem Bad raus, als ich ihr versprach, bei ihr zu bleiben und nicht zu dir zu fliegen.«

Seinem Vater stand vor Entsetzen der Mund offen. »Deine Mutter hat mich damals angerufen und gemeint, du hättest Fieber und der Arzt eine Mandelentzündung diagnostiziert.«

»Ich hatte noch nie eine Mandelentzündung«, sagte Adam trocken.

Einen Augenblick lang herrschte Stille.

»Warum hast du mir das nicht gleich erzählt?«

»Was hätte ich denn sagen sollen, Dad? Ich war zwölf.«

Fassungslos schüttelte sein Vater den Kopf. »Ich hätte das wissen müssen.«

»Wie denn?« Adam zuckte mit den Achseln. »Damals habe ich sehr glaubhaft einen Kranken gespielt, wenn du angerufen hast.«

»Verdammt, Adam.« Die Schultern seines Vaters sackten nach unten. »Wenn ich das alles gewusst hätte, dann ...« Er stockte.

»Es hätte nichts geändert.«

Ratlos schaute sein Dad ihn an. »Ich habe dich gefragt, ob du zu mir nach Boston ziehen willst. Sogar mehrmals. Du hast jedes Mal gesagt, dass du in Arizona bleiben willst. Bei deiner Mom.«

Adam zählte innerlich bis zehn. »Ich stand damals in der Küche und habe euch gehört. Ich habe jedes Wort mitangehört.«

»Wovon sprichst du?«

»Von dem Tag, an dem du früher von der Arbeit nach Hause gekommen bist, um Mom zu erzählen, dass du nach Boston ziehen, dich von ihr trennen und die Scheidung einreichen würdest. Der Tag, an dem du bereits mittags zu Hause warst, damit ich nichts mitbekam.« Die Fassungslosigkeit im Gesicht seines Vaters ließ ihn schlucken. »Ich hatte früher Schulschluss und habe mich in der Küche versteckt, während ihr gestritten habt.«

»Davon solltest du überhaupt nichts mitbekommen. Du warst noch ein Kind!«

Adams Mundwinkel sanken nach unten. »Dad, ich habe *immer* mitbekommen, dass ihr gestritten habt. Jeden Tag.«

»Ich weiß.« Sein Dad wirkte betrübt. »Das war ein Grund, weshalb ich die Scheidung wollte. Du solltest nicht länger unter der Situation leiden. Ich wusste ja nicht, dass es anschließend noch schlimmer werden würde.«

Adam ließ sich auf die Lehne des Sofas sinken und verschränkte die Arme vor der Brust. »Wenn wir schon dabei sind, ehrlich zueinander zu sein, kann ich dir sagen, dass ich gern zu dir gezogen wäre, Dad.«

Sein Vater ließ sich auf den freien Sessel plumpsen. »Warum hast du es mir dann nicht gesagt?«

»Weil Mom dir während des Streits gesagt hat, sie würde sich eher umbringen als mich zu dir ziehen zu lassen.«

Augenblicklich wurde sein Vater bleich, bevor er leise entgegnete: »Deine Mutter hätte sich niemals etwas angetan. Wenn ich damals auch nur im Geringsten geglaubt hätte, dass sie es ernst meinen könnte, hätte ich etwas unternommen.«

»Das weiß ich heute auch. Aber mit zwölf Jahren wusste ich es nicht.«

»Warum hast du mir das nie erzählt?«

»Ich habe keine Ahnung.« Er suchte den Blick seines Dads. »Als ich begriffen habe, dass ihre Drohung nur heiße Luft war, bin ich gerade sechzehn geworden und du hast Mary geheiratet. Vermutlich wollte ich nicht reingrätschen. Außerdem hatte ich nur noch gute zwei Jahre, bis ich aufs College gehen konnte.«

»Mary und ich hätten uns gefreut, wenn du damals zu uns gezogen wärst.«

Um ihn zu beruhigen, lächelte Adam schwach. »Das weiß ich. Und es war ja auch nicht alles schlimm mit Mom. Wenn sie nicht einen ihrer Tobsuchtsanfälle hatte und gut gelaunt war, dann hatten wir Spaß. Nur ihr ständiges Klammern habe ich irgendwann nicht mehr ausgehalten. Es war zu viel.«

Beide schwiegen eine Weile.

»Deine Mom war die Erste aus ihrer Familie, die auf ein College ging«, gab sein Vater zu bedenken. »Sie wollte einen guten Abschluss machen, sich einen tollen Job suchen und die Welt bereisen. Aber dann ...«

»Dann kam ich, richtig?«

»Richtig.« Hilflos hob sein Dad die Hände. »Versteh mich nicht falsch, Adam. Wir haben geheiratet, weil wir verliebt waren, und dich haben wir von Anfang an vergöttert. Aber eigentlich hatten wir andere Pläne. Vor allem für deine Mom war es schwer, weil sie das College abbrechen musste. Und leider konnte ich ihr irgendwann nicht mehr das geben, was sie wollte.«

Ohne Groll erwiderte Adam: »Ich weiß schon, was du meinst, Dad. Mom hatte Pläne für die Zukunft und bekam stattdessen mich.«

»Du warst nie das Problem. Wir waren es, weil wir beide verschiedene Erwartungen ans Leben hatten. Ich konnte ihre nicht erfüllen. Das muss deine Mom frustriert haben. Sie liebt dich und muss Angst gehabt haben, dass sie dich auch noch verlieren würde.«

Adam sagte nichts. Natürlich konnte er die Beweggründe seiner Mom nachvollziehen. Und auch er liebte sie auf seine Art. Schließlich war sie seine Mutter. Außerdem war er selbst nicht glücklich mit der aktuellen Situation. Aber diese Erkenntnis half ihm nicht darüber hinweg, dass ihre Beziehung total vermurkst war.

»Adam, es tut mir leid. Ich hätte dich nicht einfach verlassen dürfen.«

»Du hast mich nicht verlassen.«

»Es kommt mir heute aber so vor.«

Adam legte beide Hände auf seine Knie und beugte sich vor. »Wer weiß, was passiert wäre, wenn du nicht gegangen wärst, Dad.« Halb im Scherz fügte er hinzu: »Außerdem hatte es etwas Therapeutisches, dich und Mary zu erleben, als ich ein Teenager war. Vorher dachte ich wirklich, es sei normal, dass sich Ehepaare ständig streiten.«

Sein Dad wurde knallrot und wirkte mit einem Mal extrem bedrückt. »Mir wird gerade einiges klar.«

»Was wird dir klar?«

Geradezu schockiert fuhr sich sein Dad über das Gesicht. »Sind deine Mom und ich etwa schuld daran, dass du keine ernsthafte Beziehung führst?«

Adam wollte seinen Vater nicht anlügen, da sie gerade – vermutlich zum ersten Mal – ein ehrliches Gespräch über seine Kindheit und die Ehe seiner Eltern führten. »Na ja, ihr wart vielleicht nicht das beste Vorbild, Dad. Auf solche Szenen kann ich in meinem Leben gut und gerne verzichten.«

»Unsere Ehe war ... extrem. Sie war alles andere als durchschnittlich. Du weißt aber auch, dass Mary und ich uns kaum streiten.«

»Mary ist nicht Mom.«

Hilflos hob sein Vater eine Hand. »In jeder Beziehung streitet man sich ab und zu. Das ist völlig normal und sollte dich nicht davon abhalten, mit jemandem zusammen zu sein.«

»Ihr habt nicht *ab und zu* gestritten, Dad. Bei uns gab es keinen Tag, an dem es nicht laut wurde.«

»Ich weiß, und es tut mir leid, dass du das mitbekommen hast.« Sein Vater wirkte müde. »Deine Mom und ich haben als Eltern versagt, wenn du unseretwegen keine Beziehung eingehen willst. Aber wir waren nicht die Norm. Es gibt viele harmonische Ehen, Adam. An denen solltest du dich orientieren.«

Unsicher fuhr sich Adam über die Lippen. »Ich habe jemanden kennengelernt, Dad.«

»Oh.« Das Gesicht seines alten Herrn leuchtete vor Erleichterung. »Wie heißt sie?«

»Du kennst sie bereits. Liz.«

»Die Bäckerin?«

»Genau die.«

»Eine nette, junge Frau«, urteilte sein Vater. »Sehr sympathisch. Ist es etwas Ernstes?«

Adam stieß seinen Atem aus. »Es hätte etwas Ernstes werden können. Aber ich habe Schluss gemacht, bevor es dazu kam.«

»Das musst du mir jetzt erklären.«

Er berichtete seinem Vater, dass er Liz mit zu Kates Hochzeit genommen hatte, dass er eifersüchtig geworden war und dass er sich am nächsten Tag wie ein Ekelpaket benommen hatte. Noch während er sprach, kam er sich wie ein absoluter Idiot vor.

»Das hast du wirklich vergeigt, mein Sohn«, resümierte sein Dad. Irgendwie schien er es auch noch lustig zu finden, da sich seine Mundwinkel kräuselten.

»Ich finde das nicht komisch«, protestierte Adam.

»Du hast das arme Mädchen in die Flucht geschlagen, weil du eifersüchtig warst?«

Adam runzelte die Stirn. »Dad, du verstehst nicht, was ich meine. Ich habe gesehen, wie jemand mit ihr getanzt hat und bin stinkwütend geworden. Und das habe ich an ihr ausgelassen. Erinnert dich das nicht an jemanden?«

»Ich weiß wirklich nicht, wovon du sprichst.«

Er schluckte hart und brachte mühsam hervor: »Mom. Ich war wie Mom.«

»Nein …«

»Doch!« Er stand auf und vergrub die Hände in den Taschen seiner Jeans. Rastlos lief er zum Fernseher und starrte auf den schwarzen Bildschirm. »Mom war auch ständig rasend vor Eifersucht. Aus jedem noch so unerfindlichen Grund. Und das hat sie an dir ausgelassen. Dann habt ihr gestritten. Was ist, wenn ich mich irgendwann genauso wie Mom benehme? Ich will Liz nicht wehtun, indem ich zulasse, dass wir uns wegen meiner Eifersucht ständig bekriegen.«

»Das kannst du gar nicht miteinander vergleichen, Adam«, warf sein Vater geduldig ein.

Über die Schulter hinweg sah er seinen Dad an. »Woher willst du das wissen?«

»Du bist besonnen …«

»Auf der Hochzeit war ich es nicht.«

»Jeder ist ab und zu eifersüchtig. Das ist normal.« Er räusperte sich. »Warst du jemals eifersüchtig auf Mary?«

Verwirrt runzelte Adam die Stirn. »Natürlich nicht. Warum sollte ich?«

»Na ja, du warst ein Teenager, als ich sie geheiratet habe. Manche Kinder hätten eifersüchtig auf die neue Frau ihres Vaters reagiert.«

»Ich mochte Mary von Anfang an, Dad. Das weißt du.«

»Und was war, als die Zwillinge geboren wurden? Warst du auf die beiden eifersüchtig?«

Beinahe hätte er ihm einen Vogel gezeigt. »Auf Lori und Chris? Niemals.«

»Ich habe immerhin mit meiner neuen Frau zwei weitere Kinder bekommen. Du warst nicht länger ein Einzelkind.«

»Du vergisst, dass ich längst erwachsen war. Außerdem ist der Gedanke absurd, dass ich auf meine Geschwister eifersüchtig hätte sein können.«

Seltsam zufrieden nickte sein Dad. »Du bist überhaupt nicht wie deine Mutter.«

Adam presste für einen kurzen Augenblick die Lippen aufeinander. »Aber ich war beinahe rasend vor Eifersucht, als ein anderer Mann mit Liz getanzt hat. Was sagt das über mich?«

Sein Dad lachte amüsiert. »Das sagt, dass du dich endlich verliebt hast. Das wurde auch Zeit.«

Er und verliebt? Sein Dad musste sich irren. Adam war noch in keine Frau wirklich verliebt gewesen. Was er für Liz empfand, war keine Liebe.

Er mochte Liz. Sie war ... einfach wunderbar. Adam genoss es, wenn sie ihn anlächelte, weil er sich einbildete, dass sie dieses spezielle Lächeln nur ihm schenkte. Und er war wahnsinnig stolz, wenn sie während ihrer Trainingsstunden über sich hinauswuchs. Sobald sie sich freute, freute er sich auch. Und sobald sie verletzt wirkte, fühlte er sich schlecht und wollte, dass sie wieder lächelte. Ihre natürliche Art zog ihn an und er genoss es, Zeit mit ihr zu verbringen, weil sie so herrlich unkompliziert war.

Außerdem konnte er nicht genug von ihr bekommen. Beim Sex gab sie winzige Seufzer von sich, die ihn schier um den Verstand brachten und ihm buchstäblich unter die Haut gingen. Es war jedoch mehr als der Sex, weil ihm das Herz aufgegangen war, als sie sich schlafend an ihn gekuschelt hatte. Selten war er so zufrieden gewesen wie in jenem Augenblick. Ja, er sehnte sich nach ihr und ertrug den Gedanken kaum, sie nicht mehr wiederzusehen. Am liebsten wäre er in ihre Wohnung gestürmt und hätte sie einfach im Arm gehalten, bis alles zwischen ihnen wieder okay war ...

Verdammt! Wie Schuppen fiel es ihm von den Augen.

Er war ein Idiot. Ja, er liebte Liz. Er liebte sie und hatte alles kaputt gemacht.

Sein Dad schien angesichts von Adams Schweigen und seines – vermutlich – verwirrten Gesichtsausdrucks die richtigen Schlüsse zu ziehen, weil er amüsiert lächelte. »Ist dir gerade ein Licht aufgegangen?«

»So ungefähr«, murmelte er und war dankbar, als sein Vater höflich das Thema wechselte.

In den nächsten zwei Stunden, in denen er seinem Dad vormachte, mit ihm das Spiel im Fernsehen zu verfolgen, grübelte er fieberhaft nach, wie er es schaffen konnte, dass Liz ihm verzieh.

Und er dachte auch noch über etwas anderes nach. Sobald das Spiel vorbei und sein Dad verschwunden war, saß Adam lange auf seiner Couch und starrte unschlüssig das Telefon an, bevor er sich selbst einen Ruck gab und eine Nummer eingab.

Mit einem Kloß im Hals schaute er aus dem Fenster, dann hörte er ein Klicken in der Leitung.

»Hi, Mom. Ich bin's.«

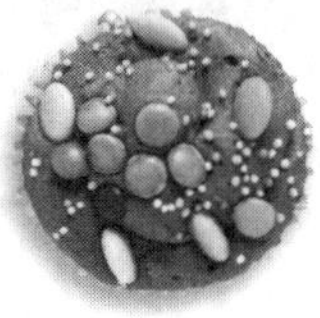

14

In irgendeinem Film, dessen Namen Adam längst vergessen hatte, hieß es, dass Frauen alles verziehen, wenn man ihnen Blumen schenkte.

Zwar vertraute er dieser Theorie nicht und hielt sie sogar für ziemlich sexistisch, aber was konnte es schaden, mit einem riesigen Strauß roter Rosen im *Chez Liz* aufzutauchen? Wenn er Glück hatte, nahm sie die Blumen als Geste seiner Entschuldigung an, und wenn er Pech hatte, würde sie ihn damit verprügeln. Wenigstens konnte sie ihn nicht übersehen, denn die Rosen waren ein Blickfang.

Das bemerkte er bereits, als er den Laden betrat.

Zu seinem Unglück war die Patisserie ziemlich voll. Fast alle der kleinen Bistrotische waren besetzt, an der Kasse standen drei Kundinnen und ausgerechnet Vicky stand dahinter und rechnete ab.

Wenn Blicke töten könnten, wäre er zu Staub zerfallen.

Ihr missfallendes Schnauben war sogar über den entzückten Seufzern der Kundinnen zu hören, die allesamt lediglich Blicke für die Rosen hatten. Wenn sich Liz auch nur halbwegs wie ihre Kundinnen benahm, hatte er gute Karten.

Ungefähr fünf Sekunden später war es bereits so weit, dass er herausfinden würde, wie Liz auf ihn reagierte, weil sie mit einem Tablett kleiner Törtchen aus der Backstube kam. Bei ihrem Anblick begann sein Herz augenblicklich zu rasen. Wunderbar sah sie aus mit ihrem lockeren Pferdeschwanz, den roten Lippen und mit ihrem saloppen Outfit, das aus einem hellgrauen T-Shirt und einer dunkelblauen Hose bestand, die ihren hübschen Po betonte. Vor allem aber war es ihr Gesicht, das ihn magisch anzog. Ihr hübsches Gesicht, das sich in der Sekunde verfinsterte, als sie die Törtchen in die Auslage stellte und der Blickrichtung ihrer Schwester folgte.

Nun starrten ihn beide Miller-Schwestern an, als wäre er der Antichrist höchstpersönlich. Wenn für Adam nicht so viel auf dem Spiel gestanden hätte, wäre er vielleicht amüsiert darüber gewesen, dass ihn diese beiden winzigen Frauen so böse anschauten.

Innerlich wappnete er sich, aber nach außen hin setzte er ein Lächeln auf und stellte sich ordentlich hinten in der Reihe an. Dass alle Augen auf ihn gerichtet waren, nahm er zwar zur Kenntnis, aber er war nur auf Liz konzentriert, die nun die Arme vor der Brust verschränkte. Gott, hatte er sie in den letzten Tagen vermisst!.

»Was bildet der sich überhaupt ein, hierherzukommen?« Das war Vicky, die keinen Hehl daraus machte, dass sie wütend war. »Ein Wort von dir und ich schmeiße ihn raus.«

Angesichts der etwa fünfzig Kilogramm leichten Frau, die davon sprach, ihn aus der Patisserie zu werfen, zuckten seine Mundwinkel.

Liz schüttelte den Kopf und raunte ihrer Schwester etwas zu, woraufhin Vicky ihm einen weiteren mörderischen Blick schenkte.

Er fragte sich noch, was Liz ihr wohl gesagt hatte, als sie

selbst um die Auslage herumkam und sich vor ihm aufbaute. »Ich weiß nicht, was du hier willst, aber du kannst gleich wieder verschwinden.«

Die drei Frauen vor ihm schnappten entsetzt nach Luft. Auch hinter ihm wurde das Getuschel lauter.

Betont ruhig entgegnete er: »Können wir reden, Liz? Allein?«

»Ich arbeite.«

»Wir können uns unterhalten, während du arbeitest. Natürlich könnte ich dir auch helfen.« Keine Ahnung, ob es eine gute Idee war, aber er schlug mit einem Lächeln vor: »Ich habe dir schon einmal geholfen, als du diese Schokoladenmousse hergestellt hast.«

»Nein danke.« Sie schnaubte abfällig. »Ich muss meine Gäste bedienen. Verschwinde, Adam.«

»Nur fünf Minuten, Liz«, bat er.

Kategorisch schüttelte sie den Kopf. »Nicht einmal eine Minute. Ich arbeite.«

»Vielleicht bin ich ja auch hier, um etwas zu kaufen.«

Misstrauisch maß sie ihn. »Ach?«

Adam nickte und deutete auf einen der freien Tische. »Ein Schluck Kaffee und ein Stück Kuchen klingen ziemlich gut ...«

»Vergiss es«, höhnte sie und fuhr voller Sarkasmus fort: »Meine Kuchen haben viel zu viele Kalorien. Du willst dir deinen Astralkörper nicht ruinieren.«

»Süße.« Vertraulich legte er den Kopf schief und flüsterte heiser: »Ich probiere alles, was du mir kredenzt.«

»Alles?« Ihr entschlossener Blick hätte ihn warnen sollen. Bevor er wusste, wie ihm geschah, griff Liz nach einem halb vollen Glas, das auf dem Tisch eines Gastes gestanden hatte, und schüttete ihm den Inhalt über den Kopf.

Über das entsetzte Luftschnappen und das Kichern der

Gäste hörte er ihre zufriedene Stimme. »Keine Sorge, Mr. Ironman, das ist fettreduzierte Milch. Damit du dir keine Gedanken um deine Problemzonen machen musst.«

Zum Glück war die Milch nur noch lauwarm, befand Adam, als er sich das schaumige Gebräu aus dem Gesicht wischte. »Das habe ich wohl verdient.«

»Hast du«, sagte sie und versprach dem verdatterten Gast ein neues Getränk auf Kosten des Hauses.

Scheiße, das Zeug klebte ihm sogar in den Ohren!

Entschlossen blickte er auf sie nieder. »Liz, ich gehe nicht, bevor wir geredet haben.«

Nach ein paar Sekunden, die ihm wie eine Ewigkeit vorkamen, zischte sie ihm zu: »Du hast zwei Minuten«, bevor sie durch die Eingangstür nach draußen verschwand. Adam verstand dies als Aufforderung, ihr zu folgen.

Hinter ihm protestierte Vicky, dass sie nicht dafür zuständig war, den Boden zu wischen, während die Neugierde der Gäste förmlich zu spüren war.

Kaum war Adam zu Liz auf den Bürgersteig in den gleißenden Sonnenschein getreten, bemerkte er ihre kämpferische Miene.

Liz verschwendete keine Zeit. »Was willst du hier?«

»Ich wollte mich entschuldigen.«

»Kein Interesse.«

Adam stockte und ignorierte gleichzeitig die Milch, die nun über seinen Rücken tropfte. Er hatte zwar gewusst, dass es mit Sicherheit schwierig werden könnte, Liz um Verzeihung zu bitten, aber ihr felsenfester Tonfall und ihr entschlossener Blick verunsicherten ihn dennoch.

»Liz, es tut mir wirklich leid, dass ich dich verletzt habe. Ich war ein Idiot.« Er holte tief Luft und reichte ihr den Blumenstrauß, an dem ebenfalls etwas Milch klebte. Dabei kam er sich grauenvoll plump vor. »Es kommt nie wieder vor.«

»Da sind wir einer Meinung.« Noch immer ignorierte sie den Blumenstrauß, den er ihr hinhielt. »Es wird nie wieder vorkommen, weil ich nichts mehr mit dir zu tun haben möchte.«

Er ließ den Arm sinken. »Komm schon, Liz. Ich würde gerne mit dir darüber reden, was passiert ist.«

Ihre Ruhe erschreckte ihn am meisten. »Ich wiederhole: kein Interesse.«

»Kann ich dir nicht erklären, was los war?«

»Da gibt es nichts zu erklären.«

Adam seufzte. »Ich weiß, dass ich mich verdammt mies verhalten habe. Es tut mir wirklich von Herzen leid. Wenn ich darf, würde ich dir ...«

»Oh, ich kann dir erklären, was da los war.« Ihre Ruhe war passé. Stattdessen blitzten ihre Augen vor Wut auf. »Wir haben ein wunderschönes Wochenende miteinander verbracht, hatten großartigen Sex, und ich war kurz davor, dir zu sagen, dass ich mich in dich verliebt habe, aber plötzlich konntest du mich nicht schnell genug loswerden. Du hast mir sogar vorgelogen, dass etwas in deinem Fitnessclub passiert sei. Dabei brauchtest du nur eine Ausrede, damit du so wenig Zeit wie nötig mit mir verbringen musstest. Und dann hast du auf keine meiner Nachrichten oder Anrufe reagiert, während ich Idiotin mir auch noch Sorgen gemacht habe. Um dem Ganzen die Krone aufzusetzen, führst du mich und meine vermeintlichen Problemzonen auch noch vor, weil du nicht wusstest, wie du mit mir Schluss machen solltest. Du wolltest mich absichtlich verletzen.« Sie holte Luft und funkelte ihn mit einer Mischung aus Wut und Schmerz an. »Also, nein, deine Entschuldigung oder Erklärung will ich gar nicht hören.«

Er konnte sie lediglich anstarren. Die spitzen Dornen an seiner Handfläche, die klebrige Milch und die Zuschauer hinter ihm, die sich vermutlich gerade die Nasen an der Fensterscheibe platt drückten, waren vergessen. »Du wolltest mir sagen, dass du dich in mich verliebt hast?«

In ihrer Miene konnte er lesen wie in einem Buch. Das hatte sie ihm nicht verraten wollen, so viel war sicher. »Vergiss es einfach.«

»Keine Chance.« Er trat näher. »Wie soll ich das vergessen?«

»Verdammt ...«

Adam blickte forschend in ihre Augen. »Ich habe Angst bekommen, Liz. Bisher wollte ich mich nie binden, weil mir immer die Ehe meiner Eltern vor Augen stand, in der nur gestritten wurde. Das wollte ich vermeiden. Deshalb bin ich Beziehungen aus dem Weg gegangen.«

»Was?« Sie wirkte für einen kurzen Moment fassungslos, bevor sie voller Sarkasmus fragte: »Wolltest du mich deshalb so plötzlich loswerden? Weil du Angst vor Beziehungen hast?«

Adam schluckte schwer. »Ich wollte dich nie loswerden, Liz.«

»Wolltest du nicht? Was war das dann im *LIONESS*?«

Seine Schultern sackten hinunter. »Pure Blödheit.«

»Wenigstens sind wir uns einig.«

»Vielleicht kannst du es nicht nachvollziehen, Liz, aber ...« Er stockte. »Aber ich habe als Kind jeden Tag miterlebt, wie sich meine Eltern bis aufs Blut gestritten haben. Ich wollte das nie selbst erleben. Und als du auf der Hochzeit mit einem anderen getanzt hast, bin ich eifersüchtig geworden. Ich war so eifersüchtig, dass ich rotgesehen habe. Nachts bin ich wach geworden und musste daran denken, dass es bei meinen Eltern ähnlich war. Wegen der Eifersucht meiner Mom gab es ständig Stress. Das wollte ich vermeiden.«

Misstrauisch maß sie ihn. »*Deshalb* wolltest du mit mir Schluss machen?«

In der Hoffnung, dass sie ihn verstand, nickte Adam. »Und deshalb wollte ich nie etwas Festes eingehen. Aber mit dir war es anders. Du bist die erste Frau, für die ich etwas empfinde, Liz. Die erste Frau, die ich liebe.«

Liz betrachtete ihn zweifelnd, während die Sekunden vergingen. »Verletzt du alle Menschen absichtlich, die du angeblich liebst? Oder bin ich eine Ausnahme?«

Das war ihre Reaktion auf seine Liebeserklärung? Enttäuschung machte sich in ihm breit. »Ich bin in Panik geraten«, erklärte er hilflos. »Verstehst du das?«

»Das kann ich nicht verstehen.« Ihre Stimme zitterte. »Du hast mir wehgetan, Adam.«

»Das wollte ich nicht, Liz. Du weißt, dass ich dir nicht wehtun würde und dass ich dich perfekt finde. Innen und außen.«

»Und obwohl ich sowohl innen als auch außen perfekt bin, wolltest du mich unbedingt loswerden?« Ihre Stimme troff vor Sarkasmus. »Aber du *hast* mir wehgetan. Sehr sogar.«

Er klang heiser, wie Adam selbst bemerkte. »Wenn du mich lässt, beweise ich dir, dass ich es nie wieder tun werde, Liz.«

»Hm. Denkst du wirklich, deine Blumen und dein aufgesetzter Blick hätten irgendeine Wirkung auf mich?«

Da stand er nun, direkt vor ihrem Geschäft, gestand ihr mit einem riesigen Strauß roter Rosen im Arm seine Liebe – und bekam eine Abfuhr.

»Lass mich in Ruhe, Adam. Deine Entschuldigungen kannst du dir sparen.«

»Nimm wenigstens die Rosen.«

»Kein Bedarf.«

»Und was soll ich damit anstellen?«

Ihre blauen Augen verengten sich. »Schenk sie deinen Groupies. Mir egal.«

Verärgert runzelte er die Stirn. »Mich interessieren keine anderen Frauen, Liz. Ich will nur dich.«

»Das nächste Getränk, das ich dir über den Kopf schütten werde, ist heiß«, warnte sie. Dann ließ sie ihn einfach stehen.

»Was wollte er von dir?«

Liz stellte sich dumm, während sie neben ihrer Schwester im Auto saß. »Wer?«

»Wer wohl?! Adam natürlich!«

»Natürlich«, bestätigte Liz trocken und sah auf die Straße vor sich. In den vergangenen drei Stunden hatte sich Vicky erstaunlicherweise mit Fragen zurückgehalten. Doch kaum saßen sie in ihrem gemieteten Transporter, um eine Tortenbestellung zu einem Kindergeburtstag zu liefern, siegte die Neugierde ihrer Schwester.

Gut, klar war Vicky neugierig. Schließlich war es nicht alltäglich, dass ein Mann in einer Patisserie mit einem riesigen Strauß roter Rosen auftauchte, um sich zu entschuldigen.

Um ehrlich zu sein, war es Liz verdammt schwergefallen, Adam einfach stehen zu lassen. Bisher hatte ihr kein Mann rote Rosen schenken wollen. Und bisher hatte ihr auch kein Mann jemals gesagt, dass er sie liebte. Bei der Erinnerung daran schmolz sie buchstäblich dahin. Ja, innerlich war sie weich geworden – aber nach außen hart wie Stahl!

Das war ihr unglaublich schwergefallen. Adam hatte ehrlich gewirkt, sein Bedauern nicht gespielt. Und seiner Entschuldigung hätte sie so gerne Glauben geschenkt! Aber sie war zu verletzt gewesen, um über ihren Schatten zu springen.

»Was wollte er?«

»Sich entschuldigen.«

Ihre Schwester blökte: »*Das* habe ich mir schon gedacht. Was hat er gesagt?«

»Geht dich nichts an.«

»Hey! Ich bin deine Schwester. Du musst mir allein deshalb schon sagen, mit welcher Ausrede er sich bei dir einschleimen wollte, damit ich auf dem neusten Stand bin, wenn ich ihm die Meinung geige.«

»Vicky.« Liz rümpfte die Nase und schüttelte abwehrend den Kopf. »Adam ist meine Angelegenheit. Ich regele das allein. Du musst ihm nicht die Meinung geigen.«

»Du bist meine Schwester«, betonte Vicky ein weiteres Mal.

Mit fester Stimme erwiderte Liz: »Und ich bin erwachsen.« Als sie kurz nach rechts blickte, erkannte sie an der störrischen Miene ihrer Schwester, dass die mit ihrer Antwort nicht sonderlich zufrieden war. »Es ist lieb, dass du dich um mich sorgst«, schob sie also sanft hinterher.

»Aber?«

»Aber ich komme selbst mit Adam klar. Dafür brauche ich meine große Schwester nicht.«

Vicky seufzte schwer. »Ich will nur nicht, dass du noch mal verletzt wirst.«

Wenn Vicky wüsste, dass ihr eine leise Stimme seit Stunden ins Ohr flüsterte, dass sie Adam verzeihen sollte, dann würde sie sicherlich ausflippen. Aber Vicky hatte ihm auch nicht in die Augen gesehen, als er ihr erklärt hatte, wie leid es ihm tat. Liz würde ihm nur allzu gern glauben und einfach verzeihen.

Aber da gab es auch diese andere Stimme. Die Stimme, die zu bedenken gab, dass er es nicht ernst meinen könnte. Und dann war da noch ihr vermaledeites Herz, das Purzelbäume schlug, wenn sie sich daran erinnerte, wie ernst und geknickt er gewirkt hatte, während er mit Milch in den Haaren und Rosen in den Händen vor ihr gestanden hatte.

Spürte sie etwa auch Mitleid? Nach allem, was sie mittlerweile wusste, musste seine Kindheit nicht sonderlich schön gewesen sein. Sie fühlte sich dem Jungen verbunden, der damals aus Kummer viel zu viel gegessen hatte. Den Mann, zu dem er geworden war, bewunderte sie für seine Disziplin und für seine Selbstsicherheit.

Ja, sie wollte nicht, dass Adam mit ihr spielte und ihr Herz womöglich komplett in zwei Hälften brach. Aber sie wollte auch nicht aus Furcht oder Unsicherheit die Chance auf etwas ganz Wundervolles verpassen.

Sie liebte ihn schließlich.

»Das weiß ich, aber ich kann schon gut auf mich selbst aufpassen«, entgegnete sie ihrer Schwester und hielt an einer roten Ampel.

»Was wirst du jetzt tun?«

»Ich weiß es nicht. Vermutlich noch einmal mit ihm reden«, antwortete Liz und wartete auf Vickys Protestgeschrei.

Das blieb jedoch aus. Stattdessen seufzte ihre Schwester und nickte. »In Ordnung. Wenn du das willst.«

»Ja, will ich.«

Im Auto herrschte Schweigen.

»Du machst das schon«, sagte Vicky nach einer Weile.

Liz konnte nicht anders und grinste. »Ja, mache ich.«

Manchmal geschahen wirklich noch Zeichen und Wunder.

Zusammen brachten sie die Torte zu dem Kindergeburtstag und konnten miterleben, wie die Mutter angesichts der Hogwarts-Torte vor Glück strahlte. Während Liz die Kreation aufstellte, die aus drei verschiedenen Kuchen bestand, erklärte ihre begeisterte Auftraggeberin, dass ihr Sohn der größte Harry-Potter-Fan der Welt sei. Liz blieb sogar noch ein paar Minuten, um miterleben zu können, wie dem achtjährigen Timothy vor Staunen beinahe die Augen aus dem Kopf fielen. In diesem

Moment wusste sie wieder einmal, dass sie alles richtig gemacht hatte, als sie das *Chez Liz* eröffnet hatte.

Außerdem erinnerte der Kindergeburtstag sie an einen anderen Kindergeburtstag. Und an Adam.

Adam war ein wunderbarer großer Bruder, ein toller Trainer und ein großartiger Mensch. Als Freund hatte er gewisse Startschwierigkeiten, aber Liz hatte begriffen, warum er sich wie ein Idiot aufgeführt hatte. Sie besaßen beide ihre Problemzonen – mentale Problemzonen, die sie zusammen in den Griff bekommen würden. Und irgendwie war es tröstlich, dass sogar Adam Stone in seinem Inneren Zweifel besaß. Das hatten sie gemeinsam.

Plötzlich musste sie gar nicht mehr darüber nachdenken, was sie tun wollte. Es war ganz einfach.

Kaum hatte sie Vicky nach Hause gebracht und den Transporter wieder abgegeben, fuhr sie in ihre Wohnung und packte ihre Sporttasche. Zwar hatte Liz keine Ahnung, was sie ihm sagen wollte, wusste jedoch, dass es falsch gewesen war, ihn erst vor wenigen Stunden so rüde abblitzen zu lassen. Sie wollte es wiedergutmachen.

Sobald sie im *LIONESS* an der Anmeldung stand, blickte sie sich in alle Richtungen um.

»Er sitzt in seinem Büro und brütet«, informierte Hank sie, der offenbar ahnte, nach wem sie so intensiv Ausschau hielt. Dann sah er vom Bildschirm des Computers auf und legte neugierig den Kopf schief. »Er kam heute wie ein geprügelter Hund mit einem riesigen Strauß roter Rosen hier an. Lass mich raten: Du bist dafür verantwortlich, richtig?«

Sie blickte dem imposanten Bären vor sich fest in die Augen. »Kann sein. Was hat er mit den Rosen angestellt?« Sie schulterte ihre Tasche und nahm den Schlüssel zu einem der Umkleidespinde an.

»Er hat den Strauß mir gegeben.« Er grinste zufrieden. »Der arme Trottel. Erst schnauzt er mich eine Woche lang wegen jeder Kleinigkeit an und dann muss ich ihm die Hand halten, weil er zum ersten Mal in seinem Leben Liebeskummer hat. Die Rosen habe ich mir wirklich verdient.«

Adam hatte zum ersten Mal in seinem Leben Liebeskummer? Liz grinste breit und hätte beinahe Freudensprünge gemacht. »Solltest du wirklich mir gegenüber seinen Liebeskummer erwähnen? Das ist doch sehr ... persönlich.«

»Wieso? Du bist doch dafür verantwortlich.« Sichtlich belustigt zwinkerte er ihr zu. »Die Rosen bekommst du aber nicht zurück. Ich habe sie bereits meiner Pam vorbeigebracht.«

Liz verdrehte die Augen. »Die kannst du behalten. Er reicht mir.«

»Freut mich zu hören.«

Sie lehnte sich verschwörerisch vor. »Aber du könntest mir auf andere Weise behilflich sein.«

»Superstar, dein Typ wird verlangt.«

Adam sah auf, als Hank in der Tür stand.

Eigentlich wäre er lieber hiergeblieben, um in dumpfer Stimmung die Quartalsberichte zu erstellen, die sein Dad brauchte, doch er wollte seinen Kumpel nicht vor den Kopf stoßen. Nicht schon wieder. Es hatte ihn eine fette Entschuldigung und den Strauß Rosen gekostet, damit Hank wieder gut auf ihn zu sprechen war. Zum Glück war er nicht nachtragend.

Dennoch, er wollte sein Büro nicht verlassen. Er war traurig und wütend auf sich selbst. Wütend darüber, es mit Liz vermasselt zu haben. Jetzt war er tatsächlich mal verliebt und gestand es sich sogar ein – und dann hatte er alles verdorben.

Verdammt, er war ein Idiot gewesen.

Seit Liz ihn hatte abblitzen lassen, fühlte er sich wie der größte Versager auf Erden.

»Los, schwing deinen Hintern aus dem Büro. Du hast Kundschaft.« Warum sein Freund grinste, konnte er sich nicht erklären, immerhin gab er die wohl traurigste Gestalt seit Menschengedenken ab.

Lustlos runzelte er die Stirn. »Kundschaft?«

»Eine deiner Kundinnen wartet auf der Trainingsfläche auf dich. Warum die nicht auf deiner Spam-Liste gelandet ist, ist mir schleierhaft. Als sie deinen Namen in den Mund genommen hat, hatte sie Sternchen in den Augen.«

Hank quatschte mal wieder Blödsinn. »Ich habe heute keinen Termin.«

»Die Dame behauptet etwas anderes.«

»Dann lügt die Dame.« Er stapelte einige Papiere übereinander. »Vermutlich hat sie sich im Datum geirrt. Wie heißt sie?«

»Keine Ahnung. Ihren Namen hat sie nicht genannt, Superstar.«

Verärgert sah Adam auf. Und dafür störte Hank ihn? »Sag ihr, dass sie sich einen neuen Termin geben lassen soll.«

»Und ich dachte, bei uns wäre der Kunde König.«

»Ich habe zu tun, Hank. Warum sagst du ihr nicht …?«

Hanks Schnauben unterbrach ihn. »Sie ist deine Kundin. Um die kannst du dich mal schön selbst kümmern.« Und mit diesen Worten verschwand er einfach aus Adams Büro.

Frustriert und wütend zugleich schaute Adam zu der offenen Tür. Es reichte nicht, dass er bereits einen beschissenen Tag hatte! Nein, jetzt halste man ihm auch noch auf, einer verwirrten Kundin Honig ums Maul zu schmieren und ihr höflich einen neuen Termin zu geben. Das hatte ihm gerade noch gefehlt! Nun gut, bei seiner derzeitigen Laune würde er sie sicherlich vergraulen. Das hatte Hank dann davon!

Ungeduldig erhob er sich aus seinem Schreibtischstuhl und marschierte aus seinem Büro. Als er die Trainingsfläche betrat, entdeckte er zuerst Amber und Tiffany, beide dick geschminkt und dafür umso knapper angezogen. Er schwor sich, Hank kaltblütig zu ermorden, falls er ihn wegen der beiden aus seinem Büro gelockt hatte.

Und dann sah er Liz.

Abrupt blieb er stehen und traute seinen Augen kaum. Sie saß in Sportkleidung auf der Beinpresse und trainierte.

Sprachlos blinzelte Adam, aber so sehr er auch zwinkerte, sie verschwand nicht. Es war wirklich Liz. Seine Liz. Hier im *LIONESS*.

Wie von selbst setzten sich seine Füße in Bewegung, bis er direkt vor der Beinpresse stand, auf der Liz mit konzentrierter Miene trainierte.

»Was tust du denn hier?« Selbst er hörte die Fassungslosigkeit aus seiner eigenen Stimme heraus.

»Ich trainiere«, erwiderte Liz, als wäre es das Selbstverständlichste auf der Welt. »Haben meine Beine einen Neunzig-Grad-Winkel?«

Adam blieb der Mund offenstehen. »Was?«

»Meine Sitzposition«, half sie ihm freundlich auf die Sprünge. »Ist die korrekt?«

Fragte sie ihn das wirklich? Hatte er heute einen Schlag auf den Kopf bekommen? Adam wurde das Gefühl nicht los, dass er halluzinierte. Er räusperte sich. »Mit deiner Sitzposition stimmt alles.« Dann schüttelte er den Kopf. »Liz ...«

»Ich glaube, ich traue mich heute auf den Crosstrainer«, unterbrach sie ihn und spannte dabei die Muskeln an, um die Gewichte zu stemmen. »Dreißig Minuten sollte ich schaffen. Oder was denkst du?«

Er verfolgte ein paar Sekunden, wie sie die Übung an der

Beinpresse wiederholte. »Ich denke, du willst mich um den Verstand bringen.«

Endlich sah sie ihn an und ließ sich auf die Ausgangsposition zurücksinken. »Wie kommst du denn darauf?«

Während er ihr ins Gesicht blickte, suchte er nach Worten. Verwirrung, Hoffnung und das Bedürfnis, sie von der Beinpresse zu zerren und in den Arm zu nehmen, brachten ihn leider dazu, wie ein Schwachsinniger zu stammeln: »Du ... ich ... was.« Dann seufzte er schwer. »Liz, was tust du wirklich hier? Hast du mir nicht heute gesagt, dass ich dich in Ruhe lassen soll?«

Ihre Miene wurde schlagartig weicher und ihre Augen bekamen einen feuchten Glanz. Zaghaft streckte sie ihre Hand aus und ließ diese in seiner verschwinden. »Es tut mir leid, dass ich dir die Milch über den Kopf gegossen habe.«

»Deshalb bist du hier? Um mir das zu sagen?« Gott, warum musste es sich denn so gut anfühlen, als sie ihre Finger mit seinen verschränkte?!

Als sie ihn vorsichtig anlächelte, blendete er alles um sich herum aus. Die Geräusche von Gewichten, die aufeinanderschlugen, das monotone Surren eines Laufbandes und das Getuschel der exzessiv geschminkten Groupies verschwanden.

»Ich bin hier, weil ich dich liebe. Und weil ich nicht will, dass du aus meinem Leben verschwindest, Adam Stone.«

Er hielt die Luft an und beobachtete, wie sie von der Beinpresse kletterte, bevor sie die Arme um seinen Nacken schlang und sich an ihn schmiegte.

Adam konnte kaum glauben, was er gehört hatte. »Soll das heißen, dass du mir verzeihst?«

Liz nickte und schniefte dabei ein wenig. »Auch ein Ironman kann sich mal bescheuert benehmen. Alles ist gut.«

Dieser Ironman bekam butterweiche Knie, als sie ihn

küsste. Erleichtert und glücklich zugleich erwiderte er den Kuss und scherte sich nicht darum, dass ihn gerade das gesamte *LIONESS* beobachten konnte. Adam schlang die Arme um Liz, drückte sie fest an sich und beendete langsam den Kuss, bevor er ihr ins Ohr murmelte: »Ich liebe dich, Liz. Sehr.«

Sie lehnte den Kopf zurück und strich ihm eine Haarsträhne aus der Stirn. »Das ist gut zu wissen. Dann sind wir zu zweit.«

Sein Herz weitete sich. »Komm, Süße. Ich bringe dich nach Hause.«

»Aber mein Training ...«

Adam unterbrach sie forsch: »Das setzen wir zu Hause fort – in einem Bett, das nicht quietscht.«

Ihr Lachen ging ihm durch und durch.

Als sie Arm in Arm von der Trainingsfläche schlenderten, war Liz die Lässigkeit in Person. Sie sah Tiffany und Amber mit einem nachsichtigen Blick an und erklärte fröhlich: »Keine Chance, Mädels. Der hier steht nur auf mich.«

Adam konnte sich nicht erinnern, jemals so laut und befreit gelacht zu haben.

Epilog

»Ich will dir ja nicht zu nahe treten, Nick, aber die Crème brûlée meiner Freundin ist um Längen besser.«

»Was?!«

»Ja, sie ist cremiger. Fluffiger. Und die Karamellkruste ist nicht ganz so herb.«

»Sie soll aber herb sein!«

»Tja, bei Liz schmeckt es … besser.«

»Besser?!«

»Ja, irgendwie stimmiger.«

Liz hätte vor Belustigung beinahe in ihr Champagnerglas geprustet, denn Nick O'Reilly machte ein Gesicht, als würde er jeden Moment an die Decke gehen, während Adam völlig gelassen neben ihr stand und einen nachdenklichen Blick auf das leere Schälchen in seiner Hand warf.

Sie hätte dem armen Küchenchef gern gesagt, dass seine Crème brûlée köstlich gewesen war und dass alles, was er heute zusammen mit seinem Team gezaubert hatte, um sein neues Restaurant zu feiern, ganz ausgezeichnet geschmeckt hatte. Aber sie ließ zu, dass Adam ihn weiterhin foppte. Die beiden sich gegenüberstehenden Männer zu beobachten, die in ihren schwarzen Anzügen eine Augenweide waren, machte irgendwie viel Spaß. Der ganze Abend machte viel Spaß. Das *Bonfire,* Nicks neu renoviertes Restaurant, das ab morgen ganz offiziell seine Türen öffnen würde, wurde bereits jetzt als Anwärter für einen Michelin-Stern gehandelt. Es war dem ehrgeizigen Küchenchef zu gönnen, der heute ziemlich nervös wirkte, was eigentlich untypisch für ihn war.

Mit einem innerlichen Grinsen überlegte Liz, ob seine Nervosität auch damit zu tun hatte, dass die Eltern seiner Freundin extra aus London nach Boston gereist waren, um bei der Restauranteröffnung dabei zu sein, und dass seine wunderbare Freundin Claire bereits den ganzen Abend über Wasser oder Orangensaft trank.

Beinahe automatisch warf sie Adam einen heimlichen Seitenblick zu und hielt den Atem an – wie so oft in letzter Zeit. Manchmal musste sie sich kneifen. Adam und sie waren ein Paar. Ein wirklich glückliches Paar, das eine wunderschöne Zeit miteinander verbrachte. Bei Adam konnte Liz sie selbst sein und musste sich nicht verstellen. Und sie konnte sich sicher sein, dass er hinter ihr stand. Das Gefühl, das er ihr gab, war unbeschreiblich. Tatsächlich konnte sie ihre gemeinsame Zukunft kaum erwarten. Und Babys. Viele Babys. Er war ein toller großer Bruder. Als Vater wäre er der Wahnsinn.

»Vielleicht solltest du dir von Claire ein paar Tipps geben lassen, um deine Desserts zu perfektionieren«, schlug der Mittelpunkt ihrer Gedanken gerade salopp vor. Sie sah genau, wie viel Spaß es ihm machte, Nick hochzunehmen.

Und der ging ihm sofort auf den Leim. »Perfektionieren?!«

»Mh.« Adam schürzte die Lippen. »Liz macht es sicherlich nichts aus, dir etwas Nachhilfe zu geben.«

»Hey, ich brauche keine Nachhilfe! Mit dieser Crème brûlée habe ich zufälligerweise Claire ins Bett bekommen! Sie ist göttlich!«

Besagte Claire trat räuspernd neben ihn. »Liebling, meine Eltern stehen nur ein paar Meter entfernt und unterhalten sich gerade mit dem Bürgermeister. Ich wäre dir sehr verbunden, wenn du deine Stimme etwas senken und weniger auskunftsfreudig sein könntest.«

Ihr Liebster sah sie so verwirrt an, dass sie ihm anscheinend auf die Sprünge helfen musste, weil sie seufzend hinzufügte: »Nick, halt einfach die Klappe.«

Neben ihr begann Adam dröhnend zu lachen.

Nicks Miene verfinsterte sich. Er starrte Adam an. »Warum bist du noch einmal eingeladen?«

Adam legte Liz einen Arm um die Schulter und erwiderte fröhlich: »Weil Liz meine Freundin ist. Apropos, nette Bude, wenn man auf Schickimicki steht.«

Räuspernd stieß Liz ihn in die Seite. »Sei nett.«

»Ich bin nett. Nick versteht mich. Oder, Nick?«

Nick kniff drohend die Augen zusammen. »Wir können gerne vor die Tür gehen, Stone. Einen Fitnesstrainer wie dich mache ich spielend platt.«

»Da wäre ich mir nicht so sicher, Nick«, warf Liz ein und legte ihren freien Arm um Adams Hüfte. »Adam mag vielleicht wie ein harmloser Fitnesstrainer wirken, aber aus eigener Erfahrung kann ich dir sagen, dass er nur aus Muskeln besteht. Du solltest ihn mal nackt sehen.«

»Jetzt wird's interessant.« Der Satz stammte von Claire, die ihr Glas Orangensaft an den Mund führte.

»Verrate doch nicht immer alles, Süße.« Adam vergrub für einen Moment die Lippen an ihrem Haar und streichelte gleichzeitig über ihren nackten Oberarm.

Liz schmolz augenblicklich dahin.

»Nichts für ungut, Liz, aber ich *will* ihn gar nicht nackt sehen«, warf Nick ein.

»Dein Pech«, sagte sie und legte den Kopf zurück, um in Adams amüsiertes Gesicht zu sehen. »Du weißt nicht, was du verpasst. Adam nimmt bald am Ironman teil.« Sie konnte selbst hören, wie stolz sie klang.

»Erzählt sie schon wieder, dass Adam den Ironman mitmacht?« Vicky trat zu ihnen. »Schwesterherz, das weiß mittlerweile jeder im Umkreis von fünfzig Meilen.«

»Also, ich wusste es noch nicht«, gab Claire von sich und zwinkerte Liz zu.

Liz zwinkerte zurück, bevor sie sich an ihre Schwester wandte, die sich für den heutigen Abend besonders in Schale geworfen hatte. Der dunkelgraue Hosenanzug stand ihr extrem gut. Gelassen erwähnte sie: »Du wusstest aber noch nicht, dass ich Adam zum Ironman begleite. Anschließend fahren wir nach Arizona.«

»Was macht ihr denn da?«

»Wir besuchen meine Mom. Sie möchte Liz gern kennenlernen.« Adam wirkte völlig natürlich. Liz wusste jedoch, dass er deswegen etwas angespannt war. Sie hatte es super gefunden, dass er mit ihr zu seiner Mutter fahren wollte. Und dass er sich mit seiner Mom aussöhnen wollte. Gleichzeitig hoffte sie, dass Adam nicht wieder verletzt wurde. Bei aller gespielten Lässigkeit war ihr nämlich mehr als bewusst, dass er nicht so gleichgültig in Bezug auf seine Mom war, wie er immer tat.

»Da habt ihr aber große Pläne. Erst der Ironman ...«

Nick unterbrach seine Freundin. »Machst du etwa auch da mit, Liz?«

Sie tippte sich gegen die Stirn. »Unter keinen Umständen! Das kann Adam schön allein machen. Ich warte gemütlich an der Ziellinie auf ihn. Wenn er sich gut geschlagen hat, mache ich ihm seine Lieblingsmacarons.«

»Oder deine köstliche Crème brûlée«, ergänzte Adam. »Die ist nämlich unübertroffen.«

»Ich habe es schon verstanden, Mr. Supermodel«, warf Nick vergrätzt ein.

»Apropos Ziellinie.« Vicky klang ratlos, als sie sich an Claire wandte. »Ist unser Chefredakteur schon besoffen?«

»Wieso?«

»Er hat mich gerade am Büffet angesprochen und mir zu meinem Engagement gratuliert. Der Trottel scheint zu glauben, dass ich irgendeine Spendensammlung organisiere.«

Liz rieb sich innerlich die Hände.

»Hat er ein Alkoholproblem oder hat er mich mit jemandem verwechselt?«

Claire wirkte so cool, dass Liz sie am liebsten geküsst hätte. »Nein und nein, Vicky. Mr. Peterson war ganz begeistert, als ich ihm erzählt habe, dass es deine Idee war, zusammen mit dem *LIONESS* einen Halbmarathon zu organisieren und Spendengelder für das Kinderkrankenhaus zu sammeln. Dass du sogar selbst mitlaufen willst, hat Mr. Peterson fast die Tränen in die Augen getrieben.«

Noch nie hatte Liz ihre Schwester sprachlos erlebt. Sie genoss die langen Sekunden, in denen Vicky mit offenem Mund und riesigen Augen in die Runde blickte und dabei eulenartig zwinkerte.

»Meine Idee?«, krächzte sie schließlich verwirrt.

»Eigentlich war es *meine* Idee.« Liz bedachte ihre Schwester mit einem zuckersüßen Lächeln.

»Was?«

Liz nickte. »Da du dich in letzter Zeit so sehr für Sport interessiert hast und dein verstauchter Fuß endlich geheilt ist, dachte ich, wir sollten dich ein wenig unterstützen. Ist es nicht ein schöner Gedanke? Mittlerweile haben wir schon zwanzig Sponsoren für dich gefunden. Und Adam ist so nett und coacht dich, damit du die einundzwanzig Kilometer auch schaffst.«

»Ich werde am Lauf ebenfalls teilnehmen und dafür sorgen, dass du durchhältst.« Adam zwinkerte ihr kumpelhaft zu. »Wir schaffen das, Vicky.«

Vicky war unnatürlich bleich geworden und starrte Liz fassungslos an. Dass sie nicht dumm war, bewies sie, als sie mit dumpfer Stimme hervorbrachte: »Du hattest mich ja gewarnt, dass ich es von dir zurückbekomme, wenn ich am wenigstens damit rechne.«

»Ganz genau.« Liz warf ihr einen Luftkuss zu und erklärte voller Zuneigung: »Keine Sorge, Schwesterherz, ich werde dich die ganze Zeit anfeuern. Und solange Adam dich nicht auf die Beinpresse schickt, hast du nichts zu befürchten.«

»Gut gespielt, Liz.« Vicky holte tief Luft und trank anschließend ihr Glas Champagner in einem Zug leer. »Ich glaube, ich gehe mich betrinken. Wo ist die Bar, Sexgott?«

»Die Bar ist geschlossen, Vicky.«

»Dann öffne ich sie halt.« Vicky marschierte mit einem lamentierenden Nick im Schlepptau davon.

»Oje ... ich glaube, ich gehe lieber mit, bevor sie sich gegenseitig an die Gurgel gehen.« Claire verdrehte die Augen und ließ Liz und Adam allein zurück.

Adam runzelte die Stirn. »Ich dachte eigentlich, dass du die liebe Schwester wärst, Liz, und Vicky ... na ja. Die Ausgeburt Satans. Kann es sein, dass du mich getäuscht hast?«

Belustigt stellte Liz ihr Glas beiseite und schmiegte sich an seine Seite. »Leg dich lieber nicht mit mir an, Mr. Ironman, sonst ...« Sie blickte ihm ins Gesicht.

Seine Mundwinkel kräuselten sich. »Sonst?«

»Das willst du gar nicht wissen.«

Adam beugte den Kopf zu ihr runter und umfasste ihr Gesicht mit beiden Händen. Ihre Nasenspitzen berührten sich beinahe. »Lass uns nach Hause gehen, Liebling. Ich glaube, ich will einen zweiten Nachtisch.«

Danksagung

Bedanken möchte ich mich zuallererst bei meiner Familie und meinen Freunden, die mich auch bei diesem Projekt nach Kräften unterstützt haben. Mein besonderer Dank gilt der wunderbaren Agentur Copywrite, bei der man nicht nur fantastischen Kuchen bekommt, wenn man sie besucht, sondern die auch immer zur Stelle ist, wenn Not am Mann ist. Beim Verlag Bastei Lübbe und dessen engagierten Mitarbeiterinnen und Mitarbeitern möchte ich mich für all das Herzblut bedanken, das sie in dieses Projekt stecken. Ich weiß dies sehr zu schätzen. Die Zusammenarbeit mit Bettina Steinhage und Steffi Korda war nicht nur wunderbar fruchtbar, sondern auch von unschätzbarem Wert. Vielen Dank dafür.

Zuletzt möchte ich mich bei Wladimir bedanken, der mir vor Ewigkeiten Fitnessgeräte wie die verhasste Beinpresse ans Herz legte und es tatsächlich schaffte, mich von einer Teilnahme am Tough Mudder zu überzeugen. Als Fitnesstrainer war er zwar unglaublich motivierend, langfristig gewann jedoch leider mein innerer Schweinehund.